不确定的时代

[美] 约翰·肯尼思·加尔布雷思　著
John Kenneth Galbraith

白天惠　译

THE AGE OF
UNCERTAINTY

中信出版集团 | 北京

图书在版编目（CIP）数据

不确定的时代 /（美）约翰·肯尼思·加尔布雷思著；
白天惠译 . -- 北京：中信出版社，2023.8
书名原文：The Age of Uncertainty
ISBN 978-7-5217-5765-1

Ⅰ.①不… Ⅱ.①约…②白… Ⅲ.①经济思想史—
世界 Ⅳ.① F091

中国国家版本馆 CIP 数据核字 (2023) 第 116100 号

不确定的时代
著者： ［美］约翰·肯尼思·加尔布雷思
译者： 白天惠
出版发行：中信出版集团股份有限公司
（北京市朝阳区东三环北路 27 号嘉铭中心 邮编 100020）
承印者： 宝蕾元仁浩（天津）印刷有限公司

开本：880mm×1230mm 1/32　　印张：13.5　　字数：326 千字
版次：2023 年 8 月第 1 版　　印次：2023 年 8 月第 1 次印刷
京权图字：01-2014-7490　　书号：ISBN 978-7-5217-5765-1
定价：79.00 元

目　录

约翰·肯尼思·加尔布雷思传略[①]

詹姆斯·K.加尔布雷思[②]

从权力的实践中获得教育

我的父亲算不上一个"受过多少教育的人"。除了英语,他不懂别的语言,没有学过高等数学,对音乐一窍不通,也不是很感兴趣。他本科学的是畜牧学,博士期间的专业是农业经济学,论文研究的是加利福尼亚州县政府的开支模式。文学方面,他喜欢的是英国作家特罗洛普、毛姆以及加拿大安大略偏远乡村的吟游诗人罗伯逊·戴维斯(Robertson Davies)。他精心收藏了一系列他那个年代

[①] 本文改编自《经济学报》期刊(*Acta Oeconomica*,2018)中的《约翰·肯尼思·加尔布雷思的实用主义》一文,是以2018年初在俄罗斯联邦举办的一系列讲座为基础所著。

[②] 詹姆斯·K.加尔布雷思为得克萨斯大学奥斯汀分校林登·B.约翰逊公共事务学院"劳埃德·本特森"政府与商业关系讲席教授、政府学教授,意大利猞猁之眼国家科学院、葡萄牙里斯本科学院以及俄罗斯科学院成员,本书作者约翰·肯尼思·加尔布雷思之子。——编者注

的经济学经典著作，其中包括马歇尔、陶西格、凡勃仑、熊彼特与凯恩斯的著作。他在多大程度上追随过这些人——除了马歇尔与凡勃仑——谁也猜不准。在人生中的最后几年里，他曾同我说过"熊彼特就是个骗子"。我能感觉到他对此人装腔作势的做派难以忍受。

他在农场中长大。马匹、牛群以及当时的机械设备都是他习以为常的东西。同样让他再熟悉不过的还有先进的南安大略农业所处的更大的经济环境——一个有着营销集体企业与政府推广机构的世界，一个处于汽车与拖拉机变革时代的自我完善的世界。他的父亲，也就是我的爷爷，兼任一家保险公司的董事，同时也是自由党派的地方领袖。他们住在一座大房子里，它并不奢华，但很坚固，直至今天还在那里。但他们也算不上是农民阶级。

他开始学着写作，最开始是为安大略省伦敦市的地方小报撰写一些关于农业问题的文章，之后在圭尔夫的安大略农学院英语系学习，后进入加州大学伯克利分校，同时研究养蜂经济与类似主题。他研究的都是实际问题。他很幸运，因为在大萧条时期，农业危机是重中之重。当时的纽约州州长富兰克林·罗斯福深知这一点。于是在 1934 年，我父亲突然被调到华盛顿的农业调整局，这为他进入哈佛大学执教奠定了基础，因为当时学校需要一位懂农业政策的专家。也就是从这时起，他的兴趣范围被大大地拓宽了，他开始关注产业集中、普遍失业的问题，并因此进入剑桥大学学习了一年。在剑桥，他读到了凯恩斯的理论，但还没有见过凯恩斯本人，同时在这里与尼古拉斯·卡尔多（Nicholas Kaldor）、琼·罗宾逊（Joan Robinson）这些同窗结为好友，不过还没有留下太多关于自己想法的痕迹。那时候他已经结婚，娶了一位精通外语的太太，两人一起周游欧洲大陆，特别是到了德国与意大利之后，他们亲眼见证了法西斯主义的兴起。在希特勒于政治上存在过失的大背景下，其治下德国经济的明显复苏没有逃过父亲的眼睛。

1938 年回到哈佛之后，他成为"鼓动变革的年轻人"之一，想要把凯恩斯的现代经济学与彻底的变革带到那个最故步自封、自视甚高的机构中去。他力挺因为激进主义被逐出经济部门的艾伦·斯威齐（Alan Sweezy，保罗·斯威齐的哥哥），也为此立场失去了所有得到擢升的机会，后转而去了普林斯顿。这样的日子他并不喜欢。于是在机会出现的第一时间，他立刻就回到社会工作中去了。最初他进入了国防顾问委员会（National Defense Advisory Commission），为因即将到来的战争而备建的弹药厂选址——这件事我是在 33 年后，在五角大楼的部队图书馆中为一份本科论文找资料时才发现的。在这件事上，他的农业背景再次派上了用场：爆炸物所用的化学成分与化肥所用的一样，他们考虑将这个弹药厂在战后转为民用。

随后他被任命为物价管理与民用供应局〔Office of Price Administration and Civilian Supply，后更名为物价管理局（OPA）〕副主任——一个对整个美国经济都能够实施有效管控的职位。当时他 33 岁，成为一名美国公民已有 3 年。珍珠港事件发生后的那个周日，一个有关重要战争物资的会议召开了。据家人说，他们按照字母顺序排查一份清单，用了很长时间才到了字母"r"，也就是"橡胶"（rubber）的首字母。这个在农场长大的小伙子明白，橡胶是制造所有机械不可或缺的部分，而此时日本海军已屯兵马来半岛。我父亲与一名律师——戴维·金斯伯格（David Ginsburg）一起离开会议，起草了一份禁售橡胶轮胎的政令。由于没有签发政令的授权，他们辗转找到了（美国）战时生产委员会的人，匿名拿到了他们所需的批文，然后返回办公室呼叫了无线电台。次日清晨，美国民众已经无法买到橡胶轮胎了。

无论从宏观还是从微观角度来看，战时的价格管控此前是（现在也是）应用经济学中极为重要的一种做法。其关键在于要营造一种稳定心理，让消费者对货币与国债保持信心，不至于抛售本国货币或债券，转而投向任何能够买到的商品，导致政府不得不通过没收性税收或恶性通货膨胀来为战事提供资金。为此，将基础物资进行定额分配、完全停止许多非消耗性用品的供应，比如新车，这种做法要比让价格成为一种让人心生不安、焦虑与恐惧的东西更为高明。凯恩斯在《如何支付战争费用》（*How to Pay for the War*，1940）这本文章合集中设想这个问题可以完全通过宏观措施解决，也就是他所说的"强制储蓄"，但我父亲最开始就认为要采取选择性的价格管控措施。此后，很多事打消了他的疑虑。1942 年 4 月，实施全面管控的《全面最高限价条例》颁布，稍加调整后贯穿了整个战时。我曾经问父亲他是怎么找到 17 000 名公职人员来做这件事的，他回答说："通过赠地学院①。我雇用了所有的经济学教授。"凯恩斯在 1942 年探访过物价管理局，他想要探讨的是粮肉价格周期波动，或者用他自己的话说，是"玉米和猪"的问题。

在过去，很多后来演变为美国战后自由主义政治运动的事都需要经过物价管理局。战后的保守主义经济学派沉迷于抹杀战时通胀政策所取得的成功，想要将"自由市场"与"自由价格"作为一种调节与平衡机制，或者说将其当作"自由"本身的代名词。这种做法对货币与国家稳定的影响在 20 世纪 90 年代的俄罗斯得到了最为

① 赠地学院是美国由国会指定的高等教育机构。1862 年通过的《莫雷尔法案》规定，联邦政府向各州拨赠公共土地，并要求用这些土地的收益资助至少一所学校。——编者注

生动的诠释。反观中国，如德国经济学者伊莎贝拉·韦伯（Isabella Weber，2021）所述，中国的改革经济学家遵循了传统的稳定价格的做法——他们也读过并研究过美国在父亲实施价格管控时的经验，这些内容被写在了 1952 年出版的《价格控制理论》（*The Theory of Price Control*）一书中。

18 个月之后，就在斯大林格勒战役与战争结果不再有什么悬念时，价格管控政策击败了他，他被罢免回归个人生活。郁愤难当的他曾想过入伍，但两米的身高让他意识到自己不符合部队的要求。这时候，亨利·卢斯（Henry Luce）为他的人生提供了转机，请他去做《财富》杂志的编辑，这是当时美国时代公司的拳头产品，也是美国企业与金融系统的一扇窗，但凡透过它看过去，人们都不会觉得自己看到的是"自由市场"的景象。卢斯后来大概会说："我教给了加尔布雷思如何写作，但从那之后我就后悔了。"对我父亲来说，是《财富》打开了他 20 年后通往《新工业国》（1967）的道路。

1945 年，父亲接到了一项实务工作：牵头对美国给德国与日本的战略轰炸带来的经济影响做一个独立研究，也就是去做美国战略轰炸调查（USSBS）。为此，我父亲组建了一个有史以来人员跨度最大的经济学家团队：尼古拉斯·卡尔多（卡尔·波兰尼的女儿卡莉·波兰尼是他的助理，在本文撰写之时卡莉已年届 100 岁）、E. F. 舒马赫［E. F. Schumacher，后来写过《小的是美好的》（*Small is Beautiful*），当年他穿着美军制服出现在德国时，他的父母都不愿意认他］、E. F. 丹尼森（E. F. Denison，后进入布鲁金斯学会），以及保罗·巴兰（Paul Baran），他被我父亲称为军队史上最糟糕的士兵："他从来不把衬衫掖好，从来不擦自己的靴子，除了站在一起撒尿的时候，从来不会向军官敬礼。"按照家人的说法，伟大的经济理论家〔葛兰西（Gramsci）的朋友〕皮耶罗·斯拉法（Piero Sraffa）也在调查组中，但我没有找到相关的书面记录。

调查显示，轰炸造成了德国工业生产的重组，强化了德国对战争物资的重视，将劳动力从民用生产领域释放了出来，因为住房与工厂都被摧毁了，但没能破坏机械工具，也没有阻断铁路线。发生在汉堡与德累斯顿的燃烧弹轰炸是一场恐怖袭击，影响的主要是普通民众；针对德累斯顿的袭击也是意在向正在从德国东面逼近的苏联红军传递一种消息。这种本无必要的残暴行径成为父亲终其一生都挥之不去的困扰——不是很强烈的那种，只是每每触及这件事，父亲都会忧思重重。1945 年，父亲在从柏林写给家里的信中提到，虽然守着元首地堡入口的那个士兵"可真是难收买，几乎令人遗憾"，不过苏军士兵是非常廉洁、军纪严明的。

至于对广岛和长崎的原子弹轰炸，USSBS 的调查结果非常明确：就算没有投下这两枚原子弹，日本也会投降。在一堂关于"讲真话的代价"的有益课堂上，调查组对于战略轰炸在军事效果上的反对意见很不受欢迎。1948 年，美国陆军航空队（后称为美国空军）在哈佛大学的朋友几乎阻断了父亲返校担任终身教职的路，使得哈佛校长科南特（Conant）不得不以辞职作为威胁才摆平这一切。美国空军一位富有同情心的上校曾说道："肯（肯尼思的昵称），你的问题就在于太实诚了。"而父亲会在自己参与的其他政治事务中继续将这份坦诚正直与基本的清醒头脑保持下去。他抵抗过，也熬过了这一切，打消了麦卡锡时代人们对其忠诚度的调查质疑。数十年后，联邦调查局已经累积起了一大摞关于他的卷宗。20 世纪 60 年代，他在 USSBS 的这段经历也能够表明他对轰炸越南的反对立场。

到了 20 世纪 40 年代末与 50 年代，他的阅读兴趣转向组织理论与管理理论，集中在詹姆斯·伯纳姆（James Burnham）、赫伯特·西蒙（Herbert Simon）、阿道夫·A. 伯利（Adolf A. Berle）与加德纳·米恩斯（Gardiner Means）这些人的理论上。他与实用主义经济学家保持着密切的联系，比如英国的尼古拉斯·卡尔多与托马斯·巴洛夫（Thomas Balogh）、瑞典的纲纳·缪达尔（Gunnar Myrdal），再远一些的如日本的都留重人（Shigeto Tsuru）以及苏联的斯坦尼斯拉夫·缅希科夫（Stanislav Menshikov）。在哈佛大学的经济学家中，与他关系最为亲密的朋友是苏联杰出的实用主义者瓦西里·里昂惕夫（Wassily Leontief）。20 世纪 50 年代声名鹊起中的他与米尔顿·弗里德曼也形成了一种友好的学术对垒关系，后来与小威廉·法兰克·巴克利（William Frank Buckley Jr.）也是这样一种关系。政治上，在 20 世纪 50 年代共和党执政期间，他与 1935 年执教过的学生、此后担任过众议员与参议员的约翰·F. 肯尼迪以及 1940 年他在弗吉尼亚州亚历山德里亚市的邻居、时任参议院多数党领袖的林登·约翰逊（Lyndon Johnson）都保持着密切的联系。在 1960 年的竞选中，参议员肯尼迪在出现一次小失败后有一次曾谈到父亲的作用："肯，关于农业政策的问题，我不想听除你之外任何人的说法。但就算从你这里，我也不想再听了。"

父亲赞成殖民地独立，（据近代史记载）曾在 1957 年把阿尔及利亚民族解放阵线（简称 FLN，民阵党）的一位阿尔及利亚代表介绍给参议员约翰·肯尼迪，也曾苦苦反对 1961 年美国对古巴猪湾发动的入侵行动。肯尼迪把他派去印度担任外交大使，他从那里发来一条敦促美国承认中华人民共和国的电报，得到的仅是国务卿迪安·腊斯克（Dean Rusk）一句简短的回应："就算你的观点或许有那么一点道理，我们考虑之后，也已经否决了。"他努力阻止越南战争的发生，从 1961 年作为肯尼迪与约翰逊的顾问时就在私下劝阻，1965 年从事态开始大规模升级时起，就公开表达反战的态度。或许最重要的是，他把核时代的经济生活与生存问题关联了起来，并且致力于在资本主义制度与社会主义制度之间建立连接，以期寻求共存与融合。1963 年，肯尼迪曾问过他是否愿意担任美国驻莫斯科的大使。如果事情是这样发展的——如果肯尼迪没有被刺杀——冷战或许会提前 25 年结束吧！

我父亲既是那个时代的设计师，也被那个时代造就。他参与罗斯福新政较少，但在二战期间大展拳脚，在战后重建的一些事务中也发挥过重要作用，包括德国自治与马歇尔计划的开启。他的理念在"新边疆"政策、"伟大社会"纲领以及"向贫困宣战"政策中随处可见。或许从长远来看更重要的是，这些政策构成了对企业力量的批判，并将新的挑战提上日程——要满足公共需求，保持抗衡力量，保护环境，将女性从战后资本主义作为家庭消费全职管理者的既定角色中解放出来。

他是一位实干家，我也曾这么同他说过。他与美国一同成长，在实践权力的过程中去认识权力。相较而言，他在经济学上的学术思想更加兼收并蓄，博采众家所长，它的形成很多时候具有偶然性，也有人会觉得他不够扎实。这其实是一个很大的优势，因为这能够让他保持清醒与开放的头脑，用凯恩斯在 1929 年的话来说，就是不会让人"被无稽之谈迷惑"。与凯恩斯不同，他不需要"为了挣脱什么而挣扎很久"。他从一开始就不受教科书般的教条思想的约束，而他的文学成就——《美国资本主义》《1929 年大崩盘》《富裕社会》(分别出版于 1952 年、1955 年与 1958 年)——为他带来的读者数量远非其他经济学家可比。而且他的读者不局限于西方工业世界与民主社会，还包括崛起中的日本、倡导费边主义时期的印度、赫鲁晓夫改革时期的苏联，甚至中国的行政圈（虽然当时我们还没有意识到这一点）。

总而言之，约翰·肯尼思·加尔布雷思的经济信仰是由现实中的实践、政治经验以及亟待解决的问题塑造而成的。归根结底，它们也形成了《权力》一书的基础。他把他所知的权力诉诸笔下，因为他见到过也使用过这样的权力。他的理念有时候会由一些经济学思潮装点，但只在极少数情况下，比如 1937 年他在剑桥大学接触到了凯恩斯的《就业、利息和货币通论》，当时的学术体系才会给他带来直接的影响。相反，他吸收了很多管理社会学的东西——比如借鉴了韦伯、伯利、米恩斯、伯纳姆以及西蒙的理论——试图把经济学拽进一个力量角逐的时代：企业的力量、计划体系的力量以及抗衡力量与社会均衡的作用。

他没能成功。事实上在 20 世纪的后半个世纪中，经济学界一直对他的理念与工作设下了一道严格的防线。这并不是说人们接触过他的想法之后否决了它，他的理念只是被无视了。人们记得的，或者说误记的往往是他文风中带着的刺痛感，以及他运用意象与隐喻的天赋，这些特点掩盖了他作为一名经济学家的实质。真正的经济学家应该是沉闷无趣的，而且如他们的学生所知，在追求无趣这件事上，他们真的成果斐然——在其他事情上不见得如此。而无趣绝不是我父亲的风格。

"新工业国"的定义

我父亲成为一名全球知名的作家与经济学家是从他在 1952 年至 1967 年间出版的四本著作开始的:《美国资本主义》《1929 年大崩盘》《富裕社会》,以及相隔近 10 年后出版的《新工业国》。这 15 年间他还写过其他作品,包括一本关于价格管控的技术论文《价格控制理论》、一本杂文集《自由派时间》(*The Liberal Hour*)、一本日记《大使日志》(*Ambassador's Journal*)、一部回忆录《苏格兰人》(*The Scotch*)以及两本讽刺小说《麦兰德里斯的维度》(*The McLandress Dimension*)与《大胜利》(*The Triumph*)。这些年也是我父亲政治生涯中最主要的一段时期,从 20 世纪 50 年代在民主政策委员会的任职,一直到"新边疆"政策,以及"向贫困宣战"政策与"伟大社会"纲领的设计,还包括在印度两年的外交工作,其中巅峰时刻是他担任美国民主协会的领袖以及在反对越南战争的运动中四处奔走呼吁,也就有了后来尤金·麦卡锡(Eugene McCarthy)参与的总统竞选。一切在 1968 年苦涩地落下了帷幕。这一年,马丁·路德·金被暗杀,8 月召开的芝加哥民主党全国大会上民众与警察发生暴力冲突;同年 11 月,尼克松当选总统。自此,美国自由主义就这样莫名其妙地终结了,而父亲在余生的 38 年中都在与此抗争。

《美国资本主义》第二版的开篇序言中提出了一个有关资格的问题,也就是说"如果从一场战争中留下的核辐射碎片这个角度来看,即使这是一场胜利的战争,这本书的意义恐怕也不大"。他并不赞同"突发的、大规模的、高烈度的灭绝行为"——这种可能性在父亲的头脑中一直存在。2004 年,在他 95 岁时出版的最后一本书《无辜欺诈的经济学》(*The Economics of Innocent Fraud*)中，他在结尾部分也曾重申过这一点。

也就是说，《美国资本主义》是一本关于经济成就的书，写的是二战之后那些年里美国工业体系所取得的巨大成功，是多年来美国在罗斯福新政下的社会和政治上的创新举措所带来的全面繁荣与持续成果，包括社会保障制度、劳动者权益保障、最低薪资限制，以及在工业研发与公共投资的前沿领域，尤其是在高等教育与运输体系中强大的公众影响力。这本书的讽刺与酣畅之处在于，这样的成功让商业领袖与经济保守主义者们不痛快。对前者而言，这种不快是因为他们对社会主义与凯恩斯主义——或者说任何一种他们无法掌控在自己手中的社会秩序——抱有根深蒂固的反对态度。而对后者来说，美国体系可能永远也无法与竞争性均衡的理想或自我调节的自由市场理念达成统一了。反垄断运动也走向了困惑，在一个由快速发展的新工艺、新产品、新技术、新能源所驱动的经济中，从前的反垄断方式显得非常荒谬。而抗衡力量——经济领域的"制衡机制"——就是最实用的答案，也是在自由市场乌托邦以及有问题的、完全的计划经济这两个极端之间走出的一条道路。这本书捕捉到了当时的精髓，如果没有记错的话，它卖出了大约 25 万册。

出版于 1955 年的《1929 年大崩盘》是我父亲在达特茅斯学院图书馆的一个暑期写作项目，如果说他的知识是一匹五颜六色的锦缎，那这本书就是这匹锦缎上新编织进去的丝线。这些丝线在他其后的作品中也反复出现，比如《金钱》(1975 年、2017 年分别出版过)、《不确定的时代》(1977) 以及《金融狂热简史》(1994)。这些书讲述的是那些极不稳定的金融机构以及令人哭笑不得的货币与信贷闹剧、资本市场上令人防不胜防的精妙骗局，还有公园大道与华尔街上那些沉醉于睥睨天下、主宰万物之感、极度自我膨胀的精英人士对自我的浮夸认知。《1929年大崩盘》通过从彼时的报纸中精选出的一些浮光掠影的事件讲述了一个永恒的故事，这个故事随着这本书的出版成为人们永不磨灭的记忆。这本书又一次揶揄了经济学家——对他们来说，金融事件从来都不是导致更深层的"真实"现象或政府不当行为的原因，只是它们的反映。

《1929年大崩盘》是目前父亲销量最高的一本书，除了1987年初的几个月外从未停售过，而且就在那年的10月19日美国股市下跌了1/3之际，这本书又火速重新上架。我记得那天晚上给父亲打电话时，电话很难接通，但在电话终于接通时，他的话听起来非常令人安心："别担心，我3周前就已经套现了。"[①]2003年我见到菲德尔·卡斯特罗（Fidel Castro）时，他对我说的第一句话是："《1929年大崩盘》！这是我最喜欢的书！我的床头柜上就放着这本书。"仅在2009年一年，这本书就售出了5万多册。

接下来就是《富裕社会》（1958）——一本从某种意义上来说是献给我的书，它是父亲所有的著作中对于奠定他在经济学思想史以及20世纪中叶文学界地位的最具决定性意义的一本书。正是在这本书中，"传统智慧"这个表达首次出现，"修正序列"与"社会平衡的问题"得到了定义；也是在这本书中，我们读到了"私人富裕与公共贫穷"的说法。正如阿马蒂亚·森半个世纪后在我父亲的追悼仪式上所说："（读我父亲的书）就像在读莎士比亚的著作，到处都是经典语录！"不过，这本书最有魄力、最重要的地方在于它

---

① 说完这句话之后，他顿了顿，语气也变了。他说："不过很遗憾，你妈妈就没那么走运了。想要把她的家人从爱迪生时代买到的通用电气股票以1美元的价格卖出都很困难。"

对新古典主义经济学的核心思想发起了正面抨击，并且为接下来的数十年提出了广泛而具有进步意义的政治议题。10 年以后，三名被极右翼军政府囚禁起来的希腊经济学教授选择用点过的火柴棒与虫胶来重新装订这本书——当然还有其他书——并非偶然。那本留下他们字迹的书的复制件如今还收藏在我的书房中。

《富裕社会》之所以符合 20 世纪 60 年代的批判精神，是因为它明确推翻了 20 世纪人们试图用"主权消费者"将公司资本主义包装成一个"自由市场体系"的努力。他揭露了完全采用微观经济学的荒谬性，而且没有诉诸马克思主义的论述、阶级分析或是辩证唯物主义。父亲对于马克思的态度一直都是尊重但不恭顺。有一次他曾写道："如果马克思完全是错的，他也不可能有这么大的影响力。"或许正是这种与马克思之间的距离解释了为什么《富裕社会》在 2018 年以前一直没能在俄罗斯出版，而他的其他著作都在苏联时期就出版了。

如父亲所说，对新古典主义经济学家来说，"需求源自消费者的个性"。经济学教科书中所假设的作为消费者的人是这样的：他们痴迷于商品，不喜社交，是单向度的人[①]，贪得无厌，具有一种在任何合格的心理学家看来都称得上不正常的所谓"理性"。这样的消费者形象构成了新古典主义思想的基本原理，是其理论价值的基础以及由此而来的市场与价格理论的基础。它所表达的是一种纯粹的信条，在任何生命科学中都无法得到解释，是一种用意志微粒来填补空间的伪物理学，让人不禁联想到凡勃仑所说的"大自然不会留下真空"。按照这个逻辑，所有的经济政策都以生产最大化为

[①] 单向度的人指一维的，丧失否定、批判和超越能力的人。——编者注

目标，然后又用人们对原始的、无底洞一般的欲望的迫切追求获得逻辑上的自洽。父亲在1958年出版的书中写道："如果说一个人每天早上一起床就被心魔附身，脑中被灌输的都是对商品的痴迷，有时是丝质衬衫，有时是厨房用具，有时是夜壶，有时又是橙汁，那么有人为了找到能够压制这种欲望的商品而付出努力，无论这样的商品有多么奇怪，我们都有充分的理由对这样的努力大加赞赏。"但如果生产"只是为了填补它自身制造出的空白"，情况就不同了。如果是这样，人"大概需要想一想问题的解决办法究竟在于生产更多商品还是消除一些心魔"。借用凯恩斯的话来说，新古典主义有关主权消费者的观点纯属无稽之谈，任何愿意用清醒的头脑与开放的心态审视此事的未经教导的普通人"听起来都很荒谬"。

无可争议的是，《富裕社会》是有史以来最通俗易懂、读者最为广泛的对新古典主义经济学提出批判的著作之一，同时毫无疑问也是最深刻的一本。因为它对经济学就是有关稀缺性的学科这一核心命题发起了挑战，也由此撼动了消费者追求效用最大化以及企业追求利润最大化的假设基础。不同于琼·罗宾逊与爱德华·张伯伦（Edward Chamberlin）在20世纪30年代提出来的不完全竞争理论，《富裕社会》从单纯的竞争与单纯的垄断之间由来已久的二元之争中脱离了出来。不仅如此，它没有对"完全竞争"持反对意见，也没有把它视作理想情况，因此经济政策的任务并不应当是试着向这种所谓的理想靠拢。因此，反垄断这个"完全竞争"的拥护者们最喜欢动用的工具，也就没有太大意义了。

"在工业产出上拥有既得利益"的公司资本主义与国家社会主义有相似之处，但如今它们之间的关键区别也显而易见。国家社会主义按照相关计划者（总体上）根据投入产出效率所设定的规则来定义与满足人的基本需求，即衣、食、住。他们多数情况下并不擅长劳动力与分销网络的管理，对产品设计的创新也没有兴趣。艺术、建筑、音乐与电影并没有被纳入商业世界。而公司资本主义却认识到了有必要事先对"需求"进行规划、围绕可规划的需求进行产品设计、刺激社会面的竞相效仿，以及构建一个领域相对集中、专注程度与效率较高的生产体系，也就是公司。公司的体量必须大，整合程度必须高，但无须面对在全国范围组织生产的艰巨任务，也无须平衡各方之间的需求。

有了这些相对来说去中心化的单元集中在各个具体的产业领域，并且在相互协调与配合下完成总体有效需求的增长，那种通过"先制造，再满足"来诱导需求的做法所带来的问题就得到了强有力的解决。但这种方式暴露了整个社会体系的空心化，它强化而不是解决了不平等与社会等级的问题，是反民主、弱肉强食的，在压制其他体系方面甚至表现出极权主义的特点。福特汽车的创始人亨利·福特曾说过，T型车是什么颜色都行，只要它是黑色的；美国的民主可以容忍任何社会体系，只要它是资本主义体系。然而，只有当一个体系中资源是便宜的、不平等问题是可以容忍的、忽略环境的代价问题还不大时，这个体系才可能得到繁荣。

父亲曾写道，如果说《富裕社会》是一扇窗，那么《新工业国》就是一座房子。《新工业国》起草于20世纪50年代末，在肯尼迪执政、我们被派往印度的那段时期，稿件就存在一个银行的保险库中，待到全书完稿出版之时已是1967年。那时正是"伟大社会"纲领和"向贫困宣战"政策施行的时代，是越南战争白热化的时代——或许也是美国大公司的力量、军事上的傲慢、战后繁荣和社会进步达到巅峰的一年。也正是在这个时期，"美国道路"达到了名望的巅峰，举世瞩目，有人将它视为榜样，也有人将其视为威胁。让-雅克·塞尔旺-施赖贝尔（Jean-Jacques Servan-Schreiber）在《美国的挑战》（*Le Défi Américain*）一书中表达了这种矛盾的心情——美国人拥有一种优越的大公司形式，它很快就会取代欧洲的体系。

对经济学界来说，《新工业国》的出版是一个决定性的时刻。它表明了把组织机构置于市场层面之上的必要性，因为科技的深入应用需要一定的分工，产品的设计需要较长的预留时间，为保障销售顺利完成且能够持续实现新产品的销售，需要对具体需求进行管理，为把投资计划与废止计划协调起来，需要对总需求进行管理，而这一切需要靠组织机构——冷血、高效、庞大的组织机构——并且也只能依靠组织机构去实现。概括来说，是组织机构让我们对计划体系的综合管控成为可能，在这个体系中，各个大公司像行星一样被一圈圈中小企业围绕。对于坚持把自由市场视为理想类型的人，父亲在这本书中戏谑地表达了一种不屑："想要研究曼哈顿建筑的人如果一开始就假设所有建筑都是类似的，那么他将很难从现存的褐砂石建筑走向摩天大楼，并且如果他认为所有的建筑都应该像褐砂石建筑一样有承重墙，否则都不正常，他就会给自己的研究造成更大的障碍。"

《新工业国》如实地描述了美国的经济——同时还讲述了它的权力结构、缓和力量与抗衡力量、其政府以及军工复合体。总体来说，书中的描写并没有敌对意味。在父亲看来，这种体系有优势，也有劣势，有缺陷，也有挑战，但在可选择的替代方案中并不包括能够以较低的社会成本实现的乌托邦。他一直都是一个讲究实际的人，对他而言，现实主义理论就意味着要解决现实问题。他从不相信会有那么一天，所有问题都得到解决，无论是当股价永远达到高位的时候（如欧文·费雪在 1929 年所写），还是当经济衰退的问题与陷入萧条的风险远去之后（如罗伯特·卢卡斯在 21 世纪初所写）。我们甚至都不必以"伟大的"社会为目标，能够朝着一个"还不错的"社会努力就已经足够了；《美好社会》（1996）也成为他后来一本书的标题。为此，所有切实可行的措施都可以部署下去，包括有实际操作经验的人运用过的方案以及用来稳定价格与薪资水平的管理制度。

父亲的思想来自直觉，也来自信念的演进。他既不是革命派，也不信奉商业周期那一套，更算不上一个均衡理论家。他书写的是他所处的时代，也就是战后美国的工业企业体系时代。他明白辉煌会稍纵即逝，实际上高寿的父亲在他的有生之年也确实亲眼见到了自己笔下的世界逐渐瓦解。但这一切不会影响他的作品所具有的分量，就像苏联的消失不会让当初人们对它的研究贡献失去意义一样。不过对于主流的学院派经济学家来说，实际情形是什么样不重要，构建长远的平衡态才重要，因此他们寻求的是学术观点的不朽，而具有发展思维的人并不这么看。对于后者来讲，代价就是真实世界中的历史阶段都是转瞬即逝的，当每一个具体的历史条件时过境迁之后，他们也会被人遗忘。《新工业国》也是如此。尽管它是有史以来读者最为广泛的经济学文本之一，却也在 20 世纪 90 年代停印，及至我父亲 2006 年去世之时，这本书已然难觅踪迹了。后来这本书重出江湖，不过有好几个版本，其中包括普林斯顿大学出版社的一个版本以及美国文库系列的一个版本。据称，他们会保证这本书从此往后一直留在市场上，留给子孙后代。如今，这本书再一次来到了中国。

站在遥远的 50 多年后，想要去重现《新工业国》对美国政治文化的影响以及它对成熟经济制度的威胁并不容易，更别提过分夸大这种效果了。当年，这部著作是由自马克思去世以来拥有最广泛读者群的经济学家之一，在彼时世界上最强大的国家，站在学术名望的顶端所发出的声音。在某个平行宇宙中，经济学界或许会干脆收缩，遵循父亲的理念走上一条全新的经济发展道路，一条以大型组织机构为主导的、世界所适合的道路。或者，它也可能会遇到熊彼特阵营创新理论的挑战，接受大型机构存在的现实，也承认自己的问题，但拒绝使用解决它们的工具——这几乎是一种"法西斯式"的回击。再或者，经济学界也可以更加决绝地坚持其固有的信仰，干脆否认摩天大楼与褐砂石建筑之间存在本质上的区别。

　　被选择的是最后一种方式。随之而来的是它装腔作势自诩为科学的惊人姿态，是对复杂玄奥的数学公式不可自拔的执迷，以及试图由此将父亲逐出经济学界的意图。如此一来，学院派经济学就退回到了由晦涩的、形式化的模型，教条的政策规则以及互不连贯的知识所构成的幻想世界，背后潜伏的到处是政府的说客与幕后的金主。货币主义、供给学派以及后来的理性预期经济模型可以说是你方唱罢我登场。最终，这个学科一步步把自己封闭了起来，基本上停止了与广大读者的互动，只留下自己的二级代表去执行那些既定的教条政策。这样的故事既沉闷又乏味，在此我便不再赘述了。

进入不确定的时代

　　让我们以《新工业国》为起点看一看经济生活在过去 50 年间

发生了怎样的变化，因为在 20 世纪 70 年代，美国的大公司体系以及美国通过它所展现出来的绝对全球力量已经开始松动。我的父亲察觉到了这一点，这种不祥的预感在某种程度上也反映在了那 10 年间父亲参与制作的一个大项目上，也就是 BBC（英国广播公司）的一个系列片以及由此而来的一本书——《不确定的时代》。这档节目在全球范围赢得了高度赞誉，收获了一大批观众，但同时也激起了各方的强烈反应。美国公共广播系统（The Public Broadcasting System）在加入了由威廉·F. 巴克利（William F. Buckley）组织与主持的保守主义反对观点后才播出了这个系列片。米尔顿·弗里德曼更是筹资制作了一档自己的电视节目《自由选择》来进行正面回击。各路专业经济学家步步为营，想要让父亲这样的人再无转圜之力。在这一点上，他们可谓战果辉煌。父亲这个务实主义者给不切实际的思想造成了致命的威胁。

以下是这个不确定的时代渐成气候的过程中所发生的一些最关键的转折事件，包括发生在那个电视片与那本书之前与之后的事件。

- 在美国诸多造成不稳定因素的政策（尤其是介入越南战争）带来的压力之下，在德国和日本的恢复与崛起将美国置于越发不利的竞争环境之后，1944 年以稳定战后货币为目的而建立的布雷顿森林体系于 1971 年崩溃。
- 资源，尤其是石油的成本在 20 世纪 70 年代一路上涨。这一局面破坏了美国工业企业的成本结构，再加上更高且不稳定的利率和周期性的经济衰退，给企业带来了巨大的财务压力。
- 与美国形成竞争的其他工业计划体系提供了更适应科技发展的新环境，它们正在崛起，特别是日本，包括稍晚一些的韩国以及后来的中国。它们提供的低成本日用消费品提高了人们的实际工资，导致美国的货币薪资水平出现了天花板，给劳动收入占比的提高带来了压力。

- 1979 年至 1982 年间的金融改革政策摧毁了工业联盟及其所服务的商业公司，让国际美元起死回生，最终建立起了这个我们如今所生活的以金融为主导的世界。

- 直接来自国家与军事研发部门、与其密切关联的科技职能经过结构重组成为拥有独立资本的高价值企业，虽然它们曾经是大型综合工业公司的一部分，之后实际上却成了其掠夺者与寄生者。

- 20 世纪 80 年代初发生了全球债务危机，不出人们对后殖民时期的猜测，全球经济发展陷入崩溃，伴随而来的是 80 年代中期资源价格的暴跌与 1991 年苏联的解体，终结了 70 年来美国与另一种社会制度之间不曾松懈的较量。

- 美国呈现出一个技术金融国的特点，其经济繁荣带沿东西海岸分布，全球贸易结构进入了"大怪兽米诺陶"① [瓦鲁法基斯（Varoufakis）提出，2011] 阶段，这是一种主要通过私人债务来驱动经济发展的私人消费经济，以住房贷款、汽车贷款、信用卡以及助学贷款为甚，经济增长成了不可持续的、腐败的借贷行为的产物。

- 2007—2009 年，大规模的金融危机爆发，其后全球经济增速放缓，投资陷入低迷，公共资本形势恶化，贫富分化悍然加

---

① 米诺陶是希腊神话里的怪兽，瓦鲁法基斯以此来比喻美元与黄金脱钩、布雷顿森林体系解体后这段时间，美国在全球资本循环中的角色。——编者注

剧，经济失去保障，幻灭感笼罩了世界，只有还在有效发挥作用的社会福利中央机构能让收入问题稍加缓解。

布雷顿森林体系是在英国（与法国）没落、冷战形势迫近之际，于1944年建立起来的一个体现着美国霸权体系的总体金融框架。它以美国工业的霸主地位及其对"自由世界"中黄金供应的有效主导地位（如果不是垄断的话）为前提。因此，布雷顿森林体系永远无法承受德国与日本的经济复苏、美国产业公司的全球化以及在越南战争的催化下美国无限期滑入贸易逆差的局面。《新工业国》问世仅4年后，就在滞胀的出现——通胀率与失业率同时上升，一个此前被认为不可能发生的现象——令麻省理工学派的凯恩斯主义者对他们通过微观手段管理宏观经济的信心遭到撼动之时，尼克松关闭了黄金兑换窗口，将美元贬值，宣称自己"在经济上是一个凯恩斯主义者了"。父亲对此次价格管控的实施表示赞成，认为这是对实际需求做出的必要让步，但这种思想上的胜利却是一种皮洛士式的惨胜①。尼克松的目标是短期的、服务于政治诉求的、损他而利己的，也是成功的。

1973年与1979年的油价冲击与政治事件（1973年埃及与以色列的战争以及1979年的伊朗革命）有关，但从某种程度上反映出美元的衰落，因为石油就是以美元来定价。石油价格的问题传导到美国国内表现为通货膨胀，刺激美国以提高利率作为应对之策。这一系列操作令当时正在失去活力的美国工业股本雪上加霜，将成

---

① 源自希腊神话，形容一种特殊的胜利，即虽然赢得了胜利，但付出的代价太大，以至于可能比失败更糟糕。——编者注

本优势拱手让给崛起中的德国、日本（以及后来的韩国），让它们得以将运输过程以及库存的成本降到最低。这样的结果造成了工会的没落，给美国的抗衡力量造成了沉重的打击，同时也拉开了五大湖区域工业衰退的序幕，严重撼动了美国社会民主主义的政治根基，也就是汽车工人、机械工人、钢铁工人与橡胶工人等群体，这也是40多年以后唐纳德·特朗普得以上台的原因。

而与此同时，其他遵循计划体系的国家，特别是德国与日本，却在战后的去军事化时期，在罗斯福新政启发下的社会民主主义下，在获准进入更大的市场（欧洲之于德国、美国之于日本）之后，得到了长足的发展与繁荣。这两个国家从未放弃过加尔布雷思理念式的大公司体系，也没有摒弃过能够让企业远离管控欺诈、官员私有化、劫掠与自我毁灭的抗衡力量。因此它们得以发展壮大，最终不仅在第三世界国家的市场中取代了美国的主要工业，也在美国市场做到了这一点。这种局势可以通过配额手段，也就是人们所说的"自愿出口限制"，在一定程度上进行管理，但它只会带来一些更反常的结果，也就是把新入场的市场玩家推向更高质量、更高成本，同时有更高利润的市场领域，让它们随着收入的增加成为市场的主导。

由保罗·沃尔克（Paul Volcker）在1979年发起、罗纳德·里根于1981年上台之后给予支持的金融改革方案加速了这些变化。它摧毁了公司与工会、重振了美元、加剧了贸易逆差、降低了税率，也由此给公司管理者带来了极大的动力去重新分配收益，特别是分配给自己的收益。一个由组织机构形成的经济体系被寡头经济取代；工业力量衰微，金融力量崛起，随后就有了建立在全球化制造体系与私人债务基础上的消费繁荣，辅以公共债务支撑的军备重整。

如此一来，从金融力量中取得的繁荣可以（并且已经）被转化为购买力，只不过它建立在一个收入差距日益加剧的不稳定基础之上。

随着控制权转向金融领域，工业领域进行了重组，将其科技部分剥离出来并集中精力进行发展，以便吃数字革命的红利，同时也难免把金融财富集中在那些掌控着科技的人手中。如此一来，美国的整个空间布局也出现了变化：加利福尼亚（及西部）崛起，成为美国的科技中心，与东海岸的金融中心遥相呼应，两地之间的地域成为"经飞地带"（flyover country）。具有世界主导地位的美国产业如今是最为先进的，它们大多数与美国军工有着密切的关系，比如信息科学、通信技术以及航空航天技术。就在美国的财富中心吸引并促进了社会自由主义者以及自由主义改革派，给如今已经脱离了产业工人阶级的民主党带来新的政治基础之际，又一次政治变革随之而来。当年作为里根政府"票仓"的加利福尼亚州现已成为民主党最重要的一个大本营。而对于传统的工业企业来说，失去科技的加持就意味着它会进一步陷入相对的衰落。苹果公司成为一个市值上万亿美元的大公司，而通用电气与IBM（国际商业机器公司）却举步维艰。

那场金融改革推翻了全球数十年来的工业化发展，迫使世界上大部分国家对美国这个拥有稳定的全球购买力与金融风险防范能力的市场产生了新的依赖。商品价格与制造商崩盘，影响并最终摧毁了苏联，与此同时，美国的消费品市场向冉冉升起的中国打开了大门。苏联解体之后，哈耶克、弗里德曼与萨缪尔森的追随者入局。价格管控放开，工业生产崩塌，由此造成的人类灾难就其对生活的影响而言不亚于爱尔兰大饥荒与《凡尔赛和约》。俄罗斯用了20年的时间来恢复元气，而苏联的某些区域，比如众所周知的乌克兰，再也没能翻过身来。

反观中国，它从来没有沦为新自由主义时代所谓正统观念的牺牲品。实际上，中国在转型过程中取得的某些成功，与父亲对某些具体价格如何对宏观经济发挥作用的理念是一致的，尤其是那些不同于物价总指数、能让普通消费者亲眼看到的商品价格。而宏观经济确切来说是个极易发生通货膨胀的事物，说得再深远一点，是个既能铸造信心，也能摧毁信心的东西。对中国来讲，大米、面粉与食用油的价格是关键；对美国来说，关键的是天然气价格与利率。通常价格的调控都是往上走的，只有极少数情况下会向下调整，而且一旦出现价格下调，人们往往会把它视为经济萧条的预兆，因为它造成的直接结果首先是生产商成本的沉没。而价格的上升如果快到足以让人们有所察觉，就会导致挤兑、投机、囤货以及其他扰乱社会秩序的行为出现。不仅如此，它还会导致政府难以销售债券，尤其是长期债券。这一切对中国来说都是显而易见的。

中国自1949年以来就一直在奉行稳定价格的策略，（正如前文中提到的）中国人曾阅读并研究过父亲的价格管控理念。他的影响力延伸到这么遥远的国度是我在20世纪90年代被中国国家计划委员会聘为宏观经济改革项目首席技术顾问之时才慢慢意识到的。在中国取得成功的同时，美国工业公司却开始变得衰微，这一点自不待言。但或许也可以这么说——如果我可以满怀对父亲的骄傲这么说的话——放眼望去，在21世纪的工业大地上，三个发展最快的国家，即德国、日本与中国，此外还有奥地利、韩国以及少数其他国家，都是研究过加尔布雷思主义的国度。

如今的美国经济中，价格机制落入了自由市场之手，通货膨胀率全在美联储的一念之间。美国更大的信心在于它的科技水平以及由军事力量保驾护航的金融实力。这是一个不平衡、不稳定的系统，它所依赖的是转瞬即逝的发展活力与变化无常的私人债务。就在21世纪初，美国已经暴露出了军事力量投射上的力不从心。在现代社会中，决定性的优势往往取决于本地的人口与防御技术。伊拉克与阿富汗还在继续凸显这一事实，叙利亚近来也把这一点展现得淋漓尽致。于是，美国现在拿起了金融武器——关税与制裁。但这些做法除了会导致世界金融制度最终发生改变，还能带来些什么？如今美国金融在体量与稳定性上仍然保持着优势，但又能保持多久呢？在这一领域中，事态正在急速发生变化，或许过不了多久我们就能够找到答案了。

近年来，美国民众陷入了深深的担忧，他们内心惶恐，愤怒与日俱增。经济发展放缓是一方面，气候变化是另一方面，这些都是悬在我们所有人头顶之上的艰巨挑战。当人们知道他们是可以被牺牲掉的那些人时，他们会反抗。《不确定的时代》所描述的世界并没有消散，反而成了我们将要长期面临的环境。简而言之，恰恰是因为约翰·肯尼思·加尔布雷思的思想在这个国家被置于晦暗之中，这些问题才大量滋生，这给我们勾画出了如今的方向所蕴藏的危险。在世界上的其他国家，他还有大量的读者存在，这些国家或许会发生不同的故事。至少，这是作为他儿子的我所希望的。

来自金钱的教训与预言

金钱把人类能够犯下的极致蠢事借由某些人之手集中在了一起，比如银行专家、央行官员、投机分子，还有政治人物以及听命于他们，或至少看起来像是听命于他们的学者、教授。没有什么比整理这些脉络能给父亲带来更大的乐趣了。因此《金钱》这本书将一段人们喜闻乐见的金钱史掰开了、揉碎了，并讲述给大家。

《金钱》讲述的是一段严肃的历史，不过它并非一部原创性研究著作。它是以我父亲广泛的阅读、批判性的思维、敏锐的判断为基础，以他的经验与当时所能收集到的信息来源为依据所进行的叙述。书中讲述的内容并不局限于美国，但是以美国的金钱史为主，从殖民时期一直讲到20世纪70年代初布雷顿森林体系的终结。在美国之外的地区，约翰·劳（John Law）与凯恩斯在金钱史上扮演了极为重要的角色；苏美尔人以黏土制作的货币当时还不为人所知，21世纪的泼天灾祸也还未发生。令人遗憾的是，我父亲不是研究中国纸币与银子使用史的学者，对有可能用作货币的其他东西也没有做更专业的研究。

话说回来，北美洲独特的地域范围与政治形态也让这个大洲在有关货币、银行业、欺诈与灾难的编年史中有了特别的一席之地。这片偏居地球一隅、治理结构原始的早期殖民地形成了自己的模式：起初这里以贝壳（一种海贝壳）串珠为交易媒介，以河狸皮为货币储备。在南方，烟草作为交易媒介出现以后，格雷欣法则以一种温和但又恶毒的方式开始显现了。

此后为了给革命与战争筹集资金，纸币在美国（独立战争时期的"大陆币"以及南北战争时期的"绿钞"），还有法国以及后来的俄国出现了。我父亲曾写过，这些纸币在当时的历史时期并没有得到充分的认可，尽管它们确实行之有效、不可或缺。美国在19世纪初向银行业这个古老的金融机构挑起了政治战争，时至今日这种银行战争也依然存在，只不过胜出的从来都是银行。

政府发行纸币，银行签发信贷：好也罢，坏也罢，这正是创造货币的两种途径。银行从本质上来说是不稳定的，因此金融问题不可避免会出现。教科书中描述的童话世界是这样的：充满智慧的央行专家为了控制通货膨胀会非常小心地掌握纸币发行的节奏，同时"现实"中的经济会进行自我修正从而实现充分就业。这样的描述在真实世界中完全站不住脚。当时间从 19 世纪进入 20 世纪之后，尽管政府已经变得更加成熟，对经济理应有了更深的理解，但一切并没有变得更加稳定——事实上，不稳定性反而大大加剧了。出现在我们这个年代的各种灾难都证明了我父亲对前景展望的调侃与怀疑都是合情合理的。他没能看到 2008 年全球金融危机的爆发，不过就算看到了，他也不会觉得意外。

他曾认为英国于 1925 年以战前平价回归金本位制"是近代以来最具破坏性的货币政策"，这一论断放在如今来看，说得为时过早了。欧元的创立，以及在没有有效联邦机构的情况下将希腊、西班牙、葡萄牙、意大利、芬兰以不可思议的平价纳入欧元体系的做法导致了看不到头的经济萧条，如今又对各国不亦乐乎地玩起了制裁，这种玩火自焚的做法更使得局面雪上加霜。

在货币问题闹出的荒唐事上，美国一向无出其右。谈到这一点，有人或许还会谈到 1999 年《格拉斯–斯蒂格尔法案》的废止与 2000 年信用违约互换产品的合法化这两件发生在比尔·克林顿任期内的事，还有乔治·W. 布什任期内对银行管制的放开，以及贝拉克·奥巴马时期权力与市场份额向头部银行集中。其中，前两任政府合力制造了有史以来最严重的金融风暴，而第三任政府却确保经济复苏带来的好处又回到了当初制造这些惨剧的机构中。

1945 年以来，特别是 1981 年以来，美国一直以各种短期与长期国债的形式向全世界签发储备资产，沉浸在这种"超级特权"中。

美债成为全球的金融财富，强劲的美元也奠定了美国人生活水平的基础。与此同时，美国的工业产能、基础设施、技术与人力资源以及社会凝聚力却在逐渐削弱。就像《浮士德》所说：自古以来，赊购来的权力是要以这个国家不朽的灵魂为代价的。

身在不确定的时代

　　1973 年夏天，我满脑子都是"水门事件"曝光这件事，有一天突然接到来自伦敦 BBC 电视台艾德里安·马龙的电话，他问我是否可以就经济或社会思想史的非特定内容做一系列电视节目。

　　这个电话来得恰是时候。哈佛大学有一项传统由来已久——教授必须向求学者表明自己有多么热爱教学事业。即便是那些上课写着密密麻麻板书、讲课让人困顿无聊的教授，也会在伯克利教授俱乐部发言说自己对这份热爱的工作如何奋不顾身地投入。我越来越觉得演这出戏好难，曾经有那么几次，我看着一排排年轻而充满激情的面孔，却很难摆出一副好脸色，这太可怕了，我当时真想退休。何不就此退休，把广大荧屏前的电视观众当作学生？据说这样就不用一直听到下面学生的动静，不用担心谁睡着了，或是哪对情侣又离场了，也许那个睡着的人只是今天累得够呛，也许那对情侣也会说出他们爱的借口，但我都不可能知道。所以我没怎么犹豫，就决定接受拍纪录片的邀约。我和艾德里安·马龙、迪克·吉林、米克·杰克逊以及戴维·肯纳德一起努力了三年的时间，这期间他们一直是常伴在我身旁的可敬伙伴。

　　我们很早就将这一系列片子命名为《不确定的时代》，听上去很像一回事，也会让人有很多联想，同时亦表明了本片的主题——对比 19 世纪经济学思想理论的确定性和当今时代我们所面临问题的不确定性。19 世纪，资本家坚信资本主义将会胜利，社会主义者坚信社会主义将会胜利，帝国主义者坚信殖民统治将会获得成功，统治阶级也坚信自己理所应当享有统治权。但考虑到今天人类所面临问题的复杂性，我们很难再坚信什么。

随着关于本片的讨论渐趋深入，更深层次的主题逐步显现。最初的想法没什么新鲜，就是思想不仅对于其自身很重要，对于解释和阐述社会行为也很重要，一个时代的统治阶级思想无疑会成为人民和政府的指引，继而塑造历史。一旦人们相信市场的力量或者国家统治的危险，就会对颁布和废除法律产生影响，亦会影响人民对政府的要求，以及对市场力量的信任。因此，我们对种种思想的阐述都是按照两步逻辑展开：首先是思想家及其思想，其次是相应的社会影响；先讲亚当·斯密、李嘉图和马尔萨斯，接着阐述他们的思想体系对英国、爱尔兰和美洲新大陆的影响；先介绍经济思想的历史，然后讲经济的历史。

我们前期的节目和本书的前几章都是按照这样的逻辑划分的，并且打算接下来的系列都依照此例，从思想家讲到社会影响，从思想本身延展到当下的环境。书中的最后一个经济人物是凯恩斯，放在最后并不是说他最不重要，而是在他之后的经济思想家都还太年轻，但他们也不用气馁，因为电视节目还会长久地拍下去。思想理论及其引致的制度是我们这一系列节目和本书的主要内容，两者缺一不可。

像 BBC 这样的电视公司都是专业分工很明确的：我负责节目

内容，我在 BBC 的同事负责将其搬上荧屏。但如果生硬地按照这种划分执行，最后的效果会不尽如人意。若要在荧屏上精彩呈现——不论是充满智慧的策划、寻找相关场景或进行拍摄和编排制作，只有他们深入地从专业角度去体会这些思想，才可能做好。最后他们的确是这样做的，而且还深刻地影响了我的思考，极大地拓展了我的思路，这本书的创作也从中获益。我也反过来在拍摄主题和地点的选取上给予了一些建议，并就如何给意义赋予视觉效果提供了一点想法，尽管这些不那么重要。

我在 BBC 的合作者并不限于制作人、导演。众所周知，BBC 是一家声望卓著的大型机构，在全球范围内专业负责的电视公司行列里绝对排得上号。它的优秀就在于吸引了大量人才，并且台里的工作人员，不论是摄像师、音效师、灯光师、制作助理还是其他人，都秉持着对节目积极负责的态度。

每个和电视节目有所接触的作者都明白，电视节目的表现手法和写作手法差异很大。荧屏对于时间的限制很严格。花一个小时讲卡尔·马克思也许对于一些观众来说就过于冗长，要讲完他漫长、激情、丰富而勤勉的一生，一分钟足矣。这不单是简化的问题，而是要能简洁地用一句话准确而清晰地点出中心思想，如果连这点都做不到，就对不起观众了。时长的限制就需要我们精挑细选，专注于最重要的点，甚至在这些点之间也要有所取舍。作者的选择会带有浓重的个人色彩，他如何阐述亚当·斯密、李嘉图、卡尔·马克思、列宁和约翰·梅纳德·凯恩斯，或者为什么选这些人物而不讲其他人物，都不能说是绝对客观、无须修正的。电视节目很难做到面面俱到，我们只能期待最后精选出的内容起码是经过深思熟虑的。最后必须通过所有可用的公关手段和机智来接受评论家的测试，看是否给观众增加了真实准确的知识，而评论家们往往专业积淀深厚，充满热情，还有着源源不断的深刻观点。

在电视节目中，一部分信息是由图片展现，一部分则用文字表述。出版一本书不可能只有图片而没有文字——也许有人会这么提议，但这种想法应该谨慎对待。现在这个年代，出版商什么都愿意出版。电视节目脚本是不应该直接拿来作为出版物的，电影和电视节目脚本都是有缺陷的，就好像一个没有面部的人。电视节目的设计都是假设观众只有一次机会听到、看到其讲述的知识，也许未来电视节目应该让观众可以自行回看难点，但现在还没有。与此相反，作者在写书的时候，是假设读者会不时返回去再看一遍作者到底在试图说明什么。

我在准备这一系列电视节目的时候，先是就每一个主题写了一篇行文谨慎的文章，作为改写成电视节目脚本的基础稿件。基于这些原始稿件，再加上后来修订的脚本，我写成了这本书。很多时候，书中提到的思想和事件是电视节目中没有的。我非常高兴，写书的时候不用考虑读者必须要在一个小时之内读完一章，书中也有图片，不过只是为了展示书里的故事，文字本身自成体系。经过三年与BBC的合作，我现在对电视节目的崇敬更加深一层，但我也不希望纸质印刷读物被荒弃，成为历史。

第一章
古典资本主义的预言家及预言

公认的 20 世纪最具影响力的经济学家约翰·梅纳德·凯恩斯，在他最后一本（也是最著名的一本）书的最后几页中写道："经济学家和政治哲学家的理论，不论正确与否，其力量都比人们预想的大得多。世界确实一直由少数人统治。务实的人自以为不受任何思想的影响，但其实只是某个已故经济学家的奴隶。"[1]此话写于1935 年。想到当时在时代风口浪尖的阿道夫·希特勒、约瑟夫·戈培尔和尤利乌斯·施特莱彻的演讲和雄辩，还有阿尔弗雷德·罗森堡和休斯顿·斯图尔特·张伯伦①笔下鼓吹的种族主义，凯恩斯又补充道："政治狂人自以为获取了上天的旨意，其实他们疯狂的思想不过是受到几年前一些不切实际的三流文人的影响。"[2]他断言："……比起日渐蚕食人们思想的力量，既得利益者的权力已然被夸大了。"[3]

凯恩斯为我们提供了如何看待某些思想的例证，这些思想解读了现代资本主义或者现代社会主义，并且成为我们的行为指导。或

---

① 约瑟夫·戈培尔、尤利乌斯·施特莱彻、阿尔弗雷德·罗森堡均为纳粹德国政治人物。休斯顿·斯图尔特·张伯伦为德国英国裔政治哲学家、自然科学家及作家，种族主义者，他的作品是纳粹种族政策的重要文献来源。——编者注

许我们应该知道，我们到底是被什么统治的。

虽然凯恩斯的说法多少有些夸大，但也八九不离十。经济事务中的决策不仅受到思想观念和既得利益集团的影响，有些情况下还会受制于环境，而后果也十分严重。我们茶余饭后谈论政治，总是在意某个人是左翼还是右翼，是自由主义者还是保守主义者，是自由企业制度还是社会主义的拥护者。我们没有看到，很多时候，是某种境况在逼迫所有人——至少是关心生存问题的人——做出相同的行为。如果一个人为了呼吸必须治理空气污染，或者为了证明自己的经济管理能力要消除失业和通胀，那么不论他是保守党、自由党还是社会民主党，他在境况逼迫下采取的行动并不会有太大差异，因为非常遗憾，他的选择并不多。

我们当然也不能忽视既得利益理念的影响。人总会保护自己既有的东西，证明自己想要的东西是合法的。这种倾向就驱使他们认为，凡是符合自己意图的，就是正确的。理念也许高于既得利益，但更多情况下它只是既得利益的产物。

渊源

解读现代经济生活的理论和它所要解释的经济体系一样，都是长期形成的。但为了谈论之便，大家公认的起点是 18 世纪后半期。彼时英国的经济生活随着一系列机械发明的诞生开始发生变革，西欧其他国家和美国新英格兰地区也发生着一定程度的改变，包括蒸汽机的发明，纺织工业的一系列卓越革新，较早出现的飞梭和后来的珍妮纺纱机、水力纺纱机、走锭纺纱机及机动织布机。纺织品从古至今都是重要工业品，是富人炫富的虚饰，也是穷人不可或缺的生活用品。手工纺线和织布都是费时费力的活儿，当时平民考虑购买一件衣服相当于现代人要去购买一辆车甚至一栋房子。新生的机器让纺织业走出家庭小作坊，走进制造厂，从而让产品价格下降，成为大众消费品。

伴随着纺织业的革命，其他各类技术革新也在人们游刃有余的主导下发生，让人们萌生了信心和自豪，就比如二战之后整个社会对于技术及其创造的奇迹的信心空前膨胀。工业革命带来了新的经济思潮。

这些思潮仿佛窥到了即将到来的世界的一角，但也更深刻地被打上旧世界——那个农业生产以压倒之势主导的世界的烙印。直到那时，除了少数享有特权的人，经济生活就是指为个人和家庭提供三样东西：衣物，食物，住所。这三者都来源于土地，食物自不必多说，皮、毛、植物纤维也源自土地，当时建造房屋的材料也来自附近的森林、采石场和砖窑。从工业革命到其后的几个世纪，所有地区的经济类型都是农业经济。

田园风光

经济学家一直在试图向门外汉解释经济体系，将它比喻成一个机器。喂进去原材料，工人负责加工，所有权在资本家手中，最终产品以非常不平均的形式分配给国家、地主、资本家和工人。如果把经济世界想象成一幅图景，也许我们能看得更清楚。在工业革命之前，是清一色的乡村风景，劳动者大多从事农业生产。密不可分的金钱和权力，体现在人们的住所展现出的宏伟壮观、富丽堂皇，而更多的仍是普通农民的平凡住宅。富足的劳动力和稀缺的土地都于地主有利，社会传统、社会地位划分、法律和教育都是在支持地主阶级，由地主阶级组成的上议院就反映了这种特权地位。

国家的出现进一步给了地主和工人更深远的界定。权力从统治者手中流向地主，又从地主压向农村劳工，随着权力自上而下的传递，在此过程中被榨取的收益却反而向上转移。下面这条规则值得牢记：收益和权力总是沿着同一条轴线反向转移。

当然，国家权力和土地所有者的权力都不是绝对的，在工业革命时期的英格兰，佃农甚至雇农都能从法律和惯例的运作中获益，具备了对抗地主的防卫能力，而地主必须遵守法律，保障农民薪酬，不能随意解雇农民。1215 年的兰尼米德评议会上，与会者将保护私有不动产视为当务之急，并认为这才是尊重人类自由的历史性承诺，结果就是大地主的财产权在实质上免于国王的侵犯。但英格兰只是一个超前的案例，在法国，农民的权益一直受到地主侵害，而在国王的强权下，地主和失地农民的权利都显得脆弱不堪。欧洲其他地区大多也都是这种情况，越是向东，越是如此。而在遥远的印度莫卧儿帝国，所有的土地都是属于国王一人的种植庄园（17 世纪欧洲人到达这里时，莫卧儿帝国的宫廷建筑艺术在欧洲人眼里只能算是原始级别）。

古典经济学的奠基人

在这个时代若是再按民族所属来划分经济学家，不仅会显得轻率，还会招致非议。所有民族都曾出过著名的经济学家——虽然爱尔兰人是个例外，他们把热情都献给了高雅艺术。[4]但就人口比例来说，没有哪个民族的经济学家人数比得上苏格兰人（虽然 19 世纪时威士忌成了他们最主要的代名词），唯一能与之匹敌的就是犹太人。

苏格兰人中最伟大的经济学家当数亚当·斯密。经济学家们总是热衷于争论不休，但对于一点却是公认的——如果非要选出一位经济学之父，非亚当·斯密莫属。1723 年，斯密出生于福斯湾北边的港口城镇科卡迪，他的名字在后世一直与自由贸易紧密相连，而他的父亲恰好是一位海关官员。

家乡人民对斯密的纪念虽然热忱，但似乎也不那么声势浩大。1973 年，我参加亚当·斯密诞辰 250 年的纪念活动，在苏格兰度过了一段美好的时光。当时正值 6 月，在不下雨的时候，再没有比爱丁堡和福斯湾更静谧宜人的乡村风景了。19 世纪，科卡迪成为全球油毡的生产中心，虽然之后当地工业有所衰落，但依旧到处弥漫着那股气味。料想斯密生活的年代，空气应该好得多。我们这些游客被安排住在距科卡迪 20 英里①的圣安德鲁斯的高尔夫球场，一天我搭乘当地出租车去庆典现场，与我同行的是我的朋友、英国前任财政大臣、现在②的英国首相詹姆斯·卡拉汉。路上卡拉汉问司机："你们肯定都因身为亚当·斯密的同乡感到自豪吧，你一定也很了解斯密吧？"

"是呀，是的，先生，"司机说，"听说他是工党创建人。"

斯密在当地不错的学校上学，之后进了牛津大学贝利奥尔学院。但他对于牛津的印象不佳，觉得牛津的公共课教授都领薪酬却不做事，无论是否好好工作，工资一分不少照样拿。他后来用这些教授

---

① 1 英里 ≈ 1.61 千米。——编者注
② 本书写于 20 世纪 70 年代，书中时间均以此为基准。——译者注

的行径比喻经济体系。

　　所有人，不论男女，当自己的勤勉和智慧受到嘉奖，懒惰受到惩罚，就会努力做到最好。同样，大家都有自由去选择那些值得自己付出的工作和生意。能让个体发挥自己最大能力、收获最多的东西，也可以让社会系统充分发挥作用并获益最多。

　　从牛津毕业之后，斯密回到苏格兰，在爱丁堡教授英国文学。在那里，他结识了一生的挚友，另一位著名的苏格兰人——哲学家大卫·休谟。1751年，休谟被聘为格拉斯哥大学教授，一开始教授逻辑学，后来教授道德哲学。在苏格兰的大学里，教授的薪酬有一部分是按照自己开课吸引到的学生数量来定，这种体系在斯密看来极其公允。我记得自己二战前在普林斯顿大学教书时，那里采纳的也是这种体系。懒惰愚钝、没有能力的教授总是将选课人数少归因于课程主题过于严肃，或者自己对出勤的要求过于严格。他们认为

自己的课程应该成为学生获得学历的必修课。虽然这种辩解有一定道理，但我认为最好是让他们面对空荡荡的教室。

　　斯密也不相信有人会为了原则而损害自己的利益。他当时非常关注美国殖民地，而同时代的本杰明·富兰克林的观点对他有所影响。[5]斯密在他著名的《国富论》中说："近期，宾夕法尼亚州的贵格会决定解放所有黑人奴隶。我们相信，他们拥有的黑

担任教授的亚当·斯密

奴数量并不会很多。"[6] 1763 年，斯密开始深信，私利是高于原则的。那时他被巴克卢公爵聘为私人教师，巴克卢家族当时（以及后来）一直控制着英国边境的广阔土地。这份职位有不错的稳定薪酬，还提供养老金，于是斯密辞去了教授职务，开始带年轻的公爵在欧洲大陆旅行。与其他英国贵族的游学一样，这次旅行并没有对这个年轻人产生什么历史影响，但对斯密来说，这着实称得上一次伟大的旅行。

理性之人

斯密拜访过的最有名的人要数住在法国和瑞士边界的日内瓦郊区城堡那位，那里紧邻伯纳德·科恩菲尔德金融公司留下的庄园。公司选址在此，是为了便于在政治动乱时进行跨国迁移。城堡当时的主人正是大名鼎鼎的伏尔泰。这次拜访中令人愉快的一点是，斯密的法语很烂，而伏尔泰能说一口流利的英文。伏尔泰一直认为英国是一个政治自由、思想开放的岛国，从巴士底狱被释放之后，他曾经在英国待过两年多（1726—1729）。他的城堡位于平原上耸起的一座丛林密布的小山头，被公认为配得上这位理性时代的伟人，就如同杰斐逊的蒙蒂塞洛庄园一样。虽然这些名

伏尔泰接到一位紧张不安的来访者

头多少有些牵强，但不论怎么说，能住得上如此宏伟城堡的一定是富人。

伏尔泰是一位理性之人，也许是那个时代最理性的人。理性一词很难界定，学者总担心定义得过于简单。其实如果事情本身很简单，就不应该刻意将其搞复杂，思想的微妙可以用复杂之外的东西表现。对于斯密和伏尔泰来说，理性代表着得出结论不需要求助于宗教、统治、偏见或热情，而是将所有可获取的相关信息全部联系起来，之后做出决策。根据这个标准，亚当·斯密也绝对称得上理性之人，他对于信息有着无尽的渴求。他收集、分析、思考信息，借此踏入新的思维领域，成为时代的开拓者。

农业体系

法国的一切是斯密的主要信息来源。1765 年，他眼中法国的光景和我们今天看到的一样：富饶的土地，勤勉、智慧而富有幽默感的法国农民，以及丰富多样的农业产品。只有在法国，不同地区乃至不同村庄盛产的水果、蔬菜、奶酪和红酒的品质区别，才一直是人们津津乐道的话题，甚至成为学术争论点。在斯密的冒险之旅时期，法国对农业的推崇正处在顶峰，体现在一群睿智的经济思想家的理念中，他们在经济思想史上被称为重农学派。

重农学派相信，所有的财富都源自农业。大自然赐福，让我们的耕耘得到了远高于成本的丰硕回报。这是贸易和制造业都无法获得的，虽然这两者必不可少，但它们并不能孕育什么。而农业产出的盈余支撑着所有其他的生产者，农业是最为基础的产业，没有之一。

凯恩斯认为所有的经济学思潮最终都不会完全绝迹，重农学派的观点就是一个证据。我年轻的时候曾经是美国农业联合会的研究主任，这个传统的农业机构是美国的农产品供给合作社和农业游说团体，当时正值其鼎盛时期。每年12月，联合会成员都会召开大会，会上充斥着重农主义腔调，宣扬农业才是所有财富的本源。其中一些发言由我执笔，其中的重农思想也延续到今天。为争取农民选票，政治家在竞选中还是会反复提及重农主义传达的思想："我亲爱的朋友，你们是一切产业的基石，是所有人的衣食父母。"

斯密在巴黎和凡尔赛结识了这群重农主义者，思想最为传统、给斯密留下最深印象的是弗朗索瓦·魁奈，他是路易十五的医师、蓬巴杜夫人的朋友和宫廷侍臣。

像大多数没什么正经工作的人一样，凡尔赛的居民对新鲜思潮持相当开放的态度，法国的乡村后来因玛丽·安托瓦内特王后的村庄典范"农庄"（Le Hameau）[1]而获得美誉，这个"农庄"至今仍然存在。魁奈著名的《经济表》一书更是对法国农业经济大加赞赏。《经济表》试图用量化的方法解读经济体系中各重要因素的关系，展现农民、地主、商人之间获取产品和返还利润的量化信息。

在魁奈写出《经济表》之后的很多年里，学者们都认为这不过是算术上的某种新奇玩意儿，跟玛丽王后的农庄一样，徒有法式创新的名头。当时已经具备一定权威的亚当·斯密也是促成这种观点

---

[1] "农庄"是路易十六为玛丽王后在小特里亚农宫旁修建的庄园，王后在此享受乡村田园生活。——编者注

弗朗索瓦·魁奈，路易十五的医师，重农主义者，量化经济关系
理论的先驱。他的《经济表》展示了利润在经济体系中的流转

位于凡尔赛的农舍小别墅，也就是玛丽王后的"农庄"。在法国，
农业既是基础产业，也是艺术形式

的一分子，他认为只有那些确凿实用的经济研究才是上佳的，魁奈的《经济表》就毫无用途，不过这种观点在当代经济学家看来错得离谱。

但时间为魁奈的成果正了名。1973 年，哈佛大学的瓦西里·里昂惕夫凭借他的产业分析方法（通常被称为"投入–产出系统"）赢得了诺贝尔经济学奖。这一产业分析通过一个表格，展现了各类产业从其他产业销售和购买的情况。通过图表，可以计算出汽车（或军火）的增产对其他所有产业的影响。这个多年之后结出的思想成果，其实直接继承了魁奈的理论。

斯密拜访过的另一位重农学者是安纳·罗贝尔·雅克·杜尔哥。杜尔哥和他的同事都认为，公共开支和企业赋税——或者正如重农学派看来，对农业和"纯产品"的税收——应该保持在最低水平，这要通过限制国家的权力和功能来实现。

1774 年，杜尔哥担任法国财政大臣，他的任务就是限制法国王室的铺张浪费，以减少"纯产品"赋税。

但他的努力因为一条根深蒂固的法则失败了：特权贵族宁愿冒着彻底倒台的风险，也不愿意放弃享受物质的特权。贵族阶层这种缺乏远见的愚蠢导致了杜尔哥的失败，不论在其他人看来这有多么过分，他们却顽固地认为自己的特权是庄严而不可撼动的天赐权利。贫困百姓对社会公平的意识在富人眼中都是鸡毛蒜皮之事。在古代政治制度下，当自上而下的改革无法进行时，底层掀起的革命就不可避免。

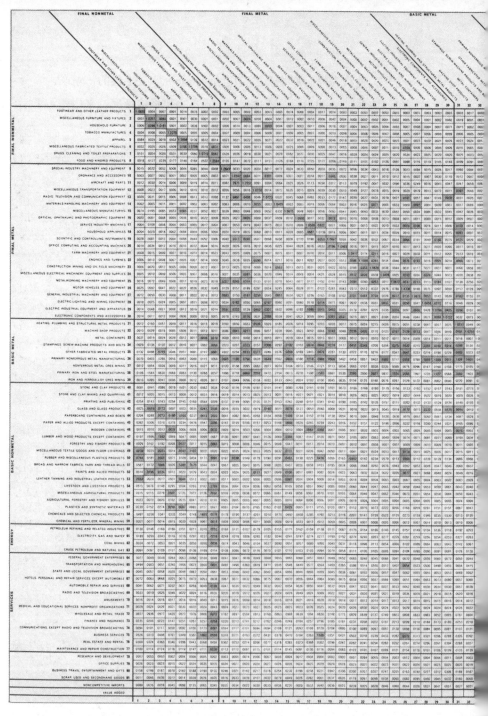

此表格是基于魁奈的《经济表》衍生出来的，展现了美国工业体系中各类参与者之间的销售购买情况。1973 年，瓦西里·里昂惕夫因此获得了诺贝尔经济学奖

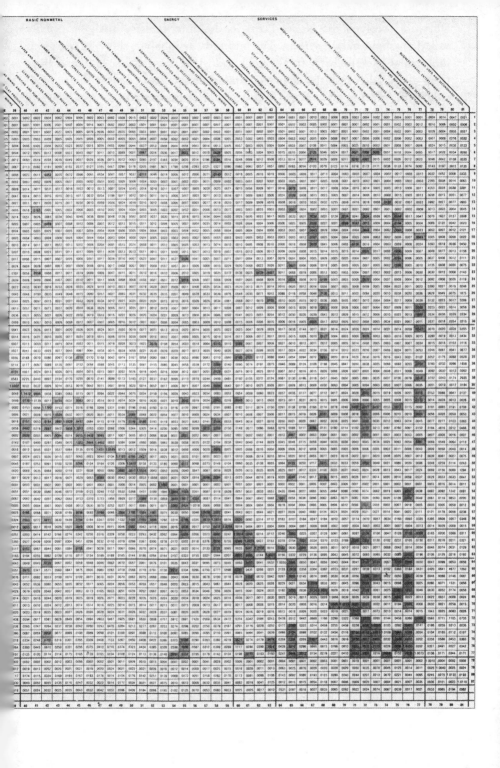

国家财富

远在杜尔哥还未卸任之前，斯密就已经带着欧洲之行的收获回到了苏格兰，着手撰写自己的旷世巨著。他的朋友都怀疑他是否真能写完这本书，都觉得他应该像同时代的其他伟大学者一样，立志成为优秀学府的名师，致力于著书和探讨著作的严谨性和学术贡献，而不是花精力在出版这本书上。

1776年，斯密的《国富论》终于问世了。它立刻受到了好评，印刷出的第一批在6个月内就销售一空。如果考虑当时的印刷规模，你就会意识到该书的售罄是多么惊人。书中丰富的资料处处体现了那些源自观察力敏锐的牛津教授的伟大思想：在个体会因为努力得到报酬、因为懒惰而受到惩罚的情况下，国家财富来自每个公民追逐个体利益的行为。在追逐私利的过程中，个体成就了公共利益。用斯密最著名的一句话表述是，个体像是被一只看不见的手指引着，这只看不见的手比起政府这只看得见的、无能的、掠夺性的手要好得多。

这些都成了人们今天耳熟能详的思想。在非社会主义地区，商人们到处大肆宣扬个人利益——今天通常被矫饰为文明开化所带来的个人利益。

大头针和劳动分工

国家财富不仅源自对个人利益的追逐，斯密认为，劳动分工，或者从广义来说就是专业化的高效性，更夯实了国家财富。专业化带来的效率提升，来自生产线分化或者职业专门化，就像一些国家更擅长特定产品的生产和销售。还有一部分效率提升来自工业过程的专业化。"劳动生产力的最大增进，更大的熟练度和灵巧性，以及如何应用劳动的判断力，似乎都是分工的结果。"[7]

以下是斯密描述劳动分工的著名段落，他在收集资料的过程中，一定以自己特殊的角度仔细观察了大头针的生产线：

> 一个人抽出金属丝，另一个人将它拉直，第三个人负责切割，第四个人削尖，第五个人打磨另一端准备与头粘合；而做大头针的头又另外需要两三道单独的工序；将两部分粘合可以成为单独的行业，刷上白漆又是另一个，甚至将大头针放进纸盒又是一个行业······[8]

按照斯密的计算，10 个人如此分工，一天可以制造 48 000 枚大头针，相当于每人制造了 4 800 枚。如果由一个人来完成所有的程序操作，可能一天也就做一枚，或者 20 枚之类的。但大众一直认为，极大促进生产力提升的流水作业线是 20 世纪初的亨利·福特发明的。

市场越大，产品流通时间就越长——无论是大头针还是其他任何产品，分工的机会便越大。也正是因为如此，斯密用大头针生产的例子反对关税和其他贸易限制，认为应在国家内部和国际市场上进行尽可能自由的商品交换，发展尽可能广泛的市场。

贸易自由反过来又扩大了个人追求私利的自由，让他的视野不仅仅局限于国内，而是可以放眼全球。市场自由化和企业自由度的结合，使得市场的运作产生了对社会最有利的结果，那就是社会需求最多的东西的产量会增加。

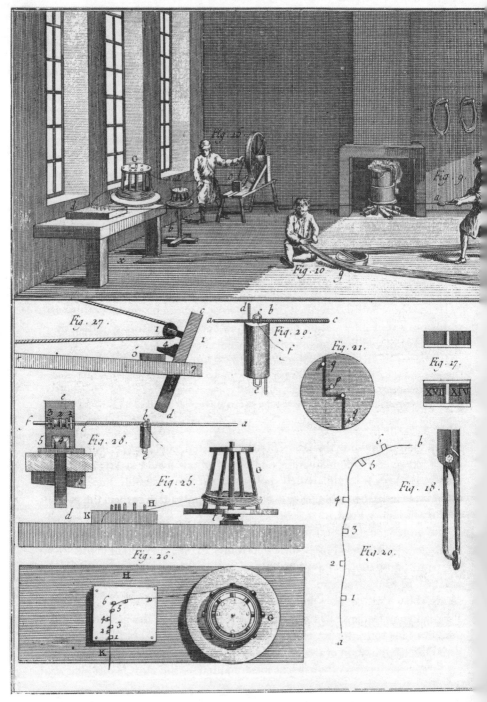

许多人相信流水作业线是亨利·福特发明的。狄德罗的《百科全书》解释了大头针的生产

企业合并与股份公司

　　最早这些经济自由难以实现，就是因为国家这个敌人的存在：秉持干涉主义和重商主义的政府设立关税，准许垄断，加重税收负担，不允许经济自由发展。但所有赞同斯密观点的现代学者都知道，政府不是唯一的自由破坏者，商人自身恰恰也是贸易自由的主要威胁，因为他们总是不自觉地给自己设立限制，亚当·斯密就此有另一段尖锐的评述："同一贸易行业的商人很少为了欢愉消遣聚在一起，他们的交涉都是为了商讨如何对抗民众的阴谋，或者密谋如何抬价。"[9]

　　斯密的另外一个论点在现代商业圈子也是不受欢迎的论调，实际上很多人都会惊讶于他这个观点。斯密极其反对合伙企业，也就是现代的股份公司。他认为股东"对公司业务多无所知，如果他们没有处心积虑拉帮结派，大抵会心满意足地接受董事会每年或每半年分配给他们的红利，不找董事的麻烦"[10]。对于公司董事，斯密认为：

　　股份公司的董事为他人尽力，而私人合伙公司的伙员，则纯是为自己打算。所以，要想让股份公司的董事们监视钱财用途，像私人合伙公司伙员那样用意周到，是很难做到的。有如富家管事一样，他们往往设想着意小节，殊非主人的光荣，一切小的计算，因此就抛置不顾了。这样，疏忽和浪费，常为股份公司业务经营上多少难免的弊窦……没有特权，（股份公司）往往经营不善；有了特权，那就不但经营不善，而且限制了这种贸易。[11]

非常遗憾，斯密未曾有机会参加即将成立的美国商会、全美制造商协会的会议，还有两者兼并大会，抑或参加英国工业联盟召开的集会。如果他听到各大股份公司首脑、集团或联合企业领袖以他的名义颂扬经济美德，一定会万分惊讶；而这些巨头如果听到这位古典先知告诉他们这样的公司就不应当存在，也会无比惊骇。

圈地运动

亚当·斯密于 1790 年辞别人世。作为爱丁堡海关税务官员，他得以安度晚年。这份挂职差事他并不喜欢，海关的工作内容他也不赞同，但为了现实因素他也没能拒绝。他最后被埋葬在离爱丁堡皇家麦尔大道不远的墓地，紧邻他生前的住所。不过，仅有很少的学者曾到此拜访，大多数经济学家都难免对宗师级的前辈有所疏忽。大卫·休谟的墓就在一两英里之外，墓碑要大气得多，与之并排相立的是亚伯拉罕·林肯的纪念碑，以纪念在美国独立战争中因反对奴隶制而牺牲的苏格兰裔士兵。

斯密去世之后，人们发现他早就预测了在英格兰和苏格兰的城镇与乡村逐渐发生的变化。工业革命不是一蹴而就的事情，而是眼见为实的变革。

各地的人们都逐步从乡村转移到城镇，到工厂里寻找工作。在苏格兰，由于对工业重要原材料羊毛的需求不断增长，乡下人更是骤然间从农村被驱逐出去。

最壮观的例子发生在萨瑟兰。那是位于苏格兰最北部的一个郡，到处是连绵的山地，在纵横方向上构成了苏格兰地区的重要组成部分。夏日，这里一片郁郁葱葱，在来自远处北方的光照下，寂寥而宜人。我1975年夏天来这里，想到已故的理查德·克罗斯曼的一句话："没几个美国人能够真正理解英国那些空闲的土地。"19世纪初，大概有2/3的土地归属于萨瑟兰伯爵夫人和她的丈夫斯塔福德侯爵。

据估计，1811年到1820年之间，萨瑟兰伯爵夫人和丈夫驱逐了1.5万高地人，把空出来的土地用来放羊。纳佛河曾经是一条三四十英里长的小溪，从萨瑟兰郡一路向北流淌，在离斯卡帕湾50英里的彭特兰湾入海。当时沿河的狭窄贫瘠的山谷里住满了村民，他们全部被剥夺了土地。

萨瑟兰。"没几个美国人能够真正理解英国那些空闲的土地。"圈地运动制造了这种闲置地

1814年5月，在纳佛河谷和其他很多地方，圈地运动的实施者们终于采取了最终举措。3月，所有的居住者都收到了公告，要求他们两个月内彻底搬走，但村民根本无处可去。地主派人带上火把和猎狗来到村子里。他们在村子纵火其实需要格外小心，在这片没有树林的土地上，点燃屋顶的木材就意味着居民无法再回来，

因为房屋一旦烧毁就难以重建。据传，一些房子里的老弱之人还未撤离，房子就已经被点燃。

后来代替人生活在这片土地上的绵羊给地主们带来了不小的收益，据说是过去的 3 倍。这些羊还给地主带来了另外一个好处，也是原来的村民比不了的。漫山遍野的切维厄特绵羊给这块土地渲染出了一片独特的风景。事实可能就是如此。

圈地运动虽然很残酷，但明白地透露出了经济发展过程中一个延续至今的问题。人口和土地之间这种地少人多的矛盾关系，会致使经济发展举步维艰。经济发展得再好，因为人口问题，也算不上好了。这是一种贫困的平衡状态，就如同印度、孟加拉国、印度尼西亚和其他人口密集国家的情况。再也没有多余的土地供使用，苏格兰高地用来减少人口的方法已经不可采纳，节制生育的政策虽然常被挂在嘴边，但实施起来见效颇慢。我在后文会进一步详述这个问题。

模范纺织镇

1815 年或者 1820 年之前，被剥夺土地的村民可以到工厂（主要是纺织作坊）工作，但男人们总是掌握不好纺织机的节奏，于是他们宁愿选择移民，大多数便去了加拿大。新斯科舍（Nova Scotia），正如它的名字所示，实际上就是新苏格兰。女人和孩子更擅长也更适应工业劳动，当时社会普遍认同工厂劳工要从小培养。

新拉纳克位于格拉斯哥东南半个小时车程的地方，在克莱德河边的深谷里。这里有美妙的瀑布推动着磨坊，是昔日著名的童工工厂实验地。直到今天，新拉纳克这个名字在很多人心里，都和人道主义启蒙实验有着模糊的联系。当时的磨坊、房屋和工人的住所，一直矗立到今天，没有多少改变。

　　新拉纳克实验是在 18 世纪末由戴维·戴尔发起的，这名苏格兰资本家和慈善家的头像最近刚刚登上了苏格兰银行的钞票。戴尔的慈善大计是拯救格拉斯哥和爱丁堡孤儿院的悲惨儿童，给他们提供教育和有用的工作，这也缓解了城市对孤儿的供养压力。新拉纳克成了苏格兰最大的棉布纺织地。各个年龄段的工人一共有 2 000 多名，而这个城镇今天的人口只有 80 而已。

印有戴维·戴尔头像的钞票

　　当时的新拉纳克是一片赞颂之声，每个孤儿每天都得到 1.5 个小时的严格的课堂教育。但也必须保障和鼓励工厂赢利——这在今天被认为是职业道德——因此，孩子们是在作坊勤勤恳恳、踏踏实实工作了 13 个小时之后，晚上才接受教育。

其实这并不特别值得震惊，因为按照当时的标准，新拉纳克至少还是一个充满怜悯之心和文明气息的城镇。1799 年之后，戴尔的女婿罗伯特·欧文接管了这里，一切照旧。欧文是一个哲学家、乌托邦社会主义者、宗教怀疑论者和唯心主义者。彼时，全欧洲的改革家都来新拉纳克，想亲眼瞧瞧工业生产还能有其人文精神的一面。在欧文的管理下，性格培养机构建立起来，成人在这里聆听演讲，孤儿在这里唱歌娱乐，它还承担起托儿所的功能。小酒馆都被关闭，并发布了禁酒令。后来，童工的工作时间削减到了每天 10.5 个小时，并且不能雇用 12 岁以下的儿童。由此可以看出，如此这般都被当作宽大仁慈，当时的其他地区会是什么样的境况。欧文由于过于仁慈，总是惹合伙人不满，他们更希望能有一个强硬、现实的经理，好从这些小孩子身上榨取价值。

新拉纳克的性格培养课堂。欧文的性格培养课在人们完成
10.5 个小时的作坊工作之后开展

磨坊今天的样子——闲置，安谧，迷人

印第安纳脚注

新拉纳克没能完全满足欧文的乌托邦幻想，他又采取了后续举措，在沃巴什河岸建立了合作社的极乐世界——美国印第安纳州的"新和谐镇"。在这里，欧文打算一切从头开始：这里的新社区将没有贪婪的根源，不受资本主义的玷污，一切的准则将不再是斯密的私利原则，而是为他人服务的高尚情操。

虽然这里的人口始终不过几百，但"新和谐"确实吸引了一批理想主义者，还有一大批不能适应社会生活的人、厌世的人和借机揩油的人。这些人到来后并不是致力于服务他人，而是不断制造争吵。争论不休，农场的猪闯进了花园，和谐不再，宣告了"新和谐"的失败。自由企业经营和个人追求私利的思想又在印第安纳存活。我对此感到非常遗憾：理想主义者和自由改革家很多时候并不是输给了敌人，而是因为自己内部争论的倾向而陷入危机。他们的正义感通常让他们认为，为了践行首要原则，为了推翻掌权人，一切都值得牺牲。

李嘉图和马尔萨斯

虽然"新和谐镇"违背了斯密的预言，英国却依照他的思想运行。斯密离开人世几个月之后，其预言家的地位就获得了社会公认和赞赏。威廉姆斯·皮特在一次财政预算案演讲中提到斯密，说他"知识的广度和哲学调查的深度都帮助我们为所有商业历史问题与政治经济体系问题找到最好的答案"[12]。经济学家至此还有何求！之后在非社会主义领域再无第二人受到过如此大的认可。

亚当·斯密给社会公共事务提供的不仅仅是建议和忠告，更重要的是今天我们会称为"经济模型"的东西，即关于如何看待经济体系运作的观点。竞争导致价格最初总是按照成本计算的，物品的生产成本也包括所需劳动力繁衍生息维持生

大卫·李嘉图

计的成本。

这里体现了至今仍在发展并影响着人们的两个思想正在萌芽：一个是劳动价值理论；另一个是，人类总会屈服于繁衍生息的本能，人口大爆炸在所难免。

亚当·斯密死后的25年里，他在伦敦的两个密友继承了他的思想。他们是大卫·李嘉图和托马斯·马尔萨斯。李嘉图是唯一可以与斯密竞争"经济学之父"称号的人，而和他同时期竞争的都是实力不俗的苏格兰对手。他是犹太人，同时也是股票经纪人和议会成员，他头脑清晰，却文笔晦涩。而英格兰人马尔萨斯则是一名非执业牧师。

马尔萨斯一生中的大多数时光都在哈利伯瑞学院教书，该学院是我们今天称为东印度公司的职工学校。东印度公司在它最后一个世纪的岁月中，为许多英国经济学家提供了薪酬来源，除了马尔萨斯，还有詹姆斯·密尔和他成就非凡的儿子约翰·密尔。非常

托马斯·罗伯特·马尔萨斯

有趣的是，这三个人都未曾到过印度，不过这在当时也算不上什么短板。詹姆斯·密尔描绘了英国人在印度的辉煌历史，全盘否定了他深恶痛绝的印度史诗，可当时他并不能读懂印度的原版，英文翻译版也还未问世。毋庸置疑，密尔父子的苏格兰人基因深入骨髓。

马尔萨斯提出了"人口原理"，认为由于"两性之间的激情"（在他看来是非常具有破坏性的事情，应

该受到道德约束，牧师在婚礼上应当警告当事人），人口会呈几何级增长——2倍，4倍，8倍，16倍……一直涨下去。同时，粮食供应却只能呈算术级增长——2倍，3倍，4倍，5倍……因此这将不可避免地带来一个后果：如果缺乏道德约束，人口只能依靠饥荒、战争或者自然灾害的抑制，经历周期循环。亚当·斯密一直乐观地认为，考虑到自由贸易的回报、追逐私利的结果和劳动分工，人类会有一个光明的前程。但马尔萨斯可不赞同，大卫·李嘉图也从来不是一个乐观主义者。在马尔萨斯和李嘉图这里，经济学变成了一门阴郁的学科。

李嘉图派观点

和他的朋友一样，李嘉图也看到了人口会持续增长；马尔萨斯预测出的人口，都成了李嘉图那里的工人。在工人之间，一方面存在着工作的竞争，另一方面则是对食物的争夺，最终结果就是工人只能维持基本生存。这就是人类的命运。

一个不断健全的社会也许能推迟这一命运的到来。大多数人都会不假思索地认为19世纪的英国绝对算得上进步社会了；但即便是这样的社会，也必须遵从李嘉图预测的结论。在李嘉图的眼中，工人应当只能按满足生活所需的最低标准获取薪酬，这就是制定工资的铁律。若不考虑其他方面，这个观点直接引向了一个结论：对工人的同情不仅仅是一种浪费，更是一种损害。虽然短期内能提高工人工资，激发人们的生活希望，但同时也会加速人口增长，随之便会降低其工资和生活希望。政府和商会任何试图提升工资、拯救贫困人口的努力都和经济规律相违背，都会因为人口的激增而受挫。

生产农场和工厂的不同产品所需的最低劳动力是不同的，所需劳动力也就决定了物品的相对价值，这又涉及劳动价值理论。这种观点于是滋养了一种全新的思想：由于劳动决定物品的价值，那么所有的产品都应归属于劳动者。这和半个世纪之后马克思提出的理论有一些差异，但这个观点在当时震惊了世人。

在李嘉图的世界里，重心依旧在乡村。19 世纪的前几十年，工业革命全速向前推进，但在李嘉图的体系中，主角依然是地主。人口给土地施加的压力压低了工资，抬高了土地租金。结果，人口越多，地主越富有。地主财富膨胀，人民忍受饥饿。但人们对于这种趋势无能为力，如果降低土地租金，只会导致人口增加。

在李嘉图理论所构想的世界中，国家的重要性和权力日益减弱，这和亚当·斯密的观点相同。如上所述，政府的干涉并不能够帮助穷人，只会限制经济自由和追逐私利，这将导致其他方面一并恶化。李嘉图本人并不是一个冷血的人，但在这个残忍的世界里，他只是反对无谓地对抗不可避免的规律，并接受最坏的结果。但他也的确为富人提供了很好的借口，令其可以看着穷人受苦受累而依然心安理得。

李嘉图和马尔萨斯两个人对地主不断增长的收入将何去何从产生了分歧，这个争论有着深远的意义。李嘉图认为，这些收入不是被消费掉，就是被积累下来用于提升土地质量、建造房屋、发展工业，也算一种花销。他同意早些年让·巴蒂斯特·萨伊（亚当·斯密著作的法文译者）的观点——生产总是能够创造购买生产成果的收入。存款也是为了消费，只不过是一种变相消费，因此购买力从来不缺。

针对这一点，马尔萨斯提出异议，也许收入没有最终成为花销，将会导致购买力缺失，而后可能又造成经济体系在有些时候摇摇欲坠，甚至崩溃。购买力缺失就会导致经济衰退，这遵循了事物的自然规律。

这个耐人寻味的观点在当时却不受人关注。凯恩斯后来评论李嘉图，认为他的理论掌控着英国的发展，就如同宗教裁判所控制着西班牙一样。之后 100 年，直到大萧条发生之前，萨伊和李嘉图的理论一直被奉为圭臬，那些认为会出现购买力缺失的人被认为不懂经济，甚至被当作疯子。直到约翰·梅纳德·凯恩斯的年代，马尔萨斯的购买力缺失理论才成为公认的学说，于是，政府最要紧的任务就是填补这个空缺，抵消过度存款。经济学并不是一门精确的科学。

英格兰和爱尔兰

要衡量某种理念，有时候就是看它能否起作用，虽然经济学家们并不总是认同这点。1776 年，正值《国富论》出版，大英帝国丢失了一块发展前景比其剩下的所有领地加起来还要大的殖民地。我可以毫不夸张地说，斯密的思想对于英国而言比美洲殖民地更重要。英国的生产和贸易极大扩张，直到当代，比起其他国家，也更为宽松。这给英国带来了斯密所许诺的巨大财富。

在对抗拿破仑攻伐的时期，皮特将这笔财富用来补偿英国的劳动力匮乏，英国的大陆盟国人力充足，英国用补助金支持鼓舞着他们的士气。滑铁卢战役之后，贸易和工业再次高速发展。李嘉图的理论也得到了认同。随着这些年社会的繁荣，工人工资也按照李嘉图的预测在下降。那个年代的经济学家比现代的学者享有更高的威望，也是理所当然的。

他们的思想，特别是马尔萨斯和李嘉图的理论，在19世纪前半期经受了另一个考验，那就是爱尔兰。那个年代，爱尔兰还是大英帝国国土的一部分，但确实是远离英国本土的一个岛屿。在爱尔兰的测试，以其独特的方式，验证了马尔萨斯和李嘉图思想的胜利。

没人怀疑过，爱尔兰人口增长的趋势正是按几何级增长：在短短60年间（从1780年到1840年），人口几乎翻了两番。到1840年，整座岛上已经有800万居民，而今天的爱尔兰仅有460万人口。

之前的几十年里，爱尔兰的粮食供给也一直在增长。基于土豆产量的飞速增长，出现了绿色革命，从来没有哪种农作物的丰收能喂养如此多的人口。但需要我们立刻注意的是，这仅仅是一个潜伏的危机，因为土豆绿色革命使得粮食供给更趋于算术级增长。

爱尔兰当时到处都是李嘉图式的地主，但英格兰却不同——虽然后者是对地主而言更适宜、更安全的居住地。随着爱尔兰人口的扩张，土地竞争日趋激烈，地主加重租金，从地租中榨取利润。种植的谷物用来支付地租，收获的土豆用来喂养人口，即便农民忍饥挨饿，粮食还是会卖光，地租照样不能拖欠。总会有人在饥荒中存活，而付不起地租的人会被驱逐，再也没有赖以生存的资本。

马尔萨斯主义的高潮并不是逐渐发展起来的。印度和孟加拉国近些年发生的事情说明，只要一方面事情发生了错乱，一切就会崩坏得很突然，而在这些国度，祸首就是雨水。从1845年到1847年，爱尔兰温暖潮湿的气候使得致病疫霉滋生，先是土豆产量减少，接着这种作物完全绝迹，主要死于疫病，就像印度的粮食荒往往归因于旱涝灾害。其实应该说，爱尔兰的饥荒问题主要归因于这片地区之前多年为了供养人口而作物种植种类单一，外加佃农受到地主的压榨日益加重。

当时，不仅境况正如李嘉图和马尔萨斯所预测的那样，连英国议会应对爱尔兰灾难的措施也正如李嘉图所预言的，可以说是按照李嘉图的书本理论行事：废除了《谷物法》，允许粮食进口。虽然从原则上看这项举措很正确，但实际上对买不起粮食的人（包括全部陷入饥荒的人口）没什么帮助。

玉米的进口既是为了缓解饥荒，也是为了压低粮食价格，但低价的粮食对于身无分文的人群丝毫无益。1845 年，一项市政工程开展起来，这违背了不应照顾穷人利益的经济准则。到了第二年，虽然社会极其需要这项工程，但它却被废除了。原因是当时根本无法判定一个人到底是否因为饥荒才需要一份工作，因为在爱尔兰，到处都是因失业而渴望工作的人。

李嘉图思想的另一个继承人是查尔斯·爱德华·特里维廉，当时他任部长助理，算是财政部的常任首脑。他认为，如果政府介入私企的合法逐利活动，贸易就会瘫痪。时任财政大臣查尔斯·伍德一度曾向下议院保证，在饥荒严重的时候，政府会尽一切努力彻底放开控制，让贸易尽可能自由化。

历史长河中不断复现的问题之一，就是颇善辞令的官员在安静的办公室拟下的乏味枯燥、纸上谈兵的政策宣言，与实际实施情况之间有无法逾越的鸿沟。在我们这个时代，这种现象屡见不鲜。越南战争时期，华盛顿的办公室大谈特谈保护性战略，但在亚洲，随着飞机轰鸣声而增长的阵亡将士人数触目惊心。

在英国政府陈旧的财政部办公室里，特里维廉的政策建议得到了认可。在英国，他的政策无可挑剔，可在爱尔兰就意味着饥饿和死亡。特里维廉就像那些在安静的办公室里的政府官员一样，对此十分满意，因为古典经济学的规律得到了很好的自证。1846 年，他在一封信中写道，爱尔兰的问题"不是靠人的力量能解决的，只有全能上帝出乎意料的一笔，才可能奏效"[13]。

这也是当时的一种趋势，那就是有原则但不受欢迎的法案，会被赋予天赐的权力。斯密说的那只看不见的手，被当作上帝之手，而且是一只对爱尔兰完全不偏爱的残酷之手。

大逃难

像高地圈地运动一样，大饥荒也引起了大逃难：人们搭上了驶向美国的移民船。但上了船也不代表就逃离了死亡的命运。如果你从魁北克沿着圣劳伦斯航道向南行驶三四十英里，就会到达格罗斯岛。这里是一片林木覆盖的低地，到处散落着已经腐朽和正在腐朽的建筑。如今，这里是加拿大农业部研究动物传染病的一个小型中心。在饥荒时期，载有患上斑疹伤寒人群的爱尔兰船只被要求停靠于此，卸下船上的尸体和生命垂危的人。一座高高的纪念碑上记录着有 5 294 个人在到达这座岛屿之后丧命，斑疹伤寒并不是唯一的风险。纪念碑正对着一片港湾和沙滩。这里现在已经废弃，并没有十分迷人的风景，但它的名字很有趣，叫霍乱湾。

不过也有光明的一面。也许在新大陆，亚当·斯密和大卫·李嘉图所阐述的终极原则仍然有效，但由于他们所处的环境不同，结果也就不同。

这里土地荒芜而无领主，不能给地主带来权力和垄断性利润。因为在这里，地主再没资本压榨农民，雇农可以随时一脸不屑地离开，转而找到一片属于自己的农场。美洲的人口的确是按照马尔萨斯的预测以几何级数增长，而土地对劳动力的需求更不断增加，所以农场工人的收入并没有下降，反而上涨了。

在草木不生的苏格兰高地，农民在被驱逐的时候看着自己珍贵的房顶木材被烧掉，知道再也无法重建家园。但在美洲这片新家园，他们仅需几个月的工夫就能伐木开林，建造出自己的新农场。森林成了开荒过程中的麻烦。美国的定居者最初总是挑选林木密度最低的土地开荒，后来才愿意开拓肥沃谷底的密林。李嘉图也目睹过人口压力迫使人群到贫瘠的土地定

逃离马尔萨斯残酷的理论和饥荒。这是圣劳伦斯海湾格罗斯岛的一座发热门诊医院，5 294个人丧命于岛上，距此不远处就是霍乱湾

居。比李嘉图晚一辈的睿智健谈的美国经济学家亨利·查尔斯·凯里在看到美国这种逆向开荒的情景后，向前辈大师的理论提出了挑战。随着人口的增长和社会文明的进步，人们才会去开拓更肥沃的土地——他亲眼看到了这种趋势，并且为前辈大师没有见证的机会而感到非常遗憾。

不管是在肥沃还是在贫瘠的土地上，移民者劳作的年产量很快就超过了其父辈终其一生都没见过的庞大数目。爱尔兰建筑队是大

在美洲新大陆，森林开荒的实际情况修正了经典经济学理论。李嘉图认为，开荒总是从最肥沃的土地开始，但在美洲，开荒者总是先选择最荒凉的土地，因为在肥沃的地方，需要砍倒树木丛生的密林，才能将土地开垦为农田

饥荒逃难者中最著名的一群人，他们修建了铁路，将美洲的粮食运往世界各地。马尔萨斯所设想的人口增长带来的粮食供给压力极大促生了移民热，这些移民又反过来解决了困扰人们将近一个世纪的世界粮食问题。

也许斯密、李嘉图和马尔萨斯的理论在美洲新大陆需要稍加修正，但绝不会过时，尤其是斯密的观点。个人利益和企业自由在欧洲旧世界是不朽的信念，而在新大陆，这几乎成了宗教信仰。大饥荒之后的 50 年，这种信仰传遍了新大陆的每一个角落。1893 年，大饥荒年代的孩童和那些对其记忆犹新的人在芝加哥举办集会庆典，共同欢庆。李嘉图和马尔萨斯理论中暗含的悲观主义也许在美国极少见到，但毫无疑问，他们的自由企业理论精髓创造了奇迹。

斯密的今生

在 20 世纪，斯密的理论遭到了沉重打击。凯恩斯认为，这些打击一部分来源于马克思理论革命性的猛攻，同时也被另一些理想信念侵蚀。秉持这些信念的人相信，改良现代资本主义的不公正和不完善的最大希望在于国家。但更为严重的打击是实际变化中的经济环境，这是凯恩斯没有提到的。

可以看到，股份公司与斯密的设想格格不入，工会也是。斯密只有在思考工人结盟比商人勾结还要邪恶时才提及工会。战争和拥有现代武装力量与科技实力的国家也颠覆了斯密的理论，因为这样强大的国家背后的政府是不可能贫穷而弱小的。

工业化国家严格控制的人口出生率和生育率也是一个变量，重创了斯密、李嘉图和马尔萨斯的理论体系。如果收入的提升没有导致具有破坏性的生育高峰，这种收入增长趋势就会继续保持，慈善也将不再是自我削弱的无谓行为。

但这一切深刻的变革都不能威胁到斯密的地位，因为他的理论精髓更多是他的方法论，而不是具体的观点。就像我们看到的，斯密作为理性之人，总是按照环境的变化修正自己的思想，从来不会抵触根据新的境况和信息做出相应调整，也并不奢望自己的理论具有永恒的普世价值。

第二章

发达资本主义的行为举止和道德修养

19 世纪的资本主义思想不鼓励建立平等联邦的理念。地主阶级越发富裕，土地劳作者越发贫困，永无翻身之日。但地主阶级，包括国王，都没有想到，工业资本家竟能够白手起家而发家致富。1900 年是安德鲁·卡内基的走运年，他的钢铁工厂给他带来了2 500 万美元的收益。当时还没有通货膨胀，也不存在收入所得税。1913 年，约翰·洛克菲勒依靠自己勤劳的双手，积累了将近 9 亿美元的财富，这个数字可是纯利润收入。[1] 他的朋友和顾问弗雷德里克·盖茨就他面临的可怕危险发出警告：

> 你的财富积累像滚雪球一样越滚越大，最终会带来雪崩！如果你的财富增长速度快于你的散财速度，财富将会摧毁你，甚至你的子孙后代。[2]

诚然，盖茨有夸张的成分，洛克菲勒的儿孙也貌似没有被财富摧毁。

钢铁厂和冶炼厂的工人就如同农场的雇农，他们相信此生的艰苦贫困会换来来世的富足。这并不是闲来无事迸发的虚妄想法，而是很多人的执念，用一个英国女佣墓碑上辞藻华丽的一首诗表达这种情感再合适不过了：

不要为我哭泣，朋友，
永远不要。
我再也不必苦干，
再也不必。

相反，富人更重视现世的享乐。毫无疑问，拥有财富使得人对世界抱有更乐观的态度。这也是一种好策略。富人在上天堂之前也要经历磨难，所以不论你是富人还是苦力，如果从最实际的角度来谋算，享受生活才是真谛。

我将会在本章中分析 19 世纪富人的享乐行为和将这种行为神圣化的理念。富人生活的道德准则是什么？这反过来将如何影响财富的获取和使用？富人用什么借口保护自己的财富？我们只要记住思想不死，就能确定今天是什么东西在影响我们的思维、生活和道德基调。

财富的自然选择

在所有的阶层里，富人阶层最引人注目，却极少被作为研究对象。以前一直是这样，现在情况依旧如此。19 世纪，善良的学者们仔细审视了穷人的困境。他们为什么贫困？是因为懒惰？缺乏抱负？遭受残酷雇主的剥削？不节制生育？还是仅仅由大自然的秩序所致？所有这些解释都发展成了不同的理论流派，尤其是最后一种。穷人的生活方式也提供了各种研究课题：他们的住房、吃饭和娱乐，还有如何养育那些年纪相差无几的孩子。

与此相反，富人却没有受到这样的关注。在维多利亚时期，他们是小说创作的主角，却不是社科研究的对象。贫困是值得研究的主题，富有纵然是少数情况，却被视作自然之事。70 年前，一个有良知的学者会拜访伦敦东部的贫民窟，去看看一间屋子里睡着多少人。但富裕人家的管家可不会一开门就看到一个研究员，说要调查一下梅菲尔区的住宿情况。

19 世纪最强势的社会思潮将富人列为与众不同的优等群体。当时的有钱人可不是爱读书、有学识的群体，他们对这些思潮也仅仅有个朦胧的认识。他们知道自己高人一等，却不知其中缘由。这些思潮在一定程度上基于经济学和神学，但更重要的是基于生物学，要想搞懂，得先到自然博物馆走一遭。与蛞蝓和蜗牛，还有已经灭绝的恐龙和猛犸象不同，高等的灵长类动物是自然选择的结果。适应环境的超强能力，使得它们存活至今。这种高等优势和适应能力也同样可以解释富人缘何成为富人。查尔斯·达尔文解释了人类何以在进化之树的顶端，赫伯特·斯宾塞这位伟大的社会达尔文主义者则阐释了特权阶级何以处于社会上层。

斯宾塞和萨姆纳

赫伯特·斯宾塞（1820—1903）是维多利亚时期的英国哲学家和先锋社会学家。其实，"适者生存"这个说法是斯宾塞最早提出的，而不是大众以为的达尔文。他讲这句话，初衷并不是描述动物王国的生存情况，而是要描述其眼中更苛刻的生存世界——经济和社会生活。但他也确实受益于达尔文思想：

赫伯特·斯宾塞

……我只是将达尔文先生的理论应用到人类身上……人类的所有成员都面临着"日益困难的生存环境……"。在这种压力下，大家保持着正常的进化速度，因为"只有进化者才能生存"，而且……"这些生存下来的人一定是他们这代人中的精英"。[3]

斯宾塞是一个高产作家，具有非凡的智慧和独特的阴郁气质。他的众多著作在英格兰都颇有影响力，在美国几乎被奉为神明启示录。1860年之后的40年间，还没有平装廉价纸质书，甚至都不存在书店，斯宾塞的书就卖出了368 755册。斯宾塞是美国的福音，因为他的思想恰好满足了美国资本主义的需求，尤其对于新兴资产阶级而言，就像给他们戴上了高档手套那般合适，甚至更好。

那个时代是他的思想最熠熠生辉的顶峰期，因为在那之前，没有一个国家能如此富有，人民尽情享受财富。多亏了斯宾塞，所有人都不必因为自己的财富和命运而感到一丝愧疚，因为这是自然力量和内在的生存适应性带来的不可避免的结果。富人是自己优越性的清白受益者。他们享受财富带来的愉悦感，而当其想到自己是因为天生的优越性才得以享受，那份愉悦感就会加倍。

他的思想也被用来保护财富。任何人，尤其是政府，都不可以触碰他人的私有财产，也无权干涉他人获取和增加财富的方法，因为干涉就意味着阻碍人类社会发展的本质进程。

但穷人数量众多对于富人而言也是一个难题，至少会让一部分过于多愁善感的富人感到良心不安。不过，赫伯特·斯宾塞很好地说服了这部分人，使其心安理得，因为不论是私人还是政府，帮助穷人就意味着严重阻碍了人类的发展。我们来看斯宾塞的原话是如何讲的：

自然通过淘汰进化慢的人群，并不断督促磨炼剩下的人们进化发展，保证了那些能够理解和适应生存环境的种族的发展壮大。一旦陷入无知，就必然会延缓发展进程。如果连无知都不会受到任何威胁，那就没有人愿意做英明的人了。[4]

但慈善依旧是斯宾塞解释不了的问题。很显然，慈善阻碍了自然淘汰的进程，但禁止慈善就是侵犯慈善家的自由。最后他不得不承认，社会容许慈善，虽然这对受到帮助的人是坏事，但却是施舍者高尚情操的表现。至少对那些自私地寻求高尚情操而牺牲人类利益的人而言，慈善是合理的。

威廉·格雷厄姆·萨姆纳

很显然，斯宾塞像是一位严酷的救世主，他在美国的众多信徒也都同样冷酷无情，其中最著名的是比斯宾塞晚一辈的威廉·格雷厄姆·萨姆纳。他是一位个性十足、性格粗犷的耶鲁大学教授，他对经济事务特立独行的观点也许是美国 19 世纪后半期最具影响力的声音。他的巨大贡献就是将赫伯特·斯宾塞的观点与亚当·斯密、大卫·李嘉图的观点相结合。

萨姆纳怀着对社会达尔文主义的热忱，像斯宾塞一样全身心致力于人类的繁荣发展。但他注意到，其实穷人也在努力改善自己，使自身不被社会淘汰，适者生存的竞争也鞭策着他们反抗自己的自然宿命。穷人依旧被斯密所讲的私利不断鞭策，富人不断积累的财富也刺激他们为公共利益而奋斗。穷人和富人共同努力所创造的产品和财富，反过来又让更多的人得以生存。让我们听听萨姆纳自己的话，以下是他对富人的阐释：

> 百万富翁是自然选择的结果……自然使得财富聚集在他们手中，不论这是他们自己创造的财富还是他人托付给他们的财富……他们是自然公平选择下的社会代理人，担当他们的职责，获取高额薪水和奢侈的生活，他们也同样给予社会回报。[5]

很遗憾，这名资本家没能将自己的儿子送进耶鲁大学，让他继续接受这样的教育。

到访美国

斯宾塞来到了美国，就如同耶稣降临耶路撒冷，人们准备的欢庆仪式同样隆重。1882 年的斯宾塞已经不复壮年，62 岁的他身体状况欠佳，十分抗拒记者和媒体的采访。但任何见证者都不得不承认，这次美国之旅，他所到之处一片欢庆。那些被自然选中而腰缠万贯、家族兴盛繁荣的富人向斯宾塞表达了深深的崇敬。但斯宾塞自己并没有真的吃下定心丸。在这个充斥着美国自豪感的年代，他虽然见证了过多美国人的成就，但还是表示过一两次，在社会进化的更广泛进程中，美国依旧处于达尔文所定义的初级阶段，美国人可能也没有比高等类人猿进化多少。

最后的晚宴上还发生了几段小插曲。那次庆典是在当时声名鼎盛的纽约富人矿泉疗养池德梦尼克饭店举办。商界、学术圈、政坛甚至宗教界的领袖都来捧场，理查德·霍夫施塔特这位当时著名的社会达尔文主义者，满怀欣喜地记录下了宴会的盛况。斯宾塞在他的演说里讲道，美国人过分勤劳，这可是给劳动者泼了一盆冷水。但他的美国听众很快就不在意他的评论了，还是继续对他大献殷勤。斯宾塞虽然为人自负，但也抵不住众人的吹捧。宴会上的另一名发言人卡尔·舒尔茨说，如果美国南部的人好好读了斯宾塞的《社会静力学》，美国内战就不会爆发。美国著名的牧师亨利·沃德·比奇（他对自己的救世精神信心十足，我稍后会谈到他的一些特立独行的观点）曾表示，希望死后和斯宾塞先生在天堂再会。

在这次欢乐的聚会上，没人发现有一个细微却显而易见的现象令人忧心，那就是社会达尔文主义者如何消除代沟。约翰·洛克

卡尔·舒尔茨

菲勒在一次主日学校的课堂上用诗意的方式提出了自己的宗旨。他向年轻人说："美国丽人玫瑰之所以能够为人提供灿烂与芳香，是因为牺牲了早期长在它周围的其他花蕾。"[6]在商界也是一样，这里尤其暗示了一名洛克菲勒家族成员成功的代价。"这并不是商界的不幸，仅仅是自然规律和上帝的法则运作

的结果。"[7] 诚然，自然和上帝的法则是否能够解释小约翰·洛克菲勒以及洛克菲勒家族的诸多后辈继承的辉煌还是个疑问。洛克菲勒家族的一个后裔大发慈悲施舍一个穷人，就可以将后者从生存压力中解脱出来，而这就能摧毁针对继承人的道德和物质论调，充公的遗产税恰好充抵他们须专门为社会做的贡献。这个问题说起来的确让人难堪。

没人会觉得斯宾塞和萨姆纳的思想已经过时，因为它似乎拴住了每个路过乞丐身边的富人的手，甚至有可能摧毁人的道德感。两位思想家的学说仍然流淌在洛克菲勒家族人的良心里，至少残存在他们的演说撰稿人的意识中。1975 年 9 月 12 日，时任美国副总统纳尔逊·洛克菲勒在达拉斯的一次保守派聚会上进行演说，就向世人警示了抱有同情心的危险：

我们国家现存的一个问题，就是我们总是有一颗耶稣基督的仁慈之心，想要帮助穷困的人。这种同情心再加上政治直觉，总会让我们许诺一些做不到的事情。[8]

适者何以被选中

为什么这些富人被选中，成为人生赢家？要解答这个问题，不可避免地要谈到美洲的铁路。自 19 世纪起，直到 20 世纪 70 年代，没有什么能像美国和加拿大的铁路建设这样，瞬间扭转很多人的财运。建造铁路的承包商，铁路沿线所占土地上的房产所有者，借助铁路运输的人，甚至是抢劫火车的人，都发家致富了，有的人甚至在一周的时间里大发横财。与铁路相干却没分摊到财富的是铺设铁轨和开火车的工人。19世纪的铁路建设工作薪水并不高，而且十分危险。铁路工人的伤亡率——包括致残率和致死率——几乎达到了战争的水平。

但铁路终究还是建好了，多少忠厚的劳动者为之付出的血汗不应当被忘记。然而铁路建设的生意也引来了大批奸商，他们至今依旧臭名昭著，但在当时却是发家致富的成功人士。斯宾塞的自然选择理论成就了这批奸商，也让他们相互反目成仇。

一条铁路能够提供两种盗窃方法——抢劫乘客或者抢劫铁路的股东。19世纪80年代末那场惊世骇俗的竞争就是有着不同抢劫路数的两个帮派之间的斗争。事件发生在从哈得孙河西岸的新泽西穿到布法罗市的伊利铁路上，当时状况很糟糕，铁道生锈可能会带来致命灾祸。当时控制河东岸纽约中央铁路的康内留斯·范德比尔特想买下伊利铁路，以保证自己垄断从当地到布法罗市，甚至将来到芝加哥的全线铁路运营服务。范德比尔特的计划就是要剥削大众，其家族留下的一句话就是："大众活该。"

他的对手之一是吉姆·菲斯克，此人在1872年死于枪伤，年仅38岁，但美国上流阶层恨不得他死得再早些。和菲斯克一伙的还有丹尼尔·德鲁和杰伊·古尔德，同样是两个有经验的窃贼，只不过德鲁的势力已不复当年。他们的计划是抢劫铁路股东。那个年代，如果能控制一条铁路，就会有无数敛财的途径。杰伊·古尔德是公认的通晓这些途径的人，菲斯克也许不如他精于此道，但菲斯克的诈骗史更引人注目。

两种劫财之道的关键都是垄断控制。铁路大战终于在1867年打响，随之而来的矛盾冲撞比发生在伊利铁路上的撞车事故还要多。

范德比尔特的优势在于资金规模庞大，他可以买下股份以掌握控股权；但德鲁和菲斯克的优势更大，他们实际控制了铁路，在铁

吉姆·菲斯克

杰伊·古尔德

丹尼尔·德鲁

康内留斯·范德比尔特：他输了一场战斗，但没有输掉战争

特威德老大

伊利铁路全阵容

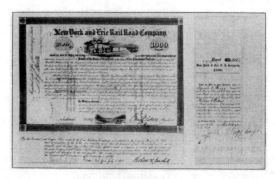

当时印刷的股票

路局大楼的地下室搞了台印刷机，能够印出的股票远比范德比尔特买的多，保证了他们对铁路的操控权。他们这么打算，也是这么做的。当时的说法是，出版自由巩固了他们的地位。

　　范德比尔特最终诉诸法庭，由于他事先买通了纽约州高级法院的乔治·加德纳·巴纳德，便认为自己在这场官司里占了优势。巴纳德虽然不是一名好法官，但应该是用钱能买通的最好的法官了。作为范德比尔特贿赂的回报，巴纳德取缔了伊利帮的股票发行活动，并威胁会将他们送入监狱。伊利帮只好卷走铁路的账簿和钱，逃到了河对岸的新泽西城。多情的吉姆·菲斯克还不忘带走自己的小情人乔西·曼斯菲尔德。很多人都认为范德比尔特想派人抓回这些逃犯，交给巴纳德法官绳之以法，因为当时他从铁路站点雇用一批人组成了铁路防卫队，还挂上旗帜，在泰勒酒店设立总部，称作泰勒堡垒。自此，伊利战争正式打响。

　　古尔德、德鲁和菲斯克在泰勒堡垒打起了自卫反击战。他们出了非常惊险的一招——买通纽约的立法机关，使自己印刷的股票合法化。之后他们又从范德比尔特那里"买"走了巴纳德法官，不仅花费巨大，还以他的名字命名了一列火车。更重要的是，他们买通了坦慕尼协会①的头目威廉·特威德，也就是"特威德老大"，让他当上了伊利铁路的负责人。范德比尔特只好撤退，双方在某种程度上达成和平。菲斯克想把伊利铁路的总部迁回纽约的一个剧场，将铁路运输和大歌剧结合起来，但愿望还没实现就被爱德华·斯托克斯枪杀了。斯托克斯将菲斯克视为情敌，因为他也爱着乔西·曼斯菲尔德，这可怜的姑娘实际上对两个人都付出了感情。菲斯克的尸体被运回了佛蒙特州的伯瑞特波罗，那里是他事业的起点，他被当作逝去的英雄受到了热烈欢迎。他被埋葬于此，安葬地立着四尊哭泣的少女雕塑，其中一尊摆出向他的墓碑抛撒金币的姿态。

吉姆·菲斯克被射杀。他同时爱着情人和金钱，也死于自己的爱

菲斯克最后安葬于此

① 坦慕尼协会（Tammany Hall），也称哥伦比亚团（Columbian Order），1789 年 5 月 12 日建立，最初是美国一个全国性的爱国慈善团体，专门用于维护民主机构，尤其反对联邦党的上流社会理论，后来则成为纽约一地的政治机构和民主党的政治机器。——译者注

公众声望

在伊利战争最激烈的时候，有一天夜晚，一列从布法罗开来的火车在一个转弯处，有四节客车车厢摔下了悬崖，坠毁的时候引起了大火。因为车厢大多为木质材料，并且靠很大的煤炉取暖，乘客和车厢一直都有面临火情的隐患。一年多之后，一位名叫詹姆斯·格里芬的工程师（对于英国人来说其实就是开火车的）要把火车开到旁边的轨道上，让另一辆西行的客运列车通行，由于他打了个盹，梦到客运列车已经开过去了，就继续将火车开到正轨上，结果与客运列车直接迎头相撞，即刻引发了大火，伤亡惨重。

更多的情况是，伊利铁路上的货运火车因为没有合适的火车头驱动，经常脱轨或者不能移动。因为铁道管理主要就是为了剥削股东的利益，因此不可避免总是不断有股东据理力争地抱怨。很多股东都是英国人，没人拿到自己应得的股息，再加上在铁路上工作的人也经常拿不到工资，种种劣迹让德鲁、古尔德和菲斯克声名狼藉。前面也提到，这三人在历史书中被称作伊利帮，他们的家族声望虽然在之后的岁月里稍有挽回，但一直都不怎么光彩。

与此相反，他们的对手却在公众心中留下了很好的名声，其家族也成就了极高的荣誉。范德比尔特家族，与其他领域的洛克菲勒、卡内基、摩根、古根海姆①和梅隆②一样，都依靠廉价的生产成本、

① 古根海姆家族是具有阿什肯纳兹犹太人血统的美国家族，最早的成员是于 1847 年到达美国的迈耶·古根海姆（Meyer Guggenheim）。该家族以其成功的采矿业及冶炼业而全球知名。19 世纪，该家族拥有的财富位于世界先列。——译者注

② 梅隆家族是美国历史悠久、鼎盛时期首屈一指的望族，创始人托马斯·梅隆在 1869 年创办了托马斯·梅隆父子银行。梅隆财团曾操纵着包括金融、铝、石油、煤矿、造船、炼钢等行业在内的上百个大企业，影响力广泛渗透进了美国的商界、政界、金融界、慈善界和艺术品收藏界。——译者注

约翰·洛克菲勒认为，人就像美国丽人玫瑰一样，只有残酷的牺牲才能换来更美好的前途，"这是自然的规律，也是上帝的指令"。他的规律一直在运作着

小约翰·洛克菲勒

戴维·洛克菲勒

纳尔逊·洛克菲勒

洛克菲勒家族的自然选择

打压市场竞争、高价销售赚取了大量财富，创立了极具声望与荣耀的王朝。他们的名字流芳百世，成为名门望族。这一点十分有趣，也在意料之中：掠夺其他资本家的利益，会永远被公众唾骂；而榨取公众的利益虽然也会受到抨击，但最终还是会带来名望与成就。他们中的很多人在有生之年甚至被尊为清白无辜、敬畏上帝的虔诚之徒。

19世纪，资本家想自诩上帝准许他们掠夺，还需要另外补充一些说法。

自然选择和教会

许多人说，上帝更偏爱穷人，所以才造出了这么多穷人，这也许就是为什么从19世纪起，甚至到现在，人们总是以平和的心态对待贫困。但在19世纪，按照李嘉图的理论，贫困是不可避免的，是不可改变的经济规律运作的结果。但上文也指出，后世的学者认为，自然选择会淘汰穷人。随着时间的推移，不值得救助的穷人，就像乔治·萧伯纳笔下的阿尔弗雷德·杜利特尔自称的那样，终会消亡。

这最后一种学说是社会的镇静剂，甚至令人赞赏，但却提出了一个令虔诚的信徒惊恐的问题。这种说法源于达尔文学说，对于所有琢磨过这种说法的信徒来说，它暗示了对《圣经》真理的直接否认。所有人都是按照上帝的想象创造出来的，而不是从猴子自然进化而来。造人并不是久远年代自然选择的结果，而是像《圣经》所说在六天之内完成的。自然选择很好地解释了贫困的问题，但它所依赖的思想却与宗教信仰大相径庭。1925年年末，田纳西州的约翰·斯科普斯在高中教授达尔文学说，引起克莱伦斯·达罗和威廉·詹宁斯·布赖恩之间的法庭争斗。由此可以看出，当时仅提及

进化论都是极其敏感的
事情。

　　时至今日，风险依旧。
只有自然选择能够和宗教
信仰融合，不信教的有钱
人才能高枕无忧。布鲁克
林的普利茅斯教会做出了
大胆尝试。普利茅斯教堂
今天仍矗立在布鲁克林桥
对面，虽然算不上宏伟，
但也古朴典雅。19 世纪
六七十年代，这里是美国
最富有的教区之一，当值
的牧师正是声称要和斯
宾塞相约天堂的亨利·沃
德·比奇。有钱人、抱有
雄心壮志的人和勤劳的工

亨利·沃德·比奇牧师："大人物之所以伟大，
小人物之所以渺小，都是上帝的旨意。"

人都蜂拥而至，来听他的讲说。亨利·亚当斯说，圣保罗之后，比
奇应该是最具影响力的传教士。1866 年，比奇写信给斯宾塞说：
"美国社会的特殊性让你的学说在这里比在欧洲更有成效，更具生
命力。"[9] 比奇亦难以拒绝成为这样的人物以影响社会。

　　他为了调和两者，先区分了神学和宗教。神学就像是动物王国，
是遵从进化论的，这种进化论与《圣经》并不矛盾。宗教是经久不
衰的，真理并没有改变。达尔文和斯宾塞是神学学者，《圣经》是
宗教著作，因此自然选择和《圣经》之间不存在矛盾。我本人并不

明白这种区分，甚至比奇自己和听他布道的人可能也都没懂，可是他的学说听起来却是很有道理的样子。

比奇还给他的富人教徒带来了另一个福音。上帝更疼爱罪人，会帮助他们赎罪，这就意味着如果偶尔哪天夜里做了坏事，事后只要坚持忏悔和赎罪，对上帝的信仰就能够创造奇迹。比奇随即也是这么做的。罗伯特·夏普利这位研究比奇的私人生活与好强性格的专家（后来成为报道越南战争的权威记者）曾经描写过比奇是如何虔诚地实践自己的福音的。他不仅安慰了自己富有的信徒们，说他们的财富是合法的，也安慰了他们的妻子——至少是一部分——通过与她们发生关系。最后，其中的一名女士伊丽莎白·蒂尔顿虽然觉得比奇给予了她救赎，但依旧被罪恶感困扰。她没有向上帝忏悔，而是跟自己的丈夫坦白，蒂尔顿先生当然立即控告了比奇。陪审团对于比奇的罪证意见不一，现在我们再看当时的证据，自然不会赞同当时陪审团的异议。

前文提到，比奇向斯宾塞表达了死后与他在天堂再会的意愿，但我相信，很多人跟我一样，不希望碰到他们中的任何一个。

托尔斯坦·凡勃仑

19世纪盛行的有钱人理应富裕的想法带来了令人陶醉的欢乐，有钱人也逍遥得心安理得。曾经有一个关于此的田野调查我很欣赏，我这可不是事后诸葛亮。迄今为止，对于美国富人兴盛时期有着最有趣、最透彻描述的是一位现代观察家，他将有钱人的权力之巅和矫饰卖弄描写得淋漓尽致，他就是托尔斯坦·凡勃仑。凡勃仑是我20世纪30年代在加利福尼亚大学读书时那些教授的偶像。当时，老师们把他的著作和阿尔弗雷德·马歇尔的《原理》一并推荐给我，而后者是19世纪末、20世纪初的正统经济学领域堪比《圣经》的著作。我已经多年没有读过马歇尔，但没事读读凡勃仑还是很有趣的。

凡勃仑的传奇就是一个农场穷苦小子的故事。他是挪威移民的儿子，终其一生都因嫉妒而痛苦，对不公感到愤怒。凡勃仑的挪威同胞大多朴素、可敬而贫困，

托尔斯坦·凡勃仑（1857—1929）

而在新大陆的一小部分人却放荡、懒惰而富足。这种反差是凡勃仑难以忍受的，他以书和各种言论对此进行了严厉抨击。

托尔斯坦·凡勃仑实际上是一个贫困挪威移民的儿子，1857年出生在威斯康星州，当时的生活还很艰辛。但当他长到要上大学的年纪，他的父亲托马斯·安德逊·凡勃仑就已经坐拥明尼苏达州南部290英亩[①]的土地了，比得过其他任何一个在田间劳作的农民。在挪威本土，100个工人加起来也没有这么多财富。家里出钱让小

---

① 1英亩≈0.004平方千米。——编者注

凡勃仑在附近的卡尔顿大学上学。他之后又申请了约翰斯·霍普金斯大学，随后在 1882 年又到耶鲁大学深造，这正是斯宾塞到访美国那一年。家里依旧负担得起他的所有费用。在耶鲁，他遇到了威廉·格雷厄姆·萨姆纳，留下了深刻的印象。在这片到处都是和凡勃仑父母相同的移民者的新大陆上，斯宾塞和萨姆纳的理论再正确不过了。这些移民者的生活虽然艰辛，但是很充实，他们都体面、幸福、勤劳地生活着。

托尔斯坦·凡勃仑怀着嫉妒和对富人的蔑视而创作，他认为那些富有的、处在社会上层的撒克逊裔美国人（被称作"WASP"①）没什么智慧、文化或者魅力，他们的商业成功仅仅是依靠狡诈的小聪明，以及他们已经积累的财富资本。他们高傲自大，智力愚钝，缺乏安全感，在凡勃仑的嘲讽下不堪一击。

富人不断招致中产阶层和穷人的憎恨，为什么他们能够拥有一切？他们的收入和地位在道义上合法吗？这些攻击，富人总是能抵御。而这些嫉妒和羡慕更加剧了他们的优越感。

但凡勃仑的武器要锋利得多，那就是用最清醒和最严谨的科学去嘲笑他们。原始部落都有各自的传统节日、仪式和狂欢，甚至有一些部落是腐化堕落的。富人也不过如此，他们的社会惯例和仪式的表面形式也许有所不同，但他们的本质目的都是一样的——自我炫耀和展示。对于所有出风头和享乐的富人，凡勃仑都能找到跟其相似的野蛮人行径。范德比尔特家族的女人们穿上束腰装，只是证明了她们是娱乐和炫耀的工具，就像巴布亚酋长也会在他妻子们的

---

① WASP（White Anglo-Saxon Protestant）通常指的是曾经在美国政治、经济和法律领域占据主导地位的白人盎格鲁－撒克逊新教徒群体。——译者注

脸上和胸上划几道，二者并无分别。富人聚会享受饕餮盛宴和各种娱乐节目，土著人的冬季赠礼节和狂欢节与此别无二致。凡勃仑还拿富人的手杖开涮：

> 手杖是为了展示它主人的手被占用着，不需要从事任何劳动，是一种悠闲的象征。手杖也同样是一件武器，美洲的野蛮人也总是会拿一根，手握着如此实在而原始的进攻武器给这些内心残暴的人一种心理安慰。[10]

凡勃仑自己生活得茫然、怪异而缺乏安全感，美国大学校长的生活也跟他一样紧张压抑，我以前从没有意识到其实他们算是一个阶层。他们在所有的公共场合都高声赞扬思想的自由，但私下都暗自担心这种自由的后果。他们的薪水虽然还算高，但自己学校教师口无遮拦的言论总是给他们惹麻烦，不免让他们觉得得不偿失。但在19世纪，他们的不安和自怜受到认可。凡勃仑也研究了成功商人的生活癖好，这些商人认为国家应当建立一些像样的学术中心，他们的后代需要这样的光环，而医生和律师也至关重要。但富商也认为学者不应该批判私有财产和财产的拥有者，他们希望教授们能够认同传统的真理，尊重财富和企业。凡勃仑没有这么做，因此各大学府总是推荐他去其他学校任教。他从康奈尔转战芝加哥，后来又去了斯坦福、密苏里和纽约新学院，当时校方都巴不得凡勃仑赶快离校，可是到了今天，每所学校却都以凡勃仑为傲。

凡勃仑算不上英俊，却格外受到女人们的偏爱，有时这也是促使他离开的原因。他自己觉得这是个麻烦，斯坦福大学的校长戴维·斯塔·乔丹也曾为此指责他败坏中产阶层的道德。凡勃仑无奈地问：有女人硬要搬进一名男士家里，这名男士应该怎么办？有传言说凡勃仑到哈佛求职的时候，在生活上克己复礼的校长劳伦斯·洛威尔不畏尴尬地提出来，哈佛的其他教授会担心他们的妻子。校长煞费苦心又轻描淡写地暗示，是要凡勃仑许诺，如果出任教授，他必须克制自己的行为。凡勃仑诚恳地表示不必担心，因为他早已见过他们的妻子。我一度找资料去验证这个故事的真实性，却很遗憾地发现，这些传言都是假的。凡勃仑最后孤独终老，在 1929 年去世。

挥霍式消费

凡勃仑的第一本也最著名的书是《有闲阶级论》，在 18 世纪与 19 世纪之交出版。这本书和亨利·乔治有关土地单一税制的著作《进步与贫困》一道，成为 19 世纪的美国社会评论著作中至今仍被人们研读的经典。这本书涵盖的凡勃仑早期的经济思想，在他后来的著作《企业理论》中得到进一步发挥。他指出了工业和商业经济生活之间的矛盾，也同样是致力于改良生产的人才与只在乎赚钱和利润的商人之间的矛盾：这些生意人为了利润而对生产活动做出的限制，严重破坏（凡勃仑用了 sabotage 一词）了生产者的生产力。他的观点在 20 世纪 30 年代立刻赢得了一批信奉技术统治论的激进分子的狂热追捧，但凡勃仑对制造商和生意人的区分却没有沿用到今天。

迄今他仍有影响的成就不在经济学领域，而在社会学方面，也就是上文提到的对于富人社会行为的探究。《有闲阶级论》主要关注了财富给有钱人带来的浓重的优越感，要享受这种优越感，首先得让其他人意识到自己的优越，因此有钱人的当务之急就是想方设法展示自己的财富。有两种途径——炫耀式的悠闲和挥霍式的消费。这两个词，特别是第二个，深植于凡勃仑的语言中。炫耀式的悠闲是指在一个所有人都忙于奔波生计的世界里，人们再无体力和精神做其他任何事情，富人却因为自己的清闲安逸而与众不同，即便富商自己也不免需要工作，他们的太太的悠闲也能彰显出这种区别。而炫耀式的挥霍就是仅仅用消费的金钱数量来彰显财富，品位都是其次。在《有闲阶级论》出版之后，有钱人充满卖弄、放纵和享乐的消费方式，总是被嘲笑为挥霍式消费。

里程碑：纽波特

凡勃仑所描述的炫耀财富的文化到底在多大程度上是真实发生的？如果你有所怀疑，就请到罗得岛州的纽波特去亲眼瞧瞧。大部分美国人都没见过如此之大的房屋，对这些豪宅也许不了解。我一辈子都和大多数人一样住在距市区几小时车程的郊外，只是偶尔有幸能参与一些公众事件。1961 年，印度总理尼赫鲁到访美国，在纽波特会见肯尼迪总统，两人一同走过美国总统专用游轮"蜜菲茨号"（Honey Fitz）停靠的海滨，观赏这里的豪宅。美国总统对尼赫鲁说："我带你来这里，是想让你看看美国平民的生活水平。"尼赫鲁的回答令我异常欣喜，他说听过"富裕社会"的说法。[1]

纽波特的房屋大多建于 18 世纪与 19 世纪之交，那是个个人价值单纯靠财富衡量的年代。艺术家、诗人、政客和科学家做梦也没

---

① 本书作者约翰·肯尼思·加尔布雷思于 1958 年出版了代表作《富裕社会》。——编者注

有质疑过有钱人那自诩出众的念头。当时没人听说过好莱坞，电视明星连昙花一现都谈不上。但凡勃仑认为，如果用财富彰显个人的卓越，就必须让他人知道，但有钱人又不能到处举着钞票招摇过市，也不能到处将自己的纯利润收入广而告之，虽然个别人也这么做过。纽波特的宅邸并不是用来居住、休闲或者养孩子的，只是用来炫耀宅邸主人的个人价值的。

这里最著名的宅邸要数"听涛山庄"（The Breakers）了，其主人就是人们在谈论富人的生活和品德时会反复提及的名字——康门多尔·范德比尔特。他不仅是一个有想法、有手段、赤裸裸剥削民众的商人，更是一个带领显赫家族进行炫耀式挥霍的人。据最早的估计，听涛山庄花费了范德比尔特家族 300 万美元。康门多尔后来接管了田纳西州纳什维尔的一所大学，也就是后来的范德堡大学，才花了 50 万美元，即便后来追加到 100 万美元。

家，以及家外之家：听涛山庄，最初估价 300 万美元

纽波特的宅邸还有第二个功能：巩固社会阶层结构。如此大型的宅邸需要很多仆人来照管，他们经受了严格的训练，具备仆从的纪律性和服从性。凡勃仑曾写道：

如果一位先生的管家或者侍从在餐桌上、马车旁侍奉不到位，暗示他的习惯性工作是锄地或者放羊，会引发主人的极度不满。[11]

反过来，熟练而顺从的仆人时刻提醒主人他们的优越性，显示出他们是特权精英阶层。但也正是因为这样苛刻的要求，很多仆人会选择尽早结束这种生活。社会的普遍准则说明，如果有其他选择，没人会愿意做仆人以衬托他人的优越性。因此，仆人都会尽可能另谋他职。主人们经常会有这样的遭遇：他以为对自己怀有深厚感情的某个仆从有一天突然在他的餐桌前放了一个很响的屁，然后第二天就拎包走人了。社会阶层逐渐消除的第一个征兆，就是仆人阶层的消失。

庆典

仅仅有奢华宅邸还不够。在观察了原住民的传统和有钱人的风俗之后，凡勃仑总结说，部落酋长和商业大亨都认为，仅靠挥霍式消费并不足以显示自己的财富，举办个人典礼也很重要，酋长和大亨需要对"各种风味的美食、男性的饮品和饰品、服装和建筑、武器、游戏、舞蹈及毒品都有所涉猎和了解"[12]。凡勃仑说："酗酒、吸毒导致的疾病"成了"有地位之人能够负担这样的骄奢生活状态"的证明，而"过度纵欲后的虚弱，成了男人味的识别

斯蒂文森·菲什太太盛装出行

挥霍式消费：宠物狗聚会

标志"。[13]

"昂贵的夸富宴和舞会"[14]这类炫耀财富的典礼，在比拼自尊的时候非常重要。自命不凡的富人宴请自己的朋友和对手，就是要给这些人留下深刻印象，因为他们的看法决定了自己的地位。客人们不知不觉成了主人建立优越感的工具。当然，来访的客人随后也会举办自己的夸富宴和舞会，以展示自己更能挥霍，从而赢回声誉。

为了吸引大家来参加，典礼主题要设计得足够新颖，甚至怪异。斯蒂文森·菲什太太的点子就很好地启发了后人：在20世纪初，她举办了一场宠物狗聚会。我在BBC的同事在研究纽波特的人类学时让这一聚会"重现江湖"，看过的人都不会否认，这个聚会除了形式不同，简直和加里曼丹岛、新几内亚或圣诞岛上的庆典如出一辙。

名誉

在炫耀式的消费之后，有钱人的最大乐趣就是在报纸上读到有关自己的消息，并想象别人也会在媒体上看到自己的消息。今天的富人依旧享受这种乐趣。要是哪个百万富翁表现得很羞涩，便会让人们感到惊讶，因为这实在是太少见了。霍华德·休斯①是我们那个年代最响亮的名字之一，几乎无人不晓。制造混乱局面的乐趣，一半也是源于富人们想到大众看到有关报道会有多惊讶时的快感。阅读当代报纸的社会专栏，只有体会到被报道的人的愉悦和其他人的嫉妒，你才算真正看懂了。

---

① 霍华德·休斯（Howard Hughes，1905—1976），美国制造商、飞行员、电影制片人和导演。他拥有巨大的财富，但他的名声更多来源于他的冒险经历和怪癖，尤其是他的隐居生活。——译者注

在保证纽波特居民个人宣传的需要方面，《纽约先驱报》的掌舵人小詹姆斯·戈登·本纳特功不可没。威廉·伦道夫·赫斯特一直被认为是美国情色刊物的创始人，但历史学家塞缪尔·埃利奥特·莫里森认为，本纳特的父亲才是。这位老先生认为，出版报纸，"不是为了谆谆教诲，而是为了骇人听闻"[15]。他的儿子继承了他的观点，在自己的《纽约先驱报》上辟出了大量版面报道纽波特的庆典活动和堕落生活，

小詹姆斯·戈登·本纳特，报业大王和忠诚的儿子。他的父亲认为，出版报纸"不是为了谆谆教诲，而是为了骇人听闻"

而并不探讨社会事务。本特纳的父亲曾说："没人真正关心选举和候选人，不管是大总统还是小警察。"[16] 当有钱人不能引起公众兴趣的时候，本纳特派斯坦利到非洲找到了利文斯敦①，接着又派另一支探险队进入北极圈到达了北极点。但纽波特一直是他的基地。

---

① 利文斯敦（Livingstone）是赞比亚南部的一个城市，以著名的维多利亚时代传教士、探险家戴维·利文斯敦（David Livingstone）的名字命名。由于靠近赞比西河和壮观的维多利亚瀑布，利文斯敦吸引了世界各地的旅行者前来探索这个世界奇迹。——译者注

里维埃拉

19 世纪，有钱人的一件烦心事儿就是阶级结构中的一个令富人十分不悦的特性：你能很快变得有钱，但只有老了才能真正因为财富而德高望重。范德比尔特、阿斯特、惠特尼家族，在早些年被民众看作粗人，更不用提洛克菲勒和福特家族了。但过了几代人之后，这些家族就成了修养深厚、声名卓著的名门望族。当时的状况是，工业大亨比起地主和富商，总是要低一等，除非熬到他们年老的时候。19 世纪，一个有封号、收入达到中等的英国人，甚至连一个身无分文、生活糜烂的波兰伯爵，都能和惠特尼、洛克菲勒等人平起平坐。在美国人里，洛厄尔、卡波特和柯立芝的情况稍好一些，那也不过是因为他们已经老去。

关于财富的另一个更深层次却容易被忽视的问题是，财富带来的感官享受。穷人和中等收入人群都认为，财富带来的最大愉悦就是对感官感受的消费——美食、名酒和各种体验之下的纵欲。穷人稍有闲钱，第一反应就是大吃大喝，或者找一个服侍周到的女人。财富的意义应该仅限于此了。这也正是 19 世纪有钱人的欢愉。维多利亚时代的有钱人都是暴食者和酒鬼，很多人每年都会去泡大陆温泉，他们最经常去的是美国的卡尔斯巴德，还要备上两套衣服，一套是去时穿的，另一套则在瘦了十几磅之后穿着回家。肝脏健康——与大量饮酒息息相关——成了闲聊的话题，性生活战胜了马术，成为男性快感和成就感的重要来源。

但一个人吃饭喝酒总是有极限的，在床上卖力的工夫更是有限。随着时间的推移，过度吃喝带来的后果——肥胖、慢性醉酒、丑陋的外表仪态——不再被人羡慕，而是受到各种谴责。同样，曾经被认为是富人最大愉悦的滥交，最后竟成了大众娱乐项目，甚至是医学治疗手段。富人的感官享受不再是他们被羡慕和崇拜的原因，再也不能给他们带来欢愉，因为其中的大部分快感来源于享受他人得不到的东西。

19世纪的里维埃拉有迷人的风景和宜人的气候，没有现在的交通和环境问题。阿德莱·史蒂文森曾经在来到这里后给一位朋友写信说："阳光普照的沙滩上，荒蛮之地的小人物和有钱没处使的妇女勾搭在一起。"更重要的是，这上面提到的事情解决了美国富人阶级的问题。纽波特不可或缺的居民小詹姆斯·戈登·本纳特在费拉角也有自己的别墅。依靠自己宣传富人八卦生活的禀赋，他创立了巴黎的《先驱报》，报道美国人在欧洲社会的动向，第一期的社会专栏中的一条报道就是"威廉·范德比尔特先生周三将从伦敦回国"。又是范德比尔特家族。

里维埃拉一直是欧洲贵族的度假胜地，这成了它的主要用途。美国富豪利用自己的女儿在这里换取欧洲旧地主和贵族才能拥有的尊严，有时候仅仅能换来头衔。就凭这么简单的方法，这些新大陆土豪获得了要仰赖岁月才能带来的社会地位，而欧洲古老的贵族得到了金钱和其他有用的东西。两者之间的讨价还价在所难免，经纪人——通常是带着虚设的社会头衔的贫穷之人——出面做交易。如果当时计算国际收支平衡，此类交易将是美国对外收支平衡中的重要部分，后来被正式纳入国际收支平衡计算。据估计，截至1909年，就有500多名美国的女继承人被嫁到欧洲大陆以换取家族的名誉，随她们一同去的还有2.2亿美元。[17]

当时最伟大的英国家族之一就是丘吉尔家族，他们的布莱尼姆宫是英国最宏伟的建筑之一。马尔伯勒是英国历史上最为显赫的封号。因此，马尔伯勒公爵和康斯萝·范德比尔特之间的联姻再自然不过，当时女方的嫁妆就有 250 万美元。后来他们陆续得到更多的钱，用来修缮布莱尼姆宫，还在伦敦建造了新房屋。这桩与马尔伯勒公爵的联姻总共花费了 1 000 万美元，但在范德比尔特家族看来非常值得，因为强盗大亨的头衔最终彻底与范德比尔特家族不再相干。家族的后裔，甚至后来连家族的先辈们，包括康门多尔，都享有无上荣誉。

古尔德家族为了改善自己更为尴尬的名声，也花费颇大，不过仍比不上范德比尔特家族，效果自然也差一点。杰伊·古尔德的女儿安娜嫁给了法国的加斯特兰伯爵，550 万美元的嫁妆比起马尔伯

康斯萝·范德比尔特和她的父亲：她给范德比尔特家族带来了荣誉，也让马尔伯勒家族偿还了债务

安娜·古尔德和加斯特兰伯爵：古尔德家族花得少自然赚得少。比较一下两家人的脸色

勒公爵得到的是少了点。也许就是因为想便宜买好货的心思，古尔德家族建立的名声可没想象中的那么显赫。

温斯顿·丘吉尔也差不多是这类联姻的结果，他是伦道夫·丘吉尔勋爵和美国人珍妮·杰罗姆的儿子。但这不是个典型的例子，因为两人的结合更多是因为爱情。

赌博

里维埃拉还有一个功能，那就是距此不远的蒙特卡洛赌场给富人们提供了娱乐项目。正如凡勃仑所说，赌博是无可比拟的可以彰显和增加自我财富的方法，这正是富豪们所需要的。

大多数人不懂赌博的社会学研究，以为赌徒都是为了赚钱。当然有些人是抱着赚钱的目的，但也有人就是为了输钱，19世纪更是如此。许多衣着雍容华贵的男女——在那个穿着决定社会地位和声誉的年代——相约聚集在滨海度假酒店，在赌桌上博弈，在沙龙间穿梭，这可是一个人在观众面前展示自己"烧钱"本事的绝佳机会。一局就赌下一万五万的，这是在告诉观众，自己输得起这么多钱。要是赢了，他也没损失。

如同建造一座邸宅需要那么一点点品位一样，要参加上档次的富人娱乐项目，需要入场许可和一些朋友。在没有无线通信的年代，登上游艇就意味着与世隔绝，此外价格也非常昂贵。伟大的 J. P. 摩根曾经有两句不朽的名言。他曾在美国国会委员会上说，华尔街的权力来自个人魅力，而不是金钱——这个观点迄今也没多少人接受。另一句是曾经有一个熟人问他经营一艘游艇要花费多少钱，他说："反正你买不起。"

但是赌场却解决了这些问题，因为在这里，你有多少便可以输多少，没人过问你的品位、入场许可、社会名誉或者朋友是谁，只要你带上钱就行。

蒙特卡洛的赌场

现代富豪的行为举止和道德修养

　　当代的富豪又如何呢？追求卓绝的方法早已改变。我自己的研究大多针对美国人。结果显示，在美国，单是炫耀财富已经不能代表什么了，现在政客可比富商要显赫得多。华盛顿和纽约的女主人请一个百万富翁到家中做客可算不上什么，但要是能邀请到一个位高权重的政客就是极大荣耀了。所以很多有钱人都愿意花大手笔贿赂国家对外办事处，即便是当个驻小国家的大使都好。电视明星、记者、举止怪异邋遢的艺术家，还有观念保守或者极端但无害的知识分子，都比百万富翁更得到敬重。于是，富豪要么想办法结识这些人，要么自己在这样或那样的领域取得一些成就，不然就会受到轻视。

不过，也存在一些地域差异。在波士顿和新英格兰，有钱人更喜欢朴素而不太招人喜欢的打扮，住宅要大，却不一定奢华。女人们的着装也依据个人性格品位而不同，讲究实用或者便于运动。个人价值通过音乐、艺术、慈善事业体现，如果可行，他们还会选择提升自我知识修养或者投身于一些不痛不痒的公共事业。财富如果不能吸引到以慈善或者政治为目的的筹款人的注意，就不能给自己的家族带来什么价值。

纽约的情况也差不多，不过纽约的女人们认为奢华的服装依旧是吸引注意力的重要手段。过度装潢粉饰甚至引起居住不适的公寓也可以吸引眼球。在纽约郊区，大房子、私人游艇和娱乐设施虽然少了仆人阶层的管护，但在一些亚文化群体中依然可以传递出自己卓越出群的信号。虽然这些老套的手段得以残存，但远不足以满足富人。稍有雄心的富豪，都认为同时通晓艺术和公众事务至关重要。20世纪中叶，富裕的纽约客们，尤其是律师，总是想通过涉足外交事业来获得景仰。但不幸的是，和国外政客与君主攀上关系的同时，他们也把自己的名声和后者绑在了一起。支持自由主义政客和无伤大雅的激进主义分子也是彰显个人卓越的手段。

在得克萨斯州，人们才刚刚开始尝到财富的滋味，还抱有新鲜感，家族的地位仍然是由财产的价值来决定的，如房屋的估价，农场的大小，飞机的型号、时速和内饰，马鞍和女装的华贵程度，全都包括在内。烤肉宴和嘉年华具有很大吸引力，因为可以展示自己的财富，令人艳羡。得克萨斯人的习俗决定了这个州的达拉斯是世界上最著名的昂贵手工产品市场。当然，随着岁月的流逝，目前的状况也有可能改变。受人尊崇的高贵典雅与遭人唾弃的浮夸虚饰之间将逐渐有一条模糊而难以捉摸的界限。

在加利福尼亚州南部，尤其是洛杉矶郊区，已经发生了这种变化。曾经，摩尔复兴式别墅、游泳池、精心修剪的园艺作品、审美奇特的轿车是能赢得社会尊敬的东西。今天，虽然这些东西也必不可少，但已经远远不够。结识一些著名的电视电影明星、政客甚至罪犯——尤其是20世纪六七十年代尼克松执政时期的高层人物——至关重要。

这些有钱人的行为举止和道德仅凭这样就得到提升了吗？我们不禁想问这个问题。行为举止无疑得到了改进。曾经，如果范德比尔特、吉姆·菲斯克、杰伊·古尔德一同出现在得克萨斯的嘉年华，那一定会遭人唾弃。即便是一个当代的石油大亨，如果听到范德比尔特家的人诅咒大众，都会为之战栗。但今天，残酷的掠夺者在大家面前要伪装成公众利益施恩者，深切表达自己要服务大众以促成自由社会的意愿。他们要随时保持形象整洁，不可以嚼烟叶。随着这种改变，现代资本家的行为举止得到了极大改善。

但是资本家的道德修养进步就没那么好说了。I. O. S.、维斯科、波尔森、辛多纳、霍夫曼、阿霍尔特·史密斯和美国房地产基金会虽然在加快剥夺寡妇、孤儿和愚蠢之人的财产上手法更先进，但是大多数人认为他们也不比伊利帮正经多少。

范德比尔特和伊利帮买通法官，近些年美国公司依旧在想方设法贿赂国内外的政客。19世纪，帕维尔·伊凡诺维奇·葛朗台买遍了俄国的死奴，也就是果戈理笔下的"死魂灵"。他从地主手中买

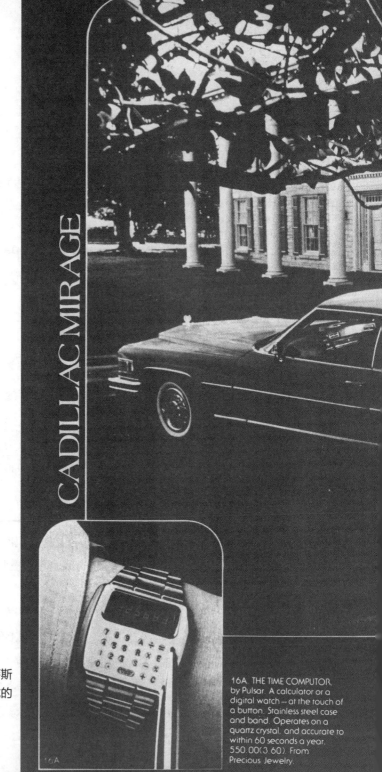

CADILLAC MIRAGE

消费在得克萨斯
依旧是炫耀式的

16A. THE TIME COMPUTOR,
by Pulsar. A calculator or a
digital watch -- at the touch of
a button. Stainless steel case
and band. Operates on a
quartz crystal, and accurate to
within 60 seconds a year.
550.00(3.60). From
Precious Jewelry.

17A

THE GENTLEMAN'S TRUCK

e best of two worlds combines in the dynamic design of the Cadillac Mirage.
vehicle incorporating both luxury and utility, with all the expected craftsmanship
he Cadillac tradition. The Mirage is a town and country coupe: sleek enough
assengers to the Opera Ball, rugged enough to carry feed and supplies to the most
e corner of the ranch or farm, comfortable enough for the most extended tours,
and professional enough for the serious sportsman. Our limited edition
ge features custom enamel in the Neiman-Marcus signature color as shown,
interior trim package, sports style wire wheel covers, and carpeting of mouton
ughout. The Cadillac Mirage shown is available only through Neiman-Marcus.
Allow eight weeks for delivery. 17A. 24,500(X).
For further information, call AC 214/741-6911, ext. 1225.

下这些农奴，然后用他们的身份从银行贷款。在 19 世纪 60 年代，洛杉矶的斯坦利·戈德布鲁姆制造出许多虚假身份，购买保险，再将他们的保险单（还有理论上应得的保险费）卖给真的保险公司，赚了一大笔。他做着这样的买卖，却依旧赢得了社会地位。产权基金公司的股票一路飙升，德高望重的人加入了董事会。即便是在早期，俄国公司的道德节操是否有所改善都是个问题。

我个人认为，如果一个人全身心去赚钱，不论何时何地，他的行为举止都是一心为了这个目标。所谓的道德观念、谨慎和良心，也就是门肯所说的"内心有个声音一直提醒我们，有人在看着我们的一举一动"，在他们眼中就仅限于法律。但总有一部分人禁不住诱惑，铤而走险。

每个时代的卑鄙恶行都不会差太多。并不像公众舆论和通俗小说中那样，这些行为不需要什么聪明有点子的人才来做。那些作案手法新颖、广受崇拜的人，最后也会被发现只是借用了很久之前的把戏，基本的套路早就被人用过了。

资本主义的行为举止进步了，可道德还差得远，但也没有变得更坏。

第三章

卡尔·马克思的异见

亚当·斯密、大卫·李嘉图和他们的信徒都确信，经济社会中，一部分人拥有生产商品所需的工厂、机器、原材料和土地，是自然秩序。人能够掌握资本和生产方式，斯宾塞和萨姆纳给予了他们最高的社会和道德认可。托尔斯坦·凡勃仑琢磨着这些富人的生活，自己被逗乐得不行，但即便如此，他对前面几位前辈的理论也没有异议，而他对资本主义秩序无情的批判也没能让自己成为一个社会主义者或者改革家。

49 岁的卡尔·马克思

最大的异见来自卡尔·马克思，他用李嘉图的观点驳斥李嘉图所阐述的经济体系。如果说《圣经》是许多人思想的结晶，那马克思作为其著作的唯一执笔人，被如此多的人信奉和尊崇，恐怕全世界无人可以与之匹敌。当今世界，马克思的追随者甚至远远多于伊斯兰教的信徒。

马克思现在长眠于伦敦海格特公墓，他于 1883 年 3 月 17 日被埋葬于此。和亚当·斯密的墓地一样，前来拜访的人零零星星，大多是共产主义国家官员因公造访伦敦顺路来祭奠一下。20世纪50年代，马克思的墓还在一个昏暗的角落里，十分不显眼。现在他已经躺在离赫伯特·斯宾塞不远的地方，很难想象这两个人会享受彼此的陪伴。

全能超人

全世界都把卡尔·马克思看作革命家，近乎一个世纪的革命，无论大小，都诉诸马克思的理论。他是一个社会科学家，也许有些人还认为他是最具创新性和想象力的经济学家，是他所处时代最博学的政治哲学家。著名的美籍奥地利经济学家、哈佛大学教授、反对偶像崇拜的虔诚保守主义学者约瑟夫·熊彼特曾经在讲授马克思理论的时候说道，他是一位天才、一个预言家、一个经济理论家，"最重要的是，他是一个上知天文、下知地理，无所不通的全能超人"[1]。

马克思还是一位有才气的记者。在生活最为艰辛的时期，他一直靠《纽约论坛报》的稿费生活，当时的主编描述他为最受敬重和稿费最高的记者。所有的美国共和党人，包括杰拉德·福特和罗纳德·里根在内（二人在我写这本书时都是显赫之士），都以此为傲。《纽约论坛报》和《纽约先驱报》是现在的《国际先驱论坛报》的前身，《纽约论坛报》一直是共和党的最高刊物。马克思与共和党还有着另一个渊源：1864年林肯当选美国总统的时候，马克思也向林肯表达了祝贺，祝贺共和党赢得大选和美国内战中北方的节节胜利。他说："欧洲的工人就本能地感觉到他们阶级的命运是同星条旗连在一起的。"[2]

马克思还是一位历史学家。对他来说，历史不仅仅是一门供人研究的学科，更是要去亲身经历和感受的现实生活。当代美国最著名的马克思主义者保罗·斯威齐曾说过，正是马克思的历史感，让他的经济学说别具智慧。其他经济学家对历史听听便作罢，而马克思主义学者让自己和自己的思想成为历史的一部分。

最终，马克思成了一个重要的历史事件。通常人们总觉得，即便某个人没能出现在这个世界上，总会有另外的人完成他该做的事情，革新的力量会将历史推到循环的某一点上，这并不是个人的作用，而是时代和环境造就的。但如果这个世界不曾有马克思，一定会是另一番模样。

身为历史学家的马克思，亲自为历史翻开了崭新的一页。

特里尔

这一页起于摩泽尔河谷之端的特里尔，1818 年马克思出生于此。山谷之中，乡村风光宜人，现在也依然算是欧洲数得上的迷人风景。山谷四处散布着格林童话中的小镇，半山腰是葡萄园，山谷周围是麦浪翻滚的农田。现在这里依旧是一派田地绵延、色彩交错的田野景象，展示着莱茵兰 ① 的农业风光。共产主义国家的代表也像拜访海格特公墓那样，偶尔造访这里，西边的旅行者会来享用这里的葡萄酒。当地旅游部门的报告显示，只有极少数旅行者偶尔会问到马克思。人们在城镇的大商店里才能看到一丝商业的繁荣气息，这里还能听到马克思这个姓氏。马克思家族那宜居而宽敞的大房子至今

---

① 莱茵兰，旧地区名，也称"莱茵河左岸地带"。今德国莱茵河中游，包括今北莱茵－威斯特法伦州、莱茵兰－普法尔茨州。——编者注

还保存着。

　　这个小镇的人口据估计有 1 万~1.5 万，会让人产生一种历史感。曾经，作为奥古斯都大帝的特雷维尔城（Augusta Treverorum），这里被称作"北方的罗马"。德意志部落总是时不时地南下进攻拉丁人，这个惯例一直延续到 20 世纪中叶。这里是抵御德意志入侵的主要堡垒。古罗马时期遗留下来的尼格拉城门，又称"大黑门"，一直矗立到今天，成为北高卢著名的罗马古迹。

　　当然，现在的特里尔已经是德国领土的一部分。在 1818 年马克思出生的时候，这里的法国占领者刚刚被普鲁士政权赶走，这种社会变革对海因里希·马克思家族的命运是至关重要的。马克思家族是犹太人，卡尔·马克思的很多祖先都是犹太拉比（犹太宗教领袖）。法国人对于镇上的古老犹太团体态度很宽容，但普鲁士人可不是。海因里希·马克思作为镇上最高法院的官员和律师领袖，其犹太人的种族身份可是异常危险的，所以他和家人接受洗礼成为新教徒。现在大部分学者都认同，这

马克思的出生地特里尔：1818 年 5 月 5 日，马克思出生在这座舒适的房子里。对共产主义国家的人来说，这是一个小的朝圣之地，西方游客很少意识到它的存在

是当时很实际的一步举措，并不代表马克思一家人抵触犹太人的社会和人文传统。至于宗教信仰，在卡尔·马克思出生的时候，家里面已经很少有人真正信奉宗教了，家庭成员早已世俗化。

然而，马克思祖先的种族身份让马克思后来的敌人好好利用了一番。反共产主义总是和反犹太主义相关联，利用这一点煽动暴民总是很有效，这对于希特勒和纳粹党格外有价值，也有很多其他人充分利用了这一点。

但总是不断有人怀疑，马克思本人就是一个反犹太主义者。毕竟他接受洗礼成了一名基督教徒。更重要的是，他的很多文字对犹太人很刻薄。这也是源自一种文学惯例：19世纪，"犹太人"一词经常被用来指代或隐喻贪得无厌的商人。不过，他的文字确实很容易让人曲解他有这种种族敌意。

马克思也是一个无神论者。在他生活的年代，大多数人在对待宗教时都很严肃，信奉宗教的行为是值得尊敬的。但马克思却是一位无神论的坚定信奉者，他对宗教的著名描述就是，宗教是人民的鸦片。它让人们在面对艰苦和剥削的时候选择顺从而不是奋起反抗。亨利·沃德·比奇教士也曾经有这样的想法，但结论却完全不同。宗教帮助人们耐心而毫无怨言地接受上帝分配给他们的经济能力（不论有多么匮乏），比奇却认为这正是上帝的礼物。很明显，这不过是措辞上的不同：比起马克思的语言，比奇的说法更能让虔诚的信徒接受。

卡尔·马克思虽然没能教化群众，但在宗教问题上，他的观点的确非同一般。作为犹太人，他接受反犹太主义的指控，公开表示对基督教及其他宗教的敌意，以确保他反宗教的态度。

年少风华的浪漫

　　马克思在年轻的时候十分浪漫，很爱写诗，家人总觉得他的诗晦涩难懂。他也爱写有关自然、生活和事业选择的理想主义散文（其中一些保存至今）。职业应该是一个人"最能为人类而工作……而面对我们的骨灰，高尚的人们将洒下热泪"[3]。在青年时期，他就已经坚定了自己对燕妮·冯·威斯特法伦的爱。

　　燕妮是镇上的显赫人物路德维希·冯·威斯特法伦男爵的女儿。冯·威斯特法伦男爵是一位出众的知识分子和自由主义者，非常欣赏马克思。他们曾一同在摩泽尔河畔散步，男爵和这位年轻人谈论浪漫的诗歌，探讨理想国度的概念，他认为理想国度应该是社会主义的，而不是资本主义的，应该基于共同财产，而不是私有财产。[4]这位德国贵族自我陶醉地向镇上的一名小伙子谈论自己的政治理念。虽不能说马克思的社会主义理论始于这些谈话，但这至少可以解释他何以在社会压力之下依旧能够娶到冯·威斯特法伦男爵的女儿。

　　17岁的时候，马克思被送到波恩大学。当时的波恩大学还只是一个仅有几百名学生的小学校，但十分具有贵族气。马克思在这里继续浪漫和作诗的日子，还学会了喝酒和决斗。即便按照当时宽松的学风，他也依旧算是个懒散的学生。他的父亲因为他高昂的生活费和几乎不跟家里联系的坏习惯而十分生气。一年之后，也就是1836年，马克思从波恩大学转入柏林大学，这对于他可不仅仅是转学那么简单，从此他进入了德国，甚至欧洲乃至西方知识分子的主流圈子。

柏林和黑格尔

浪漫的心思还没消停，黑格尔的时代就到来了。柏林大学的氛围比起波恩大学要严肃得多，马克思的身边也都是黑格尔的门徒。这些年轻的黑格尔信徒对自己和自己的学术使命颇为看重。历史上总是不断出现一些学者，认为自己看到了真理，相信自己注定要改变整个人类的思想。当时就处于这样的历史时期。

但这些年轻学者所追求的思想转变很难描述。黑格尔的思想不太为英国人和美国人接受，我个人也从没有理解他。几年前，牛津大学法学教授、曾任大学学院院长的亚瑟·古德哈特给我讲了一个故事，令我十分欣慰。他说，1940年他还是英国地方军的一员，一天晚上，他和一名同事、大学里的哲学教授一起值班看守牛津附近的一条私人飞机跑道。他们两人可能是英国军队史上最不像士兵的两个士兵了，一个人拿着差不多是克里米亚战争时期的古董来复枪，另一个人拿着猎枪，在夜色里来回走动。出于教授的习惯，他们总是时不时地停一下，然后转身接着走。天快亮的时候，古德哈特的同伴突然提起枪，说："唉，我说啊，亚瑟，你觉得那些德国佬会不会来啊？我真想给他们来一枪，我一直都很讨厌黑格尔。"

格奥尔格·威廉·弗里德里希·
黑格尔（1770—1831）

马克思毕生的同伴和同盟是弗里德里希·恩格斯，他对黑格尔简短精辟的总结奠定了两人对黑格尔的理解："黑格尔第一次——这是他的巨大功绩——把整个自然的、历史的和精神的世界描写为一个过程，即把它描写为处在不断的运动、变化、转变和发展中，并企图揭示这种运动和发展的内在联系。"[5]

变化发展的有机过程就成了马克思思想的核心特点。这个转化的驱动力就是社会阶层间的矛盾，它让社会处于不断的变化之中，一旦社会形成了一个看似安全稳定的结构，这个结构里就会孕育出一个挑战和破坏结构自身的反抗力量，进而会出现新的结构，矛盾和毁灭的过程再次上演。

因此，在那个时代，资本主义、资产阶级冲破了看似稳定不变的封建主义结构，挑战了旧贵族体系的统治阶级。资产阶级在不断发展壮大的过程中，也促使被剥削、没有财产亦没有祖国的工人中的无产阶级诞生。会有一天，无产阶级将行动起来反抗资本家，资产阶级和资本主义国家终将被推翻。工人阶级国家将是下一个新的社会结构。

根据黑格尔的理论，这一过程将会继续发展。也许工人阶级国家由于自身的生产属性，会具有高度组织性、官僚性和纪律性，也需要科学家和各类知识分子，也会产生艺术家、诗人和小说家，因为越多的劳动大众受过教育，对艺术家所提供的精神食粮的需求就越多。艺术家继而会更大胆地宣扬自己的理念，他们对官僚主义的批判会越发尖锐，这种矛盾会比东欧和苏联曾经发生的那些还要明显。但马克思并没有按照黑格尔的思路走，现代马克思主义者也没有按照黑格尔的逻辑去分析持有不同政见的科学家、作家和诗人。如果严格套用到现代社会主义社会中，黑格尔的理论将会带来很大问题。

马克思在理解黑格尔的道路上走得并不是那么容易。在钻研和接受黑格尔的过程中，马克思陷入了情绪危机，并且健康衰退，甚至到了身体垮掉的边缘。他一度离开城市，到柏林城外的小村子斯特拉劳休养。他每天都步行几英里的路程去上课，感慨这对于健康的恢复简直有奇效。但他是个好了伤疤忘了疼的人，他人生中的大部分时光，生活方式都极度不健康，身体状况都很差劲。有人说，这个世界上的绝大多数著作都是由身体欠佳的人完成的，马克思正是这么一个例子。

我们在现代柏林看到的正在发生的剧烈变革，恰恰印证了马克思当年的预言。站在柏林墙上看是最好的体验：一边是西柏林——资本主义严阵以待的前哨部队；另一边是自以为进入历史新时期而得意扬扬的民众。这些年前来柏林的游客都见证了这一情景，虽然从西柏林这边观看柏林墙的游客通常都是在谈论民主而不是资本主义，并且很少有人承认，如果资本主义不能解决自身的弱点和问题，它向社会主义演化的转变便在所难免。尽管如此，人们还是接受了这种对比。人们在柏林墙上的言谈争论，显示了马克思思想留下的巨大影响。

我一直都相信，高度组织化的工业社会，不论是资本主义的还是社会主义的，更有可能出现的都是两者合流的趋势。钢铁和汽车制造都需要实现大规模生产，这种生产方式会给社会打下烙印，无论是在马格尼托哥尔斯克、加里还是印第安纳。如果事实如此，那柏林墙就不再是我们面壁反思历史的地方。如果墙壁东西的人民都意识到，他们更伟大的使命是实现物质大规模生产和与之配套的大规模错综复杂的组织结构，两边的分歧就变得没那么重要了。现在造访东西柏林就已经慢慢可以看出这种变化。两地的当务之急都是物质生产和务实的生产安排，并逐渐趋同。

1841 年，马克思离开了柏林。从那之后，他成了黑格尔学派进程的一部分，并且是变革中关键的力量之一。之前马克思迁居大多是随心所欲的，现在另一个因素开始影响他的生活。他之后几次搬家都是被突如其来的状况逼迫所致的无奈之举。德国、法国和比利时当时都想把马克思驱赶到别的国家。一个被警方追捕的逃犯，只可能得到两种慰藉和保护：一种是他确实无罪；另一种是他坚信自己的行为是正义的。马克思就一直拥有第二种坚强的后盾。

科隆和新闻工作

马克思接着到了科隆。和特里尔一样，科隆也在莱茵兰，也刚刚从法国手中被收回，这里的氛围在某种程度上更自由一些。据说，当时在法国的统治下，凡是没有被禁止的都是被允许的。但普鲁士奉行另一种严律：凡是未经允许的都是被禁止的。在科隆，马克思当上了记者，他为刚创刊的《莱茵报》工作，这份报纸由莱茵兰地区及鲁尔区的新型工厂主和商人赞助。马克思立刻取得了极大成功，从一名出色的记者迅速升职为主编。这并不奇怪，毕竟马克思聪明过人、才高八斗，并且勤勤恳恳，在某些方面有一种温和的力量。他一直奉行报纸要执行高标准。当时新闻界经常探讨革命，"共产主义"一词那时虽然含义模糊，但已经开始作为一个专有名词被使用。马克思认为，这导致了很多后果：

……随意的草书中掀动着世界革命，但内容却空无一物，以慵懒的姿态被书写，带着无神论和共产主义的偏见（许多作者甚至从未研读过这些理论）……我要告诉大家，在随意的戏剧评论中滥用共产主义和社会主义概念是极其不合适的，甚至是不道德的……[6]

就如何处理极端左派分子的言论，马克思给现代的编辑树了一个榜样。

在马克思的编审下，《莱茵报》的发行量一路上涨，影响力扩展到了德国的其他省份。审查机构的重要性也增强了，每晚都要在报纸出版之前完成审查。他们在很多事情上与马克思意见相左，其中最大的一次矛盾是关于"死木头"的。我是因为看了戴维·麦克莱伦最近为马克思写的一本透彻明晰的传记，才知道这个故事的。[7]

从古至今，莱茵兰的居民都会到森林里去捡柴火，这些木柴就像空气和水一样，是自然的赠予。如今，随着人口和经济的繁荣，木柴变得越来越珍贵，捡柴人成了其他人的眼中钉，捡柴火被视作违法行为，因为木材都变成了私有财产。试图保护自己对木材所有权的案子充斥着普鲁士法庭，百分之八九十的案子都是在指控有人偷了他们的"死木头"——至少他们是这么叫的。后来法律更加严格，木材被盗后，森林看护人有了评估损失的权力。就此，马克思不禁提出疑问：

如果对任何侵犯财产的行为都不加区别、不作出比较具体的定义而一概以盗窃论处，那么，任何私有财产岂不都是盗窃吗？我占有了自己的私有财产，那不就是排斥了其他任何人来占有这一财产吗？那岂不就是侵犯了他人的财产权吗？[8]

1842 年，马克思也前去声援自己在摩泽尔河谷的邻居们。当时德意志各省市刚成立了关税同盟，这些葡萄庄园的农户深受共同市场竞争的侵害。马克思这次提出的方案并不激进，他希望多方自由讨论现有的问题，并谨慎地提出自己的观点：

为了解决这种困难，管理机构和被管理者都同样需要有第三个因素，这个因素是政治的因素，但同时又不是官方的因素，这就是说，它不是以官僚的前提为出发点；这个因素也是市民的因素，但同时又不直接同私人利益及其迫切需要纠缠在一起。这个具有公民头脑和市民胸怀的补充因素就是自由报刊。9

燕妮·马克思

马克思还撰文抨击了沙皇，并促使离婚世俗化。普鲁士就是普鲁士：马克思既支持拾柴火，又鼓励自由讨论，还抨击沙皇，简直"没有底线"。于是在 1843 年 3 月，《莱茵报》被打压。马克思只好去往巴黎。当年的 6 月 19 日，他去往距特里尔 50 英里的度假胜地克罗茨纳赫，在基督教的民间仪式上，与燕妮·冯·威斯特法伦结为夫妻。毫不夸张地说，除了圣母马利亚，燕妮的婚姻是世间唯一如此有预示性的婚姻。几个月前，燕妮还给自己未来的丈夫写信说，希望他无论如何都要远离政治这摊污水。

社会主义者的诞生

对马克思来说，巴黎是新生活的开始。巴黎的大街在当时都是革命的温床。有很多革命者都是德国人，是普鲁士审查和压迫下的难民。当然，其中不少人是社会主义信奉者，他们对马克思的影响很深。

马克思一家的住址总是不停更换，但都在瓦尼乌大街，住得最长的一次是在 38 号，这里现在是一家公寓式酒店。房东专门在门口的大厅挂出标识以纪念这个著名的房客。法国作家安德烈·纪德曾经住在大街的另一头，斯塔弗洛斯·尼阿科斯现在的公寓离这里仅隔着几户人家。可以想象，这附近的街坊在马克思之后逐渐多了起来。

定居巴黎之后，马克思继续他的报社事业，为《德法年鉴》做编辑。这实际上是一份杂志，但为了绕过审查，马克思让它的名字看起来像一本书。刊物名称中提到法国也是表示一种姿态。马克思虽然身在巴黎，但依旧心系德国，这本年鉴也是为德国而作。瓦尼乌大街是马克思进行文案工作的理想处所，他的合编者正是他的邻居阿尔诺德·卢格。

《德法年鉴》第一期的一篇评论再次引发了和审查机构的矛盾。这篇评论从字面上看谁也不得罪，但实际上费尽心机、拐弯抹角地表达了马克思的观点：

德国人的解放就是人的解放。这个解放的头脑是哲学，它的心脏是无产阶级。哲学不消灭无产阶级，就不能成为现实；无产阶级不把哲学变为现实，就不可能消灭自身。[10]

普鲁士审查官再次证明他们是极其敏感的，他们认定这是危险的文章。《德法年鉴》的第一期就被边境海关没收，现在再也没有德国读者能看到这本杂志了。鉴于本来期刊也没有任何法国编辑和读者，现在出版显然成了问题。马克思当时又和自己的合编者产生了分歧，于是第一期《德法年鉴》就成了最后一期。

接下来几周，更重大的事情发生了。弗里德里希·恩格斯一路奔向巴黎。两人之前有过一次简短的见面，这次他们在摄政咖啡馆约见，本杰明·富兰克林、丹尼斯·狄德罗、圣佩韦和路易·拿破仑曾经都经常造访这里。两人谈天说地，于此再会，便有了世界上最著名的一对伙伴。恩格斯是马克思的编辑、拍档、仰慕者和挚友，更是他的经济后盾。他的名字将永远和马克思联系在一起，有着独一无二的专属权。"我们在所有理论领域都达成了一致，"恩格斯后来写道，"我们的共同事业就从那时起航。"[11] 恩格斯总把自己看作马克思的小伙伴，他也确实比马克思年轻不少，但他的重要性并没有因此减少。要是没有这位小伙伴的帮助，那马克思这位大伙伴后来举世闻名的成果中有很多都不可能实现。

恩格斯和马克思一样，也是德国人，也是中产阶层的一员。几乎所有早期的革命先驱都是中产阶层知识分子（很难找出例外）。只有在鼓舞人心、激起希望的演讲中，他们才声称自己来自人民、来自大众。

弗里德里希·恩格斯

恩格斯的家族在鲁尔地区做纺织工业，可以算是当时的跨国企业，比起马克思家族要富有得多。恩格斯人生中的大部分时间都是在英格兰的曼彻斯特度过的，他在当地边看管自己家族企业的分公司，边琢磨革命理论。

卸下编辑工作之后，有一段时间马克思每天就在安稳地阅读学习，但那却是他一生中思想最激烈迸发的一段时期。无数思绪在这个时候成形，成为主导他后半生思想的雏形。虽然有些人认为社会主义思想始于马克思，但实际上并不是。这个时期，社会主义就已经处于热烈的社会讨论之中，圣西门和傅立叶都在马克思之前，还有我们前文提到过的罗伯特·欧文，另外还有法国人路易·奥古斯特·布朗基、路易·勃朗和蒲鲁东，以及同时期德国的费迪南德·拉萨尔和路德维希·费尔巴哈。所有这些人，尤其是德国的那几位，都是马克思思想的源泉。

这期间，马克思不仅仅汲取各方的观点，还让这些思想相融交汇，自己发挥作用。就像凯恩斯说的，思想是历史变革的最大动力。马克思并不否认思想的作用，但他的观点更进一步。他认为，每个时期为人所接受的思想就是服务于统治阶级经济利益的思想：

> 精神生产随着物质生产的改造而改造……任何一个时代的统治思想始终都不过是统治阶级的思想。[12]

我从来不怀疑马克思的这个观点。只有和经济利益相符的思潮，才最能说清楚社会现实，尤其是经济现实。不论是美国还是苏联的经济学家，所秉持和教授的经济思想都不会与统治阶层（不论是私企还是共产党）的经济利益相左。当然也有例外，但要完全规避这种倾向是很困难的。

在这段时间成形的，还有马克思对资本主义自我变革过程的观点。英国的埃里克·罗尔是马克思的一位温和派学生，他做过教授、高级官员，曾经参加了"马歇尔计划"和欧共体成立谈判，展示了娴熟的谈判技巧。他也是银行家、英格兰银行的董事会成员。他还是一位研究英国经济思想史的作家，很多年前曾简洁地归纳了资本主义变革的驱动力：

> 促使资本主义体系发生斗争、运动和变革的是体系内部的矛盾……资本主义的基本矛盾就是，人类新的劳动力和生产力导致大生产的社会合作性不断增强，这与生产方式私有制存在着矛盾。……（这也就带来）不可避免的冲突，两个阶级的利益矛盾不可调和。[13]

矛盾和不可避免的冲突让马克思得出了自己的结论，他逐渐形成了自己的共产主义思想，他的最终设想是一个不存在阶级的社会。

带着这些想法，马克思开始了写作。他的主要关注点还是在德国，又创立了《前进报》，算是巴黎的德国难民阵营，但审查机构依旧没有闲着。先看看马克思写了什么：

> 德国对社会革命是最能胜任的，它对政治革命是最无能为力的。因为德国资产阶级的无能就是德国政治上的无能，同样，德国无产阶级的素质……就是德国的社会素质。在德国，哲学和政治的发展之间的不相称并不是什么反常现象。这是一种必然的不相称。一个哲学的民族只有在社会主义中才能找到与它相适应的实践，因而也

只有在无产阶级身上才能找到它的解放的积极因素。[14]

今天，这种言论可能根本引不起警察的兴趣，但当时，警觉的普鲁士警察立刻向法国申诉，表明庇护这样的作家可不是睦邻友好的行为，希望法国能够镇压这种行为，以显示友好结谊的姿态。法国内政部部长基佐只好下令驱逐马克思。1845年1月25日，马克思一家被下了驱逐令，法国政府勒令他们24小时内离开。这一家人无奈之下前往布鲁塞尔，当时马克思家中刚添了一名女婴。随后《前进报》也被迫停刊。

《共产党宣言》

马克思在恩格斯的帮助下，在比利时度过了一段相对安宁快乐的日子，并完成了著作《共产党宣言》。《共产党宣言》是一本组织性的文献，是马克思竭力推崇的正义者同盟（后来的共产主义者同盟）的纲领性文件，也是古往今来所出现的最无可匹敌、最成功的政治宣传册。比起马克思早些年的创作，这本书中文字的冲击力也要大得多。他早些年冗赘烦琐的措辞，现今已经变得简洁明了而撼动人心，读起来像是一记记重锤砸在心头：

至今一切社会的历史都是阶级斗争的历史。

自由民和奴隶、贵族和平民、领主和农奴、行会师傅和帮工，一句话，压迫者和被压迫者，始终处于相互对立的地位，进行不断的、有时隐蔽有时公开的斗争，而每一次斗争的结局是整个社会受到革命改造或者斗争的各阶级同归于尽。

……现代的国家政权不过是管理整个资产阶级的共同事务的委员会罢了。……

资产阶级，由于一切生产工具的迅速改进，由于交通的极其便利，把一切民族甚至最野蛮的民族都卷到文明中来了。它的商品的低廉价格，是它用来摧毁一切万里长城、征服野蛮人最顽强的仇外心理的重炮。……

……（最开始阶段）无产者不是同自己的敌人（资产阶级和资本家）作斗争，而是同自己的敌人的敌人作斗争，即同专制君主制的残余、地主、非工业资产者和小资产者作斗争。……

共产党人不屑于隐瞒自己的观点和意图。他们公开宣布：他们的目的只有用暴力推翻全部现存的社会制度才能达到。让统治阶级在共产主义革命面前发抖吧。无产者在这个革命中失去的只是锁链。他们获得的将是整个世界。

全世界无产者，联合起来！¹⁵

比《共产党宣言》的政治冲击更持久的，是它的文体对政治风格的影响。那种果断自信、毫不妥协、充满雄心壮志的文风，已经成为所有政治家意识的一部分，包括那些总是谩骂马克思的政客，还有那些以为"马克思"

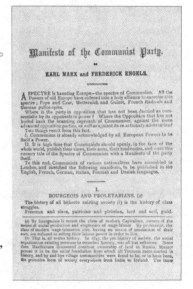

《共产党宣言》：当代的政治家在宣扬自己的信念时，这种不断高涨的语调仍在回响

是男装品牌①的人。不论是美国的民主党还是共和党，英国的社会党还是托利党，法国的左翼还是右翼，每当他们向人民表决心的时候，《共产党宣言》里那种不断高涨的语气语调总是在他们和公众的耳中回响。这种风格的讲话是很可怕的。

《共产党宣言》也不是没有自相矛盾的地方。资本主义在马克思的笔下几乎一无是处，必然走向灭亡，它只是历史发展的某个阶段。也许学者还能辩解说，马克思号召进行社会革命和他所持革命的到来不可避免的观点之间并不矛盾，人们总是可以刻意推进原本就势不可挡的浪潮。但马克思提出的直接应急措施和他期待的革命之间却有着严峻的实际矛盾。《共产党宣言》里提出的措施按照现代标准来看，就是一系列改革措施。具体要求有：

1. 剥夺地产，把地租用于国家支出。

2. 征收高额累进税。

3. 废除继承权。

······

5. 通过拥有国家资本和独享垄断权的国家银行，把信贷集中在国家手里。

6. 把全部运输业集中在国家手里。

7. 按照共同的计划增加国家工厂和生产工具，开垦荒地和改良土壤。

8. 实行普遍劳动义务制，成立产业军，特别是在农业方面。

9. 把农业和工业结合起来，促使城乡对立逐步消灭。

---

① 美国有一个历史悠久的男装品牌"哈特·马克斯"（Hart Schaffner Marx）。——编者注

10. 对所有儿童实行公共的和免费的教育。取消现在这种形式的儿童的工厂劳动。把教育同物质生产结合起来，等等。[16]

在许多先进的资本主义国家，除了废除土地私有、人口分散和银行垄断国有化，以上提到的很多措施都以这样或那样的方式实施了。这些举措帮助资本主义社会剔除了一些自身不足，因此推迟了马克思所说的"用暴力推翻全部现存的社会制度"。这就是马克思自相矛盾的地方。内在的革命只在俄国、中国和古巴发生了，因为这些国家都没有采取任何马克思提到的改革措施。

马克思的革命

《共产党宣言》发表之后，的确一场革命紧跟着袭来，在意大利各邦国、法国、德国和奥地利，政府摇摇欲坠，王室王冠不保，仅仅几周的时间里革命形势风起云涌。这正是 1848 年——革命之年，至今被认为是与马克思和《共产党宣言》紧紧联系的一年，但实际上这两者和革命并没有很大关系。当革命来袭的时候，《共产党宣言》还不为人知。但这场革命确实是第一场体现工人和整个无产阶级目标与志向的革命，受到马克思的密切关注。尤其是革命在巴黎的发展情况，让他对革命的本质有了更深刻的认识。正由于这样，巴黎的革命值得我们进一步深入考察。

历史上的每个大事件都有一个地缘中心。美国革命的中心在费城木匠大厅和独立大厅周围的几个街区，法国大革命的中心在巴士底狱，1848 年的革命中心就在卢森堡公园。事件的发生地与起因和参与者有着密切的关系，但马克思的关注点并不在此。1848 年之前的几年，法国出现了严重的经济萧条，国民大规模失业，商人和工人一样遭到冲击，粮食收成不好，面包价格飞涨。到了1847年，农作物收成终于好转，价格也就下降了。于是，农民就受到了打击。几乎每个人都遭受了损失，保守主义者热爱的市场竟成了最具革命性的角色。

当时的环境极大地促进了一种危险思想的传播，那就是产品私有化并不是唯一的经济组织形式。这种思潮受到了圣西门、傅立叶、路易·勃朗等上文提到的思想家的影响。和这种思潮一起传播开的，还有另一个鼓舞人心的说法：人人都有工作的权利，也就是劳动权。

在美国，工作权一词代表对工会的反对，表示个人不需要加入工会就有权利得到工作。这种说法会得到保守派的赞同，至少能勾起他们的一丝怀旧情愫，但虔诚的自由派听到这种说法则会为之战栗。一个国家有这样的工作权法，即便没有被强制实行，也会阻碍工会的发展。时间渐渐改变了我们的观点，但在1848年，工作权却着实是激进的观点。

1848年2月的起义联合了各行各业的人，没能让马克思感到鼓舞。很多工人为了工钱依旧选择继续工作。起义成员大多数是商人，主要是小企业主，他们寻求企业自由，希望那些因经济衰退导致的经济损失得到补偿。起义领导者大多是渴望言论自由的人——他们希望能够免于审查和警察的骚扰。无论从哪个角度衡量，这次起义的领导者都是保守派的。起义的标识——红色旗帜被换成了三色旗，因为商人们认为三色旗不会破坏商业信心和公众信用。

起义很快获得了成功，起义者占领了杜伊勒里宫。路易·菲利普很快就逃走了。卢森堡宫被用作拯救工人研究委员会的办公地，当时这里还没有对外开放。

对工人的关注让社会的焦点都集中在卢森堡公园，那里的集会被称作历史上第一次工人议会，当时还专门讨论了如何将起义中那些麻烦而危险的参与者分离出去。追求自由、共和、浪漫是不错，但要触及私有财产就过了线，所以议会主要是为了帮助工人争取权利、更好的薪酬、十二小时工作制。社会需要革命，但革命也要对工人负责。

"革命"这个词很容易说出口，但革命总是受到威胁。如果我们知道发动一场革命有多难，我们可能就会少用这个词，保守主义者也就不会那么担心有危险了，他们远比自己想象的要安全。

革命要成功，有三个必不可少的条件。首先，领导者必须坚定不移，明白大家真正想要的是什么，明白革命的前途和代价。这样的人很难得，参加革命的人总是瞄准大好机会的人群。

其次，领导者必须有严守纪律的追随者，愿意听从命令，而不会过分争辩。这种情况也很难得，革命不可避免会出现分歧和分流，各派人士各谋其私，各图其利。这会导致一些人整日里说着不着边际的话。但这万万要不得，这些人还在争论不休时就应加以阻止。

除了上面的两条，对手还要弱。所有胜利的革命都蹡开了已经化成腐朽糟粕的门，革命的冲击力就像是革命者冲进了真空。法国大革命如此，1917年的俄国革命如此，中国共产党领导的革命也不例外。但1848年却没有这样的环境。

卢森堡宫的领导层软弱无力，谈判遥遥无期。要是讨论如何打造政府工厂，领导层认为人们应为了公众利益合作生产，费多大劲、花费多少都是应该的；要是涉及公众事务，比如在巴黎修一个巨大的地下水利工程，那就只是单纯的纸上谈兵了。工人的工钱确实增加了，但是伴随加薪和相应的社会福利而来的，还有赋税的提升，于是革命者慢慢觉得自己在为革命买单。另外，也没人想到要抓住和利用权力工具——守卫、警察和军队，这些人在革命真理时刻是至关重要的力量。

革命的重大时刻在 1848 年的初夏到来。6 月 23 日，工人们决定离开他们原来的集中地，到几百米之外的万神殿聚集，他们从那里向巴士底狱进攻，迫使临时政府执行已经讨论过久的诉求。但政府也不是没准备，他们之前对工人的戒心就已经越来越重。

工人们很快就成功占领了巴士底狱，建造了一个强大的街垒，抵御住了国民警卫队的第一波进攻，杀死了 30 多个警卫。革命分子这个时候开始展示其浪漫情怀：两个漂亮的妓女爬到街垒最顶端，舞动着她们的裙子，吆喝着反动派法国人你们敢不敢朝赤裸的女人开枪。于是法国人用一阵炮弹雨回应了她们。

街垒遭受了猛攻，工人们都被打退。囚犯重新被逮捕，一开始被挨个枪毙，后来有街坊抱怨枪声太吵，就改用刺刀。屠杀一直蔓延到了卢森堡公园。有传言说，为了顾及人们的感受，这次屠杀一直在秘密进行，血迹也被擦除得干干净净。1848 年的人们就已经有了环保意识。

马克思对革命的这一结局并不惊讶，资产阶级领导的这场革命本身就让他不抱希望。工人们出现的时机和顺序都不好：应该先由资产阶级掀起革命，然后社会主义取得胜利。那年年末，马克思表示，这次象征性的革命，至少在旗帜的问题上获得了胜利，"三色旗的共和国今后只有一个颜色，即战败者的颜色，血的颜色"[17]。

在欧洲的其他地方，君主制度甚至还残存着。统治阶级向资产

巴黎

柏林　　　　　　　　　　　　　　　　　　　　　　维也纳

布拉格

1848 年是革命之年

阶级做出了让步，但与工人无关。1848 年之前，旧的封建阶级和新的资产阶级处在矛盾冲突之中，但从此之后，他们就联合起来，不过很快资本主义就默默地掌握了真正的权力。这个联盟在稳定之后又存续了 65 年，然后被第一次世界大战狠狠撕裂。

去往伦敦

　　1848 年也让马克思改变良多。比利时人的思想虽然比邻国居民开放得多，但依旧担心，认为庇护这样一位危险人物着实不好。当时马克思已经是警察通缉名单上的第一个，是许多档案中的头号人物。

　　当时革命的情绪已经发挥了效应，他在从布鲁塞尔被驱逐的当天，就又被请回了法国。他甚至能够从法国重回科隆，继续主办自己的《莱茵报》，但报刊名字改成了《新莱茵报》。他最大的忠心还是献给了德国的工人阶级。

　　不过，复刊的报纸只是小本经营，它得以生存仅仅是因为当时保守派和反革命力量还不确定他们是否有能力镇压革命。一旦他们看出了革命力量的软弱，就会再次攻入。马克思在某种程度上仍然是温和派，他发出强烈警告，工人那鲁莽的冒进主义行为会导致灾难性的后果。

　　即便如此，他还是想去别的国家，仅有的选择就是英国和美国。马克思本来考虑到美国去，如果他当时真的去了美国，他的命运和美国政客的反应绝对会颇让人玩味。但他没那么多钱，最后便去了伦敦，这是他最后一次迁徙，后来他在伦敦度过了自己剩下的时光。

　　1849 年 8 月 24 日，他穿越英吉利海峡来到英国。很难想象，他的人生辗转颠沛、风起云涌了这么久，这时的他竟也不过31岁。他面临三个新使命：第一，让救赎大众的思想最终成形；第二，建立起能够领导革命的组织；第三，找到给家人提供衣食住行的糊口方法。这三个使命互相交错，而最后都成功完成。

恩格斯和其他朋友给予了马克思很多资金帮助。还有一笔意外之财，是来自家乡特里尔的遗产。《纽约论坛报》的稿酬也提供了支持。（1857年光景不太好的时候，《纽约论坛报》解雇了几乎所有的外国记者，只留下了两个，其中一个就是马克思。）马克思的理财能力一直都很差，他之前的无数次搬家都是迫于警察的驱逐，现在则都是迫于房东和债主的追讨。他住过莱斯特广场，切尔西国王大道的公寓，苏豪区迪恩街64号和28号。马克思总共有6个子女，但是有3个在苏豪区肮脏、拥挤的家中夭折。极不稳定、突然搬迁和肮脏悲惨的生活就是燕妮·马克思婚姻的组成部分，但她用最宽仁的心接受了命运的安排。

普鲁士警察从没放弃对马克思的追捕。1852年，一个普鲁士间谍潜入马克思家中，并写了一份清晰翔实的报告，说明马克思家中的情况。这份档案具有十分重要的史料价值，希望美国中央情报局将来也能达到这个水准：

作为父亲和丈夫，马克思虽然生性不羁，但依旧是个有绅士风度、温和的男人。他住在伦敦环境最差、租金最便宜的地区，家里只有两间房，对着街道的是客厅，还有一间卧室。整个公寓没有一件干净完整的家具，到处都七零八碎、破破烂烂，蒙着一层厚厚的尘土，东西胡乱堆放。客厅中间有一张很老旧的大桌子，上面铺着油布，桌上散落着手稿、书和报纸，还有儿童玩具、妻子的破

烂针线筐、有豁口的杯子，旁边还散落着刀叉、台灯、墨水瓶、玻璃杯、陶土烟斗、烟草——总之乱七八糟的东西摆了一桌。二手货商贩见了这一摊七零八碎的物件估计都会直接扔掉。

一进到马克思的房间，浓重的烟味就熏得人眼睛直流泪，一时间会觉得自己像是在一个洞穴里摸索。当你慢慢适应了屋里的烟雾，就能模糊辨认出周遭摆放的东西的轮廓，到处都脏兮兮的，落满灰尘，想找个落座的地方几乎不可能。[18]

马克思在梅特兰公园路 41 号的家。用燕妮的话说，他们从苏豪区"邪恶恐怖萦绕不散的房间"搬出来，搬到这里稍好一些的街区

1856 年，在伦敦住了 7 年之后，一笔家族遗产让马克思一家能够逃离这里——燕妮当时写信跟朋友这样形容："承载着我们所有的欢乐和痛苦，总有种邪恶恐怖萦绕不散的房间。"[19]他们搬到了汉普斯特德新开发的乡村别墅中，虽然经济更紧张了，但最可怕的日子总算过去了。虽然传言似乎并非如此，但在伦敦的后来几年，马克思的收入以当时的标准来看还是相当不错的。

按说对于没有固定收入的人，赚钱总是第一要务。但在英国居住的 30 多年里，马克思总是有比赚钱糊口更重要的任务。在这里，思想和言论几乎完全自由。马克思之前待过的国家的政府实在弄不

明白，为什么他在英国这么受重视和欢迎。

刚一到伦敦，生活问题还没解决，马克思就立刻投身到政治工作当中。他出席会议，会上那些"声名狼藉"的人物聚集在马克思脏乱的家中讨论革命的战略和技术。1850年，澳大利亚大使向英国政府提出书面抗议，表示马克思和他的共产主义者同盟在密谋，讨论谋杀国王是否明智。这位大使只收到英国政府漫不经心的回复："根据英国法律，仅仅是讨论弑君，只要不涉及英国女王并且没有具体的实施计划，就没有足够的证据可以逮捕密谋者。"[20]但为了显示一下让步的姿态，英国内政大臣向革命者表示，愿意资助他们去往美国，因为弑君在美国是不可能做到的。后来几年，又有奥地利和普鲁士的联合申请，希望英国遣返马克思和他的朋友们，却再次遭到英国政府的拒绝。

在伦敦，马克思还享受到了另一个著名的资源，那就是大英博物馆。

《资本论》

马克思在大英博物馆阅读、写作，更创作完成了他的传世遗作——三卷本《资本论》。

所有人，至少是尝试过阅读这部著作的人，都很难轻易概括这部旷世巨著的结论，现代马克思主义者认为无论花费多少笔墨都不能说明白。大家都认为，每个研究马克思的学者都可以从他的著作中读到自己的观点，并摒弃其他的解读。要是仅对马克思的原文做字面解读，结果更是如此，也许这正是他的本意。高度敏锐的头脑是看不上那些自以为高深、正当、晦涩的深意的。但无论如何，我

大英博物馆阅览室。马克思曾在这里
工作，之后的列宁也是

们还是需要去解读马克思。

大卫·李嘉图为世界提供了劳动价值理论（虽然他不是提出相关理论的第一人，但他的理论被公认为对世界影响最大）。这一理论表明生产商品所耗费的劳动力价值决定了商品的交换价值。根据劳动价值理论，还出现了工资铁律，说明工资会不可避免地降低到仅能维持生计和种族延续。工资高于此，就会导致工人数量激增，其他生活必需品——主要是粮食——价格攀升，工资继而会被压低。地主们做得很好，将工人的工资保持或恢复到仅够生存的水准。

继李嘉图之后，马克思的理论开始为公众所认可。李嘉图在历史上的独特地位是因为他对资本主义和社会主义理论的形成都有革新性的推动。但对于马克思而言，生产商品的劳动价值是由劳动者和生产资料占有者瓜分，工人却没有得到剩余价值。马克思认为，剩余价值并不是像李嘉图所说的被地主阶级占有，而是成为资本主义和资本家积累财富的手段。低工资水平是由失业率导致的，总有大批社会剩余劳动力期待着有人能给予其工作。如果这些劳动力全部被雇佣，就会导致工资总成本升高，商品利润降低，引发经济危机，后来也被称作恐慌、大萧条、大衰退，或者尼克松时期提出的增长回调阶段。于是，必要的失业率和工资水平得以维持。

资本家积累的剩余价值如果用来进行投资，投资速度会远高于剩余价值积累速度，因此资本主义就会遭受利润率下降的痛苦。最终，随着剩余价值的积累，大资本家就会拥有吞并小资本家的资金，这也就是资本集中的过程。随着这种集中，个别资本家逐渐强大，但整个经济体系变得脆弱。这种脆弱加上收益率降低和日趋导致严重后果的危机，会让整个体系逐渐陷入自我摧毁的困境。与此同时，还要面对体系中出现的愤怒的无产阶级，当这股力量意识到自己被剥削的事实时，这个有纪律性的群体最终会奋起反抗，导致体系崩溃：

随着那些掠夺和垄断这一转化过程的全部利益的资本巨头不断减少，贫困、压迫、奴役、退化和剥削的程度不断加深，而日益壮大的、由资本主义生产过程本身的机制所训练、联合和组织起来的工人阶级的反抗也不断增长。资本的垄断成了与这种垄断一起并在这种垄断之下繁盛起来的生产方式的桎梏。生产资料的集中和劳动的社会化，达到了同它们的资本主义外壳不能相容的地步。这个外壳就要炸毁了。资本主义私有制的丧钟就要响了。剥夺者就要被剥夺了。[21]

资本主义世界将会这样结束。这样的字眼将再次引起警察的注意，因为现在的马克思赋予了工人革命事业强大的理论支持。而资本家惶恐地意识到，自己的好日子并不是在末日的呜咽中结束，而是在振聋发聩的起义中分崩离析的。

第一国际

德文原版《资本论：政治经济学批判》第一卷《资本的生产过程》于 1867 年问世。后两卷没能在马克思在世的时候出版，宣称的读者人数其实几倍于实际读过它的人。后两卷的手稿和注释都是由马克思忠实的朋友恩格斯整理出版的，除了他没有人能完成这项工作。

早先延迟出版的原因自然是资金不足和马克思总在辗转各地，另一个则是学术原因，根据马克思朋友的描述，除非实打实地阅读完了所有相关文献，不然马克思不愿意提笔。再一个原因是，马克思总是处在与人无休止的探讨、辩论和争执当中，他乐于描述、评论他不喜欢的事物和观点，言语之间毫不留情。看看他怎么描述伦敦的一家日报：

伦敦所有厕所都通过一些隐蔽得很巧妙的管子把人体的脏物排到泰晤士河里。同样地，世界名城也通过一些鹅管笔把它所有的社会脏物都排到一个纸制的藏污纳垢的大中心——《每日电讯》里。[22]

他也评论了拿破仑三世战败倒台之后的法兰西共和国总统路易-阿道夫·梯也尔：

梯也尔是一个谋划政治小骗局的专家，一个背信弃义和卖身变节的老手，一个在议会党派斗争中施展细小权术、阴谋诡计和卑鄙伎俩的巨匠；在野时毫不迟疑地鼓吹革命，掌权时毫不迟疑地把革命投入血泊。[23]

但推迟出版最重要的原因，还是马克思多年来忙于为革命打下基础，他希望并且相信，革命即将降临。革命的实施需要一个组织，联合所有工业国家的工人——那些马克思认为没有祖国的无产者——为了相同的目标而采取一致行动。这个组织最终于1864年9月28日在伦敦成立，也就是今天所说的第一国际。有2000多名欧洲各国的工人、工会成员和知识分子参加了成立大会，会议选举产生了管理委员会，马克思顺理成章地当选委员会秘书长。委员会的第一项使命，就是撰写关于组织原则和目标的章程。章程很快写好了，却冗长、无知而粗糙，这吓坏了马克思。他明白这个问题非解决不可，于是立刻召集委员会成员讨论章程制定的规则，最后由他按照规则重新撰写。最终成稿的《国际工人协会成立宣言》是反映马克思思想的另一份重要文献：

不论是机器的改进，科学在生产上的应用，交通工具的改良，新的殖民地的开辟，向外移民，扩大市场，自由贸易，或者是所有这一切加在一起，都不能消除劳动群众的贫困……

所以，夺取政权已成为工人阶级的伟大使命。[24]

而且，马克思再次号召：全世界无产者，联合起来！

第一国际是由个体成员和附属工会及其他组织组成的，在接下来的几年内，其成员和影响力都逐步扩增，举办了几次举世瞩目的大会，特别是1867年在瑞士洛桑召开的代表大会，以及之后在布鲁塞尔和巴塞尔召开的两届会议。大会决议——呼吁限定最高工作时长、国家支持教育事业、铁路国有化——都不是极端革命性的。这再次显示了，改革其实是革命的最大敌人。

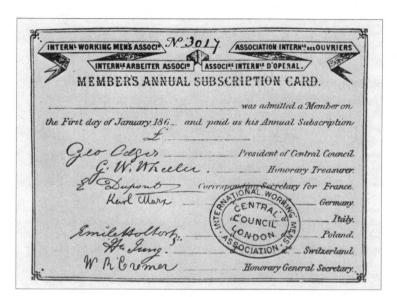

第一国际的会员名片

第一国际的领导成员

革命还存在另一个敌人，那就是民族主义。1870年，曾经提议让马克思为其祖国提笔效力的俾斯麦向拿破仑三世宣战。1914年8月的大戏上演之前，两国的无产阶级首先显示了他们的民族性，他们各自为了保卫自己的祖国而分化成两派。想要说服一个国家的人民信任另一个国家的人民没有邪恶侵略意图几乎是不可能的，即便是工人阶级也不可能。第一国际内部因为意见不合而面临分裂，这下又被俾斯麦和之后的法兰西第三共和国认定为非法组织，总部不得不搬迁到费城，搬到美国这个没有激进的阶级意识的国度。但在费城没过几年，组织就解散了。1889年，工人阶级政党和工会再次联合起来，成立了第二国际，但马克思却没能活到见证新组织诞生的那一日。

重归巴黎

如果说是战争为第一国际挖好了坟墓，它反而给了马克思一丝希望。现代战争对于革命是一把双刃剑。虽然战争使得全世界的无产阶级分化成了相互敌对的军队，破坏了马克思（和后来的思想继承者）所希望的全世界无产阶级联合起来的梦想，但战争本身也暂时让发动战争的当权者丧失权威，尤其是战败的执政者，在当时来说就是战败的法国。

1871年3月1日，法兰西第三共和国召开大会，推翻了拿破仑三世的统治，民意代表接受了和平条款。普鲁士军队吹着胜利的号角一路行进至香榭丽舍大街。民众对当权者的无能极度愤怒，富裕阶层逃离巴黎，整个民族的尊严被践踏，再加上民众饥饿困窘的社会问题，这一切便催生了社会起义。当共和国军队收缴巴黎国民警卫队的武器时，蒙马特区爆发了起义。很快，各地纷纷响应，但马赛、里昂和其他城市的起义都被镇压，而巴黎的起义最终夺权成功，成立了巴黎公社。

但巴黎公社只维持了几个星期。5月21日，法兰西第三共和国军队开进巴黎，经过一个星期的巷战，便镇压了所有起义力量，5月28日起义失败。巴黎公社统治混乱、缺乏目标，有时甚至血腥残暴。梯也尔射杀囚犯，公社成员从头至尾也一直在枪毙俘虏，甚至枪杀了巴黎大主教。起义失败后的镇压极为残酷，免于死刑（或没能逃出法国）的公社领袖都被流放到新喀里多尼亚岛。

普法战争、围攻巴黎和巴黎公社的动态像当代灾难一样，受到各方追踪报道。马克思也一直密切关注着巴黎的局势，当时所有的革命流血事件最终都会被归咎于他。他被冠上了"红色恐怖博士"的名头。但这一次，他扫除了二十几年前的怀疑，对革命的领导和目标更为乐观。很难弄清楚他为什么改变了想法，因为巴黎公社的大多数领导者不论从出身还是思想观念看，都属于中产阶层。他们的目标不一致，而反对势力拥有更强大的武装力量，革命远不具备成功的条件。

当这一切都尘埃落定的时候，马克思给当时已经处在垂死阶段的第一国际管理委员会递交了一份发人深思和情绪悲痛的发言稿——《法兰西内战》。这是马克思政治宣讲中最意味深长的一篇：

工人的巴黎及其公社将永远作为新社会的光辉先驱受人敬仰。它的英烈们已永远铭记在工人阶级的伟大心坎里。那些扼杀它的刽子手们已经被历史永远钉在耻辱柱上，不论他们的教士们怎样祷告也不能把他们解脱。[25]

巴黎公社起义后的巴黎。香榭丽舍大街受破坏的程度在今天看来依旧令人震惊

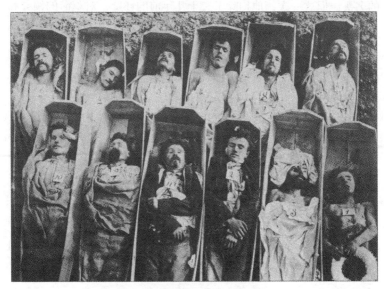

起义失败后的巴黎公社成员

巴黎公社和公社成员没有被忘记，但他们也并没有被工人阶级全部铭记在伟大心坎里。虽然这些文字很能鼓动人心，但马克思依旧只是活在自己的愿望设想当中。

第一次革命，也是第一次被正式看作共产主义实践的革命就这么结束了。这也是马克思见证的唯一一次革命。

生与死

巴黎起义失败之后，马克思又经历了 12 个春秋才与世长辞。这期间马克思从未停止工作，他依旧是裁判正确和错误的社会主义思想的最高法官，即便争议依然存在。他的一次裁定成为使他名垂青史的言论。普法战争之后，德国的工人阶级力量迅速壮大，诞生了两个工人阶级政党。1875 年，两党在德国中部的哥达会晤，合并成一个政党，并制定了统一纲领。但两党的纲领严重违反了马克思主义原则，再次用改革代替了革命，这令马克思很不满意。他在《哥达纲领批判》中表示，工人阶级掌权之后，必须首先清除资本主义残留的习惯和思想，只有这样才能够迎来真正光明的日子，那时社会才能"在自己的旗帜上写上：各尽所能，按需分配！"[26]。马克思的这八字箴言比他那三大卷《资本论》号召了更多的响应者。

马克思暮年过得并不舒心，他的健康由于饮食、睡眠、抽烟、酗酒各方面的不良习惯而每况愈下（他嗜啤酒如命）。很多时候他不得不去温泉浴场疗养。有几次他前往奥地利的卡尔斯巴德（现在位于捷克境内），每天都处在警察的看守和医生的照料中，并且要按照疗养日程每日汇报。1881 年，他的妻子燕妮患上了癌症，当年 12 月就去世了。几个月之后，他们的女儿小燕妮，亦是马克思最疼爱的孩子，也离开了人世。生活的烦闷与孤独，也使得马克思丧失了活下去的意念。1883 年 3 月 13 日，马克思望着守在床边的恩格斯，与世长辞。在他死后，他对世界的影响与生前相比毫无减损。

第四章

殖民思想

前几章我们讨论的思想，都是在世界的个别地区得到了实践，它们深切影响了西欧和美国，但对于印度、中国、中东、非洲、拉美和东欧的影响十分有限。世界的这些地区和角落当时还未出现资本主义，也没有无产阶级，甚至不存在工业生产。那里只有地主和农民，大多数地区还处于封建社会阶段，像马克思所言正等待着资本主义的突袭。拉丁美洲虽然从西班牙的统治中解放出来，但（通过门罗主义）一直处于美国的经济影响和保护下。而剩下的未被占领的贫瘠土地都等待着所谓的文明国度的拯救。

殖民主义在当时十分广泛，我们以为会有大经济学家长篇大论地去证明殖民的合理性，提出实行殖民的具体措施，但实际上没有一位经济学家这样做。

亚当·斯密对经济各个领域的研究都抱有浓厚的兴趣，唯独没有探讨殖民主义。但他曾经警告自己的祖国，对于所属地的贸易垄断是十分危险的，不论是常规意义上的贸易还是一些特殊商品交易——例如烟草、糖蜜、鲸须，还有曾经在一段时期内盛行的蔗糖贸易。他总是在谴责东印度公司的行径。"无论就哪一点说，这种专营公司都是有害的；对于设立此种公司的国家，它总会多少带来困难，而对于不幸受此种公司统治的国家，它总会多少带来祸害。"[1]他之前也曾总结说："在现今的经营管理下，英国从统治殖民地，毫无所得，只有损失。"[2]这个武断的结论若被现今任何英美大学中的师生听到，他们一定会认为这个言论是出自一位不称职的学者之口。

我们可能以为马尔萨斯，这位在东印度公司任职的雇员培训师，会从广大贫困而辛苦劳作的印度人民身上找到更多支持其悲观论点的证据。但实际上，在他的著作《人口原理》中，有关印度的内容只是草草带过，他的大多数论证都建立在对欧洲和美国人口增长趋势的观察之上。李嘉图在《政治经济学及赋税原理》一书中，仅仅是对亚当·斯密的观点进行了温和的修正，他表示，也许自己的祖国在与殖民地之间的专属贸易中得到了一定的好处。詹姆斯·密尔和马尔萨斯一样，都在为东印度公司效力，他花了大半辈子的时间写成了《英属印度史》一书，所有的经济思想史研究者都会谈到此书，却很少有人真正研读过它。密尔也同样憎恶东印度公司的贸易垄断行径，但他对殖民主义的评论大多是从政治和管理层面出发的，而非经济角度。他期待着有一天，"印度能够成为世界上第一个受到人民公认的具备完善法律和司法体系的国家"[3]。约翰·斯图尔特·密尔和他的父亲以及马尔萨斯一样，也在东印度公司任职，他所著的《政治经济学原理》一书直到最后一页才提及了殖民主义。他鼓励政府协助人口过度密集地区的人迁移到荒芜的土地上，他表示，爱尔兰的饥荒迫使移民活动在没有政府的支持下也自发地开展。古典资本主义的伟大学者们都认为殖民主义是理所当然的事情，把自己的研究关注点投向了发达国家的经济进程。而殖民世界逐渐影响了这个进程，这才最终引起了经济学家们的关注。

马克思和帝国主义

与上文提到的古典经济学家不同，马克思自始就把殖民地看作自己研究的资本主义体系的有机组成部分。他将殖民热潮看作资本生产拓展市场的手段，也因此推迟了资本主义不可避免的危机的到来和资本主义的瓦解。但和早些时候的经济学家一样，马克思的主要关注点也是发达资本主义国家，因为在这些国家，资产阶级和无产阶级的斗争才会应运而生，而马克思将其毕生热情都奉献给了这场斗争。

相反，殖民地不存在资产阶级，也没有无产阶级，因此不存在两者之间的斗争。资本主义国家将生产转移到这些地区，会促使一个革命性的无产阶级群体诞生。因此，在殖民地区，资本主义才是被催生的先进力量，就像在印度，如果殖民主义帮助瓦解了当地社会的封建架构，滋生了资本主义，这是一种进步。

对于曾经的殖民世界也就是今天所说的第三世界，马克思是独一无二的伟大预言家。殖民主义遭受了前所未有的斥责，资本主义也被唾骂。如果马克思能够接受联合国大会的邀请出席发言，他自己也会感到惊讶和不安。

殖民使命

探讨殖民思想的缘起就是我们上文所说的事实，即经济学史上的伟大人物似乎都没有在自己的著作中对此进行过深入研究。指导殖民主义的思想渗透在殖民过程中，随着殖民经验的变化而变化。要想明白这些思想，从书本中找出答案是不可能的，而要考察具体的殖民过程，以及人们如何为殖民行径解释辩护。

也许上述观点和本章的讨论有一些脱节，我们抛开影响当代资本主义和社会主义的主要思潮及事件，来探讨一个特殊的现象，说这些现象属于现代经济思想史的一部分，的确不是那么让人信服。但殖民现象的重要性不可忽视，要说这部分探讨完全跑题也不准确。我们不能忘记，殖民地不论是在人口还是面积上，都远远超过殖民国家。

解读资本主义，至少是早期解读资本主义的思想都直言不讳，而为殖民主义辩护的思想从来都难以理直气壮，这是显而易见的。在很多事情上，人类都觉得应当将最根本的动机隐藏起来，道德不过是杜撰出来的借口。想要取信于人，先要说服自己。隐藏的阴谋对于战争来说格外重要。杀害其他人类同胞的行径需要有一个高尚的动机，近几个世纪的战争冲突通常利用的借口，都是保护他人的财产、权力和特权，实在难以令人信服。

殖民主义也一样，它最根本的动机都粗俗、自私而可憎。所以，一旦涉及对人的殖民，而不仅仅是开垦无人之地，殖民者总是将自己伪装成至高无上的道德、信念、政治或社会价值的传播者。但实际上，殖民行径主要涉及的是参与者的金钱利益及其期待获取的金钱利益。谁敢质疑殖民者杜撰出来的借口，就会被认定为不爱国或者是叛徒。

关于殖民，也就是一个民族被异族或者相距遥远的民族统治，还有另一个不变的发展规律，那就是殖民地迟早会解放。殖民通常会以暴力的方式结束，殖民者和被殖民者都要付出惨痛的流血代价。

更多情况下，殖民者的离开只是因为他们的利益日益减少，而并非殖民地人民的力量日益强大。所有的现代帝国——西班牙、英国、法国、美国、葡萄牙，最有可能的是荷兰和比利时，如果这些宗主国认为保留殖民地是值得的，它们就可以做到。但没有一个国家愿意付出征服殖民地时那种血肉和金钱的代价去维系殖民统治。还有一点很重要，即宗主国很难掩盖人们对殖民动机的怀疑，没人能再接受殖民者表面伪装的事实，没人相信那些把金钱和精力投入殖民地的人是为了正义的目的，而深层的事实显示，他们这么做只是为了自己的骄傲、威严和金钱利益。

殖民主义的最后一个特点也需要指出。在今天的美国，还有其他曾是英国殖民地的地区，如拉丁美洲、非洲和亚洲一些地区，发生的现象和缺失的状况都可以用曾经的殖民经历解释——土地分配方式、经济的发达或欠发达、殖民统治的正义或非正义。由殖民行径带来的耻辱和不公是最深刻持久的记忆，但我们还是不得不承认，它也是最好的辩解方式。独立后的殖民地出现任何问题，都会首先被归咎于殖民地后遗症，现在这些国家也确实存在各不相同的发展问题，于是殖民又成了现世的一个阴谋——曾经被殖民者拿来掩盖动机，现在又被曾经的殖民地用来当作借口。

向东方进军

提起殖民，人们首先想到的是欧洲人蜂拥向西，涌入新大陆。但实际上，西欧第一个殖民地是在东部地中海地区。殖民始于900多年前第一次十字军东征的时候，持续了很久。如果十字军东征在美国独立的时期才出现，他们现在一定还在活跃进军中。要是他们得到了美国五角大楼的秘密支持，那在今天的圣地，也许我们还会看到胜利的曙光。不过，在这个充斥着怀疑的时代，总会有人质疑这项事业最后能否成功。

十字军对于非凡而持久的殖民阴谋而言格外重要，殖民者总是披着最高宗教使命、最无私献身的伪装。东征的目的就是从异教徒的手中解放耶路撒冷，解救君士坦丁堡那些被突厥人统治的东正教徒。今天用十字军战士指代那些严格按照道德和信念行事之人，在政治圈子里，要是有这么一个"十字军战士"，大家看到他都会惶惶不安。但十字军没有公开承认的东征目的，其实是掠夺土地和财产。1095 年，教皇乌尔班二世在克莱蒙向十字军传道的时候，直率地告诉他们，基督徒在圣地可以获得非常好的土地。这极大激励了那些没有土地的法兰克贵族的年轻子孙。后世学者认为，教皇也是为了"给欧洲的土匪们找份正经事做"[4]。把他们赶到亚洲总比让他们待在家里好。

我们都记得 1204 年十字军第四次东征，他们在君士坦丁堡进行了大洗劫，十字军战士之前声称去拯

在君士坦丁堡，十字军东征的各种念头动机混杂在一起：东正教徒需要被拯救。伴随而来的大洗劫也被永世记载

救那里的教徒，但这次东征却成了最让人难忘的一次，让君士坦丁堡的居民更怀念突厥人的统治。这次连宗教使命的伪装借口都被丢在一边，教皇英诺森三世为之震动："拉丁人真是树立了不公的榜样，展示了黑暗的力量。"[5] 显然这次东征不是为了宗教目的。

　　第一次东征很快就征服了最远的土地，占领了耶路撒冷，也夺取了能够加强十字军力量的房屋和土地财产。之后他们就遭到反抗，在不到一个世纪的时间就又丢掉了耶路撒冷和其他土地。之后再次东征，统治者不断鼓励大家，只要我们再多努力一点，再多一些人手，就能把所有的东西都赢回来，但依旧断断续续地丢掉了占领的土地。又过了一个世纪，侵略者几乎退回到了地中海沿岸的据点。虽然土地全丢了，但西方人的高傲还在。保留一块海外据点是很重要的，对贸易也有好处，后来的越南战争也证明了这一点。

现在的阿卡

　　所有的海外据点中，最重要的一个是阿卡（Acre），位于现在以色列的北部。1291年5月18日，以色列遭到突袭，情况和700年之后的西贡差不多，军队上层许诺防卫士兵，只要活下来就可以进行大屠杀，唯一的差别是，那个年代没有人质疑屠杀的正义性。计划撤离就相当于承认战败。但当最后一丝希望也看不到的时候，士兵开始混乱逃窜。土地被卖给了最高竞价者，财产一夜之间易了主。逃跑时只能乘船，毕竟当时还没有直升机。

东征军的敛财大业

并非只有贵族的年轻子孙惦记着东征的财富，耶路撒冷国王和十字军首领的左膀右臂是军事修士会和武装教徒。其中的三支力量分别是：耶路撒冷圣约翰医院骑士团，也叫医院骑士团；基督和所罗门圣殿的贫苦骑士团，也叫圣殿骑士团；以及后来的条顿骑士团。军事修士会肩负多重使命，声名显赫。他们心怀虔诚、纪律严明甚至手段残忍地践行着东征的目标，也坚定地投入财富掠夺当中，越来越猖狂。圣殿骑士团，也就是基督和所罗门圣殿的贫苦骑士团，是三个军团中最奉行苦行的，其成员后来却成了富可敌国的国际银行家，财富收入让其他所有的金融机构都羡慕崇拜。

医院骑士团的组织较为松散，在成为一支军事力量之前，一直致力于照料那些去往圣地朝圣的教徒。他们的军事堡垒矗立到今天，已经成为地中海的著名景点。叙利亚西部的骑士城堡号称是有史以来最完美的城堡。我 1955 年到那里参观，透过暴雨的密帘依旧看到了超乎想象的宏伟景象。从阿卡逃回来的医院骑士团退到了罗得岛，他们建造的骑士团团长宫殿是今天岛上最壮丽的景致之一。（我曾经去那里，和现在已故的约翰·斯特拉奇及其他一些人录制露天的电视访谈节目。节目很不成功，因为我们忙活了半个星期，后来才发现声音设备一直都忘了开启。）在接下来的两个半世纪里，医院骑士团都充当着东地中海警察的角色，同时也为地主效忠，偶尔干点儿海盗的勾当。再一次，竭力掩盖的各种动机，混杂在了圣洁战士的光荣使命当中。

要说殖民主义造成的漫长阴影，没有哪个比得过十字军东征留下的。穆斯林深深记得，远道而来的布道者，带着宗教使命和惩罚目的，攻占了耶路撒冷，又夺取了土地，追求着一切俗世所追求的财富。穆斯林心中永远埋下了一丝恐慌，害怕那些人重返此地。自然而然，那些敢再回来的人，尤其是那些打着宗教幌子的人，不管是基督教徒还是犹太教徒，都将面临前所未有的敌意。直到今天，这层阴影还一直笼罩在以色列的上空。

西班牙的辉煌

如果十字军的使命只是从伊斯兰教手中夺回和保卫基督教领地，根本没必要跑那么远。公元637年，耶路撒冷陷落，被阿拉伯人占领，没过多少年，穆斯林的军队就已经到达了地中海的南岸，跨过海峡攻进了西班牙，直插西欧腹地，这都是土耳其攻占君士坦丁堡之前发生的事情。随着十字军精神在东方逐渐衰落，西方的摩尔民族也不复当年。

西班牙的例子很能证明殖民思想带来的好处，就在西班牙摆脱摩尔殖民者的当年，她自己就迈出了人类殖民史上最惊人的一步。那一年，也就是1491年，克里斯托弗·哥伦布在塞维利亚推销他的航海计划。他之前就曾劝说西班牙女王支持他的远航，但女王忙于与摩尔人的斗争，无暇顾及他。这次他很快就吸引了女王的注意，西班牙的美洲开拓史拉开了序幕。

西班牙帝国是一个伟大的国度，与罗马人花费几个世纪建造的帝国和大英帝国都可相提并论。哥伦布完成航行之后的几年间，西班牙就获取了美洲大陆的最大控制权。16世纪中叶，本来隶属于西班牙王室的附属王国秘鲁取得了在行政上和西班牙平起平坐的地位，在西班牙人眼里甚至可以和荷兰并称。俄勒冈、华盛顿和英属哥伦比亚虽然只远一点点，但当时都不在西班牙的势力范围之内，在之后的300多年一直都是无人认领的蛮荒之地。

殖民思想在西班牙这里成形。拯救灵魂是殖民国家对外宣称的主要殖民目标。根据亚当·斯密的论述："将土著改造为基督徒的虔诚使命，让非正义的殖民行径有了圣洁的借口。"[6] 但到了这时，经济利益已经是公开承认的目的，所有人都知道殖民的目的就是让殖民者和西班牙王国获取更多的财富。

西班牙为此煞费苦心，当然不愿意与他人共享成果，殖民地贸易自然由西班牙垄断。认为贸易就应当由国家来主导的重商主义虽然遭到亚当·斯密最猛烈的抨击，却成为西班牙的主流观点。美洲的土地、矿产和原住民，全都应该用来增进西班牙主人的利益。

这两个使命之间不无矛盾，但达成了相当巧妙的和解。西班牙在美洲的征程如此顺利，引起了一位伟大的历史学家威廉·希克林·普雷斯科特的兴趣。他的两部著作《墨西哥征服史》和《秘鲁征服史》是我读过的最引人入胜的书。（普雷斯科特大半辈子都处于近乎失明的状态，原因是他在哈佛大学读研究生的时候，在一次斗殴中被干面包皮砸中了眼睛。西班牙人无比敬重他的学术成就，从西班牙给他寄去几大箱的文档和手稿原稿的精致副本，供他研读考据。考虑到19世纪的海运技术，这是冒了极大风险的。）普雷斯科特敬重西班牙殖民的宗教使命，他怀着崇敬写道，多明我会修士"对新大陆传教事业的激情，堪比在旧大陆进行宗教迫害的热忱"[7]。

这当然也涵盖了那些着实有益的苦役劳动。用普雷斯科特的话说，在新大陆布道的庄严传教团认为，"印第安人只有在强制管理下才会干活，如果他们不劳动，就不能接触到白人，更别说被改造为基督徒"[8]。通过这种方式，基督教为奴隶制找到了借口。但这种说法可糊弄不住当地的原住民。大约公元1511年，一个名叫哈土依的印第安酋长因为发起了一次小小的反抗运动而被囚禁在古巴，之后他被绑在火刑柱上烧死。最后出于同情，行刑者建议他临死前皈依基督教，这样一来也许他最终能够进入天堂。他询问天堂里是不是都是白人，在得到肯定的回答之后，他说："那我才不愿意做基督徒，谁愿意死后还要去一个充斥着残暴之徒的地方。"[9]

殖民机构

十字军不受命于法兰西、英格兰、德意志的任何政府，偶尔会听命于罗马帝国。与此相反，西班牙帝国上下组织管理十分严密，或者说至少当政者希望如此。能够证明西班牙国家政府高明与智慧的证据，就在今天的塞维利亚。1717年之前，塞维利亚一直都是西班牙殖民管理的总部，殖民档案保留到了今天，一间间档案室里摆放着的一排排档案存放在西印度群岛综合档案馆。这座宏伟的方形建筑建于1598年，一直被用作证券交易所，各行各业的商人在这里交易资产和货物，一直到1875年。后来这里被西班牙殖民行政机构用于存放政府档案。

有关殖民行政管理的档案存储量相当庞大，到1700年，就已经有40万份殖民地事务管理条例法规被发布。1681年，政府将所有的1.1万份法令合并编纂成册，所有的殖民官员都应当熟知并遵守。西班牙帝国的殖民法规条例如此繁杂众多，几乎没办法实行，因此政府不得不进行这项工作。《印花税法案》在英属殖民地引发了起义，但类似的事件是不可能在西属殖民地发生的，因为法令多到没有人会管。

很多保存至今的文献很有趣，其中有一封哥伦布于1505年2月5日写给他儿子迭戈的信，信的内容有关家庭、财务和生意。还有一封信写于1526年的科尔特斯，哥伦布描写了自己从哈瓦那（古巴城市）一路前行，途经圣胡安（波多黎各首府）到达墨西哥的旅行。他提到了要特别注意新大陆原住民的造反势头。还有一封弗朗西斯科·皮萨罗1539年写给西班牙女王的信，说要给女王送去一些绿宝石，还小心翼翼地询问女王可不可以给他写份收据。我在上文提及，教皇乌尔班二世派遣十字军东征的一个目的就是让他们待在远离欧洲的圣地，任何熟知秘鲁征服者皮萨罗兄弟的人，也会同样因为他们待在遥远的南美洲而欢欣鼓舞。弗朗西斯科·皮萨罗索要收据的行为，也可以算是以小人之心度君子之腹了。普雷斯科特直率地说："皮萨罗就是个不折不扣的骗子。"[10] 他还讲述了皮萨罗和他的兄弟们的残暴行为。

档案馆的文件也记录了殖民行政机构自己的故事。1654年，一份文件指出，梅霍奥坎的巴利亚多里德天主教堂需要修缮，请求政府批准。将近20年后的1762年，这个问题还在探讨当中，直到60年之后，修缮工作才最终完成。

西班牙的官僚制度留下了很多真实的遗产。西班牙殖民地撤离之后，殖民地的政府机构依旧保持着高度中央集权化，虽然是临时政府，却延续了西班牙殖民者镇压民众的传统。但与此相反，英属殖民地的管理多少显得不正规、松散、自由，甚至有些漫不经心。

西印度群岛综合档案馆。截止到
1700年，西班牙就发布过40万份
殖民地事务管理条例法规，随之形
成的文件成灾

著名的殖民者的书信：哥伦布写
给儿子的信

弗朗西斯科·皮萨罗写信说向西
班牙女王送去绿宝石并索要收据

直到 19 世纪，英国也只设立了印度办公厅，简单地在美国设了一个管理秘书的岗位，除此之外完全没有设立任何政府部门去管理殖民事务。这一传统促使了斯密主义者殖民思想的形成，也意味着殖民者需要自己看顾利益，而不能依靠政府。

墨西哥

19 世纪 30 年代，西班牙在美洲大陆的统治结束，自然是由于获益减损。当地的西班牙殖民政府不愿意雇用维持其需求的军事力量，身处殖民地的西班牙人也不再有为祖国荣誉、为保卫人们财产而奋战的热情。殖民政府只能在当地征兵，可是这些雇佣兵并不忠于西班牙王室，而只效忠于自己土生土长的地方，西班牙官僚机构发来的各项指令成了惹人烦、没人搭理的空文。代替西班牙殖民者在当地执政的波拿巴家族给了西班牙致命一击，宣称不再效忠于任何大洋彼岸的西班牙王室。而后玻利瓦尔、圣马丁再次顺水推舟，完成了解放大业，虽然这很难算是真正意义上的解放。

在完全摆脱了西班牙的统治后，作为殖民冒险经济回报的大片私有土地没有遭到侵害，地主靠剥削他人而致富的权力也没有动摇。实际上，正是因为西班牙政府一直试图控制美洲当地地主的权力，限制他们的特权，管制他们的经营和剥削行为，才逼得这些地主想要独立。在殖民过程中，剥夺当地人的殖民者比起宗主国政府更喜欢谈论道德良心，殖民者总是声称自己的经历让他们更懂"自己的人民"，知道自己的人民手无缚鸡之力，需要强有力的领导者去管理。当然，这主要是为了殖民者的经济利益。独立之后，西属美洲的权力主要来自土地。虽然政府机构和各种立法机关得以成立，但实际上这些机构发挥的作用比台面上我们以为的要小得多，由坐拥土地的人（而非手握选票的人）说了算。

在第一次起义之后的一个世纪里，墨西哥发生了更为持久和影响深远的起义，这是真正意义上的反殖民起义。开始完全赶走了殖民军队，而后到了 1910 年，土地和人民都易了主。很容易想到，起义涉及的地区越广泛，流血越多。

古巴的状况也是如此。西班牙人离开的时候，权力掌握在地主手里。在之后的年岁中，土地开始向少数人手里集中，很多地主都是纽约人。最终是菲德尔·卡斯特罗让古巴彻底摆脱了殖民统治。但拉丁美洲其他国家的独立运动还没有彻底完成，独裁者和军队保护着特权阶级。美国扮演着一个两面派的角色：时而拥护独裁者，时而谴责当地统治者的不公正和剥削行为，呼吁将权力交给当地人民。

当地独裁者的力量之大是有据可考的。临近美国的墨西哥和古巴是两个进行了彻底革命的国家，完全扫除了国内旧的殖民体系。我曾经跟我的拉丁裔学生讲，拉美其他国家的革命不彻底的原因在于，它们的革命缺乏美国的指导。当然没人听信我的话。

路易斯安那州

美国同样也曾经是西班牙的殖民地，例如今天的加利福尼亚州、得克萨斯州、佛罗里达州和西南部一些州。除了佛罗里达是个例外，这些地方都偏远而地广人稀，殖民统治结束之后依然保持着蛮荒之态。在这里，西班牙殖民统治留下的遗产比在中美洲和南美洲要小得多。在西班牙殖民的小插曲之后，法国的殖民影响要有趣得多。

自然，经济和宗教的结合是少不了的，掠夺稀有金属是经济目标。1719年，约翰·劳（我稍后会详细介绍此人）[11]开始在巴黎大量发行纸币，这些货币直接和金银挂钩，而当时金银矿仅在密西西比河流域才有。虽然金矿、银矿还没被挖出来，人们已经开始觉得前景一片大好，法国到处都流传着地图，告诉大家难以想象的财富和所有能想到的资产都在大洋彼岸。法国人不像西班牙王室那样认为拯救别人的灵魂有多重要，也可能是因为法国人对天主教不如西班牙人那么虔诚，也许是因为法国殖民地也没什么人口等着被拯救。需要被拯救的灵魂其实是这些殖民者自己。1718年，在密西西比河上游100多英里的地方，他们建立了第一个定居点，当时的统治者将其命名为新奥尔良，这真是很奇怪的命名法，让人联想到以爱德华八世命名的新温莎。新奥尔良建立后不久，一个名叫玛丽·玛德莲·阿沙尔的乌尔苏拉会修女没有急着在当地异教徒中传教，而是先审视了一圈来到这片新大陆的基督徒，说道："放荡堕落、缺乏信仰之类的恶习到处盛行，无法估量！"[12]

与西班牙殖民统治不同，法国的统治随性到了极点。一旦发现了稀有金属稀缺的事实，大家就纷纷丧失了兴趣。法国人不贪念这片荒芜的土地，觉得也没办法雇当地人来做苦工。他们一直都觉得殖民政策是约翰·劳骗局的支柱。后来法国人对殖民的兴趣锐减，这一点从他们把路易斯安那州让给西班牙就能看出来。法国殖民者十分抗拒西班牙体系化的统治，直到1762年西班牙派遣了一名爱尔兰裔的官员亚历山大·奥莱利到当地当地方长官。奥莱利为人和善，颇具魅力，骗取了反对者的信任，他宴请了反对派领袖，又狠毒地把他们全部处决。

1800年，拿破仑收回了路易斯安那，三年后将其卖给托马斯·杰斐逊。路易斯安那州和阿拉斯加州是极少数不是靠战争和开荒

美洲殖民地建筑衰落后的样子：墨西哥的大庄园

密西西比的种植园主住宅

获取的土地，而是直接作为地产被交易。5.3 亿英亩的土地（包括环绕的水域）加上利息的交易额仅有 2 730 万美元，合每英亩约 5 美分。

　　与拉丁美洲一样，土地交易随处可见，原先的土地变成庄园或者种植园。由于购买了土地就需要工人来种植收割甘蔗，需要人力栽种采摘棉花，大批劳动力从美洲旧殖民地和非洲被运来。与在墨西哥盛行的殖民思想类似的思想在这里扎根，只是表面形式不同。和在墨西哥一样，一场反对庄园主、保障人民权益的起义注定要爆发，这就是 1861 年开始的美国内战，它的影响几乎持续到今天。和墨西哥革命一样，美国内战是一场真正抗争殖民制度的起义，付出了血的代价。

　　这场战争中各方的动机当然又交错混杂，种植园主声称自己对奴隶负有道义责任，要给予他们宗教指引和最终的救赎，保护他们免于踏入严酷残忍的世界，而成为襁褓中无忧无虑的孩子。宗教以另一种方式成为殖民者的借口：他们声称私人财产是神圣不可侵犯的，而奴隶就是私人财产的一部分。但和所有殖民地一样，所有人都清楚，这些劳动力主要是被用来种植作物，以创造经济价值。

拉合尔

　　在被英国统治时期，现在巴基斯坦旁遮普的拉合尔被称作女王之城。莎乐美①的传说流传至今，莎乐美花园也被保存下来。那个

---

① 莎乐美的故事最早记载于《圣经·新约》中的《马太福音》，讲述了莎乐美听从母亲希罗底的指使，在为希律王跳舞后，要求以施洗者约翰的头颅为奖赏。后来英国作家奥斯卡·王尔德以此为原型创作了戏剧《莎乐美》。莎乐美在这个故事中被描绘成一个充满欲望和狂热的人物，她为了得到自己想要的东西而不择手段。——译者注

时期，旁遮普人被看作有适应性、进步性，智慧、尚武的人，而且按照印度当地标准，也是相对富足的群体。

英国在印度的统治最初深入东边和南边的孟加拉①及马德拉斯②时，像西班牙和法国殖民美洲那样直接。实际上没有人真的以为东印度公司是一个宗教慈善机构，它就是来做贸易赚钱的，只要能赚到钱，就不得不征服新领地，安抚统治当地人民。

后来殖民者来到了旁遮普，锡克教统治者最终投降，土地在1849年被吞并。当时东印度公司已经开始衰落，英国的殖民统治开始秉持另一种信仰。这牵涉到英国殖民思想的一次转变，19世纪的法国和荷兰都经历过这种转变。殖民的第一目标不再是宗教性质的，英格兰教会是英国人的宗教领地，政府不再大肆鼓动传教行为。对很多殖民者来说，传教士甚至有些惹人厌。殖民者秉持的新信仰是法律。去印度的英国人是为了贸易经营，获取商业利润，这种目的没有任何不正当性。但更为重要的使命是将法律和法制带往殖民地，这种观念后来显示出极大的力量和影响。

1859年，东印度公司覆灭之后，21岁的英国年轻人约翰·比姆斯作为一名官员来到旁遮普，成为拉合尔北部和西部的古杰拉特区的行政长官助理，代长官处理日常事务。后来，比姆斯又在孟加拉、奥里萨邦（位于加尔各答和马德拉斯之间）和现在孟加拉国的吉大港任职。任职期满，他退休回到英国，开始撰写自己多年职业生涯的事迹。[13] 提到自己早年的经历，比姆斯记忆犹新。

比姆斯号称自己对赚钱没有丝毫兴趣，这有些令人难以置信。他认为其他英国人到印度敛财是正当行为，但他自己对此毫不关心。

---

① 孟加拉地区包括现在的印度西孟加拉邦和孟加拉国。——编者注

② 马德拉斯（Madras）即现在的印度金奈。——编者注

只为赚钱的商人和种植园主在他看来都是低等种姓，比姆斯更关注政府事务——被统治的人民、他的英国同僚、政府高层（经常受到他的批判）、他所从事的政府工作，他像工匠炫耀自己的艺术作品一样将所有东西都记录在自己的著作中。他表明自己的信仰，写道："人的治理是一项伟大的工作，是最高尚的职业，也是最困难的事情。"[14] 将这项职责与英国殖民的金钱目标区分开来，并赋予它至高无上的地位，这是英国后期殖民的重大成就。

约翰·比姆斯

　　最终，比姆斯在旁遮普执政之后的上百年里，印度成为世界上管理状况最好的国家。人身安全和财产安全、思想和言论自由比现代还有保障，政府采取了有效措施避免饥荒、改善交流通信。司法审判秉持公正，受到喜欢事事诉诸法律的当地印度人的欢迎。政府开销很少，官员都很贫困，远低于英国人到来之前的统治者和掠夺者。在其他方面——铁路建造、平定社会骚乱——英国统治者都比先前贪污腐败、混沌专权的割据独裁势力要高效得多，不过这些势力在英国人走之后又继续接手。虽然英国统治者趋炎附势，种族意识很强，又高傲自大，但如果非要说哪里的殖民统治是一次成功（不算上那些荒无人烟的地方），那非印度莫属，所以印度也是证明最终结论最有利的例证：企图远程统治另一个国度的努力终将失败，而这个失败既符合统治者的意志，也是被统治者的愿望。

英国在印度的统治于 1947 年 8 月 15 日结束。如果他们不想走，完全做得到，代价可比在二战中打败德国人小得多，也简单得多。但是英国人意识到，维持殖民已力不从心。虽然印度教徒、锡克教徒和穆斯林对于英国如何撤出的具体条款要求不一，但至少他们都希望赶走英国人。

　　从印度撤出，英国统治者保住了自己执政公正的名声，兑现了自己的承诺。但英国统治者建立的法制在接下来的混乱中被荒弃。在印度北部，英国结束统治造成了称得上是现代历史上最残酷的杀戮：穆斯林和锡克教徒的互相屠杀。这是单纯用棍棒、刀刃，甚至徒手造就的血腥杀戮。这些无法无天的行为被压抑了一个世纪，终于爆发。殖民主义的发展规律和最终命运再次被证实，不论先前取得了多大成就，最终都是一团糟。

英国官员在树下执行司法审判

英国人的娱乐：捕食者的早餐

1946 年的印度

美国的教训

印度的遭遇并不是故事的结局，随后还有刚果、阿尔及利亚、安哥拉和越南。

对于美国人来说，在越南的经历史无前例、独一无二。他们试图左右一个远离本国国土的国度的政治发展，结果以失败告终，不得不撤退，一败涂地。

但放眼历史，美国的经历并不特殊，结局也在意料之中。说来也奇怪，曾经有一个人在殖民问题上对美国提出最意味深长的警告，他的警告并不是出于对殖民主义的反对，而是因为他曾经是殖民者中的一员。

一千个美国人里也不一定有一个人知道鲁德亚德·吉卜林曾经（1892—1896年间）住在佛蒙特州东南边的伯瑞特波罗附近。他自己建造的房屋保存至今，那是一座维多利亚时期风格的建筑，如今，那些相信鬼神的人可能觉得这栋房子看来有些令人毛骨悚然。房屋周围的风景一点也不可怕，它绵延40英里，穿越森林，跨过康涅狄格河，穿过南边的新罕布什尔州，一直延伸到蒙纳德诺克山。在这栋房子的书房中，吉卜林写成了他最著名的几本著作中的两本——《丛林之书》和《勇

1975 年的越南

敢的船长们》，书房的摆设从他使用起就从未改变过。

随着1898年美西战争后美国掌控了菲律宾，美国的殖民生涯正式开始。在美国生活的这一段时间和经历，让他觉得自己有义务向美国人民提出警告意见。当时所有人提起白种人的使命都大言不惭，但他们应该知道最终会发生什么。

> 肩负起白人的重任——
> 残酷的和平之战——
> 喂饱贫困的人口
> 治愈肆虐的疾病
> ……
> 用你的生命实现这些使命
> 用你的牺牲写下颂歌！
>
> 肩负起白人的重任——
> 换取你们的奖赏：
> 因你富裕的人民的诘难，
> 受你守卫的人民的仇恨——[15]

美国占领菲律宾之后，当地立刻发生了暴动，旷日持久的和平之战开始了。但真正的残酷还得算几十年后的越南战争。

越南战争表面上打着不一样的旗号，但本质上的殖民思想没有改变。战争早期，美国声称要拯救深陷贫困落后、领袖崇拜、好逸恶劳、残虐暴政的越南人民。后来的借口是，要把越南从共产主义的魔爪中解救出来。英国通过王子控制西印度，通过苏丹控制马来半岛，通过酋长控制非洲，这被称作间接统治。在越南，美国试图直接统治，也尝试通过吴廷琰、阮高祺、阮文绍进行统治，不过他们算不上是王子、苏丹或者酋长，只是自由选举出的统治者。

在有的人看来，"拯救"处于共产主义的越南也是一次"圣战"，就如同从土耳其人手中拯救君士坦丁堡，从异教徒统治下夺回耶路撒冷。在另一些人眼中，这是赚钱的契机。剩下的人的心理就复杂得多，当然也不免打着为自由事业奋斗的口号。实现自由的目的很重要，但其实不过是个幌子。如果共产主义在越南取得了胜利，那泰国、马来西亚、新加坡和夏威夷的企业自由都会受到威胁。这是多米诺骨牌效应，背后深藏着经济动机。因此越南之战是为所谓的自由和自由事业而战，比起争夺瓦胡岛或者马里布要重要得多。

美国如果想维持在越南的统治，毫无疑问当然也做得到。但是，和葡萄牙人、英国人、法国人、西班牙人，甚至是东征的十字军骑士和国王一样，美国人的殖民劲头日趋衰弱，而且美国人的兴趣衰弱得更快。他们很快重拾先前的怀疑，不再轻信开战的高尚动机，而是看到了背后丑陋的经济目标。再一次，结局非常令人头疼。

和当年英国人逃出阿卡的乱象一样，美国人带着大把钞票跑到西贡，想买到直升机的舱位逃出越南。比起当年抢着买船舱位的英国人，这回美国人回到祖国怀抱的速度要快得多，而且全程还能上电视。经过了700年，殖民的故事也就只有这么点儿改变了。

安魂曲

殖民主义是不是永远被淹没在历史的长河中了呢？美国人被这块山芋烫伤了手，当再次萌生间接统治或者改造远方国度的政治进程的想法时，就变得格外谨慎。不只是美国有这样惨痛的教训，苏联在二战之后，也试图扩大自己在南斯拉夫、中国、埃及、印度尼西亚和加纳的影响力，但最后的结局都不令人满意。苏联的追随者本·贝拉被免去阿尔及利亚民主人民共和国首任总统职务的时候，一位俄罗斯报刊记者悲伤地跟我说："他们还开着我们的坦克，嘿，他们最终却不用我们的顾问了。"这正是"因你富裕的人民的诘难"。要是在克里姆林宫也有一个吉卜林这样的声音就好了。

尽管殖民主义已经消亡，但留下了伤疤。旧的殖民宗主国现在都是富饶的工业化国家，先前的殖民地现在都是世界上最穷困的地方，所有人都会将这归罪于殖民行径。正如之前所说，一旦当地的政府、政客、商人和经济政策遭遇失败，殖民经历就是最好的借口。

曾经的殖民历史也让富裕国家和贫穷国家之间的关系变得更加微妙，全世界都觉得强国帮助弱国是理所应当的，这点我也公开认同。但即便富国怀着帮助的意愿提供了所需资金，也不能解决穷国的困难。如果提供帮助的国家距离遥远，被动等待其他国家来寻求帮助，并且承诺不干涉、不介入，就会被当作漠不关心。并且，通常给予穷国的帮助都没有被有效地利用起来。

如果不想被认为漠不关心，就需要一直给予关注，随时保持警惕、准备行动，积极践行理智和正义。但这样就冒着被当作新殖民主义者的风险，会被人说成企图重建帝国的光辉统治。

我作为曾经的美国驻印度大使，深知这条界限的危险，虽然援助印度还算不上最困难的案例。我当时就觉得，援助国应该更多地介入被援助国的事务。推动并成就经济发达是一项伟大而诱人的事业，其他层面的发展和辉煌都难以与之相提并论。怎么可能抑制得住一个人想摆脱长期饥饿和贫困的强烈意愿？至少我觉得很难想象。并且美国已经提供了足够多的食物和资金，至于印度是如何利用这些援助的，我还是有资格发表意见的。克里希纳·梅农①在回忆录中提到，说我想成为下任总督已经是公开的秘密。大多数人都原谅了我的这个想法，并且我比当年很多美国人都幸运，至少有人给我提出了警告，因为我大半辈子都住在佛蒙特州东南边，熟知吉卜林和他的作品。

　　本章开始时，我说过我们讨论殖民思想和殖民经历有些偏离原本探讨主要国家资本主义和社会主义发展的主题，那现在我们就言归正传。

---

① 克里希纳·梅农，印度外交家，曾任印度驻联合国代表。——译者注

第五章

列宁和政治联盟的瓦解

经历了第二次世界大战的一代人，也就是我的同辈，都会认为这次战争是当今世界关系发生重大变革的分水岭。希特勒被打败，纳粹被消灭，对于上一章我们提到的那些殖民帝国来说，这意味着一个时代的结束，或者至少是开始结束。核时代到来，两个超级大国兴起，苏联的影响力和势力深入东欧国家，美国渗透进西欧，中国开始了解放战争。还能有比这更大的变革吗？

我们傲慢地认为自己所经历的就是最重大的，这也情有可原，毕竟这是我们和历史相会的年代。但要知道，对于人类社会来说，第一次世界大战的决定性影响更为深远。在那个时代，经历了几个世纪建立起的政治体系和社会体系瞬间瓦解，有时只是在短短的几周内。一战还带来了其他的永久性变革，将之前大家心中自以为确定的信念一扫而空：贵族和资本家觉得自己坐稳了宝座，秉持社会主义信念的人甚至认为自己更为坚定。但战争打消了这些念头，自此，不确定的时代开始了。而第二次世界大战只是进一步扩大、夯实了这种变革。对于整个人类社会来说，二战只是一战的最后战役。

一战中，阶级架构和与之挂钩的权力分配体系分崩离析，随之而来的是两个阶层的联盟。一个阶层是曾经依仗土地财产和雇农劳作获取权力的贵族阶层，现在他们权力的一部分依旧建立在土地所有权上，还有一部分建立在教育水平和社会地位上，有些人在公共事务部门和军队任职，但最重要的权力来源也许还是传统根底。联盟的另一方是实力不断增强的商人阶层，从1848年开始，他们就不断寻求提高自己的社会地位，扩大公众影响力。

这个联盟的力量对比在世界各地有着一定差异。在东欧，主要的权力依旧掌握在地主贵族、显赫的精英家族、军官和公务员手中，君主体系依旧占主导，资本主义和资本家是第二层级的力量。西欧和美国也存在保持着古老传统的统治阶层，虽然这个说法不是所有人都赞同，但在这里，资本家确实是主要影响力，尽管他们把政府的管理执政工作交给了古老家族的成员和那些牛津、剑桥、普林斯顿、耶鲁以及哈佛的毕业生。

在西欧和美国，工业无产阶级的队伍也很庞大。在英国、法国和德国，工会随处可见，在法国和德国，还有工人阶级政党成员当选议会议员。工会总在干扰贵族和资本家的联盟，令他们深恶痛绝，但这些工人并没能威胁到联盟。在世界上最强大的工业化国家美国，现今压根还没有工人阶级政党，工会也没形成什么势力。

1914年，在除了英国之外的其他所有工业化国家里，农场主和佃农的人数都远远超过工人，他们——而非工人——依旧是部队征兵入伍的主要保障。特别是在东欧，尽管农民默默忍受地主的掌控，但一旦投入战争，他们就能证明自己才是决定性的力量。关键不在于他们是不是应该起义——只要他们停止服从，就已经是很严重的事情了。

认清东欧的情况格外必要，因为旧秩序的裂缝首先在这里出现，而并非在西欧。在这里，旧秩序慢慢瓦解，社会陷入混乱，进而爆发革命。按照马克思理论的解读，西欧资本家占主导的联盟应该更加脆弱才是。但事实却证明，它比想象的要稳固得多。

克拉科夫

要说在哪个城市最能明显体察到这种变革，那就是克拉科夫，这座城市现在位于波兰境内。选这里是有先例的。当年领导催化旧秩序崩塌解体的一位志士也选择了这个城市，朋友们都叫他弗拉基米尔·伊里奇·乌里扬诺夫，而其他大多数人都会叫他列宁。1912年，他来到这座城市。

他之所以选择克拉科夫，是因为它位于东欧两大帝国的交界处，隶属于奥匈帝国，但几英里之外就是虎视眈眈的俄罗斯帝国。

列宁

上一章探讨的帝国主义思潮和殖民主义思潮，都是有关白人在亚洲、非洲和拉丁美洲的统治，具体来说包括英国对印度的统治、美国对菲律宾的统治，还有葡萄牙对安哥拉以及莫桑比克的统治。但其实帝国主义和殖民主义还有另外一种形式，主要存在于东欧地区，那便是欧洲人对欧洲人的统治。

克拉科夫的城堡

在这里，奥地利人统治着波希米亚人、斯洛伐克人、鲁塞尼亚人、克罗地亚人、斯洛文尼亚人和意大利人，甚至以一种巧妙的方式统治着匈牙利人。类似地，俄国人则统治着拉脱维亚人、立陶宛人、爱沙尼亚人和芬兰人。在波兰，几乎所有人都算得上在统治波兰人，不管是奥地利人、德国人还是俄国人。对克拉科夫的统治由维也纳（其西北 100 多英里就是大城市布拉格）主导。北边的华沙处于圣彼得堡的统治下，柏林艰难地维持着对西北部的波兹南这个波兰文明发源地的统治。西欧也存在这种形式的帝国主义——英国对爱尔兰的统治和德国对阿尔萨斯-洛林的统治。这些统治都激起了不小的仇恨。在东欧，这种仇恨有增无减，而且更为极端，更为广泛。

这里的矛盾比起西欧帝国遥远殖民地上的矛盾要严重得多，这里被殖民的国民是无论如何也不会承认自己和统治者有高低优劣之分的。统治者和被统治者都是白人。很多被统治者和统治自己的人受过同等程度的教育，取得过不分上下的文化成就，具有实力相当的经济背景。这些被统治的阶层甚至觉得自己要比统治者更高等，几乎所有被俄国人统治的公民都会这么觉得。被"下等人"统治的滋味特别不好受。

本章开篇说，我们总以为二战之后的几年是殖民帝国走向终结的开始。我们还有另外一个自负的想法，就是以为在一战后的东欧，帝国主义开始衰退。

1914 年，统治者对属民的统治还很稳当，还没有人叫嚣独立而造成威胁，令统治者头疼的主要还是敌对统治势力煽动属民的民族情绪，引导他们追寻归属感。敌对国用民族主义拉拢属民，及其领土扩张的野心，才是让统治者寝食难安的原因所在。

为了缓解这种担忧，统治者之间开始结盟。奥地利求助于德国的工业支持和纪律严明、可信可靠的军事力量，它则向后者提供了充足多样的兵力。俄国远跨大陆，向法国寻求资金和工程技术支持，修建本国的铁路，发展工业，而法国和英国看重的是俄国充足的武装人力资源。俄国因为这样强大的兵力储备，一战时期一直被看作一辆蒸汽轧路机，原本以为它会冲向德国，但最后它却轧向了自己。

领土观念

历史上没有哪个课题像探究一战爆发的原因这样引起如此多的争论，即便是罗马帝国衰落和维持长期统治的原因，也比不过这个话题。也许重大事件背后的原因反而很简单，劳合·乔治就认为，各方力量无意中被卷进一场战争。A. J. P. 泰勒也这么认为，他用更详尽、更有说服力的方式进行阐述。马克思主义者和其他学者至今都认为，这场战争是资本主义发展的必然结果，是英法与德国资本家势力的敌对和竞争造成的。德国资本主义为了争取资本主义赖以生存的市场，向英法挑战。马克思理论延伸出的任何解释，甚至在非马克思主义者看来都是显而易见的真理。但这个解释却有一个问题，那就是为什么战争会在东欧爆发，为什么之前30年中，资本主义国家却可以顺利维系在殖民地的统治，甚至与殖民地人民和谐相处。

也许更好的解释在于传统农业经济社会的领土观念。农业时期的国家政府比起马克思眼中的资本家要更加穷兵黩武。

自从人类历史开篇，土地和人口就是财富和军事力量的基础，两者缺一不可。王储的财富就是他所掌控的土地面积和土地肥沃程度。土地的多少好坏决定了他能养活多少农民，能招募多少兵力，而这一切就决定了他的军事力量。因此国家最看重领土，争夺和保卫领土是头等大事。

1914年，争取土地和人口的领土观念依旧是旧统治阶级本能的想法，这正是法德之间的争端所在，如果德国赢得了战争，就能将更多的法国领土纳入自己阿尔萨斯-洛林的版图中。在巴尔干，哈布斯堡家族和罗曼诺夫王朝也不共戴天，两者互相怀疑仇视，都认为邻国想要夺取决定自己财富力量的关键之地。

1914年，所有欧洲大陆势力都规划好了庞大的动员计划，部队整装待发，将要开往前线。这样大规模的军队动员一旦启动，便士气非凡，显现了动武的势头。又因为领土的重要性，自然会让人想到这是心怀攻占他人领土的鬼胎。作为敌手，先开始动员，先发制人，出击边境，将会是更好的应对措施。并不是像有些人所认为的那样，1914 年的部队动员就一定要导致战争爆发，但它激起了恐慌气氛和危机感，在这种情况下，理性决策就很难得到保证。

愚昧因素

还有最后一个因素，说起来也许显得有点自命不凡。当时德国和东欧的统治者都是依靠家族传承和传统继承了权力，如果说继承决定了执政权，那就不能再用智慧衡量执政者了，他们完全不具备智慧也无大碍，并且，聪明才智反而成了对愚昧掌权者的威胁，历史上有过那些真正有聪明才智的人士遭受排挤的实际案例。1914 年正是如此，结果就导致一战时期的首领和将军个个都愚蠢至极。

这些统治者都没能力想明白，战争对于自己的阶层和自己既得的社会地位到底意味着什么。战争总是存在，统治者被消灭，统治阶级得以存活。思考战争造成的社会后果，他们也只能想到这么多了。

混乱的连锁反应

1914 年 8 月，领土观念引起的恐慌、军队动员显示的威胁和政府军队首领的愚昧凑在一起，让战争进程失控，结盟让冲突扩大。历史学家总爱提到连锁反应，并且认为它是可预知的，有既定的结果。这个比喻不够恰当，因为这是一次混乱的反应，前景不可预测，后果难以设想。

工人群体

　　统治者没怎么考虑到战争的社会后果，多半也没能力想这么多，但工人阶级一直在紧密关注。工人领袖的脑瓜要聪明得多，他们一直都清楚战争中到底是谁在忍受最大的伤痛，又是谁会付出生命的代价。因此，1914年之前，在工会的贸易会议、政治会议以及第二国际的会议上，几代人都在深度挖掘探讨战时政策。大家一致同意，为了共同安全，不同国家的工人阶级必须团结，只有联合起来才能利用议会的力量阻止支持战争资金的议案通过，只有罢工才能中止军队动员。

　　如果还不行，就只能使用最后的抗争武器，那就是全体大罢

战争的目的毫无掩饰：为了国王和领土，或者更直接地说，就是为了统治阶级和统治体系

工。这将是伟大的举动，最后的致命法宝。所有的人员和货物流通都将停止，所有的生产活动都将中止，一切经济生活都陷入停滞，再想发动一场战争几乎是不可能的。策划战争的统治者会被自己工人的力量打败，再也没有人会怀疑工人阶级的伟大力量。

　　但这些都没有真正发生过。1914年武装集结的时候，当时规模庞大、组织缜密的工人阶级政党德国社会民主党在德意志帝国议会上按照单元投票制，投票支持战争拨款。社民党议会领袖胡

戈·哈泽虽然在党内核心会议上投了反对票，但最后怀着对政党的责任感，在德国议会上表达了大多数人的赞成态度。"在国家的危难时刻，我们不会置之不理。"[1] 一些历史学家指出，这次投票只是象征性的，并不是最终的财政决定，德国政府也不可能因为一次法案未获通过而放弃战争。到了9月，社民党中将近1/3的党员都已参军入伍。

法国的情况也一样，每个爱国人士都眼睁睁地看着德国越过了比利时。祖国啊祖国！1914年之前，法国政府就已经制订好了全面的计划，以应对工人阶级反对战争的局面。他们计划逮捕罢工领袖，将罢工者强征入伍，镇压公众抗议。计划制订者一定很遗憾，因为最后根本就没有发生他们预计的情况，方案根本就没有派上用场。

英国没有像欧洲大陆一样开始征兵和制订动员计划。身居海峡对岸，英国人总是一副高枕无忧的样子，即便在1914年之前看到德国海军崛起，实力猛增，英国人也仅仅只是提高了警惕。当时有一首诗描述这种担忧，语气却格外欢快：

> 德军登陆的那天，
> 我正在打高尔夫球，
> 英国的士兵逃散，
> 我们的军舰都搁浅。
> 他们真让我惊讶，令我丢脸，
> 让我气得差点丢掉了球杆。[2]

战争到来时，英国的工人成群涌进征兵处，自愿参军入伍，工人阶级领袖也表示强烈支持政府决议。唯一的政治反对力量来自少数派社会主义者和和平主义者，其中最著名的一位是拉姆齐·麦克唐纳，这一次唐突的唱反调行为反而让他之后都收敛了很多。

人们纷纷自愿参战

圣彼得堡当时已更名为彼得格勒，杜马中的社会民主党投了弃权票，随即离席。但他们人数较少，很快其中的激进布尔什维克分子就被逮捕，并被驱逐出议会。俄国与德国不同，没人在意工人阶级，农民才是中坚力量，才是军队的重要组成部分。

列宁在波兰

列宁一直在克拉科夫密切关注着这一切事件的变化，他在西伯利亚承受了三年牢狱之灾后，在 20 世纪初就被驱逐出境（1905 年间及之后有几次短暂归国）。波兰警方对他很宽容，甚至相当友好，列宁的夫人克鲁普斯卡娅提起他们总是满怀感激之情。他们想要回到俄国其实很容易。革命者也经常越过俄国边境，很多人专程来到波兰拜访列宁，他的革命领袖地位已经受到了广泛认可。虽然越境并不困难，但依旧需要秘密策划。曾经，杜马中的一位布尔什维克领袖来拜访列宁。他享有议会豁免权，穿越边境自然不会遭人阻拦，但最后他居然采用"地下"渠道越过边境。列宁知道后指责他不该冒这种风险，他表示很抱歉，说自己根本不知道还有合法穿越边境的方式。

和马克思一样，列宁也将自己的革命行动和新闻报道结合起来。《真理报》当时就在俄国出版发行，可能很多人都不知道这一点。列宁经常供稿，克拉科夫也是偷运报纸的最优场所。列宁的文章主要都是针对俄国的，他也曾愤愤不平地指出，美国黑人的识字率要比俄国农民高一倍。波士顿的慈善家和商人爱德华·法林（他经营着美国著名的地下商场 Filene's Basement）也吸引了列宁的注意。法林认为，美国的雇主越来越了解自己的工人，工人也更多地明白了雇主的困难，双方的利益终将达成一致。"可敬的法林先生！"列宁曾写道，"你认为全世界的工人都像你想的那么蠢吗？"[3]

到克拉科夫拜访列宁的革命者，都能够在一家名叫杰玛·米哈利科瓦（Jama Michalikowa）的阴暗咖啡馆找到他，这间咖啡馆今天仍然还在。这家店一直处在政治话题探讨的中心，后来这里被波兰收复，波兰人依旧会来这里聊聊时政。1914 年 8 月，列宁却离开了这里。虽然他认为各国资本主义的对抗终将点燃战火，但和其他很多人一样，他觉得战争应该不会立刻在当下这烈日炎炎的夏月里爆发。像其他过着小资生活的中产阶层一样，他到处度假，在离波兰扎科帕内滑雪胜地不远的塔特拉山上的布洛林村休养。他当时住过的地方是一个宽敞整洁又漂亮的大木屋，如今也成了各国社会主义信仰者的朝圣地。

真正的革命家

1914年的那个夏天，列宁正值44岁的不惑之年。和其他革命家一样，他也来自中产阶层家庭。他的父亲是一位教师，也是学校校长。但革命的血统一直流淌在他家族的血液中：他的长兄在还是个学生的时候就因为参与一起密谋杀害亚历山大三世的幼稚计划被处以绞刑。他的母亲来到圣彼得堡，想劝儿子请求沙皇宽恕，但儿子义正词严地表示一点儿也不为自己的行为后悔，拒绝请求赦免。沙皇听说了这件事，也钦佩这个小伙子的坚忍不拔，但为了杀一儆百，还是下令执行绞刑。

马克思毫无疑问是一位革命者，他有着飘逸的胡子、炯炯有神的眼眸、不修边幅的外表，俨然一副革命者的形象。列宁比起马克思更像革命者。马克思用理论引导革命，列宁直接亲自领导革命。这位革命巨人迈着大步跨过了一个时代，今天他的雕像仍立在克里姆林宫旁边，人们排着长队到其面前瞻仰。[1] 他露着高鼓而半秃的额头，唇上留着干净的小胡子，身着暗色笔挺的西服，下巴留着和凡·戴克[2]一样的胡子，看起来像是一个注册会计师事务所的小领导。而他的战友列夫·托洛茨基[3]目光犀利有神，胡子拉碴，反而看起来更像个革命家。

几年前，一位苏联历史学家造访哈佛。这位老人于革命时期曾

---

[1] 本书成书时的20世纪70年代，列宁的雕像还在，现今已经被推倒。——译者注

[2] 凡·戴克（1599—1641）是比利时弗拉芒族画家，也是英国国王查理一世时期的英国宫廷首席画家。——译者注

[3] 列夫·托洛茨基，俄国与世界历史上最重要的无产阶级革命家之一，列宁最亲密的战友，20世纪国际共产主义运动的左翼领袖，苏联工农红军、第三国际和第四国际的主要缔造者。——译者注

在布琼尼骑兵部队服过役，非常了解列宁。他骄傲地说，列宁曾给予他高度评价，说他是现今世上唯一有头脑的骑兵。我问他，列宁这么一副衣着整洁的小职员形象，是怎么成为伟大领导人的。他回答说："只要列宁一发话，我们就会立刻前进。"

列宁和马克思

列宁是马克思的信徒，但并不是他的奴隶。在一些问题上，他甚至胜于前辈，其中有两点至关重要。他认为，革命胜利的第一要素——这一点是马克思没有强调的——就是要有一个组织严密、纪律严明、成员忠心耿耿的革命队伍。这样的群体比成员广泛但内部矛盾重重的乌合之众要靠谱得多。这个革命队伍，并不是任意而为的结合，而是团结起来朝着一致的目标，要为无产阶级推翻统治者进行毫不留情的英勇革命奋斗。

在德国和法国的工人阶级投票赞成发动战争之后，列宁更坚定了自己的想法。德国和法国的无产阶级就是这样庞杂的群体，缺乏贯穿始终的坚定目标，他们的行径让列宁坚定地选择了另一个真正代表无产阶级革命队伍的术语。在此之前，社民党就是工人阶级革命政党的代名词，但自此之后，那些真正坚守革命纪律和革命信仰的人，被称作共产主义者。

列宁修正了马克思关于革命中农民队伍所充当角色的观点，虽然稍显牵强，但这在当时是很现实的做法。列宁是俄国人，而俄国的工业无产阶级队伍还很弱小。要想等俄国先爆发一场资产阶级革命，再随着资本主义的发展成长出一支强大的无产阶级队伍，就要等到猴年马月了。为什么不能把农民纳入革命呢？农民也是一个贫穷、备受压迫欺辱、被忽视的庞大群体，也被剥夺了土地财产。农民们相信，根据古老的传统，他们才应该真正拥有自己耕耘的土地，但是为了寻求军事保护却不得不放弃自己的土地财产权。马克思只注意到，资本主义让很多农民变成了工人，把他们从"愚蠢的耕种生活"中解脱出来，但列宁的想法更为实际，他向农民许诺归还土地权，以赢取农民的支持，他也的确兑现了自己的承诺。一旦农民拿回了自己的土地，他们无疑会变成保守的有产阶级分子，这时就需要另一场后续革命让社会主义社会重新收回土地。但这都是后辈人的问题了，在俄国，这项任务落到了斯大林头上。

最后，一切都按照列宁的设想按部就班地进行着。他提出的"和平、面包和土地"口号赢得了沙皇军队中农民的支持。革命爆发之后，这些农民虽然算不上社会主义革命者，但他们也不反对革命。农民组成的军队不再是无产阶级革命的敌人，很多人甚至退伍回家。农民兵用脚投票，反对战争，支持从地主手中夺回土地。

八月枪声和警察

这都是关于未来的设想，8月爆发的战争给列宁提出了更为实际的新难题，那就是警察的追捕。先前，他对于奥地利而言，算是对抗沙皇的利剑。现在可以想象，他又被看作一个爱国者和间谍。于是警察到波罗宁（Poronin）逮捕了他。抓捕的警官顺手拿走了他的几本关于土地问题数据分析的笔记，觉得里面可能暗藏密码。还有谣言——听起来很可笑——说列宁房间里的一瓶胶水可能是炸弹。奥匈帝国的独裁统治算不算无能不好说，但一向草率，列宁和家人在监狱待了没几天，就被允许前往瑞士，他们在那里度过了流亡生活的早期几年，过得还比较舒适。

机枪和军官

与此同时，两大同盟以炮火对攻，互相残杀。战士们挖好了战壕，偶尔露个头又立刻被枪炮吓得躲了回去。

统治阶级的愚蠢在这时显示出真正的力量。在旧社会里，统治者和军队首领一个个似乎都不出意外地天生愚昧。这很能解释一战中发生的事情，当然还有一部分原因是军事和技术层面发生的意外。

1914 年之前几年，小型武器的军事技术得到了极大发展，这个领域的技术革新成本很低，技术研发难度也小，而且部队军官只要费费脑筋也能懂个八九不离十。其中最重要的成果就是机枪技术。两个装备了机枪的人，其火力敌得过过去 100 个甚至 1 000 个拿来复枪的人。在伦敦海德公园角，立着一座纪念一战中的几位英国枪手的纪念碑，上面的碑文简单粗暴："索尔射杀了数以千计的敌人，戴维射杀了数以万计的敌人。"

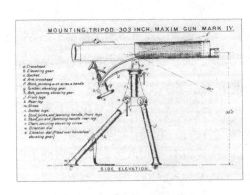

马克沁机枪马克 IV 型侧立面图

机枪的杀伤力得到无限增强，但当时的军事头脑却跟不上，军事战略能力远不及现代。子承父业的部队官兵们能想到的战略就是，在敌人枪炮狂轰滥炸之后，让源源不断的士兵在毫无遮掩伪装的情况下背着沉重的弹药，步履艰辛地一拨又一拨迎着敌人机枪的扫射向前冲。机枪和大炮当然不会死，但他们对准的士兵们的命运也就没什么悬念了：战士像被收割机碾过一样一排排倒下，这个比喻没有任何夸张成分。而政治领袖除了相信这些军官也没什么别的法子，于是就放任这种不可想象的屠杀继续进行。参加第一次世界大战的战士们根本不可能期待能活着回去。就像丘吉尔说的，就算他们在第一次、第二次的风暴中苟活，也逃不过第三次、第四次的轰炸。

瑞士

这时候，列宁所在的瑞士是世界革命之都。按照现代标准，瑞士社会当时的包容程度令人难以置信。欧洲大陆各地的革命分子都居住在这里，那些被自己国家政府驱逐出来的人在这里可以尽情鼓动革命，这里居住的众多俄国人更是以能言善辩闻名。日内瓦的房东太太有两套收费标准：一套适用于按时上床就寝的房客；而对于整夜争吵不休的俄国人，则按另一套标准收取高额租金。

一开始，列宁和他的妻子以及岳母一起住在瑞士的伯尔尼，经济十分紧张，尽管定期仍有一小笔生活费从俄国寄给他。但眼下战争爆发了，这笔费用就很难保证了。他工作的地方就是图书馆，他上下班的时间也像注册会计师一样规律。后来他发现，其实他还是可以继续住到山里面，因为这里的图书管理员居然可以把他想看的书寄到他的住所。之前在伦敦的时候，他也惊奇地发现，原来大英博物馆是官方运营的，那里的图书管理员把自己当作读者的仆人。（多年之后，有传言说，有人曾经问一名大英博物馆的图书管理员还记不记得列宁，他说记得呢，是一个小个子男人，读书很勤奋，还反过来询问列宁现在怎么样了。）瑞士人也给列宁留下了相当好的印象，克鲁普斯卡娅后来回忆说，自己的丈夫"用各种溢美之词夸赞瑞士文化"[4]。

图书馆一直都是革命第一把武器的来源，这把武器就是宣扬革命的传单和宣传册，每一个革命任务都需要一份。当列宁走出图书馆，他就开始铸造革命的第二把武器，那就是召开革命大会。

革命大会

革命大会对于革命者是很严肃的事情，行动之前必先召开大会，任何新进展、新决议都要召开大会讨论。现代的销售总监开过的会也不及当年列宁和他的革命战友们开过的多。

有必要界定一下我们这里提到的大会。有一些集会是娱乐性质的，就是男男女女聚在一起，声称是为了沟通思想，对外宣称这种集会是具有一定价值和意义的，但实际上就是公款消费，不过批评者也不好说这样的聚会就完全没有意见交换的价值。

托洛茨基。据说在战时的齐美尔瓦尔德会议上，这些共产主义革命者都扮成了鸟类学家和鸟类观察员。要是鸟儿们能认出这些自然爱好者，一定会大吃一惊

但在严肃的会议上，就几乎没有信息交换，也很少达成决议。这类会议大多是为了宣告共同目标，是要告诉成员们，他们不是一个人在战斗，以增强大家的斗志。要么就是鼓动大家去执行一些几乎不可能完成的任务，大伙遇到困难感到消极的时候，就告诉他们即便目前没有进展抑或希望渺茫，只要坚持，就一定能够达成些什么。

战争时期最雄心勃勃的一次大会是 1915 年 9 月在齐美尔瓦尔德召开的，这里距离伯尔尼仅几分钟的车程。参会的是左翼人士和社会民主党的激进人士，大会公开宣称的目标，就是要制定战时战略。这次大会同样是为了鼓励大家勇往直前，让大家在绝望的情形下也要抱有希望。来自 11 个国家的 38 个代表参加了会议。他们共同伪装成鸟类学家和鸟类观察员。要是鸟儿们能认出来这些自然爱好者原来是列宁、托洛茨基、季诺维也夫和拉狄克，一定会大吃一惊。

列宁的观点和先前一样，认为各国的工人阶级不应当成为敌人，他们的共同敌人是俄国沙皇，是统治者，是资本家。工人阶级应当把枪口对向这些人，而不应互相指着。他义正词严地指出应当按照这些原则拟定一份宣言，但他的提议没有获得通过，只得到了极少数人的支持。激进人士也怀有强烈的民族主义情怀，况且参会的还有一些和平主义者。无论如何，这些代表都要谨慎行事——鸟类学家看完鸟，还得各自返回自己的国家。像 1914 年一样，列宁发现自己被严重孤立，得独自前行。这次会议没能激发他的斗志。据他妻子描述，他那时只好义愤填膺地回到了伯尔尼的图书馆。

帝国主义和资本主义

列宁再次转向革命的第一把武器。如果说革命大会是失败的，那他现在撰写的政治著作将会是有力的武器，将奠定他的帝国主义理论。这本书就是《帝国主义是资本主义的最高阶段》，后来在他1917年回到俄国时得以出版。

很多列宁的忠实信徒虽然尝试阅读了这本著作，但也不会承认这本著作让人读完后印象深刻。这本书言辞独断，满篇争论，虽然篇幅短小却枯燥无味，而且缺乏思想原创性。列宁自己也承认，他书中的观点大多来自英国最具原创性的社会主义者和社会改革家J. A. 霍布森的思想。

但该书确实填补了革命思想和革命政策之间的鸿沟。把时间往前推半个世纪，那时的马克思已经预见到工人阶级越来越悲惨的命运（这是他的原话）。工人们的反抗和逐渐衰弱的体系的内部矛盾，终将推翻资本主义。在马克思看来，这并不是一个遥不可及的偶然的可能性，而是马上就要降临的命运。在之后的50年间，资本主义却逐渐强大，至于工人阶级，列宁很现实地承认，比起50年前早已逐渐丧失了革命斗志。他解释说，资本主义已经进入了一个新的阶段，在这个阶段，殖民地的重要性并不像马克思所说只是作为市场，而是作为投资目的地进行后期发展。殖民地的投资和发展给欧洲资本主义国家和美国注入了新的活力和新的维持力量。资本主义国家给工人提高了待遇，用列宁的话说，这让资本家得以"收买工人领袖和工人贵族这个上层"[5]。接受了这种好处，工人阶级不再那么激进，还反过来开始欺凌他们的亚裔、非洲裔和拉丁裔同志。

但这也只是暂时的。这种投资行为不过是让资本主义国家暂得喘息，渐渐地，世界上已经没有新的殖民地供他们剥削，刚刚爆发的战争正显示了资本主义国家开始疯狂地贪图他国的领土。马克思主义重新显示出它的正确与活力。同时，战争期间工人领袖——被列宁称为机会主义者——的这些行为也解释得通，但导致了另一个重要的后果。

马克思认为无产阶级革命仅仅是西方先进资本主义国家才会发生的事情，其他国家需要先进行工业化，才能产生无产阶级，只有到那个时候，才可能发生无产阶级革命。帝国主义和工业化发展让殖民地的社会革命提前到来，所以马克思认为英国对印度的统治在某种程度上是促使进步的一支力量。①

与此相反，列宁却认为革命是工业化相对落后的国家对进步的渴望，不论是中国、印度、非洲国家还是其他欧洲人和美国人眼中的第三世界国家，都想要革命。落后国家的贫困是由发达国家造成的，只有通过革命，前者才能摆脱资本家和资本主义国家工人的压迫。列宁在俄国发起了革命，也将革命送去了中国。

最高考验

我讲得有些多了，故事还是应该再回到瑞士，回到社会主义者的又一次会议，这次会议于 1916 年的春天在昆塔尔召开。西方和东方发生的杀戮改变了一些革命者的想法，现在有 12 个人同意列宁的观点，比上次多了 4 个。会议最后发表的宣言虽然措辞谨慎，但也表明了"资本主义社会不可能实现永久和平……而为长久和平而奋斗，就是为实现社会主义而奋斗"⁶。但政府对这次会议早有提防，射杀了在战壕散发会议决议传单的 3 名德国军官和 32 个士兵。

这种策略很残酷，但其实也没有太大意义了，因为西方的战争

---

① 马克思在《不列颠在印度的统治》一文中说："英国不管干出了多大的罪行，它在造成这个革命的时候毕竟充当了历史的不自觉的工具。"——编者注

并没有显示出资本家和旧统治阶级的联盟在统领群众方面的脆弱无力，反而显示了其不可思议的强大力量。他们用几句话就能煽动起人民的热忱，使后者赴汤蹈火，献出生命。

1944年6月6日，即诺曼底登陆日，是西方国家在二战中最具有决定性的一天，2 491位美国、英国和加拿大的士兵在战争中牺牲。可在1916年7月1日——索姆河战役的第一天，就有19 240个英国士兵直接丧命或死于重伤。1944年解放法国的时候，盟军失去了40 000多条生命。而在索姆河战役中，英法两国为了占领一块不到6英里长的阵地，就葬送了大约145 000个士兵。进行索姆河战役的一部分原因就是为了缓解双方争抢的焦点凡尔登的压力，在凡尔登，更是有270 000名法国和德国的士兵阵亡。

二战中没有其他战场像苏联战场那样，让人回忆起来就心生对战争的恐惧。在一战中，距离巴黎几小时车程的地方，就有十几个战场，让人回想起一战的痛苦悲剧就难以承受。其中最令人发指的一场战斗发生在阿拉斯向南和亚眠向西45分钟车程的地方，这里只有几百英亩大小，是牧羊会穿越的一片不起眼的草场。它现在被称作纽芬兰公园。就在这里，发生过第一次世界大战中最残酷的战役之一。

索姆河战役第一天，纽芬兰军团迎着德国人的机枪和大炮发起进攻，当时战役留下的战壕、弹坑和封锁铁丝网现在也还能看到。远处的德国部队隐藏在天然深谷中，由一条铁路运输补给。在此之前他们就已经做好了充分准备，防线附近的一个矿井发生了爆炸，他们立刻占领了弹坑。这次进攻的计划是速战速决，因此不出意料，战斗甚至没有炮兵部队的支持，40分钟之内，658名士兵和26位军官伤亡和失踪，这是全部战斗力量的91%。其余所有的军官也都挂彩，幸存者镇定地重新编队，发起二次进攻。直到上级指挥官发现兵力所剩无几，才下令撤回。战场上竖着告示牌，分别写着"纽芬兰防线"和"德国防线"，就如同英属纽芬兰直辖殖民地向整个德意志帝国开战。

整个资本主义体制在这样的战争中经受着考验。最初没有人企图掩盖战争的性质，这场战争就是为了国王和国家，或者说是为了统治者和统治体系而打，没有人觉得是为了自己的生计和自由而战，只是单纯地响应和服从性情恶劣、野心勃勃的独裁者。直到美国介入战争，人们才开始宣扬战争的道德正义性，这场战争的目的瞬间变成了维护世界的安全和民主。

为了让士兵时刻铭记他们为谁而战，当时的统治者和王室成员时不时地在战争间隙到战壕里看望士兵。他们身着盛装，前呼后拥。曾经有一次，德国王室成员在看望士兵时，还在战壕里铺上了木板，就为了避免他们的靴子沾上血迹。人们都接受了这样的事实，那些出身高贵、地位显赫的军官，有权力指挥着士兵到前线送死。

这在今天被看作英雄主义理念，但在当时，大家都毫无怨言地接受——并不是出于勇气，而仅仅是服从于社会秩序。一战中的著名人士包括兴登堡、黑格、福熙、贝当和比利时亲王阿尔伯特。处于一定地位的统治阶级，既能身居最安全的位置，同时还能赢得勇猛英雄的称谓。

最重要的是，统治体系经受住了战争的考验，表明资本主义的力量坚不可摧。英联邦自治领这时显示出自己是不同于传统统治者的一支先进的资产阶级力量。这些国家的士兵受过良好的教育，自愿为国捐躯。加拿大、澳大利亚和新西兰的士兵都享有崇高的荣誉。老牌资本主义国家的士兵也骁勇善战。德国和英国的工业无产阶级更为可靠。但这对于列宁来说是很难接受的事实。

为了提醒士兵他们在为谁而战，传统阶级统治者——乔治
五世——在战争间隙亲临战壕

相比之下，农民就没那么顺从了。1917年，在尼维勒领导的保卫战之后，成员主要出身于农民的法国军队开始抵抗，不想成为战争的祭品，拒绝接受虐待。在暴乱被控制之前，有段时间情况危急。奥匈帝国的贫困农民对于奔赴战场送命更没有兴趣。可以想象，少数民族对打仗更是缺乏热情，鲁塞尼亚人和捷克人都成群结队倒向了敌方。所有军队中最落后、士兵几乎目不识丁的一支队伍，也是资本主义最不发达的国家的那支军队，干脆直接退出了战争，这就是沙皇的军队。

革命

1917年1月22日，列宁将年轻的革命者召集到苏黎世的"人民之家"旅馆，向他们发表讲话。这里至今依旧是共产主义者庄严的集会场所。我曾在1975年一个周末的早上来过这里，在瑞士的意大利共产主义工人当时正在召开大会，看上去像是在开沉闷的教士会议。列宁在当年的会议上对未来做出了评估预测，表示自己毫不怀疑无产阶级终将取得胜利。当时列宁已经被驱逐出俄国，10年没有回过国，而他被波兰逐出边境也已有两年半的光景。多少年的等待，是否都毫无意义？据他的妻子在回忆录中描述，列宁演讲到最后伤感地说："我们这老一辈人也许不能活着看到革命来临的那场决定性战斗了。"[7]

但他居然说错了。几周之后，当列宁和克鲁普斯卡娅在苏黎世镜子胡同吃午饭的时候，一个同事前来告知他有重大消息。大街上到处都在发放号外，显然俄国正在发生某些革命。列宁和妻子匆忙赶到湖边张贴报纸的地方，终于看到消息是真的。

万众瞩目的时刻终于到来了。列宁身在瑞士，身边是他最信赖的同志和最优秀的革命者。可身在瑞士的镜子胡同，怎么领导千里之外的俄国革命呢？

　　接下来的几天，列宁心急如焚：怎样才能回到俄国？他甚至想到了坐飞机，虽然这在当时还是天方夜谭。从法国境内逃出去？但显然法国人觉得让列宁回到彼得格勒并不是件好事，会立刻逮捕他。要是坐在法国的监狱里，还怎么指挥俄国的大革命？从德国境内穿过也会引起怀疑，会被俄国人当作德国间谍，但这是唯一的办法了。德国人看待列宁回国协助革命的事情，却跟法国人有着完全不一样的想法：他们巴不得列宁回到俄国。

　　经过一番深思熟虑，一个瑞士的社会主义者弗里茨·普莱顿做出了机动巧妙的安排：列宁从德国境内回国，但要搭乘一列有治外法权或非德国的火车。后来的大多数历史学家都认为，这样的火车通过德国时也很难逃过审查。最终人们猜测，列宁当时被禁闭在一节车厢内，因为德国人害怕与布尔什维克扯上关系。不过这也正合列宁之意，他也不希望被德国人发现。

　　有二十几名列宁的布尔什维克同事一道搭乘了这班列车，还有一两个孩子，以及伊内萨·阿曼德，她是一位面容姣好的法国血统革命者，是列宁的亲密朋友和智囊拍档。这次旅程并不是一次愉悦的出行，列宁在车上一直担心到了俄国之后的事宜。毕竟德国和俄国还处在战争中，也许火车根本不能进入俄国境内。值得庆幸的是，他最终真的回到了俄国，而挚友弗里茨·普莱顿因为外国人的身份，被拒之境外。俄历 1917 年 4 月 3 日，列宁到达了彼得格勒的芬兰火车站，同年 10 月，他就接过了俄国的执政大权。

列宁、克鲁普斯卡娅和他们的党内同志在斯德哥尔摩一同踏上了回家的路

顺势而为

也并非一切事情都进行得很顺利。列宁抵达彼得格勒几周之后，又躲到了芬兰。好在他忠诚的政治追随者、彼得格勒弱小的无产阶级、士兵和水手中的盟友，还有无政府主义者和左翼社会革命分子都支持他。到处群情激昂，却没有发生流血事件。再一次，革命顺势而至。

当时的沙皇统治已大不如前，甚至比人们预期的更加无能。将军们都是依靠家族名望、社会地位和个人关系才身居高位，在他们的衬托下，黑格和贝当还算有头脑的军事首领。沙皇统治由于自身不足最终陷落，接替的政府也遭遇同样的命运。对这段历史很有研究的一位历史学家，也是我的哈佛同事和朋友，叫亚当·乌拉姆。虽然他本身并不信仰共产主义，但他的研究受到了很多苏联学者的认可。乌拉姆认为，列宁的伟大成就并不在于他夺取了政权，因为当时夺权只是顺势而为的成果。早在 7 月，工人和士兵就已经敦促彼得格勒的苏维埃政府接过政权。据说曾经就有一名很会说话的工人对着领导者大喊："权力都给你了，你还不赶快接着！"[8]列宁真正的成就在于，在接下来的 5 年中，他维持和巩固了权力，在发生内战的无政府混乱状态里，成功建立了稳固的政权。

1919 年 5 月的莫斯科。列宁的伟大成就不仅在于领导了革命，更在于结束了革命之后的无政府混乱状态

都灵

不过，列宁没有看到接下来继续进行社会主义革命的重要性，没有充分意识到社会主义计划管理的复杂性。"核算和控制——为了顺利工作，维持社会正常运转——是社会主义第一阶段所需要的工作。"[9] 他曾经在文件中这么说。革了资本主义的命，剩下的任务交给会计员就行了。现今的很多社会主义者中，依旧有人认为，革命取得了胜利，资本主义被战胜，革命的信仰就能帮助完成所有剩下的工作。当他们最终意识到自己的问题，为时已晚。

列宁晚年反省自己的错误时，说道："我们的设备太落后……我们发明的第一台蒸汽机也很让人失望。"[10] 他看到社会主义行政管理迅速官僚化之后，十分震惊而沮丧。接二连三的问题"逐渐耗尽了他的精力，让他的内心深陷痛苦"[11]。这种苦闷始终压抑着他的内心，直到他1922年患上中风，并于一年之后病逝。列宁走到人生的尽头，也没能在国家工业发展上有所作为。

那些被列宁纳入革命队伍的农民，成了国家发展的最大"敌人"。1929年，按照国家文件要求，农田要全部收归集体所有，土地私有制被废除。这是20世纪30年代的事情了，直到最后苏联政府中负责农业事务的官员头上的乌纱帽也总是戴不稳，赫鲁晓夫也正是因为农业政策失误而下台。最近几年，苏联农产品的短缺成了影响西方资本家生活成本的重要因素，一旦苏联来买粮食，粮食价格就飞涨。

也许一切还是遵循这样的规律：粮食高价就会促使农民勤劳耕种，反之则陷入懒惰，他们的辛劳会获得回报，堕落则会受到惩罚，这样的规律敦促他们起早贪黑地劳作。其他的社会主义国家——波兰、南斯拉夫和匈牙利——都意识到了这一点的重要性。苏联开始在一定程度上允许部分私有土地生产的粮食作物市场化，这些地区的粮食产量便有了惊人的提高。在市场规律的作用下，不论是对于农业还是其他小规模企业而言，东西方的经济都会互相牵连渗透。

菲亚特公司的所在地——意大利的都灵，也经历过这种渗透。而社会主义经济下的大生产，比起资本主义体制下的大生产，更需要大型企业的支持，需要有能力、有才华且行事谨慎的人来管理，以保证企业稳定运行。苏联著名的科学家彼得·卡皮查在来访哈佛的时候说过，俄国人没有造汽车的天赋。其实20世纪六七十年代，苏联政府曾经寻求菲亚特的帮助，希望发展提升自己的汽车工业。最终，都灵和陶里亚蒂同时开启了相同的装配和生产线，生产出几乎一样的汽车。这两个工厂现在也能进入世界上最大的五条汽车生产线之列，两者的组织架构也相同。从这个例子中我们可以看出，现代企业多么具有普遍性，如果说东西方的农业市场在融合，那么在大生产的要求下，现代资本主义和共产主义也会逐步进行商业合作。

都灵和苏联的工厂还有另外一个相似之处：工人大多数都是共产主义者。但也仅限于此，意大利的共产主义者已经不再期待最终胜利的一天，不再期待接过政权，在罗马实行无产阶级专政。现代公司的发展是主要原因。现代企业已经发展出了庞大的管理、技术和科研机构，辐射到那些提供原材料、零件、法律服务、广告宣传服务和负责销售维修大企业产品的小公司。现代大企业受到庞大的国家官僚体系的调节和协助，大型教育机构为其提供所需人才。这样的企业需要大量的人才，而且这些人才也不会向无产阶级交出权

都灵的菲亚特工厂

陶里亚蒂的菲亚特工厂

力。而无产阶级大众也早已融入了大企业的技术人员、管理人员、白领阶层的庞大队伍中，认清了现状。实际上，意大利的共产主义者率先承认了这样的现实。

当然列宁没能预测到这一切。如果他来到今天的意大利，肯定会反对意大利无产阶级的行动，会觉得这和1914年德国工人与资产阶级政党一道投票同意发动战争如出一辙。但我们也可以看出，列宁也是一位非常现实的政治家。他如果活到今天，也能看到今天世界权力分化的现状，明白一支力量想要取得全部权力是不可能的；他也会同意，无产阶级专政也不得不向形势低头。

截然不同的西方

在西方，战争终于结束了，虽然德国战败，但国家没有分裂。社会民主党党员弗里德里希·艾伯特当选德国总统。罗莎·卢森堡和卡尔·李卜克内西领导的激进少数派坚持列宁的革命观点。但德国的温和在野党孟什维克党，比俄国的要强大。社民党成员古斯塔夫·诺斯克成为国防部部长，镇压了起义。卢森堡和李卜克内西都被反共人士杀害。在西方国家，除美国外，都发生了这样无声的革命。

在欧洲，资本家和古老统治阶级的联盟结束了，如果说还存在统治联盟，那就是大小企业、工会和工会政党之间的联盟。有时候他们共同执掌权力，但更多情况下他们和其他力量此消彼长，大家共同分享权力的趋势日益明显。英国、法国和英属自治领的情况都是这样，随着时间的推移，美国也会加入此列。这是马克思没有预料到的情况。

两位失败的革命者：罗莎·卢森堡和卡尔·李卜克内西

　　资本家和工人（包括其他阶层）的新统治联盟比起旧的联盟，存在更多不确定性。他们缺少一种天赋权力的意识，联盟中的搭档带着鄙夷、猜忌的眼神互相打量，他们没有沿着马克思的道路走，却牢记马克思关于他们是天生敌人的论断。最后，意大利和德国都证实了马克思的警告。意大利黑衫党和德国褐衫党在工业资本家积极精明的支持下成功夺权，打压工人、工会及其政党。但在英国、美国和英属自治领，资本家和工人却处于前所未有的和谐共处状态，并且拥有巨大的力量，最终消灭了法西斯主义，他们甚至和苏联肩并肩共同战斗。这更是马克思和列宁始料未及的事情，最终瓦解的不只是旧的统治联盟。

追思

第一次世界大战带来的影响十分深远。一战后的几年，我还只是生活在加拿大安大略省西南部的一个少年，我的父亲热衷于政治事业，反对战争，不过他当年的反对按照现代标准来看仅仅算是非暴力形式。他当时对当地征兵局有着绝对话语权，所以征兵局几乎免除了所有不想死在战场上又能给出正当理由的人的兵役。当地主要的农耕社区居民是苏格兰人，他们中很少有人反对战争，所以我父亲的立场和行为遭到了一些爱国主义者的谴责。1918 年之后，他的态度很快变成了支持战争。几十年之后，到了 20 世纪 60 年代初，在我周围大家普遍认为越南战争是明智而且必要的时候，我站在了反对干涉越南的队伍中。我并非天生喜欢站在招致批评的小众立场。当时我在政府任职，被排斥在政策讨论之外让我很难受。我只能自我安慰——虽然没什么效用——也许我会和父亲一样马上就改变看法。

我父亲转变态度是因为，当时安大略的农村都在响应革命号召。加拿大的管理者也是古老的统治阶层，保守、英式做派，带有来自英国文化环境的优越感，保持着对英国王室、帝国和英格兰教会的认同，认为自己拥有英国王室赋予的与生俱来的权力。19 世纪，加拿大人自由畅谈位高权重者的特权，甚至津津乐道，这被称为家族盟约。

加拿大统治阶级也投入一战中。如今加拿大人开始反思，他们从一战中获得了什么，又付出了怎样的代价，尤其是想起当时被一股脑没理智的煽动和宣传影响，造成了那样的大屠杀，那种贵族的威望便瞬间幻灭。这种未成气候但有一定影响力的贵族突然成了跟时代格格不入的群体。加拿大派往欧洲的部队领导者阿瑟·W.科里将军荣归故里。但没过多久，他居然因为一起诽谤案而站在法庭上为自己辩护：他被指控导致了部队不必要的惨重伤亡，有人认为他在战争已经结束时依旧指挥部队前行。加拿大农民现在已经开始要求他们的政治权利；工人也在争取，但力量小得多。法裔加拿大人也持有同样的反战观点。很显然，欧洲人民的子孙再也不会为了一场欧洲的战争抛头颅洒热血了。我家里的长辈虽然身居遥远的安大略，但也察觉出了世界权力格局的变化。

随之到来的就是一个不确定的时代。这个时代的特点植根于新的社会结合和新兴的统治联盟。这种变化对于逐渐狭隘的经济问题也有着一定影响，其中一个例子就是关于货币的。1914年之前的社会，钱是生活中的一个确定性因素，但1914年之后，这种确定性消失殆尽。这种变化值得我们关注思考。

第六章

货币的兴衰

金钱是个神奇的东西。[①] 它和爱情一样是人类最大的愉悦来源，但也和死亡一样成为人类焦虑不安的起因。在整个人类历史上，它总在以这样或那样的方式牵动着所有人的神经：货币泛滥的时候就缺乏稳定，稳定的时候又恰恰会形成货币紧缺。但对于很多人而言，他们忍受着第三种煎熬：货币既不稳定，又稀缺。

今天的心理学家要想研究人类所有情感的跨度，最好的地方就是现代大超市，这也正是今天的政客都喜欢到超市拉选票的原因。从超市进进出出的人们都怀着共同的担忧，他们对于相关的政治问题极度敏感。经济衰退或者萧条时期，他们总担心自己的货币还值不值钱，下次是否还有足够的钱来超市购物；经济繁荣或通胀的时期，他们就担心下回超市里还有没有自己买得起的东西。

最近几年，存在着严重的第二种担忧，特别是那些失业的人。

---

① 1973 年 BBC 打算做《不确定的时代》系列节目的时候，我就货币问题做了一份备忘录，给我在 BBC 的同事。后来经过进一步详述和修改，最后成了一部长篇著作，并于 1975 年出版，即《金钱》(Money: Whence It Came, Where It Went. Boston: Houghton Mifflin, and London: André Deutsch)。本章节也涉及该书的内容，如果你已经阅读过该书，并且明白透彻，可以直接略过此章节。

超市里的人都怀着对生活最大的担忧："我的钱以后还会值钱吗？"政治家趁机来利用或者安抚群众的这种心理

他们拿着供养自己下半辈子的全部收入，再也不能多一分的收入，总是处在这种恐慌中。如果自己手头的钱将来买不起维持生活的必需品怎么办，或者对于大多数人而言更重要的是，再也不能维持自己所习惯的社会地位该怎么办。还有一些人担心自己会不会明天就丢掉工作，再也没钱买下周家里需要的物资，他们也同样惴惴不安。是不是马上就要失业？失业的局面会持续多久？我和家人怎么才能撑过去？

超市里显现的焦虑就是这样围绕着金钱，这是生活中最大的不确定性之一，并且历时已久。要想了解钱，我们更需要从历史中找答案。曾经简单的局面在今天已经演化得十分复杂了。但如果我们细观金钱进化的历程，看清它的复杂性是如何一点点叠加积累的，就会发现看懂最后的结果并不难，就能平静地面对这种不确定性。

起源

在过去至少 2 500 年里，金钱都是我们日常生活的一部分。希罗多德曾经这么描述小亚细亚的铸币发明史（虽然或多或少是事后思考，但概念并置得恰到好处）：

吕底亚的年轻少女们为了嫁妆而出卖色相……吕底亚人在行为和习俗上其实和希腊人相差无几，唯一的不同就是这些少女的此种行径。他们是有记载的第一批把金银铸成钱币用来交换物品的民族。[1]

可以确定的是，在印度河流域和中国，人们更早地开始铸造钱币，只是希罗多德没有了解到而已。

接下来的几个世纪，世界上很多地方都接二连三地出现了同样的故事，拿到钱币的人其实很不确定它能用来换什么，造币的人也得不到什么利润，因此也没有出现滥造的情况。钱币可能和币值上标明的重量相等，有时候也不免缺斤少两，或者掺杂了其他金属。银行和政府承诺，纸币享有和铸币同样的价值，这种承诺就是货币。后来，依靠这种承诺滥造货币成了比滥铸钱币更赚钱的行当，滥发货币的程度就决定了使用货币一方的不确定性，因为他不知道自己到底获得了多少，也不确定这些钱能够买到什么。

接着在 19 世纪，货币逐渐稳定下来。货币管制不当的问题得到了解决，但现在赚取货币的方法又变得不确定：工作、农产品价格都不稳定，小生意人也仅能维持自己的安全和生计。

一战表明货币的稳定表现只是一个假象，货币体系随着旧的政治体系一道瓦解，如何才能赚到钱变得空前不确定。当然，这时依旧存在货币购买力的不确定性。

我们大多数人——不管承不承认——对历史都抱有线性的观点，认为只要时间够久，人类总在学习，一切总会进步。但金钱的历史让我们难以再这么乐观。

功能

　　我们将铸币的发明——一定重量和质地的金属被熔铸成金属片——作为审视货币历史的起点，其实有些武断。牲口、贝壳、金属块、威士忌、烟草都曾经充当过货币。它们都扮演了货币的本质角色，那就是避免物交换的麻烦——很难正好找到某个人想用牲口或者威士忌换幢房子。能够充当货币的东西要能长久保存、材料质地要统一而且能一眼辨认出来，这样才便于持有一定的时间，让买家和卖家认可它的价值。有了这样的便利，几乎任何地方都可以成为人们交易的场所。在城镇里，如果能离自己家近一些就更好了。钱币成为流通的货币，正是因为它便于长久保存，是在大块或袋装的金银基础上改进而来的，有预先确定的重量，并且可以放在钱包里方便地携带。这样人们就不需要随身携带测量重量的工具，至少在多数情况下，钱币的重量是值得信赖的。

每一次货币的发明都埋下了滥造的可能性：
金属铸币制造过程中偷工减料……

……货币贬值，需要重新称重

　　也许很多人都没有留心过，其实硬币现在已经用得越来越少了，至少在大宗交易中不会使用。它们只充当零钱，或者执行货币的贮藏功能，作为爱好者的收藏品，或者被用于投币贩售机。它们已经退化成了一个纪念品，在提醒着我们货币的历史。

银行和货币

　　铸币发明之后，很快便产生了银行。银行在罗马帝国时代大量涌现，并在威尼斯、佛罗伦萨和热那亚达到高峰。掌握在少数人手中的银行拥有了铸造钱币的权力。这就是为什么银行家总是一脸严肃，因为他们身负重任。想要一览各类银行和货币，那就应该到阿姆斯特丹，这里和历史上的两个重大发展都紧密相关。

1609 年，硬币和铸币在阿姆斯特丹使用十分广泛，非常重要的一点是，它们大多数是银币。因为在历史上，银比起金来是更重要的铸币金属材料。我们说犹大为了几个银币居然出卖了耶稣，并非看不起银币，而是因为当时银币就是通用的商业交换媒介。随着哥伦布开始新大陆之旅，欧洲人发现了远处富饶的土地，特别是墨西哥，那里有着丰富的银矿。于是在 16 世纪，这批金属大量涌入欧洲，执行货币的基础功能：和其他东西一样，货币一旦泛滥，购买力就下降。随着欧洲银币的泛滥，到处物价飞涨。没听说过美洲新大陆的人，每次看到东西又涨价了，就也见识了发现新大陆带来的后果。

虽然金属银和银币泛滥，但这期间也展现了另一个有关货币的事实，那就是人们不论拥有多少钱，总觉得还想要更多。所有的欧洲人都拼命造钱、赚钱、铸钱，挖掘更多的矿来造更多的钱。1606年，荷兰议会发布了一份货币交换手册，列举了 846 种被认可的银币和金币，其中大部分在重量和纯度上的欠缺都令人惊愕。这种钱币的滥铸就造成了一种现象：当一个人把物品卖掉换到钱币，他根本不知道自己换取了多少价值。于是，阿姆斯特丹的商人开始重视这个问题，他们创立了市属银行，由银行承担起硬币发明之前的任务：给金属称重，从而保证铸币的质量和重量。

通过这项行动，市镇的先辈们实际上开创了公立银行管控货币供给和流通的理念，商人把自己完整或缺损的货币都交给银行，由银行负责称重，再将测量结果记在账目上。这样的存款是高度可靠的，商人可以转账给其他人，接受转账的人也知道自己获得了足量的货币。通过银行付款还需要支付保险费。

阿姆斯特丹还有第二个发明，虽然其他地方也知道这样的原理。留在银行里的存款不需要白白地存在那儿，而可以用来做贷款，银行因此也能获得利息。贷款人就有了一笔自己可以支配的资金，但最初的存款者仍然拥有自己的存款，可以随时支配。通过这种方式，就创造了可支配的金钱。一切在眨眼之间就完成了，这样的交易每时每刻都在发生。银行造钱就是这么简单，以至于有时候看起来违反我们的认知常识。

这里显然有一个重要的问题，就是存款者和贷款者不能同时来领取自己的存款，也就是他们的钱。他们需要信任银行，相信银行没有做什么，它做的事都是理所当然的。基于这点，银行在经营创造货币的业务时总是如履薄冰。

阿姆斯特丹的光景

在银行建立之初的 100 年中，阿姆斯特丹也在繁荣发展，人口和地域极大扩张，人文艺术——绘画和音乐——也兴盛起来。1631年之后，阿姆斯特丹就赢得了世界艺术之都的美誉，因为就在这一年，伦勃朗从莱顿来到这里。商业都市其实也总是很有品位的，曾经是世界上最卓越的商业都市的阿姆斯特丹就是这样一个例子。那个年代的很多建筑都保存至今，有些甚至这么多年过去了还归属于同一个家族，其中一栋属于扬·西克斯的房屋算得上是欧洲最漂亮的几栋房子之一了。他们家族拥有四十几幅荷兰大师的画作，其中有不止三幅伦勃朗的作品——与伦勃朗做朋友，家里的访客名簿上有伦勃朗的名字，是一件荣耀的事情。

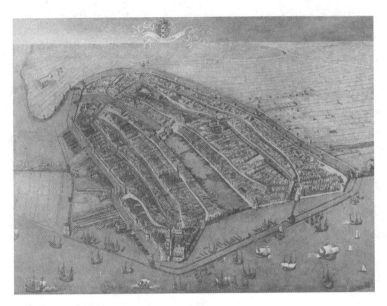

阿姆斯特丹

伦勃朗画的扬·西克斯,经济学与艺术的胜利相遇

人们很容易就会将阿姆斯特丹的繁荣和艺术的兴盛归功于这里卓绝稳定的金融体系,特别是银行体系。银行家们肯定举双手赞同,洛克菲勒也会欢欣鼓舞。但实际上还有别的因素。

阿姆斯特丹坐落于莱茵河的入海口,不过也经历过一些人工开凿运河的努力。它像所有成功的商业都市一样，是一座包容的城市。任何人，不论种族、信仰、国籍，只要想赚钱，都可以来这里。阿姆斯特丹的兴隆在很大程度上是胡格诺派教徒、葡萄牙人和西班牙裔犹太人的成就。这座城市的美誉就是，任何想做生意的人都可以来此做生意，甚至是那些跟荷兰打仗的敌对势力。不过当然这些都是在银行的帮助下进行的。

但故事还有另外一面。很显然，任何货币的发明和改革都会埋下滥用职能的隐患，阿姆斯特丹也不例外。银行的一个重要贷款客户就是荷兰的东印度公司，公司的成员经常也同样是经营银行的人。随着时间的推移，借款和贷款演变成了内部循环，甚至自己跟自己借贷。这并不新鲜，20世纪70年代纽约的富兰克林国民银行倒闭，还有同一时段英格兰伦敦郡银行破产，部分原因都是银行贷款给自己高度称赞和信赖的公司，因为这些公司就是它们自己运营的。在18世纪，东印度公司陷入了危机，荷兰与英国爆发战争，商船不能回国。开始公司只是盈利减损，后来直接变成了赤字。这里要再次申明关于银行的一个事实：只有存款者不会同时来银行索要自己的存款，银行才有可能维系放贷和创造货币的业务。如果存款人担心自己将来取不出钱，就会立刻找到银行要回存款。这种怀疑倾向更加重了银行的弱点。

19世纪早期，这种怀疑就开始蔓延，银行的这个弱点也越发显现。储户纷纷来要钱，但银行拿不出。1819年，在经营了200多年之后，阿姆斯特丹银行的使命结束了。在当时，还有另外一个更惊人的例子，显示了银行是如何创造货币，又如何滥用这项能力的。

巴黎，1719 年

1715 年，路易十四驾崩。他留给法国的遗产丰厚而多样，其中有两项是法国人的大不幸。一个是法国财政部破产，另一个是由毫无智慧且道德败坏的奥尔良公爵担任摄政王。在这全国上下被愁云惨雾笼罩的时候，那些无赖地痞恰好有了绝佳的发财机会，他们承诺可以用魔力和戏法让一切回归正轨。渴望被拯救的人总是轻信他人，因为他们内心就急于被说服。奥尔良公爵就是其中的一位。

其中一个流氓我们上文提到过，那就是约翰·劳。一些现代历史学家觉得用"流氓"这个词形容他不是那么恰当，也许他算作一个天才，只是为了个人利益和成就而不择手段。

如日中天的约翰·劳。法国金融的
独裁者，阿肯色公爵

他有着一定的金融背景，他的父亲是爱丁堡的一位富裕金匠。在那个年代，金匠因为有牢固的保险箱来存储别人的宝贝和金币，后来自然而然就演化成了银行家。约翰·劳来到欧洲大陆，推崇自己新银行的理念，即存款可以用土地担保，而不必用金币或者银币。与此同时，他也在逃避英国司法机构的追责，并且曾经在一次决斗中用不正当的方法取胜。

1716 年，约翰·劳获得了摄政王的许可，在巴黎建立了巴黎皇家银行。作为交换，皇家银行承担摄政王和法国政府的债务。这些债务都用银行的支票还清，银行承诺会按照支票的票面价格付给持有者等量的金银。很容易看出来摄政王是如何被说服的。

随后在1717年，劳建立了西方公司，也就是后来的印度公司，但它最广为人知的名字是密西西比公司。不必怀疑，公司坐拥庞大的资产，几乎比其之前之后的任何一家公司资产都要多。它拥有墨西哥湾向北到明尼苏达州、落基山脉向东到阿勒格尼山脉的所有土地。

这些土地财富从两方面帮助约翰·劳实现了自己的事业目标。他的银行发行的支票有了金银的支持。摄政王的债务和所发行的支票数目庞大，但劳怎么也没想到，法国很快就有了足够的金银兑换所发行的支票，所有支票持有者也都相信支票的兑换能力，因为据说新发现的路易斯安那州的金银矿取之不尽，用之不竭。前面的章节说道，当时有地图描绘了路易斯安那州的矿藏，虽然最后也没有人挖到什么，但这些存在于想象中的矿藏却成了支票最有利的支撑。

这时候的巴黎人对银行无条件信任。人们刚知道公司发现了这些还存在于理念之中的财富，还听说殖民地已经在着手寻找矿藏，就蜂拥去买西方公司的股票，公司股价瞬间暴涨。约翰·劳更是用各种欺诈和信托杠杆手段抬高股价。在牛市的时候，适时的购买和无所顾忌的空头承诺，就会助力股票价格上涨，吸引更多买家，将股价推向新高。1719年，所有人都预测股价将进一步上涨。曾经的巴黎证券交易所位于甘康普瓦大街，那里到处都挤满了兴奋激动的人群，一片嘈杂。还有群众一窝蜂冲进旺多姆广场上劳的公司总部，只是为了看一眼他本人。还有一些人找各种各样的借口想要进入公司，挤进去的人就拉着约翰·劳请他卖股票给他们。还有历史记载，一些女性投资者为了买到股票甚至投怀送抱。对于约翰·劳这个苏格兰人，这种经历一定前所未有。

1719 年真是巴黎美好的一年。约翰·劳的银行开出了数以亿计的支票。政府债权人兑换了支票就可以冲去购买皇家银行或者密西西比公司的股票。通过这种投资，政府得到了更多贷款，可以继续兑换更多支票，卖出更多债券。这就是一个完全封闭的循环系统，其中循环的资金不过是一些没有价值的纸张。结果就是，所有涉身其中的人都在票面账户上变成了富翁。也正是在这一年，我们从法语中学到了一个有用的词——millionaire（富翁）。

1719 年，约翰·劳成了法国最有名的人，被封为阿肯色公爵，这个封号后来再也没有其他人用过，即便是阿肯色的议员威尔伯·米尔斯。1720 年 1 月 5 日，约翰·劳当上了法国财政大臣，成为法国金融事务的最高决策者。

一切走到了最高峰，就再没有向上的可能性了，面前只剩下坡路。这也正是法国此时的状况。有关银行支票的谣言四起，很多人找到皇家银行要将纸币兑换成臆想中埋藏在路易斯安那州的金银。康帝亲王派出了三驾马车，要去拉回自己支票票面承诺的金子。皇家银行不得不暂停纸币兑换金银，用现在的术语来讲，皇家银行不得不取消金本位。而进一步更严厉的举措是，私人持有大量贵重金属被认定是非法的事情。但皇家银行丧失了支付能力的现实再也掩盖不住了，纸币已经变得一文不值。约翰·劳勉强逃出了巴黎才得以保住小命。而可怜的巴黎人只能唱着要把皇家银行的纸币拿来擦屁股的歌自嘲一下，聊以慰藉。

约翰·劳的殖民和开矿事业没能引起巴黎老百姓的兴趣，他就

约翰·劳倒台之后，龙骑兵在试图控制狂热的人群

这是约翰·劳垮台后伦敦的一则评论。英国人一如既往地以嘲讽
法国人的愚蠢和反复无常为乐

只能找些流浪汉，强征其入伍，当然也想方设法吸引好公民，而这些人对于殖民地的工作性质都不大了解。这些海外工作人员也需要娶妻，所以殖民活动也要考虑征募一些"品德中等"的女子。我年轻的时候，巴黎一直被看作堕落之都，这个名号曾经被阿姆斯特丹、哥本哈根和时代广场挨个享有。但现代巴黎和它的过去仍有着千丝万缕的联系，今天的甘康普瓦大街都成"品德中等"女子的小度假村了。

虽然结局让人失望，但巴黎也算取得了一些成就。约翰·劳发行的纸币和阿姆斯特丹的存款一样，都是凭空创造的金钱，这些金钱在紧要关头助摄政王一臂之力，推动了法国的对外殖民，促进了法国经济的繁荣——至少是一时的繁荣。还有一件被忽视的事情是，约翰·劳也指挥了运河开凿及其他公共设施建设。纸币过量发放总归将引致一场灾难，但如果适度发放呢？还会造成不良后果吗？英国的例子给出了很好的证明。

英格兰银行

对约翰·劳最有趣的评价之一来自圣西门公爵，他曾经在凡尔赛不休不眠地编纂年鉴，路易十四统治时期及之后一直住在巴黎。他说，约翰·劳所设想的银行理念，对于欧洲其他国家都是好的，唯独法国除外，因为他认为法国这个国家太缺乏节制。

20年前，约翰·劳的一个同乡威廉·帕特森和劳一样，向奥兰治亲王威廉兜售皇家银行的理念，这两人充分展现了早期苏格兰人在货币问题和政治经济问题上的超前思维。奥兰治亲王也急需钱，他因为与路易十四打仗而负债累累。1694年，英格兰银行成立，创办人付给了国王他所需要的钱。作为回报，他们有权以国王的名义做担保，发行新的货币，提供贷款。帕特森很快就因为利益纷争离开了英格兰银行，并且建立了另一家银行，成为英格兰银行的竞争对手。几年之后，苏格兰人开始着迷于建立殖民地的想法，认为这样能大赚一笔。帕特森看上了达连湾，也就是今天的巴拿马地峡。达连湾当时被看作战略要地，但很少有人能够忍受那里的气候和高温。帕特森亲自出马，率领人手踏上前往达连湾的冒险

威廉·帕特森（1658—1719），英格兰银行创始人

征程。他的妻子和孩子都在那里丧命，他自己也几次死里逃生。

　　但帕特森的银行逐渐兴盛起来，从古至今没有哪家银行能够享有它曾经拥有的特权。成为帕特森银行的董事会成员，就意味着此人有相当的金融头脑和不可告人的经济权力。这种权力一直遭到质疑，因为董事会之外的人只能在决策做出之后才知道董事会的决定。这样做是为了避免利益冲突，这个问题直到今天也是银行所警惕的。通过这种方法，个人对于决策的影响力的确有所下降。

　　英格兰银行的理念光辉也照耀到了大洋彼岸，并世代相传。美国历史上，联邦储备理事会成员在美国总统眼中其实也是一群连自己的财务账目都理不清的人，不过一旦任职，他们就成为令人敬重的主管，对经济和金融前景做出各种模棱两可的推断，并立刻被敏

感的记者、银行家和经济学家顶礼膜拜。不管他们在经济学上还是其他方面到底懂多少，他们能维持自己的名声都得感谢英格兰银行。

18世纪早期，英格兰银行因为竞价没有超过盲目投标的南海公司，免于成为南海泡沫事件的主角。不过，它放贷支持威廉姆斯·皮特向拿破仑宣战的行为依旧被认为过于慷慨，大卫·李嘉图就持有这种观点，可之后他自己和同时代的其他评论家都

被谴责的银行。但这张备受批评的纸币却帮助打败了拿破仑

想不出更好的筹款办法。但英格兰银行适时成为管理规范其他小银行的有效机构——控制放贷限额、存款扩张和货币发行。在阿姆斯特丹和法国，因为缺乏这种节制，出现了灾难性的后果，而英格兰银行实现了这种管控。

银行造钱的手段——吸收存款和发行货币——十分简单，管控的机制也很简单。在18世纪的伦敦，金匠变成了银行家，根据自己持有的金银币数额，以票据形式发放贷款。英格兰银行收到支票之后，就会支付相应的金银货币。这就要求银行要储存合理数量的

金银，足以兑换其所发放的支票。英格兰银行不会再像约翰·劳那样随意发行货币，很快就取得了货币发行的垄断权，开始是在伦敦，很快扩展到了全英国。接下来只要管好自己不出岔子就行。

英格兰银行的支行和其他商业银行可以将自己的资金贷给储户，也就是给贷款人建立储蓄账户。先前银行总是会利用这种创造货币的方法制造过量的金钱，现在英格兰银行想出了一个预防措施。每当普通银行或者商业银行过度发放贷款时，英格兰银行就先将自己的一部分贷款执行到期，卖出持有的债券，这样商业银行的储户为了偿还贷款和支付债券，就不得不将存在商业银行的金银转给英格兰银行。这样，商业银行的金银储备，也就是它们用以预防储户前来索要存款的储备，就会慢慢耗竭，银行相应的放贷、吸收存款、发行货币业务都得停止。现在在开放市场上，这已经是一种常规做法了。还有另外一个简单的方法。这些商业银行在英国被称作清算银行，它们为了保住自己的金银储备，可以向英格兰银行借款，当然是以高额的利息借款。英格兰银行收取的这种利息叫作贴现率（bank rate），19 世纪发明的这种运作方法神秘而高明。在美国，这种银行利率叫作银行再贴现率（rediscount rate），也就是今天的银行贴现率（discount rate）。

这就是英格兰银行发明的管控手段，这也帮助它自己建立了另一项重要职能。不断有储户因为恐慌和怀疑到清算银行要回自己的存款，这些银行因为自身经营方式，自然没有能力兑现所有的存款，这时候英格兰银行就会跳出来救市，以苛刻的利率放贷给清算银行。其他银行将其叫作中央银行，也就是这些银行的最终放贷人。

让人们克服恐慌并非那么简单，总是有这样那样的原因促使群众向清算银行要钱，最后所有压力又将压向英格兰银行。每个人都

在银行界，金融信心就从银行家的自信风度和西装革履而来。1903 年的英格兰银行董事会（上图，高雅讲究）与 1974 年的英格兰银行董事会（下图，平淡无奇）

可能受到悲观主义情绪的影响，银行的高层也不例外。但更多的时候，伦敦金融区甚至整个英格兰总是处在过度兴奋的乐观当中，想在万人狂欢中保持清醒更加困难。1720 年爆发了公司股票投机热，欧洲与西属美洲的贸易来往是导致投机热情高涨的主要原因。还有一家著名公司"正在推进伟大的冒险事业，但没人知道具体是什么"[2]。这些投机行为导致了南海泡沫事件。上文已提到，英格兰银行十分侥幸地躲过了这一劫。一个世纪之后的 1824 年，又一波投机热潮被掀起，还是因为人们看好投资南美的前景。这次大家也进行了分散投资，有一家英国公司声称可以"吸干红海的水，挖掘出犹太人穿越红海后埃及人遗弃的宝藏"[3]。这次，英格兰银行同样也被当时的投资氛围蛊惑，没有制止其他银行的不理智放贷行为。于是一个古老的问题再次浮现：谁来管制负责管制的人？连一个独眼人都不存在的盲人之国，谁来做国王？这将是一个在历史上周而复始出现的问题。

但不管怎么说，19 世纪的英格兰银行已经展现了施行经济改革的卓越能力，明确开发了现代中央银行的所有职能。当然，英格兰银行的职能执行力让人钦佩，甚至堪称艺术。维多利亚时代的人都会竖起耳朵留心英格兰银行的贴现率是否调升，即便大多数人根本不懂那是什么意思，但大家都认为随时关注英格兰银行的利率才是明智之举。

纸币

希腊人发明了铸币。意大利人、荷兰人、法国人、英格兰人，甚至包括苏格兰人，则是银行和中央银行的共同开发者。现在我们来讲纸币，这是美国人和加拿大人带给西方世界的礼物。

众所周知，美洲殖民地强烈反对没有代表权的纳税，但不太为人所知的是，他们其实也同样反对有代表权的纳税。正是这种对纳税的反感，催生了政府钞票的诞生。1690 年美国的马萨诸塞州发行了一种纸币，当时马萨诸塞的士兵刚刚从远征魁北克的战场回来。这次征程并不成功，殖民政府本来打算把夺取要塞的战利品作为酬劳发放给军人，但因为战略失误，最终落败。愤怒的士兵自然会造成社会动荡，政府因为没有真金白银的实在货币，只好用别的方式许诺金钱给士兵，这些许诺的支票，就开始流通，成为货币。

这似乎是一种最简易的偿还债务的手段，其他的殖民地也纷纷效仿，有些地区甚至大量发行货币，例如美国的罗得岛州和南卡罗来纳州。要最终真正将这些钱币兑换成金银，根本就是妄想。美国其实也想到了当年圣西门公爵考虑到的事情，那就是需要限制货币发行量，法国当年就因为缺乏这样的限制而陷入混乱。美国中部的殖民地——宾夕法尼亚州、马里兰州和纽约州——在革命爆发的一个世纪之前，就开始理智有节制地发行和使用纸币。纸币总数保持在一定数量，纸币和金银之间的兑换也看似合情合理，因此纸币被广泛接受。在现代历史学家看来，纸币的使用不仅方便了交易，也让殖民者免受价格下降对生意造成的负面影响。

现代纸币的阐释者算是本杰明·富兰克林。他认为，纸币是有益而有用的东西，他用实际行动支持纸币——用自己的印刷厂给殖民政府印钞。

但在伦敦，殖民地的纸币却被看作一项愚蠢的发明。因此，直到 18 世纪中期，英国议会一直禁止在和平时期发行钞票。富兰克林远渡伦敦，反对这项禁令，但无果而归。这项禁令引起了殖民地方面的极大仇恨，堪比同样遭人痛恨的税收。但是美国人对此的不平和抱怨并没有在美国历史上留下浓重的一笔，殖民地大多数理性的人都认为英国议会的决策是正确的，那些著名的历史学家在相当长的一段时间里也这么认为。

加拿大的不同遭遇

在世界上所有的国家——不论是共产主义国家、资本主义国家，还是那些梦想有此特征的国家——纸币的样子都大同小异。就是一张长方形的纸，上面有螺旋形的墨水印和出自大画家之手的一位先贤画像，要么就是琳琅满目的大丰收景象，或者英雄纪念碑。之所以会这样，其实纯属巧合。在纸币的发展过程中，大家都不约而同效仿了马萨诸塞州刻板的印钞方式，而没有模仿新法兰西（法属美洲殖民地）大胆夸张、颇具创意的纸币。

魁北克的纸币像扑克牌。众所周知，法国人的殖民行径格外随性，商船和资金经常不能到港。在马萨诸塞州人攻进魁北克的时候，这种事情再次发生，因此魁北克政府不得不用许诺的金钱给戍守卫兵支付酬劳。当时能顺手拈来的最易于保存的纸张就是扑克牌，于是盖有政府印戳的扑克牌就成了付清欠款的承诺。等商船最终抵达，士兵就可以凭借这些凭证兑换金银。这项发明一开始让法国政府感到震惊，但由于实在想不出别的替代办法，最终法国政府就只能接受了这种方式。1711 年发行的纸币中，黑桃和梅花的票面价值最高，红桃和方块只有它们的一半。

和所有的货币一样，扑克牌纸币发行得太多，就会造成通货膨胀。新法兰西进入最后的岁月，也没有逃过这一劫。纸币兑换金银的需求高涨，却没有相应的解决方法。最后，扑克牌纸币的购买力就大幅下降。

沃尔夫在亚伯拉罕平原与蒙卡尔姆会战[①]后，扑克牌纸币的生涯就此终结，所有人都应该为此感到遗憾。扑克牌纸币如果存续到今天，将会给我们的财经生活带来更多启示和理智。那么今天在拉斯维加斯，男男女女玩的赢的就都是纸币，在股票市场发大财的人赚的就是一把梅花和黑桃牌。"华尔街之子如赌徒"的说法将不再是个比喻，那些渴求赚大钱的百姓会意识到赌博的风险，进而变得警醒。要是扑克牌纸币流行至今日，美国大通曼哈顿银行的资产负债表就会用红桃、方块、梅花和黑桃标注资产和信用，银行投资房产信贷的行为立刻就会显现出赌博的本质。

纸币与革命

要想策划一场革命，首先要有动机和战斗队伍，而从历史经验来看，还需要一个宣传媒体。革命政府不敢轻易征税，特别是有些革命本身就是为了反对不合理税收；同时，革命政府的信用也还没有建立起来，因此无处贷款。所以留给他们的最后选择就是印钱。

俄国革命就是靠印钱偿还了债务，美利坚邦联的起义亦如此，法国大革命也一样，当时印发了著名的法国大革命时期纸券，作为

---

① 1759 年的亚伯拉罕平原战役决定了英法七年战争中北美战区的胜负。英法双方指挥官分别为詹姆斯·沃尔夫和路易斯－约瑟夫·德·蒙卡尔姆。英军攻占了魁北克，之后的 1760 年，英军占领了整个新法兰西。1763 年，七年战争结束后，英法两国签订《巴黎和约》，新法兰西被割让给英国。——编者注

教会和贵族的土地的债券。殖民地的发明——纸币，给美国革命买了单。

有一些是州政府发行的货币，另外还有大陆会议印发的货币，总共有 5 亿美元的货币进入市场流通。可以预见到，后来就发生了和魁北克一样的通货膨胀，革命结束的时候，弗吉尼亚州一双鞋子的价钱已经到了 5 000 美元，一身套装要花费将近 100 万美元。但革命政府没有其他选择，因为不能通过税收来为战争筹款。所有人都觉得新共和国没办法度过这次信用危机，但印刷纸币帮助它挽回了局面。

但很少有人知道这些，因为当战争胜利之后，撰写这段历史的人大多持有健全货币体系的观点。他们不想承认美国政府当时谋划了这样的罪恶行径，他们只能说革命时期犯了一个财政错误，但也没有说明到底怎么做才是实际而明智的。直到今天，他们仍然坚持自己的观点，认为大陆会议发行的货币是耻辱的象征，就像俗语说的那样："还不如一张大陆币值钱！"其实，如果当时能够正确对待大陆币的意义，它和美国的自由钟将会享有同等的价值地位。历史学家还篡改了本杰明·富兰克林的故事，他对于纸币发展的作用很少有人提及，父母对自己的孩子说起富兰克林的时候，也只讲他是一位善于外交、生活节俭的物理学家。

银行和中央银行

虽然纸币给大革命提供了支持，但接下来的通胀让人尝到了苦头。历史多次证明，通胀一定会导致物价飞涨。革命之后，政府许诺不再让此类事情重演，于是美国宪法和当年的英国议会一样，禁止州政府发行纸币，甚至禁止联邦政府发行。而且在美国内战期间发行绿背纸币（也称"绿钞"）之后，只有通过牵强附会的宪法解释，纸币才在美国合法化。

英国也禁止殖民地设立银行。随着各领属地逐渐独立，现在当地人也都各自将银行合法化，我们今天也随处可以看到，这些国家都在造钱。虽然国家政府想要印钞首先得取得立法上的准许，但银行发行货币却不需要。几乎每个人都可以打一张条，就当作发行了短期小额钞票，这带来了极大好处。任何银行经营者都可以印自己的支票，用这些支票向朋友、邻居甚至自己贷款。如果运气好，对方就会接受支票，交付马匹、犁口、机器、铁毡、熔炉或者杂货店和五金店的少量库存，这样借款人就可以做生意。如果他再幸运一点，就可以还清自己的贷款。银行真是好，新共和国的公民发现了银行的妙处，就好像青少年发现性的吸引一样。

当然也有人反对银行，通常都是那些持有钞票的人，那些收到预付金的东方商人，那些前来存款的东方银行家。每当他们想要用货币兑换金银，发行货币的银行就总是漠不关心甚至消失得无影无踪。这些东方人就只能期待他们可以在这些钱贬值之前，到英格兰把它们花掉。最显而易见的解决办法就是建立一个像英格兰银行一样的中央银行，管控这些新银行的秩序，没有人怀疑英国人在金融方面的卓越能力。乔治·华盛顿虽然跟英国人大战一场，但在战争时期依旧让伦敦著名的巴林银行负责自己的私人财务事宜，巴林银行也没有让华盛顿失望。

英格兰银行管控下属银行的方式，是保证它们发行货币的金银兑现体系化，要求银行将自己的贷款存款数额与持有的实体金银合理挂钩。美国中央银行的基础职能也是如此，通过让地方银行提供与发行货币相对应的金银储备，实现管控和限制。边远地区的银行总是抵触这种控制，因为它们通过发行劣币同样可以获益。它们甚至会出于私利，专门发行劣币购买自己想要的东西，但是它们也许会矢口否认这一点。

这埋下了美国历史上除了奴隶制度之外最激烈的政治斗争的种子。这一斗争是期待良币和健全货币体系的人与希望通过发行劣币获得商业资本的人之间的斗争。斗争始于亚历山大·汉密尔顿，他以一美分兑一美元的极端比率兑现了大陆会议发行的货币，以支持健全货币体系。后来美国第一家中央银行按照汉密尔顿的建议成立，但它的管制行为招致了极大不满，在 1810 年，中央银行的特许执照失效且没有再续。两派之间争执不休，直到威廉·詹宁斯·布莱恩 1896 年在大选中失利才消停，但在后来富兰克林·D. 罗斯福执政时期又有反复的迹象。两派之间冲突的高峰是 19 世纪 30 年代美国总统安德鲁·杰克逊和美国第二银行总裁尼古拉斯·比德尔之间的激烈争斗。

杰克逊对战比德尔

美国总统安德鲁·杰克逊来自美国西部边疆的田纳西州，粗犷的长相和粗俗的举止是他成为传奇的一部分原因，也使他一度成为人们调侃西部政客时援引的典型。尼古拉斯·比德尔总是西装革履，一尘不染，精心装扮，举止优雅。费城的比德尔家族行事一直都很风风火火，比德尔自然也是当权者群体中的一员。爱德华七世在游历美国来到费城之后，写信给自己的母亲说，这里最显赫的名门望族叫作"玉米肉饼"，最好吃的早餐叫"比德尔"。①

不过，比德尔还没有其他成功富商培养出的那种几乎成为他们第二天性的机智圆滑。在公共场合，他会公开比较自己作为美国第二银行总裁的权力和美国总统的权力。参议院委员会问他是否滥用过自己的金融权力，他就对自制力大加赞赏，说在自己的监管下，小银行极少"倒闭，甚至根本就没有被损害过"⁴。这给了杰克逊极佳的反击机会："我们的银行总裁说，美国大部分银行之所以活下来是因为他的自制。"⁵

安德鲁·杰克逊。他让比德尔滥用职权成为热门话题，从而击败了比德尔。银行家群体陷入缄默　尼古拉斯·比德尔。他说自己的权力可以匹敌美国总统

最终的历史性决战发生在 1832 年。这年年初，银行在国会的伙伴在亨利·克莱②——同样是来自西部边疆的亨利，看起来就更

---

① 爱德华七世将"玉米肉饼"（scrapple）和"比德尔"（Biddle）写反了。——译者注
② 亨利·克莱（Henry Clay，1777—1852），是美国历史上的一位重要政治家，他曾经担任过众议院议长、参议院议员、国务卿等职务。他在美国历史上有着重要的地位，被称为"妥协大师"。——译者注

像文明社会走出来的政客——的带领下延续银行的特许证。杰克逊毫不手软地一票否决。接下来的总统选举就围绕这个话题展开了激烈辩论，比德尔有强大的资金支持，对众议员、参议员和媒体人士出手都很大方。（他曾经雇用的记者中有一位是詹姆斯·戈登·班尼特，我曾经在纽波特和里维埃拉两次遇到他的儿子。）安德鲁·杰克逊有更广泛的选票支持。最终杰克逊在大选中获胜，美国第二银行遭遇惨败。比德尔最终只为银行争取到了在宾夕法尼亚州的特许证，但权力不复当年。很快比德尔就破产了，地方的小银行在之后一个世纪里都没有受到过任何真正的管制。

比德尔的监管一经解除，各种银行便如雨后春笋般涌现。在19世纪30年代，毫不夸张地说，开银行成了人人都有的权利。很多银行都经营有方，但也有很多人就是喜欢挑战和刺激，岔路越远，林子越深，沼泽越荒芜，就越觉得引人入胜。但对于那些选址偏远而隐蔽的银行，将发行的货币找回来以兑换金银储备的概率就大大降低了。虽然有国家管制，但可靠性没那么高。密歇根州比其他地区情况稍好一些，所有的银行都必须有足够的金银储备。大箱大箱的金币在执法的行政长官眼皮子底下于林子间运来运去，但经济就是经济，曾经有一个箱子被打开后，人们竟发现薄薄

一家小银行

一层金币下面藏着厚厚的碎玻璃。在更为保守的马萨诸塞州，有一家银行在这几年间倒闭，这家银行发行了 50 万美元的货币，但它实际的储备金只有 86.48 美元。在美国内战爆发之前，美国国内有 7 000 多种不同货币在市场上流通。一些有自己的印刷机的"艺术家"，又给市场上增添了 5 000 多种伪币。不管是真币还是假币，购买力都差不多——几乎为零。

1865 年，就在美国内战将要结束的几周之前，国家政府给予特许小银行的货币发行权被废除了，这很让人困惑不解。那时，银行存款和支票已经替代了人们日常面对面交易的金钱。银行虽然不能印纸币，但是还可以继续通过放贷和吸收存款创造金钱，它们通过银行支票放贷的行为一如既往地慷慨。

金本位

19 世纪的美国在货币问题上算是一个特立独行的例子。在美国，特别是美国西部边疆地区银行遍地开花的时候，欧洲大陆的主要国家都学习了英国和英格兰银行的例子，知道如何规范银行业，也差不多解决了银行支票、存款和政府债券如何兑换成金属货币的问题。金和银一直都在竞争金属货币老大的地位，两种货币同时存在会造成很多麻烦，金银两者之间的兑换比例也总在变化当中，便宜的那个作为流通货币，贵重的那个则作为贮藏货币。1867 年，欧洲大国的领导人在巴黎会面，决定以后都以金为货币基础。

金银货币的问题在美国经历了不同的发展路径。美国内战和美国独立战争一样，都是靠发行纸币获得资金来源。战争结束后物价下跌，人们纷纷要求保留绿背纸币，特别是农场主。后来西部发现了大量的银矿储备，矿主又和农场主一道要求保留金属银的金属货币地位。威廉·詹宁斯·布莱恩在一次让人记忆深刻的演讲中，讲起耶稣和耶稣受难，以反对金作为唯一金属货币。

但最终，美国还是顺应了世界的趋势。到了 20 世纪，那些支持保留绿背纸币的声音都成了历史，布莱恩关于自由铸造银币的主张遭遇失败，于是美国和欧洲一样，金成了唯一的金属货币，其他金钱都要以它为基准进行兑换，这种和金挂钩的货币兑换在今天已被广泛应用。在西方国家，货币兑换的金本位制度已经是所有地区实行的规则了。

但我们今天对金本位的认识可能与此相反，因为金本位只实行了短短几年时间。第一次世界大战洗劫了整个欧洲大陆的金子，用来购买武器装备，破坏了欧洲的金本位。战争使得大量黄金涌进美国，造成市场过剩，以致黄金不能成为货币。在此之后，金本位再也没有有效实行过，这也是一战给世界造成的一大创伤。

威廉·詹宁斯·布莱恩。他引用耶稣受难的故事抨击金本位制度

不确定性：新旧时代

在一个所有东西最后都能兑换成金币或者等价金制品的世界里，一切都看似极度确定。虽然这个体制依旧存在一些缺陷，但金作为货币的购买力是高度确定的。在整个 19 世纪，物价一直在下跌，金银和与金挂钩的货币购买力随之上升。

容易被忽视的一点是，这种确定性给那些持有货币的人带来了极大好处。当英格兰银行提高银行贴现率，或者采取另外的行动限制其他银行，保证它们有足够的金属储备应对储户兑换存款时，其实也加大了公司企业的贷款难度。这造成的进一步后果就是物价下跌，失业增加。对于受到牵连的农民和工人，金本位其实是不稳定的来源。金的购买力得以维持，但百姓手中持有的货币越来越少，甚至几乎为零。平民百姓不同于富人，他们不善言辞，不会表达不满，甚至搞不清自己到底为何如此不幸（也许美国的农场主与其他百姓不同）。金本位制度的当代支持者，甚至包括所有崇尚严格金融管控的人，其实都不懂，金本位之所以在 19 世纪能够获得成功，很大程度上是因为受到金本位管制的对象没有能力反抗。随着英国和欧洲其他地区的经济生活日益发达，工人数量急剧增长，他们的工作和收入受到中央银行开展金融业务的牵连，工人对此的不满也日益增强，由此引发的结果我们后面再讲。

大家都知道美国反对设立中央银行，赋予地方银行家发行货币和提供贷款的权利，让地方农场主和商人能够开展生意。这也存在着极大的不确定性，后果很严重。不断有新银行成立，新旧银行的贷款为土地、运河、铁路、大宗商品和工业股票的投机行为提供了资金。接着就会出现大面积破产，大批银行也跟着倒闭。这种恶性循环一直延续到 20 世纪，并且情况越加严重，每 20 年就会发生一次。人们对于上一次危机的记忆刚刚模糊了一些，新的危机就又开始了。每一次繁荣都预示着新时代的开始，持怀疑态度的人都被嗤之以鼻，被认为不懂得把握商机，那些真正看懂未来局势的人的确能大赚一笔。每次经济崩溃之后，政客们就跳出来鼓吹经济信心，宣扬经济状况比看上去的要好。那些所谓的金融专家就呼吁大家要有耐心，没事祷告一下也无妨。在 1907 年的恐慌中，J. P. 摩根甚至更极端，他把纽约的基督教牧师召集在一起，请他们敦促教会成员在下一个周一都去把钱存到银行里。这就是树立信念的时候，尤其是对于银行系统的信念。

即便有这些抚慰大众的措施，但恐慌降临的时候，物价下跌、大批民众失业、银行倒闭还是接踵而来。而银行的破产更是加重了经济崩溃的严重性，因为在这个时候，储户存在破产银行里的存款都成了不可用资金，没办法用于消费。这就导致了通货紧缩。死里逃生的银行这时候也被吓破了胆，不敢再放贷。金融系统在这个时候取消或者减少资金流通，恰恰会使状况更严峻。

经济危机的终极一击在 1929 年降临，在之后的 4 年里，大概有 9 000 多家银行倒下，几乎是美国银行总数的 1/3。每有一家银行倒闭，就意味着有一批储户和公司的存款不能取出来用于消费投资，他们也不能再向银行取得贷款。幸存下来的银行就得赶紧未雨绸缪，准备迎接说不定哪天就蜂拥前来要钱的储户。最终，在 1933 年 3 月 6 日，美国所有的银行都关门了。除了个人手中持有的少量现金，货币几乎停止了流通。在此之前 10 年，德国几乎在一场通货膨胀中被马克掩埋，这次危机今天仍让人记忆犹新。最后，货币的兑换率达到了 1 万亿美元旧币兑换 1 美元新币的比率。而这个时候的美国，由于现实原因，根本没有货币流通。毫无疑问，再过 2 500 年，如何管理货币仍然会是一个需要研究的问题。

联邦储备体系

1914 年，人们终于痛苦地发现，金本位制度似乎才是永恒、稳定的，造成经济忽高忽低、动荡不定的美国银行体系最终被纠正。就在第一次世界大战打响第一枪的那天，曾经输给安德鲁·杰克逊的东部金融利益集团终于打了翻身仗。美国建立了自己的中央银行，更确切地说，为了让敌对双方达成和解，成立了 12 家中央银行，还在华盛顿设立了一个职责不明确的协调机构，这一切就构成了联邦储备体系。

联邦储备体系一直受到经济学家的厚爱，他们甚至还给它取了一个充满爱意的昵称，叫"Fed"（Federal Reserve System 的英文缩写）。其实美联储早期没做过什么受人拥护的事情，没人知道哪个机构算总部，到底是华盛顿联储，还是堪萨斯城联储，还是圣路易斯联储，抑或是旧金山联储？或者其实纽约联储因为自己的金融地位，才是真正的金融首都？

此外，鉴于英格兰银行早期显现出来的问题，人们也隐隐觉得，银行设立之后，境况貌似越来越糟糕。一战之后的几年，出现了对农产品和农场土地的大量投机买卖，从 1919 年到 1920 年一度十分繁荣。地方银行的放贷行为给这些投机活动提供了资金支持，中央银行却坐视不管。紧接着就出现了 1920 年到 1921 年的经济危机，于是美联储又开始限制地方银行放贷，更加剧了经济萧条。1927 年，股票市场的繁荣使得信贷被放宽，下一章我们会具体讲到这次事件。

放宽信贷让更多资金流入股票市场，助力股票市场繁荣，却带来了1929年更加灾难性的经济危机（当然，这次危机有其他更重要的源头）。经济崩盘之后，是1929年到1932年的通货紧缩萧条时期，这几年间，随着每天的日出，又有无数家银行倒下，就像索姆河战役里倒下的士兵一样，一个接一个。美联储对它们的悲惨命运依旧袖手旁观，甚至对自己的成员也坐视不管。欧洲那种中央银行成为最终放贷人的理念，并没能成功地在大洋彼岸的美洲实行。

即便如此，美联储的特权地位没有受到任何削弱，纽约联邦储备银行的总裁在这段时期大都是由一个名叫本杰明·斯特朗的人担任，他是继尼古拉斯·比德尔之后，又一位大名鼎鼎的美国中央银行行长。斯特朗是因为自己酿成的大错而闻名的。一个人能够有如此巨大的能力犯下如此深重的错误，实在令人咋舌。但实际上，这是因为中央银行行长是一个要求非常宽松的职务。中央银行体系的大多数人就是为了彰显个人风度、翩翩气质以及结交富人，并没做过什么实事。

大萧条期间，银行利率逐渐下降。1931年的时候，纽约联邦储备银行的贴现率，也就是银行借款的利率降到了1.5%，根本算不上高利率。美联储也大量购买了政府债券，导致现金流入银行，开放市场得以再度运行。很快，商业银行就有了可以向外提供贷款的资金，下面就等着客户来银行借钱、存款，促使货币流通起来，最终促进经济恢复。但又一个出人意料的状况发生了，那就是没有客户来贷款。利率再低，也没人觉得通过贷款还能赚钱，银行也很难信任那些自以为这个时候还能赚钱的人。这就是大萧条时期的真实情况。现金继续堆积在银行里，银行体系没能促进繁荣，反而加剧了经济衰退。现在，美联储决定采取行动，却什么作用也起不到。

金融体系到底要如何管控，我们要走的路还很长。

欧文·费雪

我们对金融的参悟如此匮乏，不能归咎于美国经济学家。美国经济学历史上有两个最有趣的人物，一个是我们之前提到过的托尔斯坦·凡勃仑，另一个就是欧文·费雪。这两个人几乎是在19世纪的同一时期在耶鲁大学就读。

费雪着装整洁得体，打扮帅气，胡子都是精心修剪好的，举手投足带着一股贵族气。他不仅是一位颇有学术成就的数学家、成功的发明家，也是一个悲惨的投机家，不过，他却立志要改善人类社会。他发明了一个简单的卡片检索系统，先是自己制作，后来以高价卖给了兰德公司。他要设计改善人类种族，通过营养膳食和更

欧文·费雪（1867—1947）

周全的生育计划来实现——如果种马、牲口和麦子都通过品种培育得到了改良，人类又有何不可？此外，为了改良人种和人类行为，他积极拥护禁酒令，虽然经济力量在这里也不容忽视。他提出的理由无疑是正确的，他认为人类只有在清醒的时候，才有更高效的生产力。19世纪末期，费雪将重资投入股票市场，在接下来的股市崩盘中，损失了800万~1 000万美元。即便对于经济学教授来说，这也算得上一个相当大的数目了。每当我们看

到消费价格指数上涨，都得感谢费雪。他是指数统计和数理经济学方面的领军人物。虽然今天数理经济学也并不能解决经济中的所有难题，但至少经济学家都在忙于研究这个领域的各类问题。

费雪最大的贡献，在于帮助我们理解了货币。他用一个简单的公式表达了是什么决定货币的价值。不论你对数学多么厌恶，都应该了解一下这个公式：

$$P = \frac{MV + M_1V_1}{T}$$

P 指的是价格；M 是流通中的货币或者现金的数量；M_1 也是货币，但是指广义概念的货币，包括银行存款；V 和 V_1 指的是这两种货币的流通速度，也就是它们的流通速率。几个世纪之前，人们就意识到了价格和货币供应量之间的关系，这就是为什么随着大陆币和绿背纸币发行量的增加，物价也跟着上升。随着货币总值，也就是 M 值的增加，物价也跟着上升。但货币并不单纯指面对面交易的现金，银行中随时可以拿来消费的存款（就是 M_1 所代表的货币）也需要计算在内。如果钱花得快，肯定会比那些藏在家里地毯下面或者存在银行不动的钱产生更大效用，所以两种情况的货币量需要乘以流通速度，也就是乘以各自的 V。突然出现的几笔集中的货币供应对于物价的影响，肯定要大于分散的货币流通，因此要除以交易次数（也就是公式里的 T），这样才算考虑到了交易量。整个公式就是这么简单。

费雪的交易公式，直到今天仍然被广泛认可为描述货币价值的公式，就像圆面积公式 $S = \pi r^2$ 一样流传下来。

对于欧文·费雪来说，这个公式不仅仅是对货币流通的一种描述，还具有很强的可操作性，可以利用其中的关系控制某一变量。

增加或减少货币供应量，就可以提高或降低物价水平。通胀太高，降低物价，就能够打压过度的投资热情，或者抵消市场衰退，从而缓解投机循环造成的影响和灾难，解决长久以来经济生活的弊病。（费雪不是第一个想到这一点的人。）有了自己现成的公式，他开始着手研究经济调控的方法，建立了一个调控货币供应的联合会，以稳定物价。

20 世纪 30 年代，随着经济的萧条，物价一直处于极低的状态，很明显，接下来的措施应当是增加货币供应量，这样价格才能恢复，才能刺激商业活动和就业市场。1933 年，罗斯福多多少少采纳了一些费雪的建议，降低了美元兑换黄金的比率，也就是说需要更多的美元才能兑换等值的黄金，但这项措施收效甚微。这次试验并没有完全按规则进行，因为政府最终持有了大部分额外的美元。但费雪自己的公式其实就解释了为什么这次实践会失败。随着货币量的增加，群众会像在大萧条时一样，紧紧握住手里仅有的钱。随之降低的流通速度就抵消了增发的货币量。更重要的是，随着 M 的增加，或者说消费者持有的货币量的增加，M_1（银行存款）并不一定会增加。只有在贷款人想贷款、银行想放贷的时候，M_1 才可能增加。而我们看到，在大萧条时期，借款人和银行都很消极，因此货币供应量也不会增加。

费雪发现了大多数人甚至包括很多经济学家都不愿意相信的事实，那就是，依靠发行货币这种看似廉价而简单容易的手段，是不可能解决所有经济问题的，甚至根本不能解决问题。因为如果真是如此，我们早就通过这种方式将经济从萧条或者通胀中解救出来了，现在就会过上繁荣幸福的生活。

但欧文·费雪的研究成果并不是无用的，他为经济政策的另一项复杂而大胆的措施奠定了基础，那就是政府不但要创造更多货币，还要通过消费保证货币被使用，也就是保证流通速度。这也就是凯恩斯所提出的措施，我们所说的凯恩斯革命其实就源于欧文·费雪，这点也得到凯恩斯本人的认可。他在 1944 年曾写信给费雪说，对方是他在经济调控问题上的导师之一。

第七章

橙色革命

掀起大革命的思想往往不是来自群众，而是来自那些看起来没什么理由起义反抗的人，那就是知识分子阶层。列宁发现了这个问题，他认为知识分子争强好胜，执拗倔强，不守规矩。不过列宁也认为，如果没有知识分子阶层，无产阶级大军就会在漫无目的的混乱中解体。

那些安于现状的保守派往往对知识分子充满怀疑，认为他们到处惹麻烦，不能安分守己，从任何角度来看，他们都比那些被他们煽动起来的穷人和愤世嫉俗的人更应受到谴责。知识分子觉得自己招人厌是因为别人嫉妒他们的聪明才智，但实际上是因为他们总是制造麻烦。

知识分子既会为激进派服务，也会为保守派服务。第二次世界大战前后，他们的思想曾经一度在很大程度上挽救了资本主义的名声。而正如社会主义理论不是来自人民群众一样，拯救资本主义的思潮也不是财产随风消逝的商人、银行家和股票所有人提出的。这些思想主要都来自约翰·梅纳德·凯恩斯。他的命运因为他想拯救的阶层而跌宕起伏。

约翰·梅纳德·凯恩斯（葛文·拉芙拉绘）

剑桥和剑桥大学，1911年。"世界因他而卓越。"
（箭头指向者为凯恩斯）

英格兰，剑桥

　　凯恩斯出生在马克思与世长辞的 1883 年。他的母亲佛罗伦斯·艾达·凯恩斯是一位极具智慧的女人，工作勤勉，成为受人尊敬的社区领袖，后来还成为剑桥市市长。他的父亲约翰·内维尔·凯恩斯是一位经济学家和逻辑学家，在剑桥大学担任过 15 年的教务主任。梅纳德（他的朋友们通常这么叫他）曾就读于伊顿公学，在那里，他最感兴趣的是数学。他接着又来到剑桥大学国王学院，这是剑桥大学继三一学院之后最有声望的学院，特别以从此学院毕业的经济学家著称。凯恩斯不仅为学院的经济学成就增光添彩，还作为学校的财务主管为学校的财富添砖加瓦。

　　丘吉尔曾经有一个说法，伟大的人总是有一个悲惨的童年，这点我不敢苟同。凯恩斯在伊顿公学和剑桥大学的生活，不论是在他自己眼里还是和同时代人比较，都是非常快乐愉悦的。这一点很重要，因为这不会致使他由于个人的不满和不愉快而想要改变世界。马克思曾断言资产阶级最终会受到贫困和自身疾病的折磨，但凯恩斯既没有遭过贫困之苦，也未受过疾病之痛，世界对于他来说十分美好。

　　在国王学院的时候，他是一群热血青年知识分子中的一员。这个团体中还有李顿·斯特雷奇、伦纳德·伍尔夫和克莱夫·贝尔，他们的妻子团有弗吉尼亚·伍尔夫和瓦内萨·贝尔，再加上其中一些人的情人，他们后来一起组成了伦敦的布鲁姆斯伯里团体①。他们都深受哲学家乔治·爱德华·摩尔的影响。凯恩斯在晚年曾讲过

---

① 布鲁姆斯伯里团体（Bloomsbury Group），指的是在 1907—1930 年间生活和居住在伦敦布鲁姆斯伯里的一群作家、艺术家和知识分子。——译者注

自己从摩尔那里学到的，就是明白了："怀揣热情去思索和探讨的主题，应该是挚爱的人、美，以及真理。人生最主要的课题，是爱、美的创造和体验，以及追求知识。其中，爱永远是第一位的。"[1] 带着这样的想法，凯恩斯的兴趣从数学转向了经济学。

还有另一位对凯恩斯的转变影响更大的人，就是阿尔弗雷德·马歇尔，他当时并不在国王学院，而是在另一个同样风景如画的学院——圣约翰学院教书。马歇尔不仅享有预言家的名声，还带着圣人的光环，从 1885 年到他去世的 1924 年这 40 年间，他在英美经济学界的引领地位无可匹敌。1931 年我在加州大学伯克利分校刚接触到经济学的时候，当时学生的必读书就是马歇尔的

阿尔弗雷德·马歇尔。他"同时享有先知和圣人的名声"

《经济学原理》。这是一部宏伟巨著，也会让二流学者丧失进一步探讨研究这个课题的勇气。

凯恩斯 1905 年从剑桥毕业之后，参加了公务员考试，经济学一门却考得很差。他对此的解释很有个性："考官可能比我知道得还少。"[2] 但这一次失误对他没什么大影响，他被派到了印度事务部。在这里，他通过写书排遣无聊，写了一篇关于概率的晦涩难懂的论文，以及一本有关印度货币金融的书。这些著作都没能对世界和经济学思潮产生什么影响，之后他就靠和阿尔弗雷德·马歇尔的私人关系回到了剑桥。阿尔弗雷德·马歇尔的经济理念，特别是让所有

想工作的人都有机会就业的温和均衡趋势理论，一直是凯恩斯想方设法废弃的思想。

战争与和平

第一次世界大战爆发的时候，凯恩斯没有兴趣参军，他在财政部工作，负责管理英国对外贸易的盈利、向美国贷款的收益，以及向国外出售债券的收益，保证英国有足够的资产购买战争物资。他也同样帮助法国和俄国做这些事。正如很多人已经说过的那样，这里没有神奇的魔法，经济技能从来都不能凭空变出收益，但需要一个老练而足智多谋的人来掌控全局，凯恩斯就是这样一个人。最后，凯恩斯收到了一份要他服兵役的通知单，他直接寄了回去。战争结束之后，他自然成了英国政府出席和平会议的代表，但从官方的角度来看，这是一个极其严重的错误。

1919 年年初，巴黎充斥着仇恨报复的火药味，这些鼠目寸光的复仇者置国家经济状况于不顾，这让凯恩斯十分厌恶，与他同去的同事和其他政治家也一样感到惊骇。6 月，他便辞职回到英国。在接下来的两个月里，他撰写了现代历史上最具争议性的文章，反对《凡尔赛和约》的赔偿条款，他将其称为"迦太基式和平"。

欧洲人想从德国索取超过其负担能力的赔偿，最终只会使自己遭殃，战胜者提出的限制条款根本不是同情，而只是为了一己私利。凯恩斯用事实和数据，字字铿锵地记录了一战的谈判。后来凯恩斯在回忆性文章中描述这些自称撰写和平条约的人的嘴脸。他管伍德罗·威尔逊叫"又瞎又聋的堂吉诃德"[3]。提到克里孟梭时，他说："这个人抱着对法国的幻想，只能面临对人类幻想的破灭。"[4] 评价大卫·劳合·乔治时他就更苛刻了：

我要怎么才能跟读者描述清楚，这位当代人人知晓的著名人物？这个妖怪，这个长着羊蹄子的吟游诗人，这个来自古老的被施法诅咒的凯尔特森林的半人类，就这么走进了我们的时代。[5]

可惜，没人会真的如此勇敢无惧。凯恩斯还是在最后一刻将这段对大卫·劳合·乔治的描述从稿件上删去了。

1919年年末，《和平的经济后果》出版问世，英国当局对凯恩斯做出了这样的评价，刊登在《泰晤士报》上："凯恩斯先生也许是一个'聪明'的经济学家，也曾经是一位立过功的财政部官员，但他写了这本书，给协约国帮了倒忙，反而让敌人深表感激。"[6] 当时，认为凯恩斯的观点有些过火，才是负责任的表现。他计算出

1919年，劳合·乔治、克里蒙梭和威尔逊正在去往签订协议的路上

协议签订时，协约国官员正在窥探签约现场

的德国的偿付能力过于保守，说不定这就是他本人的观点；他也许还加重了德国人对于自身受到迫害和不公的意识，以至于希特勒非常别有用心地利用了这一点。但《泰晤士报》的抨击也颇具技巧：它并没有针对凯恩斯的攻讦如何损害了签订条约的政府当局的利益，而是指出凯恩斯的言论会使得敌人雀跃。这是体面的上层人士的惯用伎俩。"就算你说得对，你也只是让共产主义者拍手叫好。"

当局者犯了错，最害怕的就是社会秩序被打破，所以他们嫉妒痛恨凯恩斯。接下来的20年，凯恩斯经营了一家保险公司，也做股票、大宗货物和外汇投资，时而赔，时而赚。他还在继续教授经济学，从未停止写书，有时候还搞搞艺术，翻翻旧书，和布鲁姆斯伯团体的朋友聊天消遣。但凯恩斯因为不守规矩，一直被排挤在公共事务之外。通常，拥有大智慧的人都很少出世，他们被当作威胁而被放逐圈外。

凯恩斯被排挤，其实是他的幸运。要想做公共人物，总难免要调整自己的言行，甚至自己的思想，去适应自己的公共定位。缄默不言或者至少话讲得好听，都是必须养成的习惯。而作为局外人，至少能痛快地用事实说话。与此同时，作为一个自由知识分子，凯恩斯还可以和迷倒了整个伦敦的迪亚吉列夫芭蕾舞团明星莉迪亚·乐甫歌娃喜结连理。我现在还对一句话记忆犹新：

> 难道世间还有美貌与智慧的结合，
> 敌得过如花的乐甫歌娃嫁给聪明的约翰·梅纳德·凯恩斯吗？

对乐甫歌娃来说，不论是嫁给一位官员，还是嫁给一位剑桥教授，都算勇气可嘉。就像有传言说，凯恩斯在剑桥的亲戚朋友相互提起来都不禁会问："听说梅纳德娶了一个合唱团的姑娘？"

大多数时间里，凯恩斯都在埋头写书。要把经济学的东西写得很好看，实在不容易。想要说服别人，作者先要有清晰的思路，如果连自己都不明白，就很难表述清楚。所以那些能写明白的

莉迪亚·乐甫歌娃和她的芭蕾舞伴

人都被其他学者视为威胁，大多数学者都企图闪烁其词，以掩盖自己才华平庸的事实。凯恩斯一开始就打算清楚明了地来写经济学，就凭这点他也算得上一位好作者，但这也增加了其他学者对他挑刺的机会。

虽然凯恩斯身处政治外围，但作为马克思主义者，他不能被忽视。他依旧是国王学院的学者，是英国国家互助保险公司的主席，还是很多其他公司的主管，所有人都听说过他的大名。因此，将他排挤在外，还不如将他纳入体系，便于操控。

丘吉尔和金本位

最看不得凯恩斯不受约束的人，就是温斯顿·丘吉尔。1925 年，在丘吉尔的主导下，英国政府做出了现代经济历史上最严重的错误决策，这个错误更是因为凯恩斯而名声大噪。

这次错误就是政府试图恢复战前的金本位制度，以及定下英镑和美元的兑换率——1 英镑兑换 123.27 盎司黄金，或者 4.86 美元。丘吉尔当时是财政大臣。

现在再回过头看，这次决策失误并不是那么难以避免。和其他国家一样，英国的物价和工资在一战期间都在上涨，但美国的物价和工资涨幅不大，并且战后下跌的幅度更大。在法国和其他欧洲国家，虽然物价上涨幅度大于英国，但当地货币汇率后来回落的幅度都高于之前上涨的幅度。如果你购买了价格低的外汇和商品，会比在英国购买便宜。

如果英国恢复到 1 英镑兑 4.40 美元的汇率，一切都不会出大岔子。这样购买英国的大宗商品、工业产品和服务——例如煤炭、纺织品、机械、船只和航运——的价格都和其他国家（按照各自相应物价水平和汇率水平）持平。但如果按照1英镑兑4.86美元的汇率，英国的物价就比其他竞争国家的物价高出10%，买家就会转向法国、德国、低地国家（荷兰、比利时、卢森堡）和美国。

为什么会犯这样的错误？恢复旧的英镑兑换黄金和美元的汇率，是为了展示英国的金融管控能够像19世纪那样稳定可靠，想要证明战争没有改变英国。这个想法深深影响了温斯顿·丘吉尔和当时的历史学家以及专业金融人士。并且，只有极少数人参与了这项决策，他们的直觉极具国教教徒的保守倾向。享用极高公共特权的人在一次会议上陈述了自己的观点，其他人趋之若鹜地赞扬他的智慧，而那些像凯恩斯一样被视作异教徒的人则没有被邀请参加会议，他们没有机会，便也就总是一副不关心、不严肃的态度。由此可见，金融政策和外交政策一样，都在小心翼翼地维持这个错误。

社会各界对于丘吉尔在下议院宣布恢复金本位制度的发言反响热烈，《纽约时报》以大标题指出，丘吉尔将"议会和整个国家推向了激情四射的高潮"。但凯恩斯却撰文质问丘吉尔为什么要做"这么愚蠢的事情"，说这是因为他"根本没有预防犯错的判断力"[7]，"缺乏这种判断力，以至于他被传统金融体系的喧嚣震聋了耳朵"[8]，而且他被所谓的专业人士误导了。可想而知，丘吉尔读到凯恩斯这番为他辩解的话，应该颇不高兴。

如果要让英国维持出口水平，就必须降低价格，这就要求工资水平下调，但工资下降只可能有两种情况：一种是不管工会如何抗议，直接普遍下调工资水平；另一种就是制造大量失业，这样就会威逼工会降低要求，用失业威胁工人，从而降低工资。这些都被凯恩斯预见到了。

最终，迫使工人失业和大面积削减工资全都实施了，随着鲁尔地区煤矿生产自 1924 年开始恢复，世界煤炭价格出现下降。为了以高价英镑赢得这场竞争，英国的煤矿主提出三点计划：长时段矿井工作，废除最低工资，降低工资水平。（伊诺克·鲍威尔、罗纳德·里根和米尔顿·弗里德曼看到这些计划一定格外欣慰。当年这三点计划还真有实施的可能性，谁知道真的执行了会发生什么事情，也许不至于像想象中那么惨。）英国皇家专门调查委员会也认为，降低工资是必须的。矿工提出抗议，矿主就把矿井关闭了。1926年 5 月 4 日，交通、印刷、钢铁、电力、燃气和建筑行业的工会纷纷站出来声援矿工，这可以算得上一次全面大罢工，虽然这么说稍有夸张。对一些工人来说，罢不罢工其实没什么区别，因为他们本身就处于失业状态，已经在领取救济金——这是另一种补助形式，当时已经颇为完善。那些年英国劳动力的失业率达到了 10%~12% 的水平。

矿场主发布的布告

全员大罢工只进行了9天，那些曾经热烈拥护恢复金本位的人，最先看到了罢工是对君主立宪制度和政府的极大威胁。丘吉尔立刻采取了强硬态度。矿工1926年全年几乎都在罢工，但最终还是抗议失败，凯恩斯的智慧决断再次得到认可，但是他没有得到原谅。历史再现了这样的情节：享有盛名的人一旦犯了错误，那么最糟糕的莫过于他的决策最终被证明是对的。

1926年矿工罢工。丘吉尔恢复英国的金本位，工人工资下降。凯恩斯不禁问，丘吉尔为什么要做"这么愚蠢的事情"

美国的冲击

　　从1925年开始，英国的物价指数一直突兀地保持在高位，那些本应该来英国购买货物的资金，全都转而流向了其他国家——大

查尔斯·李斯特

亚尔马·沙赫特（左）和蒙塔古·诺曼（右）

多数都到了美国，还有一些去了法国。恢复金本位本来是为了彰显英国货币的强大和健全，却反而突出了自身的不足，衬托了美元的坚挺。没过几年，《纽约客》的 A. J. 利布林提出了"利布林法则"，说如果一个头脑足够成熟的人坚持刚愎自用，那他最终一定会自作孽不可活。1925 年英国恢复金本位制度，可谓利布林法则的一个绝佳例证。

到了 1927 年，英国流失到美国的黄金已经达到让人警觉的数量。与此同时，英格兰银行行长蒙塔古·诺曼在德意志帝国银行行长亚尔马·贺拉斯·格里莱·沙赫特（此人享有金融魔法师的称号，总是一副生硬的表情，外加僵化的头脑）的陪同下，远航到纽约，企图要回流失的黄金。在美国，他们和法国银行的查尔斯·李斯特一道，请求美国联邦储备银行降低汇率，扩增贷款额度，放松货币政策。利率降低会阻止资金流入美国。宽松的货币政策就意味着更多贷款、更多资金、美国物价上涨，美国商品在英国和欧洲其他国家的竞争力就会降低，欧洲国家的商品在美国也更好卖。美国人最后答应了。这就直接推动了 1927—1929 年股票市场的大量投机，管控宽松，货币政策使资金进入金融市场，被用来购买普通股票。

每个人都该赚钱

20 世纪 20 年代对于英国来说是不景气的几年，可美国每个人都欢欣鼓舞。农场主或许不够满意，工人工资也没有上涨，但失业率很低，工业产量一直在上升，利润增加，特别是股票市场也随之增长。所有普通股的股价都在这几年上涨，尤其是那些反映新科技奇迹的股票。美国广播公司是投资者最偏爱的，是电子产业的奇迹，虽然当时还没有电子这个词。对于其他很多投资者而言，滨海航线公司是新世界航空业界的据点，但实际上它只是一个铁路公司。

最令人振奋的投资方式还是要数控股公司和投资信托公司，这两类公司的经营方式都是投资入股其他公司。它们投资入股的公司，又会投资入股其他公司，这么一层套一层，甚至会达到5~10层之多。随着这种投资的发展，债券和优先股也销量大增，最后支付利息和优先股息分红分走了最终经营公司的部分利润，剩下的盈利流向持有普通股的发起人。只有在最终经营公司的股息分红良好并且一直上涨时，这种状况才有可能发生。一旦最终经营公司股息下跌，债券利息和优先股就会吸走所有的利润，甚至超出公司利润，上游公司就没有利润可图，投资信托公司和控股公司的股票几天内就会从形势大好变成一钱不值。这样的结局几乎没有人意料到。

在这样的投机浪潮中，最好的例证就是高盛集团。南海泡沫事件之后，一直到伯尼·科恩菲尔德公司和海外投资公司事件之间的那许多年里，高盛就是最大的主角。

1928年12月4日，高盛贸易公司（Goldman Sachs Trading Corporation）成立，高盛集团的黄金时期就是从那时起的之后11个月。高盛贸易公司是仅仅负责投资其他公司的投资信托公司，发行了1亿美元的股票，其中90%都向公众出售。以此筹到的钱又被用于购买颇具远见的高盛高层选中的其他股票。来年2月，高盛贸易公司与另一家投资信托公司合并，即金融和工业保险公司。这时候公司总资产已经增加到2.35亿美元，合并后的公司于7月又成立了谢南多厄公司（Shenandoah Corporation），优先股和普通股一共发行了1.023亿美元，同样用于投资其他股票。公众认购的股票是总额的7倍之多，所以公司最后又增加了发行量。8月，谢南多厄公司又成立了蓝岭公司（Blue Ridge Corporation），再次发行1.42亿美元的股票。几天之后，高盛贸易公司又发行了0.714亿美元的有价证券，用于购买另一家投资信托公司和西海岸银行。

谢南多厄公司最初以17.50美元一股发行股票，后来股价涨到36美元，但最终跌到仅剩50美分，损失惨重。高盛贸易公司更惨，1929年2月，它自购股份，一度将股价推到222.50美元。但两年之后，股价就跌到一两美元。高盛的一位经纪人曾万念俱灰地说："公司股票吸走了我所有的资产，然后把它们变成了一根鞋带。"这些大规模的股票吸金运作的主要负责人，就是谢南多厄和蓝岭公司的主管约翰·福斯特·杜勒斯，他对资本主义抱有坚定不移的信心，我们下文会更深入地讲到他。

黑暗星期四

1929年10月24日，星期四。这一天对于高盛，乃至整个股票市场，都是最终审判的一天。此日之前，股票市场就已经低迷惨淡。这一天早上，股票市场出现了大范围无节制、无缘由的甩卖，给股票交易一记重创，交易机器都无法应对这种混乱，股票大盘显示远远滞后于实际市场价格。全美国人民都不明白到底发生了什么，但都知道自己已经完蛋了，或者马上就要完蛋了，于是他们也跟着疯狂甩卖股票。证券交易所的嘈杂声震耳欲聋，一大群人聚集在华尔街上。当时大家都好奇地想来看看，是不是资本主义就要崩溃了。警察都来了，害怕经纪人和银行家失控。一个工人到一座高楼房顶做修理维护，众人都以为他要自杀，焦急地在楼下等着看他跳下来。

到了中午，股票交易所高层关闭了访客大厅，那里的场景简直惨不忍睹。温斯顿·丘吉尔也在交易所目睹了这一切。众人的既定偏见，认为丘吉尔1925年恢复金本位，通过降低英镑兑美元汇率，迫使美国采取货币宽松政策，就是导致这一切灾难的原因。他们把这一切都归咎于丘吉尔，认为是他设计的阴谋。这很容易让人相信，但事实并非如此，丘吉尔只是恰好出现在了不该出现的时间和地方。

访客大厅关闭的时候，一切似乎有所转机。那天稍早些时候，纽约的大银行家们都聚集在摩根大楼的隔壁，分析现状，商讨救市计划，要求交易所的副总裁即摩根的经纪人理查德·惠特尼入市购买。他以救世主般浮夸的姿态执行了计划，授权购买的实际股票数量不为人知，数额应该不算巨大，但确实起到了救市效果，市场立刻戏剧般好转了，但第二天再度陷入疲软。惠特尼成了英雄，大家奔走传颂他的事迹，他也因此当上了交易所的总裁。不久之后，他因盗用公款被送进了纽约州的新新监狱。接下来的周二，才是真正的大崩盘，这次银行家没有介入。有谣言说，他们都在甩卖自己上周四购买的股票。在之后的三年里，大盘

大崩盘那天的华尔街。一个工人到一座高楼房顶做修理，众人都以为他要自杀，焦急地在楼下等着看他跳下来

偶尔震荡起伏，但一直持续下跌。

这次股票市场的崩溃使得消费者消费、商业投资、银行和企业的偿还能力几乎全面丧失。大崩盘带来了之后的大萧条，富人们纷纷用安乐死自杀，穷人们也紧随其后。1933 年，近乎 1/4 的美国工人都失业了。美国国民生产总值下降了 1/3，大约 9 000 家银行倒闭。而政府没有做出特别的举措，1930 年 6 月，情况仍然糟糕并不断恶化，一位代表曾跟胡佛总统请命，要求实行公共救济工作，胡佛居然对他说："先生，你恐怕来晚了，经济衰退两个月前就结束了。" 9

在欧洲，第一次世界大战撼动了旧时的确定性，留下的战壕成为社会和人民永远的恐怖记忆。而在美国，扮演此等角色的是大萧条，关于它的记忆在美国人心中持续了将近半个世纪。一旦经济生活中发生了任何问题、动荡，美国人民就禁不住问："又一次大萧条要来临了吗？"

救市方案

大萧条的影响逐渐扩散开来，波及全球，越富有、工业越发达的国家，受到的影响越严重，几乎都陷入经济萎靡。只有苏联幸免于难，这可能恰好得益于其体制。当时正是苏联改革的进阶时期，列宁认为实行农业集体化是必要的，于是这个阶段的进程就更为粗暴。而西方国家遭受的惨痛折磨，在俄国看来已经是经济富裕的奇迹了。斯大林曾亲口跟丘吉尔说，那些年是他一生中最痛苦的时期。如果连斯大林都因为别人的痛苦而痛苦，可见那是多么不一般的痛苦。

政治家想到的第一个解决方案，就是提议大家勒紧裤腰带，接受艰苦的现状，耐心等待。这是最自然的反应，没人觉得自己和众人会白白承受苦难，不愉快的经历都会换来好的经济回报。

美国总统赫伯特·胡佛和德国总理海因里希·布吕宁是持这种

安德鲁·梅隆

观点的代表人物。布吕宁1931年的救市计划令人记忆犹新：削减工资，降低物价，提高税收。所有这些都是在德国工人失业率近乎1/4的时候实行的。一个在所有工人心头萦绕，其他许多人也想问而不敢问的问题是：如果这就是民主，那跟希特勒有什么差别？胡佛的财政部部长安德鲁·梅隆也有和德国相似的提议："清算劳动力市场，清算股票市场，和农场主也要清算……"当梅隆完成一切清算时，经济确实已经触底，只能上升了。

很多经济学家，包括英国的莱昂内尔·罗宾斯和美国的约瑟夫·熊彼特，都认为经济衰退是必要的，对经济有治疗作用。他们还比喻说，这就好像挤压出经济体系中的毒素一样。其他经济学家也敦促群众保持耐心，这对于那些有固定收入的人而言当然容易得多。还有很多人提出警告，认为政府采取如此强硬的措施会导致通货膨胀。但实际上，所有这些观点混杂出的结果就是不作为，这个时期的经济学家也吃力不讨好。英国放弃了金本位制度和自由贸易，但与此同时，英国议会和行政部门都继续忽视约翰·梅纳德·凯恩斯针对如何应对危机的不断进谏。

凯恩斯十分明白正确的做法，他希望政府通过借贷筹集资金，

赫伯特·胡佛

胡佛村[1]

---

① 始于 1929 年的经济危机时期，经济不断恶化，失业者饱受饥寒之苦，无家可归的
失业者在大城市用边角废料修筑遮风挡雨的棚户，这些悲惨的城市贫民区被称为
"胡佛村"，讽刺胡佛当局对金融危机束手无策。——编者注

再进行财政消费。这是欧文·费雪理论里重要的一步，借贷保证了货币供应增长，也就是银行存款或者费雪所谓的 M_1 增长。而消费就来自政府的财政支出，得到这笔钱的工人和其他人，会继续进行消费。政府财政支出和后续消费保证了货币周转率，也就是 V 和 V_1 不会被抵消。这样就不仅创造了货币，还保证了货币都被用于消费。

这些年凯恩斯有一位著名的挚友，那就是"长着羊蹄子的"大卫·劳合·乔治。凯恩斯解释说，当劳合对的时候自己全力支持，当他犯错的时候自己竭力反对。但这个时候的劳合·乔治已经和其他一战战胜国和战败国政治家一样成为在野派。随着时间车轮的前行，凯恩斯最终还是得到了历史的认可，虽然在自己的国家，他的意见不被采纳，但在世界其他地方，他却被奉为先知。凯恩斯政策最成功的实践，是在一个对他一无所知的国家。

试验

纳粹没有经济学理论来指导，只能依据实际情况来应对，但效果却比在经济学家指导下的英国和美国要好得多。从 1933 年开始，希特勒就开始借债和提高政府开支，自觉地践行凯恩斯的思想。面对失业情况，似乎这是再明显不过的措施。首先，政府开支大多用于民用建设——修铁路、运河、公用房屋、高速公路。其次，进行汇率管控，防止恐慌的德国人把钱送到国外，也避免收入增加的公民把钱都花费在进口石油上。

这些措施的结果都是凯恩斯所期望看到的。1935 年年末，失业率在德国降到了最低。1936 年，薪酬水平逐渐上涨，拉动物价水平也跟着提高，与此同时，工人工资也开始上涨。于是德国当局给物价和工人工资设定了上限，这也起到了一定作用。30年代末，德国已经实现全部就业和物价稳定，这在工业化国家绝对是一次独一无二的成功。

德国的成功典范很有指导意义，但并不能说有绝对说服力。英国和美国的保守派看到德国的异端政策——增加政府贷款和开支，都一致预测德国经济要垮掉。他们认为只有银行家沙赫特维持着这一切的运行（但实际上他们不知道，沙赫特其实是反对他所知的财政政策的）。美国的自由主义者和英国的社会主义者看到德国的压迫、解散工会、褐衫党、黑衫党、集中营和煽动式的演讲，根本不在乎它的经济搞得如何。只要是希特勒搞出来的，没一个是好的，就算是充分就业也没什么好的。只有在美国发生的状况才是有影响力的。

1933年年末，凯恩斯给富兰克林·D.罗斯福写了一封信，被毫无遮掩、毫无保留地发表在《纽约时报》上。用他自己的一句话总结其观点："我竭力强调要通过贷款支持和财政支出，增加国家购买力……"[10]第二年，凯恩斯造访了美国总统罗斯福。但事实证明，亲自到场还不如写信，因为在场的每

富兰克林·D.罗斯福，1932年。大都会歌剧院挤满了支持罗斯福的共和党人

一个人都被凯恩斯面对面的交流搞得摸不着头脑。总统认为，凯恩斯更像是"一个数学家，而不是政治经济学家"[11]。这让凯恩斯很沮丧，他"本以为总统会是一个在经济方面头脑很开放的人"[12]。

如果公司都像 20 世纪 30 年代时那么庞大而有财力，其实是可以实现物价降低的。如果工会都像当时美国的工会那样似有似无，力量薄弱，那么工人就可以被迫接受削减工资。一个公司的举措会迫使其他公司采取相应措施。现代通胀循环反向而行之，降低工人购买力更是加剧了通胀。美国政府想要通过国家复兴局终止这一过程，根据当时的情况来看，这一举措是合理且明智的，也是凯恩斯和其他大多数经济学家没有预见到的，他们认为设立国家复兴局是错误的。之后关于国家复兴局的负面报道不断，公众认为这是罗斯福愚蠢的错误之一。凯恩斯希望美国政府有更多的贷款和开支，而国家复兴局行事过于畏首畏尾，华盛顿政府也心不甘情不愿。

20 世纪 30 年代初，纽约市的市长詹姆斯·J. 瓦尔克为当时人们对色情文学的开放态度辩护说，他从来没听说过哪个小姑娘被一本小说引诱。凯恩斯多少算是推翻了他这种说法。直接而实际的劝说失败之后，他用一本书引诱了华盛顿和整个世界。更能反驳瓦尔克的一点是，这还是一本晦涩难懂的书。

《就业、利息和货币通论》

这本书就是凯恩斯的《就业、利息和货币通论》(简称《通论》)。他几乎没有怀疑自己这本书将会产生重大反响。在 1936 年此书正式出版前不久，他就告诉乔治·萧伯纳说，这本书"会让世界看待经济学问题的方式产生革命性的变化"[13]。事实也正如其所言。

《通论》还没有写完就已经出版了。它措辞含糊，但这种含混为其赢得了大批信徒。这并不矛盾：如果读者花了很大功夫才看懂一本著作，反而会更坚定对它的信仰，因为他们希望自己花费的功夫和得到的痛苦都是值得的。如果书中充满了矛盾和模棱两可的观点，那么每个读者都能找到自己倾向于信奉的观点，这更有利于吸引信徒。

凯恩斯的主要结论表述得很直接。之前人们都认为，经济制度，特别是资本主义经济体系，只有保证充分就业才能维持均衡。无论怎么任其自由发展，最后都会归于这种平衡状态。工人犯懒和工厂停工都是失常状态，是暂时的失衡。凯恩斯表示，现代经济在不断出现严重失业的状态下，也可能达到均衡，这是再正常不过的现象，后来经济学家把这种状态叫作"就业不足的均衡状态"。

就业不足均衡的根本原因在于，个人和公司认为收入应该用来储蓄而不是进一步投资，但储蓄的货币最终还是应该用于消费，不然就会出现购买力不足。在此之前的 150 年当中，传统经济学忽视了这种可能性，因为当时从生产中获取的收入用以购买消费品总是足够的，储蓄也是一种投资，一旦储蓄增长，利率就下降，由此保证了货币的消费。

凯恩斯并没有否认，有一些储蓄是用来投资的，但他认为，如果社会经济的总体生产和就业都下滑，投资率也会跟着下降。这种衰退会进一步减少利润，将商业盈利转为亏损，减少个人收入，与此同时，减少投资也会进一步减少储蓄。通过这种方式，同时减少了储蓄和投资。"经济调整"，这个温和的经济学词汇，这时候就会让人恐惧。

按照这个逻辑，国家要采取的措施就是借债和投资。如果政府进行了足够多的贷款和投资，存款就会输出为产量和就业。《通论》论证了凯恩斯一直提倡的经济复苏措施，这种方式比他先前的各种进谏貌似有效果得多。

学院派路线

华盛顿方面一直对凯恩斯很冷淡，所以他想要凭借《通论》这个武器，通过美国的大学打入美国内部。他首选的切入点就是哈佛大学，我非常有幸见证了这一历史过程。我当时还是一个年轻助教，住在本科生的宿舍温斯洛普楼里。温斯洛普是一个很低调的地方，和哈佛大学其他学院一样，稍微有些敌视闪米特人，但不像其他贵族气息浓厚的宿舍楼那样敌视爱尔兰人。也许正是由于这一点，在我们这边居住生活的还有肯尼迪兄弟，他们对我的后半生有着相当大的影响。

住校的老师可以免费享用住房、一日三餐和足够的资金补贴。我们每天早上都一起吃早饭，听一位同事讲讲他头一晚的艳遇，他后来成了著名的社会学家。住在大学里就是生活在一个美好安宁的世界，唯一的缺点就是，在这里待久了就不知道校园外那与众不同的另一个世界发生了什么。大萧条时期，我有一次到洛杉矶过圣诞节，满大街都是绝望的人群在讨饭要钱。你能感觉出来，他们是多么厌恶这种行当，但又走投无路。走过这些人身边，就能看到他们无助恐惧的眼神，这和我在大学中的安逸生活形成了鲜明对比。

凯恩斯提出了这样一个无须革命的解决方案：我们能保住自己美好的世界，又能消除失业和困苦，看起来就像是奇迹。1936 年，

《通论》出版之后，每周都会有几次聚会讨论这本伟大的著作，温斯洛普宿舍楼曾经的一次讨论令我至今记忆犹新。熊彼特教授主持了这次讨论，他对凯恩斯没什么好感，但喜欢辩论。罗伯特·布莱斯是一个有才气的加拿大人，他刚刚参加了剑桥的一次凯恩斯研讨会，每当我们对凯恩斯的解读有分歧，他就会站出来跟我们解释凯恩斯的本意。布莱斯在之后的 30 年里，一直都在加拿大经济政策中起到重要作用。正是他，让加拿大先于英国和美国，成为凯恩斯理论实践的重要支柱。

凯恩斯的理论吸引了很多年轻人。经济学家总是最讲究效率的，在其他方面也是这样，包括思想。直到今天也如此。他们会将学生时代学到的思想信奉终生。经济学理论的演化通常只能由下一代人思想的转变导致。当年读过、研究过凯恩斯的大经济学家，一致认为他是错误的。

但凯恩斯在哈佛的年轻人中很有影响力，以至于后来哈佛的校友成立了一个校友会，专门对抗凯恩斯思想的影响。他们威胁说，如果学校不打压、消除凯恩斯理论的影响，他们就停止向学校提供资金支持，尽管不清楚他们之前是否捐助了许多。保守派讲起信仰，总会牵扯到自己的财产问题。我曾经被点名批评为"凯恩斯主义王子"，对此我还挺得意，希望我的朋友们不要因此记恨我。

这就是凯恩斯。你从一个保守主义的角度去读他，就是想要实现和平演变，但如果你推崇他的观点，就会被冠上激进分子的名头。

到华盛顿去

凯恩斯的理念一路乘着火车从哈佛来到华盛顿。罗斯福新政实施的那几年，每逢周四周五晚上，联邦快车载着哈佛的学子们从波士顿开往华盛顿，老老少少几乎占据了半个列车，全都是要向新政进谏献言的人。哈佛校报曾报道，一位教授说自己在政府的发言都是在火车上构思撰写的。《通论》出版之后，年轻的经济学家到处宣扬传授的，都是凯恩斯的智慧与理念。

华盛顿政府不情愿执行凯恩斯政策建议的面目显露了出来。就算国家增加开支、创造就业是必要的，但国家也不愿意选择这种方法，因为凯恩斯的救市疗法如此美化财政赤字的好处，怎么听上去都觉得是疯言疯语，有正常判断力的人都不会赞同这种说法。身居要职的官员听到自己的挚友向自己传授这种异端邪说，也会格外谨慎，即便对方逻辑严密、雄辩善辩，反对的观点和声音总是很快能战胜一切心理倾斜。这些思想也就像火车一样飞驰而过。

1937 年，大萧条之后的复苏仍在缓慢地进行，商品产量和物价都在逐渐上涨，但失业率依旧高得令人发指。自以为有明智判断力的人开始宣扬自己的建议，要减少开支，提高税收，让联邦收支恢复平衡。少数凯恩斯主义者提出抗议，但他们的声音很快被因循守旧派恢复传统策略的咆哮声淹没了。随着政府收支趋向平衡，经济复苏陷入了停滞。结果又出现了再一次令人恐慌的衰退，简直是大衰退中的衰退。一切都正如凯恩斯所预言的，那些自以为决断明智的人恰恰充当了预言的例证。

美国的凯恩斯主义者

华盛顿的凯恩斯同盟在哪里？全都在美联储。通常我们都认为，中央银行就是目光短浅、恪守陈规人士的大本营，这种说法并不夸张。但当时美联储的主席是马里纳·埃克尔斯，一位来自犹他州的具有创见的银行家。他曾见证过储户在银行大门外排长队等待领取存款的场面，曾见到过找不到工作的绝望人群，他知道乡下有很多破产农户正心急如焚。为什么政府不能扩大开支，创造就业，给予农民偿债能力？他的经历让他产生了和凯恩斯相同的想法。罗斯福这时招他到华盛顿献策。

埃克尔斯的首席经济顾问是劳克林·柯里，这也是一个高尚的加拿大人，用最无私的方式远道而来拯救陷入危机的美国。他之前也是哈佛的一名教员，曾经出版过一本有关货币供应和管控的书，书中比凯恩斯更早提出相关的理念。这导致他受到其他大经济学家的怀疑，无缘升职。在经济学界，真正正确的思想一开始都不会得到大多数人的承认，那些狡猾的经济学家总是等到某一学说的队伍壮大后才敢站出来，甚至站到队首跟着鼓吹。埃克尔斯和柯里成为凯恩斯主义在华盛顿的代言人。

今天的学者都对凯恩斯革命津津乐道，因为以前从来没有哪次革命是通过银行征服一个国家，也不必指望这种事情会多次发生。

20世纪30年代末，柯里从美联储被调到白宫，成为富兰克林·罗斯福的助理，这是战略要职。一旦政府中有与经济相关的职位空缺，或者国家经济任务需要专人来负责，柯里就会选择凯恩斯主义信奉者。有几次他也找到了我。保守主义者一向认为，这种推销凯恩斯理念的行为其实是一个阴谋，但所有真正参与的人都会愤愤不平地否认这点，大家只是观念不同。没过几年，柯里就被指控为一个共产主义分子。他当然不是，只是在很多人眼中，凯恩斯主义和共产主义观点没什么差别。

30年代后期，凯恩斯赢取了有助于其在美国扩大影响的一枚重要棋子，那就是阿尔文·哈维·汉森。汉森之前是明尼苏达大学的教授，后来转战哈佛，一直是美国经济学领域最有名望的人物之一。汉森可不是什么年轻鼠辈，传统经济学界很难忽视他的观点。他通过著书、发表文章和传道授业传扬自己信奉的理论。他和其他两名学者——一位同样是哈佛勤勤恳恳的福音传播者西摩·E.哈里斯，另一位是其课本虽最初遭受尖锐批评却指导了上百万人的保罗·M.萨缪尔森——让凯恩斯思想成为美国经济学思潮中被广为接受的一股思潮。

尽管 1937 年经济的再次衰退让华盛顿开始敬重凯恩斯，但想要提高就业率依然举步维艰。1939 年，欧洲战场再次开战，950 万美国人失业，几乎占了美国劳动力的 17%，而第二年的失业率仍然有 14.6%。

战争促使美国政府在匆忙中采取了凯恩斯主义者的政策建议，政府支出翻了一番之后再次加倍，财政赤字也一样。1942 年年末，失业率降到最低，很多地方劳动力不足。

历史上还有另一种声音，说希特勒也解决了德国的失业率，后又为他的敌人终结了失业现象，他才是实践凯恩斯主义最闪亮的主角。

战争的教训

战争解释了凯恩斯革命两个持久的特点。一个是政府民用开支和军用开支在道德上的争议。在经济衰退时期，为解决就业适度增加开支总是被认为对社会无益，在经济学上也说不通，但在武器和军队上花费几倍的开支也无人提出异议。这个问题一直延续到今天。

虽然失业问题得到缓解，但在失业问题完全消失之前，总会出现通胀的危险。凯恩斯相信自己的理论能够处理这个问题，他的信奉者也相信。那就是把之前的措施反过来：增加税收以支持军事支出，尽可能降低财政赤字，保持物价稳定，必要时进行食品和其他生活必需品的补贴；工人们就不要再指望涨工资了；有时候对于特别短缺的重要物资，甚至要采取物价控制和定量分配。凯恩斯把这些观点都写进了他给《泰晤士报》的系列书信中。现在美国和英国政府都广泛接受了凯恩斯理念，只要凯恩斯这么说，就一定行得通。

劳克林·柯里召我到华盛顿的时候，我也曾撰写过类似文件，提出建议。1941年春天，我被指派去负责物价控制，这算是战时最具权力的经济职位之一，对我鼓舞很大，说我当时陷入狂喜都毫不夸张。

我接到通知时，正在布莱恩的宅邸，这是一座位于杜邦环岛马萨诸塞大街上的维多利亚风格的建筑，后来也成为战时物价调控的第一个总部。杰米·布莱恩和其他人一样，在竞选总统失败之后就鲜为人知了。但比起其他大多数人，他还算没有完全从人们的记忆中消失，竞选时有关他的个性和出身的几句简单粗暴、朗朗上口的打油诗被人们记住了：

詹姆斯·布莱恩，詹姆斯·布莱恩，
缅因州来的大陆骗子。

几周之后，布莱恩的房子就装不下我们的人员了，二战时曾经有三次我们都要将大本营塞满，不得不再次搬家，最后我们搬到之前是国家人口统计局、后来又被联邦调查局征用的地方，大小还算合适。人员扩张的主要原因，是根据凯恩斯理论提出的应对通胀的措施效果并没有那么好，在所有失业人员找到工作之前，公司总是会抬高物价，这反过来就导致工人要求加薪，继而陷入一种抬价涨工资的循环。与此同时，提高税收也不能满足战时的军需要求，就像凯恩斯说的，剩余购买力无法被消化。

唯一的希望就是进行大范围的物价调整。在 1942 年的春天，我们采取了措施，接着执行定量配给。这次政策开始起效，物价在后来的战争时期都保持在稳定水平。

曾经，我竭力反对规定物价上限，现在我怀着同样的热情支持这种做法，几乎没人注意到我的变化，也没人指责批评我。因为在经济上，保持正确，比保持观点一致重要得多。

按照修正主义的观点，物价上涨只能是自下而上的，并且在战争结束时就应当放开，这种观点得到很多呼吁自由市场的人的拥护。1946 年，物价控制解除的时候，确实出现了一阵膨胀，但增幅也远低于 1974 年和平时期的物价增幅。如果没有战时的控制，物价绝对会每年翻一番，甚至翻两番。

最终我们控制住了美国所有的物价，极个别除外。这本会激怒许多人向高一级的政府机关或者法院起诉，但实际上没几个人这么做，因为上级政府也支持我们的举措。如果哪个人笑着从我们的办公室走出去，我们会觉得自己工作没做到位。物价调控要行之有效，必然会带来一定的痛苦，而负责播撒这种痛苦给那些承受得起的人，对于一个年轻人来说是心理上自我摧残的过程。有人指控说，我其实很享受这个过程，对此我也不否认。

呼吁提高物价的人聚集在人口普查局大楼的会议桌前，尽可能把自己的情况说得糟糕，继而提出更多无理要求。他们知道自己说的很大成分是虚假的，于是一遍又一遍练习，精心讲完又臭又长的故事。其实我们手中都持有他们的相关利润数据，但我还是喜欢看他们表演，听着某个骗子绘声绘色地讲他的假故事，观察他身边坐着的一排同事，总有那么几个人手放在桌子上，食指和中指交替敲打着桌面。这让人想到一个寓言——饥荒灾年蚂蚁的故事。说有峭壁一边的蚁穴巡逻兵发现了食物，是一坨又圆又大又诱人的马粪，就在自己领地斜坡的上方。所有的蚂蚁都出动要运回食物，它们推着粪球滚下山，眼看粪球越滚越快，就要滚出它们的领地，蚁后从队头走到队尾鼓励自己的手下，抬着粪球的工蚁越发奋力。蚁后的两条触须上上下下交替抖动着，就像是手指。在蚂蚁的语言里，这表示"让马粪停下来！"。

我在指导物价调控的时候，第一次遇到凯恩斯。我于 1937 年和 1938 年曾经到英国剑桥想拜他为师，但恰好赶上他突发心脏病，一整年没有来学校教书。后来他来到我在华盛顿的对外办公室，说是来送一份论文，我的秘书把文件拿进来，说外面有位先生看起来像是非要见我，名字叫什么凯恩。我低头看了一眼文件，没错，正是写着"J. M. 凯恩斯"。这篇论文义正词严地谴责了我们对麦子和猪肉的定价。这就好像是圣彼得顺道拜访了一个小教区的牧师。

英国战时的经济政策和美国差不多，只是更着重于定量分配，物价调控力度相对弱些，效果也不错。英国在战时以比其他国家更小的代价获得了更好的效果。战后，我曾经领导一批经济学家研究德国和日本的战时经济调控政策，大家都认为英国的管控是最严格的。

胜利

1941 年以后，已经没有经济学家搭乘火车去往华盛顿了，因为他们全都留在了华盛顿，在最前线见证凯恩斯应对经济衰退和失业的经济政策如何起效。大家得出一致结论：战时的政策在和平年代同样适用。凯恩斯主义的胜利得到了认可。而凯恩斯体系应对通胀的失败再也没人提及，因为通胀是战争时期特有的现象。

自由主义商人慢慢开始都对凯恩斯主义产生了兴趣，他们组成了经济发展委员会宣扬凯恩斯思想，但小心翼翼地避免提到凯恩斯这个名字，而且不说财政赤字，只说保证高就业率的财政平衡。

随着战争接近尾声，一群年轻的经济学家呼吁国会批准政府维持就业的计划措施，最终取得了成功，1946年的《就业法案》成为正式法规。我和很多人一样，对他们的成功感到惊讶。我当时认为这个想法还不够成熟，没有参与促成这项法案。但1946年的时候，保守共和党人（包括一些民主党人士）都很难反对充分就业，不过还是有人发起其他挑战。

布雷顿森林体系

与此同时，凯恩斯即将完成自己征战美国的最后一战。在巴黎，他和"迦太基式和平"做斗争；1925年，他跟丘吉尔和金本位制度做斗争。而在1944年，44个国家的代表在新罕布什尔州的布雷顿森林集聚一堂，想办法保证金本位制度和曾经的错误救市方案的悲剧不再发生，凯恩斯也正是由于有关这两个问题的理论而名声大噪。布雷顿森林会议并不是全球国家政府之间的会议，而是各国政府与凯恩斯之间的会议，他在会上唯一的竞争者就是哈利·D.怀特——一位美国财政部的官员，既是凯恩斯的朋友，也是他的追随者。布雷顿森林会议的结论是，成立国际复兴开发银行和国际货币基金组织。前者将指导战胜国将精力用于国家复兴，而不是惩罚战败国；后者将执行有弹性的黄金兑换方案，深陷困境的国家也可以通过向其贷款暂时缓解国内困难。

战争结束之后，凯恩斯也参与商讨战后贷款问题。英国的要求是 37.5 亿美元，以保证战后英国有足够的资金支撑，直到英国的进出口数额再次回归平衡。但这次，又有另一个国家暴露出因循守旧、偏离正轨的金融思想，那就是美国。战时英镑的外汇汇率一直在严格管控之下，而现在作为贷款的附加条件，美国要求英国在 1947 年之前完全放开汇率管控，实现英镑自由兑换美元（进而兑换黄金）。英国照做了，于是在战争时期积累了大量不可兑换的英镑的投机者、黑市货币倒卖商人和银行，都欣喜若狂地赶紧将英镑兑换成美元。贷款很快就花光了。1925 年，英镑的兑换汇率极高，酿成了灾难性的后果。而 22 年之后，一模一样的错误在历史上重现，凯恩斯极不情愿地被牵连其中。

凯恩斯一直认为，自恃有金融智慧的人，总是一贯坚持自己的观点，尤其是错误的观点。很可惜，1946 年 4 月 21 日，凯恩斯因为再次突发心脏病而与世长辞，没能活着看到很好地证明了他的说法的事件。

凯恩斯时代

英国在贷款受挫之后，又迎来了马歇尔计划，这项计划对战后世界局势采取了更实际的看法，随后欧洲经济开始复苏。马歇尔计划就很好地践行了凯恩斯在布雷顿森林会议上的提议，即在资金支持下，各国一起努力。

德国得到了马歇尔计划的全面援助，这是凯恩斯留下的重要遗产。1945 年之后，公众一致认为，苛刻的停战协议是不合时宜的。凯恩斯对《凡尔赛和约》的严厉抨击成为社会公认的正确做法，战败方现在得到了援助，而不是惩罚。

第二次世界大战之后的 20 年里，不论是欧洲还是美国，都经历了资本主义辉煌的 20 年。工业化国家的工业产量都在稳步增长，一直保持低失业率，物价稳定。每当生产活动停滞，失业率上升，政府就会按照凯恩斯的政策建议，介入经济，紧抓松弛的环节。这些年间，经济景气，社会保持了良好的信心，也是成为经济学家光景最好的日子：他们到处邀功，被奉若神明。偶尔出现的轻微经济衰退，被算作自然或者上帝作用的结果。

但这些年也显露出凯恩斯奇迹的缺陷，虽然这些问题可能鲜为人知。马歇尔计划实施之后，大家开始期待类似的资金注入也可以帮助落后国家摆脱贫困。富裕国家虽然没有提供源源不断的慷慨援助，但也足够使问题暴露出来。

战后紧接着的几年，欧洲国家最缺乏的就是资本，这是应该得到解决且被马歇尔计划解决了的问题。而在贫困国家，根本就不存在产业经验、产业技能、产业规范，也缺乏有效的公共管理机构、交通运输系统和其他条件，这些东西都不能够像资本一样由外国提供。除了这个国家自身，其他国家也没办法帮它解决人口众多带来的土地压力。一些人认为，凯恩斯思想只适用于发达国家，而不适用于贫困国家。

世界再次承受了沉重的战争教训，凯恩斯的经济救市方案显现出不平衡性，虽然解决了失业和经济衰退问题，但没能扭转通货膨胀。这个问题很久之后才慢慢被发现，并且人们很不情愿接受。直到 30 年之后，还是有很多凯恩斯的信徒不愿意承认他的理论存在这个问题。本书成书之时，美国的失业率已经达到了过去 30 年来的最高水平，工业产品价格也一直在稳步上升。美国面临的现实问题，在英国更严重。曾经被认作异教徒的凯恩斯，现在是全社会的信念所在，人人都被他的预言折服，都相信凯恩斯的经济方案一定能奏效。

通货膨胀可以通过一定的失业率来缓解，但没有哪个凯恩斯主义者会同意用这种方法，凯恩斯理论体系的核心就是解决失业问题。直接行动可以制止公司提高产品价格，阻止工会提高工人工资（我一直认为这些行动是不可避免的），但这些措施会对市场体系造成影响，而作为保守派的凯恩斯是没有预料到的。这是许多人不愿意面对的激进变革的一种征兆。

当然还存在其他问题。凯恩斯主义对经济的支持牵扯到巨大的军费开支。上文提到，没有人对军费提出异议，但是如果政府开支被用于公众福利和帮助穷人，就会有人认为这是危险行径。随着时间的推移，凯恩斯主义的实施也显现出不平衡的地方：汽车产量增加，房屋建造匮乏；烟草行业兴盛，医疗卫生事业落后。大城市都陷入各种各样的问题，这些问题也迫使充满信心的年代最终结束。凯恩斯时代不过是一个阶段，而不是永恒。

第八章

致命的军备竞赛

（美国人必须）提防军工联合体利用毫无根据的权力获取利益的行为，不管它是刻意还是无意为之。这种错位的权力一旦崛起，就有可能带来持续的灾难性后果……我们不能置之不理。

——美国总统艾森豪威尔，1961 年

想要理解这个世界，就必须知道以下事实：美国和苏联的军事企业已经联合起来对抗两国的人民。

——美国国务院某高级官员 1974 年对作者所说的话

霍顿先生在他今天的证词中，否认自己支付给其他国家政府的金钱是贿赂，他的一位律师表示，这最多被称作"回扣"。

霍顿说："只有付了定金，才能证明你签了合同。"

——《纽约时报》记载的美国洛克希德马丁公司总裁
丹尼尔·J. 霍顿向参议院银行货币委员会提供的证词，

1975 年 8 月 25 日

政治是把玩可能性的艺术，这已经是尽人皆知的陈词滥调。但高级的政治艺术，是能够分清主要和次要事务的，然后专注于主要的事情，不畏艰难。在当今这个年代，没有什么比美苏军备竞赛更严重的问题，这是导致不稳定性更确切的原因。两国之间的竞赛，已经发展出了足以在数小时之内相互摧垮并连带整个世界一道毁灭的力量。两国又继续投入大量的技术资源，将毁灭过程的总时长缩短到几分钟之内。这本书是要阐述那些解释人类社会、引导人类行为的思想，那么在这种奋力竞赛的背后，又有什么样的理论和背景呢？这就是这个时代最重要的课题。

美苏军备竞赛主要来自两股广泛的思潮，两者都导致了极度恶劣的影响。第一个思潮认为，本质上互相敌对的经济体系、政治体系和社会体系之间的冲突是不可调和的。共产主义和资本主义之间，专制统治和个人自由之间，无神论和宗教信仰之间，都永远不能达成妥协，这是生活最赤裸裸的现实。

另一个更新的思潮在本章开头艾森豪威尔总统和美国国务院高级官员的话里展现得十分清楚，丹尼尔·霍顿先生的话次之，他现在已经被免除洛克希德马丁公司总裁的职务了。这种观点认为，军备竞赛是国家统治方式的结果，不论是在美国还是在苏联，军备竞赛都体现了军队势力和军火制造商的公众权力，这是一种共生合作关系。在美国，大型军火企业提供军队所需的武器，空军、海军和陆军部队增加武器订单，给予回馈，军工企业因此获得盈利并提供就业机会。军工企业和军队共同参与研发，淘汰正在服役的武器，采用新研发出的设备。

这是第一个层面的共生。第二个是美苏之间的共生，这和军工联合体之间的关系大致相同，但有一点细小差异。两个超级大国，通过武器不断更新换代，为对方创造更新的武器需求和动力，两国相互"协作"，保证这种竞赛可以生生不息地延续下去。关于这种竞赛的起因，人们常说的共产主义和资本主义之间的差异，自由和集权的差异，进步和反动的差异，马克思和耶稣的差异，不过是形式上的，而非实质上的。没人希望看到这种竞赛进行下去，所有有认知的人都知道，谁都不可能在这种竞赛中最终存活下来，两个大国都已成为转笼上的松鼠，深陷其中，不能脱身。

对于过去 30 年的历史有很多记载方法，但我认为最重要的部分是人们对军备竞赛看法的改变，从最早认为这就是不同制度体系之间的矛盾，到现在认为这是因为两国陷入了权力之网。我们在这个问题上的态度，都是我们所受教育的结果，而我的观点是从二战之后在柏林就开始形成的。

柏林：1945 年

二战之前，我就对柏林很了解。1938 年，我曾在柏林研究希特勒的土地和农业政策。我突然意识到，在学术生涯中，选择一个难以完成又需要到处旅行的研究课题，既有助于保持想象力和好奇心，也能让自己免于陷入单调沉闷。我第二次去柏林是在 1945 年夏天，当时所有看到柏林景象的人都会忍不住惊呼像是到了月球。但当我们最后真的到达月球上，发现实际上月球表面看起来古朴典雅，根本不像 1945 年夏天一片废墟的柏林那般令人惊骇。

1945 年，柏林的确是一座死亡之城，运河里、隧道中、残垣下，尸横遍野。来柏林，从滕珀尔霍夫机场出来，一路都能看到附近墓地的殡葬队，以及搂着姑娘的美国士兵。作为一个平民百姓，我以前都没想过，原来士兵还能一边肩上扛着 M-1 来复枪一边做爱。我只能说柏林还是有生机的。

　　城市建筑成为一片废墟，诉说着战争带来的折磨与挣扎，对战争的恐惧写在人们的脸上。不过，这幅景象没有持续多久，很快就从人们的视线里淡出，但当时的社会结构保留了下来。在纳粹时代，豪斯·福特兰（Haus Vaterland）是德国经营餐饮业和夜总会的著名企业集团，不同的酒吧播放的音乐不同，人们的装束不同，提供的食物和酒水饮料也各不相同，体现了德意志各地的不同风格。1945年，柏林的大部分地区就是毁灭的象征，今天，来此地的旅行者需要到柏林墙附近的荒野上找到豪斯·福特兰，才能看到昔日战争遗留的恐怖痕迹。

　　1945 年夏天，我在法兰克福的一个研究总部，这里的研究组在评估空袭对德国战时经济的影响。一天早上，公司的一位主管乔治·保尔（后来曾担任美国副国务卿、美国驻联合国代表，他自己也是一位银行家，还身兼很多角色）提醒我说，三巨头——也就是丘吉尔、斯大林和杜鲁门——很快会在波茨坦会晤，商讨德国和世界的未来。乔治认为我们也应当派人参加。我指出，目前的困难是我们没有被邀请参会。乔治说，要是因为这点小事而退缩，就不会改善我们的处境。于是我们乘坐公务机——一架很老的 C-47 直接飞往柏林，就只说了句我们是来参会的，便进入了会场，还和一群高级官员一道吃了顿美味的午餐。负责战后赔款的委员会热情招待了我，恰好委员会主席伊萨多·鲁宾是我的一位老朋友。此后我一直很好奇，那些大型峰会的参会者，有多少是不请自来的。接下来的几个月，我都在研究德国问题，最后接受国务院任命，专门负责被占领国家的经济问题。（这给我上了一课：在公共事务中，缄默和谦卑并不合适。）肩负着这样的责任，我再次来到柏林。

士兵、商人、公务员、外交官、各式各样游手好闲的人士，当然还有黑市商人，聚集在这座城市，处理战后占领的问题。1946年，德国成立了两个政党，一个政党希望和苏联交好，他们认为——或者是我们认为，我也算这一派的一分子——两个超级大国继续对抗下去，世界未来的希望就十分渺茫。我们的观点主要有两点论据。一方面，在和苏联人的社会交往中，我们发现他们对战争的态度很消沉，十分惧怕下一次战争的发生。我们有一些军队高层官员也持有同样的观点，他们经历了战争的惨痛，再也不想经历第二遍。一

ACHTUNG!
Sie verlassen jetzt
WEST-BERLIN

柏林的勃兰登堡门。资本主义武装代表和共产主义武装力量相遇时，更多是为了做交易而不是开战。1945年，这里是当时的军火交易市场

些军方人士也在践行着我们的理念，他们定期和苏联相关人士进行军火交易，军火市场就在东柏林和西柏林中间的勃兰登堡门。这说明军火交易是超越意识形态的，资本主义武装代表和共产主义武装力量相遇时，更多是为了做交易而不是开战。

还有另一派，认为我们抱着这种希望简直就是软骨头，愚笨可笑。（这里的语言表达很有趣，一般人都认为政治智慧就意味着固执、不为所动的思想，以及坚强不屈、永不妥协的意志，这让人很不能理解。）这一派中的一些人只想着如何通过展示自己手腕强硬，来显示自己的政治智慧。还有一些人，尤其是外交人员，总是爱谈论有关斯大林及其政治运动的真相，剖析他的真正动机，苏联在东欧的行动就是最好的证据，自然会让人判定，苏联对西欧也会采取同样的手段。

还存在着一批疯狂好战的人，我们之中这样的人不在少数，其中一些甚至认为战争让人兴奋欣喜，可以逃避无聊的工作、烦闷的家庭和乏味的日常生活，宁愿再打一仗——不管他们是来自俄亥俄州的托莱多，还是新罕布什尔州的纳舒厄，都不愿意就这么回老家。

有时候争吵趋近白热化。傍晚，我们聚集在前纳粹和德国官僚的老房子里，因为战时的轰炸将柏林工人阶级和中产阶层的住宅区都变成了废墟，只有曾经的富人区逃过了一劫。但是现在这一劫是躲不过了：他们被驱逐出去，把房子让给负责占领区事务的盟军。这些接手的人大多从来没住过这么好的房子——来柏林旅游的人总是津津乐道于这些美国人如何很快适应了需要掌管一大帮仆人的优雅贵族生活。

在如此奢华的环境里，大家谈判时经常提及马克思和列宁，说的时候也记不得马列主义的原话，只是不断强调马列主义的目标之坚定，要让世界成为革命的世界，成为共产主义秩序的世界。所有在柏林的人都是这个目标的人质。

官僚利益

这些表面上的英雄主义思想，背后都有着深厚的实际利益支持。战争给了军队极大的声望和影响力，也创造了美国商业的奇迹。在战争之前的大萧条时期，美国商人和银行都是被社会指责的首要对象。接着，随着战争的到来，社会生产、部队装备生产的产量都大大提高，利润源源不断，工业和武装力量之间建立起了新的牢固关系。

这种政治结盟就这样衍生出来，也就是上文提到的共生关系。特别是空军，在军力、声望、人力和飞机装备上都得到了大大提升，随之出现了新的空军工业，以提供相应的装备和技术，与之共享利润。这里的道理其实清晰明白，很实际，很难被忽视：如果一直存在威胁，就能维持这种源源不断的利润；威胁不在，利润不再。新的威胁不是法国，不是英国，也不是德国，而是苏联。

没人——至少没有太多人——会同意我们应该创造新的威胁来保持战争带来的利润，实际上这类事情也不可能被公开讨论，这个世界不怕个别直率坦白、愤世嫉俗的人站出来，甚至怀有这种动机的人自己都意识不到。对个人利益的追逐总是打着为公众服务的幌子，那些从中获益的人比其他人更坚信自己的行为就是为公众谋福利。看透了隐藏的私利的人也不好直说，再没什么比聊这个更失礼的，用这样的言论回馈主人的宴请更是粗鲁。

不仅是商人坚信冲突不可避免，忧心忡忡的知识分子也总是倾向于认同有着现实想法的官员或者将军，以证明自己可以从实际的角度看待和处理世界事务。

但随着时间的推移，总是那些受人尊敬又讲究实际的人最终占据上风。

封锁

苏联也十分支持冲突不可避免的论调，不管是刻意还是无意，苏联的这种支持是全方位的，并且恰逢其时。1948年，苏联阻隔了占领区和柏林之间的水陆来往，封锁了边界。表面看来，这是由于联邦德国实行的改革开始在西柏林执行，但更多的人会将其解读为，苏联是为了将盟军力量赶出柏林。这时候需要盟军做出英勇的决策，展示自己的力量：如果有必要，我们可以完全通过空中供给补给一座大城市。这也就是后来的柏林空运。

随着时间的流逝，后来人们再审视这次事件时则得出了不一样的观点。苏联必然是在挑衅、打击对手，但没有历史学家认为苏联真的想完全封闭，苏联人自己也对盟军的反应感到惊讶。当时的美国司令卢修斯·克雷将军坚信，只要盟军护卫队在每个关卡强行通关，就一定能够突破。

但我们有飞机。既然有空军力量，就一定要派上用场。很多人会把空军力量臆想成军事政策的基础。有人认为空运可以降低正面武力冲突的风险，并且为降低这一风险代价再高昂也值得，你很难批评这样的观点，我也不会这样做。截至1949年春天，盟军用当时的原始活塞式飞机平均每天在柏林空投8 000吨货物，刚刚够维

柏林空运。法兰克福附近的莱茵军事基地展示着空运的傲人成绩

持西柏林居民的生活。

后来签署了协议，恢复了交通，柏林空运也随之结束。曾经的主要货物——煤炭，在享受了空运的高级待遇后，又回归了火车和轮渡运输。但这个时候，另一系列事件的发生，又在宣扬冲突不可避免论。1948 年 5 月，共产主义政权在捷克斯洛伐克最终得以确立；1949 年年末，共产主义又在中国取得了胜利。1950 年 6 月 25 日，星期天，合众社发布新闻："俄国支持的朝鲜共产党今天入侵美国扶持的大韩民国。"两年之后，1952 年的美国总统选举中，艾森豪威尔承诺，如果自己当选，就会到朝鲜半岛争取让冲突停止。阿德雷·史蒂文森回应说："将军表明了自己要去往朝鲜半岛的决心，但朝鲜问题的关键不在朝鲜，而在莫斯科。"[1]

现在我们回看这段历史，会明白他们之间的逻辑互不相干。在捷克斯洛伐克掌权，已经是苏联在东欧的最后一步棋了，先前走的棋也没有遭到西方抵抗，很多是战时达成的一致，或者是丘吉尔跟斯大林达成的协议。中国的毛泽东当时被看作苏联的一颗棋子，而在今天这种想法听起来是多么可笑。虽然朝鲜入侵韩国是确凿的事实，但你要是相信这只是朝鲜回击韩国的侵略，那就说明你什么都敢信。但是认为扶植朝鲜是苏联共产主义扩张大战略一部分的说法也值得怀疑，因为后来共产主义立足的地方，都更有可能是地区自发性行为。要是现在再发生同样的情况，更多的人会认同这种说法。但当时所有这些事件产生的影响是破坏性的，那些寻求双方妥协的人不得不保持沉默。

自此以后，冷战变成了既定事实。曾经质疑的人根本没机会在争论中败下阵来，因为他们直接遭到打压。搜寻怀疑者成了一些人的专职工作，更是约瑟夫·麦卡锡的毕生事业。

但麦卡锡愚蠢地选择与真理背道而驰，他不仅有酗酒问题，甚至敌友不分，很快就被打倒。他当时的思想基础来自另一位著名的人物——约翰·福斯特·杜勒斯，这些思想既不严谨也无深度。杜勒斯一直不受公众欢迎和信任，但并不是只有正确的思想才能造成重大影响，只要顺应时代的状态和需求，这种思想就能流行开来。

约翰·福斯特·杜勒斯

以前，战争不需要找什么借口正名——战争就是一场勇敢者的竞赛，选手夺取勋章，胜利者夺取土地和战利品。但这种情况早已经今非昔比，战争不能再是为了经济利益这种低等的理由，我们不能说发动战争是为了空军力量和相应军工的发展，也不能说挑起战争是为了维持国家经济就业率和提高工业产量。军火相交的战争如此，不能发动战争继而采取的冷战也是如此。即便是号称保卫企业自由，也会让人心生怀疑，毕竟对企业自由的热忱很明显和从中能够获取利润相关，若要保卫企业自由，那些遭受最大痛苦的人反而最后收获得最少。

捍卫自由这个借口就要好得多，也是最常被拿来使用的，但最痛恨苏联的人却不喜欢用这个借口。在美国，激进分子总是支持罗斯福及其夫人，也支持工会，倡导财富优化分配，以自由的名义建立福利国家。但自由也会被滥用，甚至被摧残。20世纪50年代初，一些人就误用自己的自由，支持共产主义，力挺共产主义思想，不再热衷于美国主义。那些对苏联的威胁极为敏感的人认为这是非常危险的。自由本身显然不是坏事，但它不是对抗共产主义最好的借口。

正是约翰·福斯特·杜勒斯提出了被广为接受的支持冷战的思想，免除了一切困扰。他指出冷战与经济无关，过度关注物质利益本身就是一个根本性错误。他提到了自由，但并没有把它作为核心

约翰·福斯特·杜勒斯，1907年
在普林斯顿

价值观。他的理由是，冷战就是一次为了道德价值的"圣战"——正义对抗邪恶、真理对抗谬误、宗教对抗无神论，是为了上帝宠民的信仰——我们自己的信仰，我们身边每个美国人的信仰。

杜勒斯延续自己祖先的信仰，才形成了这样的思想。他生长在纽约北部偏远的小城镇水城，他的父亲是当地长老会的一名牧师。水城紧挨着附近的乡村，杜勒斯小时候经常在安大略湖上划船。他的弟弟艾伦·威尔士·杜勒斯是他从小的

玩伴，也是他后来在法庭上的拍档、冷战斗争中的队友。

后来福斯特从水城去了普林斯顿，他的父母希望他也能够成为一名牧师。但他说服自己的父母，说他成为一名律师也能够继续执行上帝赋予的职责。后来他作为一名助手参加过海牙会议和凡尔赛会议，见证了重要的外交谈判。最后他致力于处理公司法务问题，38岁的时候，就成为华尔街最著名的律所之一——苏利文-克伦威尔律师事务所的高级合伙人。从这里，他的事业开始起飞。

当然，这份工作也意味着他开始逐渐偏离自己的信仰。华尔街可不是人人做礼拜的美国小镇，公司法律顾问的角色也和上帝的职责无关，反而更关心如何从客户身上捞钱，杜勒斯更是这样的角色。我听说，1929年，他是谢南多厄和蓝岭公司的法律负责人。而当年金融盗窃横行时最经典的一次案例，就造成了几亿美元的损失。州长托马斯·E.杜威曾帮助杜勒斯踏上仕途，对于这件事，他解释说杜勒斯是一时昏了头，暂时忘记了自己的宗教信仰。

实际上关于约翰·福斯特·杜勒斯的很多事情都说不清楚，但很多历史学家不管是不是对他抱有好感，都会称赞他的聪明智慧。唯有哈罗德·麦克米伦见过他很多次，但经人提醒才能想起来，说他这个政客"说话慢慢吞吞，好适应他自己思维的速度"[2]。大多数人认为他提到共产主义就会发狂，

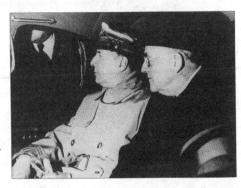

"麦克利蒙坐的地方就是桌子的主位。"约翰·福斯特·杜勒斯和道格拉斯·麦克阿瑟

但也有人认为他和俄国人关系甚好，他就是俄国人所期待的资本家的形象。在 1955 年到 1956 年的苏伊士运河危机中，他站在苏联人的队伍里反对英国、法国和以色列。

可以确定的是，杜勒斯有领导指挥的天赋。就是有这么一类人，对自己认定的目标，不管对错都坚定不移，都勇于承担领导责任，会被他人认可，授予其领导权力。这种气质最能够赢得公众的认可。道格拉斯·麦克阿瑟就是这样的人，还有戴高乐。丘吉尔也是如此，虽然他内心的坚定略逊一筹。苏格兰有一句俗语赞美这样的领导者："麦克利蒙所坐的地方就是桌子的主位。"当一个麦克利蒙式的人物，要远远好过拥有聪明的头脑、一流的口才和极具魅力的性格。

第二次世界大战之后的几年，杜勒斯厌倦了做律师，甚至厌倦了赚钱，于是他开始做准备，想成为一个领导人物。他重回宗教界，积极参与美国基督教协会的事务，重拾早年热衷的外交事业，协助美国与日本的外交条约谈判。几个月之内，他就被任命为议员，但在后来的选举中又败下阵来，他的领导指挥能力并没有得到大众选民的认可。1953 年，艾森豪威尔任命他为国务卿，他的上任也意味着他对冷战的道德开脱正式开始了。

对于我这一代人，约翰·福斯特·杜勒斯并不受自由派人士的欢迎，我们中的很多人都同意自由主义神学家尼布尔的说法："杜勒斯先生的道德世界让一切事务都变得过于清晰……过于简单的道德判断必然导致自以为是。"[3] 也许看看杜勒斯自己是如何辩护的才公平。下面这段话是他于 1952 年 10 月 11 日，也就是他担任国务卿 9 个月之后，在水城他父亲的教堂所做的一次讲话，明确体现了他对于冷战的观点：

这个世界上发生的一些可怕的事情就是因为我们的政治和社会实践与我们的精神信仰相背离。

苏联的共产主义世界几乎完全偏离，那里的统治者为了贪婪的物欲几乎完全否认了道德准则，否认了人类是精神生物，否认永恒真理的存在。

因为，苏联看待人类的出发点，就是评判这个人能为国家带来多少荣耀。劳动力就是奴隶，被用来建立国家的军事力量和经济实力，从而赋予统治者更大、更恐怖的权力。

这种事情让人厌恶，但更重要的是我们需要明白是什么导致了这种情况，那就是无宗教无信仰。[4]

他又说道：

但我们也不能粗略地说物质追求是唯一推动力，道德力量同样强大。基督徒从不相信残暴的力量就能确保一切，这并不代表基督徒就没有确保达成目标的力量，不代表基督的信徒们就是消极懒惰的。

耶稣教导自己的信徒要深入世界，将福音传到世界上所有的国家，任何将制度体系建立在基督教原则上的国家，都将成为一个充满活力的国度。[5]

冷战就是一场道德东征、宗教东征，也近乎基督教东征。而强硬、激进好战的政策，只要避免沦为"残暴的力量"，就能够得到耶稣的认可。

这就导致一个必然的推论：铁幕以东的基督徒数量和铁幕以

美国 Richard B. Russell 导弹。一名美国国防部秘书表示，艾森豪威尔总统提到过军工议会联合体。议员拉塞尔一直是议会中军事事务的主要发声者

西的一样庞大，那么在宗教问题上，他们和西欧、美国的教友一定同样急切，他们有权利获得拯救，进行自卫。杜勒斯认为，冷战就是解放的例证，要升起铁幕。这是杜勒斯最初的庄严宣誓，但1956年匈牙利十月事件之后，他的呼吁被取缔。

当时的世界形势就在这样的环境氛围中展开。苏联宣誓要完成全世界的共产主义革命，它接下来采取的一系列行动都可以被解释为践行自己的使命。而西方则认为自己肩负着道德和宗教使命，要将东方从共产主义中解放出来。至少表面上的说法就是如此。世界已经踏上了一条危险的征途。

华盛顿的冷战

20世纪50年代的华盛顿，已不再是艾森豪威尔时代，而变成了杜勒斯时代。美苏冲突不可避免的思想几乎无人否认，民主社会国家的每一个重要决策行动原本都应该受到谨慎推敲和质疑，但现在这些怀疑都被搁置。我有幸从某些方面直接见证了当时的境况。50年代末我与迪安·艾奇逊一起担任美国民主党下属机构——民主

党咨询委员会的联合主席，艾奇逊是外交政策部门主席，我负责美国国内政策。咨询委员会是大家公认的反对党自由派阵营，一直站在反对派的最前沿。在委员会会议中，艾奇逊用清晰的思路、机智的抨击，指责杜勒斯对苏态度过于软弱，他起草的外交政策草案激起了全体人员参与，包括阿德莱·史蒂文森、埃夫里尔·哈里曼、赫伯特·莱曼和其他温和派人士，最终缓和了杜勒斯发动对苏战争的企图。这就是当时有力的杜勒斯反对派。

在实际层面上，美国五角大楼那几年为军备竞赛发明了越来越多的武器系统，批准这些武器已经成了国会例行公事的内容。五角大楼按照自己的意愿建立了庞大并且继续膨胀的军事工业，"五角大楼"一词已经成了军事官僚主义和权力的代名词。相关人员不断在华盛顿和加利福尼亚之间自由流动，确保华盛顿不断收购武器，加利福尼亚继续发明制造武器。很少有人站出来反对这些决定，国会军事委员会成员也全部签字同意。1945年，原子弹的设计师罗伯特·奥本海默成为美国科学史上最受瞩目的英雄，那些喜欢借名流之名

秋天还没到的时候，罗伯特·奥本海默在阿拉莫戈多进行第一次核弹试验。和他在一起的是莱斯利·格罗夫斯，即"曼哈顿计划"的军方高层

来抬高自己身价的人，要是能够亲切地称呼奥本海默一声"奥皮"，就是对自己地位最大的证明，就如同英国人能亲切地称丘吉尔一声"温斯顿"，法国人能管戴高乐叫"查尔斯"。1953 年，针对奥本海默的安全调查结束，他被排除在华盛顿的政治商议之外，原因是他犯了大忌，表达了自己对使用氢弹的正确性的怀疑。奥本海默的经历告诉我们，任何担任政府要职的人，都没有权利秉持异见。

政府之外的质疑和异见也没有引起重视，大学里最优秀的学者都在研究冷战策略，著名的新智库也专注于冷战战略。50 年代的一个夏天，空军的智囊兰德公司设立了一个经济、数学和政治科学教授的职位，被选出担任此职的社会学家最后都很少会再回到学校。情报局是整个冷战战略的核心，而核心中的核心就是美国中央情报局（CIA），这些年，有一点点嫌疑的知识分子几乎都被中情局调查过。

道义免责许可

作为前任大使，我对中情局的核心原则有很直接的了解，其中就包含杜勒斯冷战概念的修正版。中情局认为苏联正在致力于全球革命，这种想法就造成了对苏联对外宣传的选择性解读。每当苏联政府宣称坚持这一目标时，大家就更确定了它的野心；就算后来苏联又呼吁和平共处，也被解读为政治阴谋。

但这里出现了一个问题，这是每当有人企图寻求普世原则免责的时候就会出现的问题。虽然这是一场秉持道义方和道德败坏方之间的斗争，但你想打败卑鄙的一方，自己也不得不采取不道义的手段。曾经大众以为基督教教义就是最具独立力量的武器，但实际上中情局的力量才更实际。因此为了与共产主义抗争，中情局得以免于杜勒斯伦理的谴责，局里的研究员获得了道义免责许可，在艾伦·杜勒斯①的带领下执行使命。

这样，艾伦·杜勒斯带领的中情局就避免了出现违背其兄长约翰·杜勒斯倡导的道义准则的尴尬。有人质疑约翰·杜勒斯的思维敏捷度和敏感度，但从没有人质疑艾伦·杜勒斯。

知识分子总是渴求证明自己意志坚忍、手段强硬，中情局的研究员也不例外。他们尽情利用和享受自己的道义免责许可，而完全没有意识到，当将来有一天冷战结束，道义免责被撤销，福斯特·杜勒斯的道德准则会反咬他们一口。这样的悲剧最后真的发生了，曾经被免责的那些人经历了一段惨痛的时光。②

赫鲁晓夫

我们从来都对苏联的真实情况缺乏了解。可以确定的是，二战后苏联的政策也是基于美苏矛盾不可调和的观念。这可以被看作苏联应对美国政策的反应，但事实上不是这么简单，苏联这样的政策

---

① 艾伦·杜勒斯为当时的美国中央情报局局长。——译者注

② 在这件事上，读者有权质问作者，这真的是作者的先见之明，还是明显的马后炮。我从来不否认后者，但我可以说，在 1961 年初去印度时，我就对中央情报局的政治不明智、冒险倾向和业余行动印象深刻。我更深刻意识到，一旦这些行动被披露，美国大使将遭受更大的尴尬。（所有的行动都涉及相当多印度人的参与，总有一天会暴露。）在肯尼迪总统和刘易斯·琼斯的支持下（后者是当时主持南亚事务的有原则的保守派），基于我被授予大使的使命权力，我取消了中央情报局在印度的所有愚蠢行动。（据我所知，之后也没有恢复。）华盛顿的一位中央情报局高级官员甚至都急哭了。但我相信，印度那些真正称职的官员，反而因为不用再从事情报工作而松了口气。

必然会导致就算称不上军工联合体也算是军事官僚权力体系的建立，相同的环境造就了同样的结果。

但20世纪50年代在苏联和美国接连发生的事件，改变了大众对美苏抗争的认识——双方的冲突越来越不像社会制度之间的冲突，而是两个国家在展示自己的军事、工业和政治力量。我认为两国之间的冲突有五大影响——前三个涉及赫鲁晓夫、古巴和越南战争，另外，共产主义世界开始发生巨大、尖锐的分歧，与客观事实不相符的宣传越来越难说服大众。当权者发现最后一种倾向就像是最难应对的顽疾。

统治了苏联近30年之后，斯大林于1953年辞世。5年之后，尼基塔·赫鲁晓夫成为他的继承人，连续执政6年后，突然被免职。从任何角度来看，他都是20世纪中叶极具决定性的人物。

赫鲁晓夫曾经是斯大林坚定不移的支持者，如果不是如此，他也不可能达到后来的政治高度。身居这个位置的人第一直觉总会是延续上一任的做法，这是官僚利益和政治惯性的总趋势，是我们的时代最具影响力的趋势。但赫鲁晓夫却出人意料地执行反斯大林主义政策，这也成为他最大的成功之处。他公开谴责斯大林主义的恐怖，缓解苏联政府内部出现的恐慌。他明显扩大辩论的范围，给了国家的知识分

赫鲁晓夫。他每次出访都明显自得其乐，到处表达只有和平共处，才能一同存活

子和文化生活极大自由，并公开承认一个事实，那就是：原子弹一旦爆炸，共产主义的灰烬和资本主义的灰烬是没什么差别的。他也不断重提自己的外交政策宗旨是与非共产主义国家和平共处，他用一次次的出访来证明自己。

贾瓦哈拉尔·尼赫鲁曾跟我说过，赫鲁晓夫对他说，斯大林让苏联在文明国度眼里臭名昭著，自己的使命就是改变外界对苏联的印象。为此，赫鲁晓夫曾两次怀着朝圣者之心出访美国，就如同几年后美国总统对北京的造访。尼克松访问莫斯科的时候，赫鲁晓夫也抓住机会和他进行了一场即兴辩论，也许他当时已经隐隐察觉到，凡是和尼克松唱反调的人，在美国人眼里都不会差到哪儿去。

坚持美苏冲突不可避免论调的人也没有轻易放弃，他们严肃地发出警告，说赫鲁晓夫是一个典型的要把戏的骗子，一个邪恶而狡诈的农夫，他曾承诺社会主义一定会埋葬资本主义，说的就是要用原子弹，跟这种在公共场合都会脱鞋子的人没什么可谈判的。但毫无疑问，赫鲁晓夫的外交政策，以及他出访美国和联合国的行动，成为冷战的转折点。

很久之后，人们回想起这些时，才在一闪念之间对冷战有了不同的认识。1971 年和 1974 年，赫鲁晓夫回忆录出版，虽然当时有针对其真实性的怀疑，但现在几乎不用怀疑，赫鲁晓夫本人确实是该书内容的提供者。在美国——在苏联也一样——任何有才华和想象力的作家自己写书都比让别人写赚得多。赫鲁晓夫谈到自己1959 年在戴维营①会见艾森豪威尔总统，说在有一天晚上的非正式会谈中，艾森豪威尔曾提起过自己承受着来自掌管军队财政的将军

_____

① 戴维营是位于马里兰州的美国总统休养别墅。——译者注

们的巨大压力，后来将军们谈到苏联的全球野心和美国面临的风险，他最终不得不让步。赫鲁晓夫说自己也有同样的经历，也承受过同样的压力，他一开始也强硬地回绝了苏联的将军。当然，苏联的将军也回应说，如果赫鲁晓夫拒绝为军方提供必要的补给，苏联就不能在和美国的对抗中保全自己。最后他也让步了。很幸运的是，古巴导弹危机发生时正是赫鲁晓夫执政时期。

古巴

一些国家由于受到国土大小、地理位置、人民信仰的影响，那里的人从本性上难以成为英雄，容易被历史忽视。其中一个就是古巴，另一个是越南。两者在那个年代都对我们这里提到的改变世界的思想有着决定性的影响。

古巴造成第一次冲击是在 1961 年的春天。在此之前的一年，美国飞行员盖里·鲍尔斯曾在各国参与巴黎峰会期间驾驶飞机到苏联上空飞了一圈。①击坠事件是艾伦·杜勒斯始料未及的。紧接着就是猪湾事件，这起事件也同样是美国中央情报局策划执行的。②新的肯尼迪政府已经接受，甚至赞赏中情局的"果敢"。自耶和华成功攻占耶利哥城之后，没有哪一个军事行动像中情局的这些，在稍有理性的人看来几乎都没有成功的可能性。破破烂烂的货船运输一帮没怎么经过训练的难民，在一个并非精心挑选的港口登陆，几

---

① 鲍尔斯驾驶美国中央情报局 U-2 侦察机飞经苏联领空执行侦察任务时被击落。——译者注

② 1961 年 4 月 17 日，1 200 名反卡斯特罗的古巴流亡分子在美国中央情报局的协助下从猪湾入侵，以失败告终。——译者注

猪湾的对抗：菲德尔·卡斯特罗（左）和霍华德·亨特（右）。"自耶和华成功攻占耶利哥城之后，没有哪一个军事行动像中情局的这些，在稍有理性的人看来都几乎没有成功的可能性。"

架古董级的古巴飞机把随后到港的供给船给吓跑了，登陆的人很快被包围起来。古巴民众当时和美国人一样痛恨共产主义，本指望这次事件能够激发古巴民众奋起反对卡斯特罗，但实际上什么都没发生。

美国驻联合国代表阿德莱·史蒂芬森被派去辨认降落在加利福尼亚州的袭击行动中的古巴叛逃飞行员。美国政府矢口否认自己有任何其他形式的介入。但没过几个小时，这些谎言就被拆穿。冷战期间，没有什么比中情局研究员的愚蠢更让人震惊。也不能说这完全出乎意料，这些人毕竟都是成长在很好的家庭环境中，从小上好学校，凭借自己的个性和学识得到一份好工作，因此根本不懂如何策划阴谋掩盖谎言。

对这些谎言的揭露成了猪湾事件留在人们心中最鲜明的记忆。盖里·鲍尔斯 1960 年的侦察飞行一开始被说成是一次偏离航向的考察天气的航空作业。在一场道德征战中，虚伪的谎言是最危险的，总统艾森豪威尔意识到这一点后立刻公布了事实。但在美国本土，却存在着更大的谎言。中情局不仅利用其免责许可对付苏联人，甚至开始用它对付美国人民和美国政府，正如史蒂芬森的案子所示。换句话说，中情局也在对付那些支持约翰·福斯特·杜勒斯倡导的道德征战的人，杜勒斯在一次美国基督教委员会会议上发言时还说过："我相信，我们能够在外交政策上发扬美国人开放、坦诚、正义的精神。"[6]

口号和实践之间的冲突之大令人难以忽视，也许喜欢冷嘲热讽的愤青并不在意这些，但原本信任杜勒斯思想的那批人却不能置之不理。福斯特·杜勒斯逝世之后，一切由艾伦·杜勒斯接管。（在猪湾事件之后，他也被解雇了。政府圆滑狡诈地处理这次危机，也许杜勒斯本人都没有意识到这是他的一次失败。）大家都看清楚了，在那之后，没人再谈论苏联的不道义，而是展开了对中情局的激烈讨论和调查。试图用道德价值忽悠民众，就无法避免被大众用同样的道德标准审视。

反思

猪湾事件发生一年半之后，就发生了古巴导弹危机。这次的主角又是古巴。这次又是冲突不可避免论在作祟。在此之前，所谓的冲突都只存在于想象层面，甚至带有学术探讨的意味，将军们四处宣扬要用核武器威胁苏联，号召所有热爱祖国的美国人接受使用核武器。苏联的回应是提出带有威胁性和声称进行长期惩罚的警告，大家虽然害怕警告，但没有想过警告的事情会真的发生。然而在古巴危机那可怕的几天里面，大家感受到了真正的威胁与恐怖，于是开始了必然的反思。成千上万的人意识到，也许除了现在这种英雄主义的做法，可能当初还有其他更好的策略可以选择。也许当时很少有人注意到，但古巴导弹危机之后，就很少有将军还站出来做曾经的那些演说。

危机也凸显出了另一个方面（至少美国总统意识到了），那就是没有道德骨气的人不敢反对多数人的意见，不论这个意见多么具有毁灭性，他在参与决策时都会随声附和。这就造成了一个悖论：本性懦弱的人，因为害怕自己被看作异端或者懦夫，促成了最危险的决策。在古巴导弹危机的时候，还有人提出要攻击导弹基地，说这是外科手术式的袭击。这样就没人会说他们没胆量，他们最怕这个。但真正有骨气的人——阿德莱·史蒂芬森、乔治·鲍尔和罗伯特·肯尼迪——呼吁要克制。我在危机结束几天之后从印度回到美国，和总统及总统夫人一起到剧院看剧。中场休息的时候，我们从幕后走到舞台旁边的位置就座，这样总统就不用不停地与前来合照的人握手，听别人说"总统先生，我虽然没有给您投票，但我对您一直很景仰"。肯尼迪深情地告诉我，在危机期间他收到了无数不计后果的政策建议，但最烂的建议都是那些害怕被认为过于理性的家伙提的。

越南

古巴的教训短暂而深刻，但越南带来的教训长久而深远。不论从什么角度看，杜勒斯所提出的冲突论都受到了质疑和破坏。只有意识到这一点，才能够理解为什么越南战争是现代历史的分水岭。

在这次黑暗惨痛的经历之后，世界才慢慢露出了光明。

道德征战总需要为征战目标的道德原因说上几句，因为军队是不会为了索多玛和蛾摩拉①而听从调遣，向圣地进军的。拯救与美国的结盟使人道德沦丧，包括腐败独裁的统治者、腐败懦弱的将军和其他形形色色的盗窃团伙。这时候，反政府分子总是最能占据道德制高点。发动越战的道德目的，也总和反政府相联系。同时，政府的普通士兵不会为了其他人的利益和特权而牺牲自己，即便是美国的士兵。

20年前，中国也出现过这样的口号和实践之间的矛盾。蒋介石及其支持者极度缺乏道德正义宣传，但因为美国没有直接进行军事干涉，因此矛盾并不十分突出。但在越南，跟着吴廷琰上台而崛起的吴家和其他一些政客必然给人一种邪恶的印象。马克思曾说，资本主义在最高阶段是最脆弱的，但越南和中国就是反证。两个国家的情况都说明，当资本主义刚刚从封建社会中崭露头角时，总是呈现出无政府掠夺状态，这

反战的呼声受到大家尊崇。图为威斯康星州麦迪逊市一次庄重的集会，政府债券持有者要兑现他们的债券

---

① 索多玛和蛾摩拉是《圣经》中提及的两座古城，因为罪恶深重而遭神毁灭。——译者注

是高级资本主义国家的人民所不能理解的。

最终，美国人表示对战争的抗议，导致了一任总统下台，并且在他的继任者有迹象将战争扩大到柬埔寨和老挝时继续施压，以尽早结束越南战争。这是一次民主意愿的极大体现，这就是约翰·福特斯·杜勒斯当年希望掀起的充满道德正义的民众怒火，只不过结果相反。

越南战争摧毁了和共产主义对抗的道德借口，我们的联盟完全不讲道义，这场战争也消除了冲突不可避免论的另一个理论支柱，那就共产主义是高度团结、听从中央指挥的世界阴谋。杜勒斯总说共产主义的无神论性，他的继任者美国国务卿迪安·腊斯克爱谈论共产主义世界的高度集中。后者认为中国只是苏联扶持的傀儡。在腊斯克就任期间（1961—1969），他的官方措辞都是"中苏集团"。

关于共产主义世界超越民族差异、国家利益的不同而高度团结统一的说法在当时很关键，就是这种说法让共产主义看起来像是世界上崛起的一支全新的强大力量，是多面手，深谋远虑，策划阴谋，不断找寻非共产主义世界铠甲上的弱点。共产主义世界的分裂和内部矛盾使得它的力量被大大削弱，带来的威胁也减小了，关于它的阴谋论也减少了，一部分共产主义国家还试图和非共产主义世界建立友好关系。资本主义国家的争论和政策也要相应做出调整。把冷战简单看作正义与邪恶之间的斗争是个诱人但幼稚的想法，随着共产主义世界的分裂，邪恶似乎要分很多个层次。

随着越南战争的推进，很明显，越南共产主义者不管得到了苏联和中国的多少帮助，还是孤军奋战。整个20世纪60年代，各种证据都显示中苏矛盾在深化。苏联的对华援助计划搁浅，从中国撤回了技术人员。两国边境还发生了小型冲突，充分说明了双方的猜疑和敌对。一旦涉及领土问题，双方都高度重视。1972年年初，越南战争还未结束，理查德·尼克松的一项举措值得所有有原则的人斟酌。他对北京进行了访问。同年5月，他又出访了莫斯科，重申缓和新政策。缓和政策意味着冲突不可调和论的结束，否认了一方会不惜一切代价摧毁另一方的论调。战略军备竞赛再也没有正义的理由来支持，军备竞赛成为一个陷阱。

共生陷阱

1945年在波茨坦，杜鲁门告诉斯大林，原子弹试验已经成功，即将投入使用，根据当时的记载，斯大林当时的反应极其冷静。见过他当时表情的人都觉得他根本没懂这个消息的意义。但实际上据苏联科学家回忆，斯大林当天就给莫斯科打电话，要求苏联尽一切努力加速研制这种武器。

军备竞赛随之而来。双方的武器研发让正在使用甚至还在订单中的武器成为淘汰品。美苏的科学家、工程师、军方人员和辅助的工业界共同努力，也共同获益。这种广泛合作的一个惊人但并不典型的例子就是1956年夏天，马萨诸塞州科德角的伍兹霍尔研究所进行的诺布斯卡计划（Project Nobska）。海军军官、科学家和国防工业领域的工程师聚集在这里长达10周，考虑刚试验成功的核潜艇的军用可能性。爱德华·泰勒也在场，还有海军少将拉梅奇、海军上将阿利·伯克。IBM公司的詹姆斯·克罗斯比也到场了。诺布斯卡计划的副主管是雷神公司研究所的副主席伊凡·格廷，主管是伍兹霍尔海洋研究所的负责人哥伦布·艾思林。整个项目是由美国国家科学院赞助的，而不是美国军方。

诺布斯卡计划研发出了北极星导弹。在军备竞赛陷阱中，不管双方是谁领先一步，都创造出新的威胁，让对方必须采取相应措施。照片上的这群人制造出来的威力当时还没有可匹敌的对手

　　这样的盛会自然被寄予很高的期望。最终的成果确实令人惊艳——研制出了可供核潜艇从水下发射的导弹，让敌人不能察觉，无法探测，直接摧毁 3 000 英里之外的目标。这就是北极星导弹。

　　北极星随着后来的不断研发，对苏联造成了巨大威胁，苏联的这项技术那时还在研发当中。但美国先发明出来了这种导弹并不重要，关键的是军备竞赛的共生陷阱，让双方都竭尽全力在武器研发上领先，如果是苏联领先一步，不过是增加了伍兹霍尔会晤的紧急性。

　　在一些问题上，假定的理性行为人总是容易陷入学院式的争论，最终不顾这个竞赛的意义何在。如果苏联是有罪的，美国必须回

击；如果帝国主义有罪，那苏联人就要保卫自己。这种争论和竞争关系就像是松鼠和笼子之间的关系。

经济后果

最后造成的后果就是这样的：美国军事力量想继续存在，就必须装备武器；武器制造商想赚钱，就必须制造武器。苏联为这一切的存在提供了理由。同样，在苏联，相同机构和公司的存在也有了借口。大家慢慢相信，双方之间的冲突并不是必然发生的、不可避免的，所有人都知道两种制度任谁也不能在这种对抗中保全自己。于是我们越来越不相信，这种竞争可以防止冲突。

伍兹霍尔的新英格兰古典风韵展示了这场竞争的最高技术成就，而要想见识这项技术成就的经济效应，应该到亚利桑那州的图森，去看看戴维斯-蒙森空军基地，这里是世界上最大的旧飞机停放场。

戴维斯-蒙森机场的很多飞机都即将出售，这对于贫困国家来说是一笔不错的生意，能以很低的价钱效仿发达国家拥有具有毁灭性的空军力量。还有一些新式的、速度更快、更复杂的飞机，被卖给那些靠石油发家的国家。但这里停放的大多数飞机都不会再起飞了，在这里做最后一次聚集。这些飞机不论最初多么昂贵，飞行表现多么出色，在湛蓝天空中一番翱翔撒野之后，最终还是会沦落到垃圾站。

在高层军事圈，大家都一致同意，这样赤裸裸的军备竞赛不能再持续下去了，但他们面临的难题是：用什么来替代它的角色？如何保住它创造的就业？军备竞赛产生的购买力又找什么来顶替？约翰·梅纳德·凯恩斯曾跟英国政府建议，将大量英镑投放于废弃不用的煤炭矿井，然后就会有更多的人去挖这些英镑，创造更多就业，各种投资消费就会进一步创造需求。当然他的意见没有被采纳。在后凯恩斯主义国家，武器的开支——武器设计、生产、淘汰、替代的循环——也达到了同样的效果，我曾经把这种情况叫作军事凯恩斯主义。

所有公正的经济学家都会同意军费开支在维持现代经济运转中的作用，一些人认为民用开支——医疗、住房、交通、降税刺激消费——也能够达到同样的效果，并且过渡相对容易。

但这种说法忽视了军费开支的陷阱效应，也忽视了维持这个陷阱和最终封闭陷阱的经济力量的作用。每一架新制造的有人驾驶轰炸机背后，都站着一个军工巨人，它足够强大和聪慧，维系着自己的利益，苏联的军工巨人也同样强大。而改善住房和城市建设背后却没有与之相同的竞争推动力，相比之下，简直就是真空。

当然还有量级的问题。制造一个超声速有人驾驶轰炸机小舰队的费用，实际上能够为所有有公交线路的城市建立起现代公共运输体系，那么政府到底会选择投资哪一个呢？

变革的开始

提出这个质疑已经是后话。不过，这已经说明军备竞赛的陷阱作用已经发生了改变，挣脱陷阱的机会比人们想象的更早到来。

在所有的工业化国家，那些因为种族、阶层或者国别而成为劣势群体的人越来越多地意识到，自己并不是生来就应该低人一等，他们开始争取享受的诉求——要求更多的娱乐时间、更好的住房、假期、教育、更丰富的着装和文化生活，这些曾经都是富裕阶层才能享有的特权。随着这些新情况的出现，超乎想象的高额城市公共消费成了难以被忽视的一点。

在苏联，也出现了形式略有不同但本质相同的驱动力，消费不平衡越来越难以解释，人们也注意到自己和非社会主义国家人民相比生活水平实在相差太远。

因此，在所有的工业化国家，不论是社会主义国家还是非社会主义国家，都出现了对经济资源前所未有的需求，这在西方国家就表现为要求提高工资，从而引发了通货膨胀。军费开支受到更严格的审查，不再像当年一样任凭飞机在戴维斯-蒙森机场腐朽，我们希望这样的审查能够继续，并且越来越严格。在苏联，有明显的迹象表明，不同诉求带来的压力更大，人们越来越多地涌向那些能够提高居民消费的产业。

随着时间的推进，经济问题很有可能不再是用什么来替代军费开支，而演变成如何利用军用资源服务其他产业，这是更为急迫、无阶级的消费需求。经济压力会造成人们一致要求限制军备，没人会再反对。

这至少是一个畅想。美国和苏联的理性之人，以及任何关心国家存亡的人，都不应该被动等待着挣脱军备竞赛陷阱的那一天，而是应该直面问题，主动解决，下一章我会具体阐述。

亚利桑那州的戴维斯-蒙森空军基地。这是世界上最大的飞机垃圾站，翱翔于无垠蓝天的飞机的最终归宿。B-52 轰炸机（右上角图）终有一天会被拆卸

第九章

大公司

改变我们生活最多的事物我们却了解得最少，或者说煞费苦心却还产生误解，这句话说的就是现代公司。日复一日，年复一年，公司对我们的生计和生活的影响，比工会、大学、政治家和政府的影响还要大。世上既有不断被小心翼翼宣传的企业神话，也有事实，两者之间差异甚大，几乎无法辨认它们之间的联系。现代企业就悬浮在神话与现实之间。

企业神话就是一位活力无限的领导带领着一群严守纪律、充满活力、兢兢业业并且收入颇丰的人，领导考虑公司所有者的利益，他的下属执行他的命令，将命令传达给自己的下级。这就是组织架构。不论对于大公司还是小公司，这种组织的目的，都是制造产品，获取高额利润，做得好就能获得更好的发展。公司的业绩是和服务公众的程度紧密挂钩的，公司的效益通过市场实现，从这个角度说，公司是服从于市场的。消费者所需要的，也就是市场所需要的，这样才能给予公司最大的奖励。

如果说公司是完全服务于消费者的，那就不能服务于自身，如果说它屈从于公众的力量，那么就不可能有自己的力量。多少代的经济学者都师从保罗·萨缪尔森。这位诺贝尔经济学奖获得者，也是他所在年代里杰出的经济学导师。他的教科书清晰简洁地阐释了这样的观点："如你所知，消费者就是国王，他们是将金钱作为选票的选民，通过投票得到自己希望得到的东西。"[1] 屈从于最高统治权的人都不可能有自己的权力。

这就是神话。但如此卓越的萨缪尔森教授自然是个理性的人，他和其他的经济学家一样，离开讲堂的时候会变得更加现实。他意识到在现实世界里，公司深深影响了市场，不论是价格还是成本。用他的话说，公司就是"市场价格制定的垄断者"[2]，通过控制价格来控制那些不是很独立的消费者。公司也在塑造消费者对产品的喜好，谁都不能忽视这种力量，负责塑造消费者的广告占据了我们的视野，充斥着我们的耳朵。

现代公司还通过政府施展自己的力量，这也是有目共睹的。公司塞给政治家和官员的钱，只有他们自己相信是为了慈善或者私人感情。更重要的是这种官商勾结带来的利好关系——造汽车的人和修公路的人勾结，造战斗机的人和领导空军的人勾结。现代企业和现代国家之间这种深厚的共生关系就是基于权力和利益共享。

公司神话坚称，公司是市场的玩偶，是消费者最顺从的仆人，而事实上，这个神话正是公司力量渗透的工具。殖民之所以成为可能，就是因为殖民者编造了关于道德目的的神话，掩盖了追逐经济利益的现实。其中的阴谋没什么两样。如果说我们接受的教育和各种社评都是关于公司是统治我们的工具，那么全社会就会掀起辩论，探讨这种权力到底应该如何使用，如何将这种权力置于民众的意愿和需求之下。而现在没有出现这样的辩论，就是因为对这种神话的宣传，告诉大众根本不存在这样的权力。对年轻人进行这样的教育尤其见效。大家如果都认为这种权力根本不存在，自然也不会担心谁在运用这些权力。

　　但民众的焦虑不可能完全消除，我们还是能够感受到自己的生活被公司塑造，政府行为受到公司引导。即便公司神话掩盖了事实，也不能消除人民心中的疑虑。公司的领导人为无法得到大众的爱戴而头疼，责怪为什么记者、政客和知识分子不能欣赏公司的美德。在这个不确定的时代，公司是最大的变数，它让人们禁不住怀疑，谁才是最终的统治者，以什么样的手段，结局又会如何。要想回答这种不确定性，一个显而易见的方法就是透过神话，直视现代公司的真身。

"世界上没有伟人，我的儿子。只有伟大的委员会。"——1975 年《纽约客》杂志插图

伊莎兰学院

我们从最根本的人性看起。现代企业享有权力，人类是热爱权力的动物，因此在公司中，权力需要共享。所有基础性的决策都需要很多人提供充足的信息、专业的知识或者经验。查尔斯·亚当斯曾说，世界上没有伟人，只有伟大的委员会。人类行使权力的直觉总是按照自己的喜好和自己对事物的判断，若要根据他人的观点、信息和经验调整自己的想法，需要高度的理性和自制，不是所有人都能做到这点。

这就是为什么执行官们聚集在加利福尼亚海岸蒙特雷南边的伊莎兰学院：这里将教会他们如何拥有行使权力所需的理性和自制。

有人认为婚姻就是要达成双方的和谐关系和相互理解，公司生活也是如此，或者说更像是只有爱没有性的婚姻生活。大家也需要相互理解，互相教育，让整个团体更加完美。最重要的是，要说服每个人，在行使权力的时候，如果遇到需要服从他人意愿的情况，要避免心生挫败感。

1965 年以来，像加利福尼亚标准石油公司和梅莫雷克斯公司这样的大公司，还有美国国务院和美国国内收入署，都把执行官送到伊莎兰学院学习如何获得行使权力的理性。这里的教育有时会迸发出让人惊讶的学习成果。一名伊莎兰的学员突然不接受权力共享的现实，甚至开始抗拒这个世界，他甩掉自己的三件套西服，穿上了牛仔裤，留起了长头发，后来成了一个园丁。其他人都经历了怎样的改变，我们不得而知。有关公司权力的世界被小心翼翼保护起来，社会调查人员也不能闯进来。君主和政客的个人隐私总是成为人们的谈资，甚至被历史记载，但公司领导人的心理、家庭生活、个人卫生和风花雪月之事很少有人研究。伊莎兰学院关于现代公司权力行使中的人际关系的说法很朴实。

发现自己
找到身体的中心
找到你的压力点
学会释放压力
做到身心合一
感受自己的灵魂，培养自我的精神
从那深处将会长出枝芽
——最终盛开绽放

伊莎兰学院会教给你这些

公司权力行使中的人际关系，参与者的互动及由此产出的结果，就成为公司的性格。没有哪两个公司的性格会一模一样，也没有两种权力行使方式会导致完全相同的结果。像 IBM、帝国化学工业公司（ICI）和施乐公司这种由科学家和工程师互动的公司，必然不同于依靠游说和迷惑大众而生存的公司，例如露华浓（Revlon）

和联合利华。一些公司衡量成功的标准就是纯粹的利润，另一些则看重公司的发展，还有一些会把技术成就看作衡量标准的一部分。一些公司喜欢宣扬为人民服务、对大众负责的意愿，自夸美德到连它们自己都会相信并实践的程度。还有一些公司就把自己看作无情的赚钱机器和资本家，让那些单纯的理想政治家和社会改良家去为真相与公众利益烦恼。

公司各有不同，因此不能说哪家公司代表了企业历史或者企业个性。你自己审视这些公司时，看到的都是神话的表象，除非在它们不设防的时刻。权力的行使贴近公司的最核心个性，必然会被隐藏起来。因此，唯一的办法就是以整合的眼光审查历史上展现公司发展和现代公司个性的无数事实。我们要审视的公司是"全球联合公司"（Unified Global Enterprises，UGE），这个公司既存在也不存在，没有人为它的神话辩护，与它相关的事情，从里到外都能够被人看得清清楚楚。

创始人

詹姆斯·巴兰坦·葛洛 1871 年从格莱德河沿岸格拉斯哥南边的格陵诺克城，一路来到芝加哥。他在南区开了一家肉店，后来又做起了腌肉和香肠的生意。10 年的工夫，他就建立起规模可观的肉类加工生意。那个年代，生意的兴起就是一瞬间的事情。用公司官方的话来描述它的历史："詹姆斯·巴兰坦·葛洛从来都只向前看。"19 世纪末，葛洛的公司和 Swift、Armour、Wilson、Cudahy 被称为肉类加工企业"五强"。

这五强各有千秋，Swift 和 Armour 控制了芝加哥社会，它们提供的猪肉和牛排几乎保证了整个城市的饮食文化生活。詹姆斯·葛洛和他的两个儿子更注重自己的生意和教会，能亲切地叫出自己很多员工的小名，关心他们的家庭。公司的规章制度十分严格，不留任何余地，坚决不允许单身员工和已婚员工乱来——在丈夫总是值夜班的情况下，这样的规定很有必要。公司出钱请社会上的教会导师定期拜访员工，据说葛洛本人也会接受这种咨询。

在芝加哥，葛洛家族最著名的就是实行严格的每天 12 小时、每周 72 小时工作制。但特别的是，葛洛工厂的所有员工在安息日都不用上班，而且每名员工都可以免费听圣经讲座和关于戒酒、戒烟、防止挥霍和不道德的劝诫。19 世纪 90 年代的大罢工时期，芝加哥很多工厂老板都被吊死在雕塑上，但考虑到葛洛工厂浓厚的宗教氛围，詹姆斯·葛洛最后被执行了火刑。

那些年在芝加哥，据说猪身上的每一个部位都各尽其用，葛洛工厂更甚一步，发明了一种做猪肉的神奇配方，连死猪肉都能用上。葛洛香肠被美国曾经的一代人称作"葛洛肉虫"，葛洛公司认为这是从香肠形状得来的昵称。

要是非要为葛洛公司说话，那个年代的肉类加工行业标准的确不是很严格，在美西战争期间，美国士兵中死于腐肉的比吃枪子的还多。葛洛公司的生产水准不会比行业平均水准好到哪儿去，所有的公司都得到了重重的一记教训，葛洛肉类加工公司之后一直把肉类质量作为广告的重头。

当然葛洛公司也并非一无是处，它发现了很多种价格便宜的蔬菜，经过加工、调味，可以做成仿肉类罐头和香肠。通过这种方法，葛洛公司开拓出了一条与 Swift、Armour 及其他公司不同的道路，现在葛洛公司的原材料已经扩展到植物油、燕麦片、玉米粉、棉籽粉、麦麸，甚至还有传言说包括木屑，葛洛公司当然竭力否认这一点。这些材料很容易成为早餐食品（例如玉米皮和大麦片），之后又加工成罐头狗粮和饼干，还用来做成胶水和各种黏合剂、肝精、再生药物和矿物泻药。

1910年，小詹姆斯·葛洛经过良好的训练之后，接过了父亲的担子。1922年，他做出了一项意义重大的举措，连他自己都没有意识到它的前瞻性——他收购了Uni-Cola公司的商标和果汁配方。几年之后，他推出了新的饮品Uni-Up。Uni-Cola很受欢迎是因为其中添加了适量的可卡因，会让人微微上瘾。但最终葛洛公司放弃了添加药物，因为葛洛先生不断受到自己宗教信念的折磨和当地政府的威胁。销量并没有遭到想象中的重创，商业哲学家总是喜欢引用这个例子，表示个人利益与公共利益之间是能够达到平衡的。1929年，为了体现其食物产品的广泛性和着重突出软饮料产品，公司更名为"葛洛食品与饮料有限公司"，公司股票在当年夏天暴涨，现在这只股票的发行量也依旧很大。

大萧条年代，虽然每年的年报总是说还维持"基本力量"，但实际上公司的销售和利润都受到大范围经济下滑的打击。60岁的小詹姆斯·葛洛已经变得像他父亲曾经那样固执而独断，他怀疑所有的下属都想分享他的权力，抗拒工会和罗斯福新政。当时有一张令人很难忘的照片，画面中，他宁愿被抬出办公室，也要抗拒美国国家劳工关系委员会要求他的工厂进行工会选举的命令。这次顽固而愚昧的抗争持续了很久，但最后还是不得不以承认工会的合法性告终，公司的贸易额也开始下滑。小詹姆斯·葛洛后来还失聪了，成为葛洛家族的最后一位直系继承人。亚瑟·弗兰西斯·葛洛是小詹姆斯·葛洛的侄子，也是唯一的男性继承人，他仓促接管了公司，但很快就干回他艺术收藏的本行，一生沉浸于日本春宫图艺术研究。他名字的缩写"A. F. Glow"也经常被戏称为"After Glow"（葛洛之后）。

随着第二次世界大战的开始，情况有所好转，年轻的一代扛起了担子，公司产品的市场需求也在扩大，美国派往中国和朝鲜的军队都由葛洛食品与饮料公司供给，这一次没有出现什么食品质量问题。公司为了实现一次巨大的业务转型，购买了伊利诺伊州南部的一个大型贝壳装载厂，最后这次转型很成功。诺曼底登陆之后，葛洛有限公司负责欧洲作战区总部的食物供给，这就让我们体会到了大公司全球扩张业务的意味。

当今的全球联合公司

小詹姆斯·葛洛于 1947 年住进了医院，辞职在所难免，他希望自己的私人厨师可以接任公司总裁。第二年，葛洛就与世长辞。哈罗德·麦克贝汉接任公司总裁兼首席执行官，公司继而进入了麦克贝汉时代。关于麦克贝汉的商业哲学有很多说法，大多出自他自己的讲话，例如：持续增长的概念，讲求专业管理人士实行企业专业化管理，与人搭档的哲学，通过服务赢利，科技要服务于国家利益，国家的主人，自由民族的营养学问题，建设性地发展均衡的多样性，等等。所有这些理念都反映了有着五角大楼和哈佛商学院背景的麦克贝汉团队的新生与活力。

1955 年，公司最后一次更名，由"葛洛食品与饮料有限公司"变为"全球联合公司"——UGE。"前面还有一个不发音的 H"，企业商报这么宣传（UGE 前加上 H 就变为英文单词 HUGE，意为

"庞大"）。现在，公司的食品和软饮料产业已经成为历史，庞大的UGE业务涉及制药工业、电力工业、导弹巡航系统、计算机软件、移动住房，有自己的保险公司，还有航空公司（UGEAIR）和酒店（UGEHOTEL）。

哈罗德·麦克贝汉于 1969 年离开了公司，去担任尼克松政府的国防部部长一职。这对于公司来说是极大的损失，但麦克贝汉也很难放弃这样一个在国防关键领域为公众服务的机会。而且可以明显看出，麦克贝汉就任国防部部长，对于以设备和原材料供应作为主要业务的全球联合公司并不是一件坏事。没人喜欢出现任何形式的偏袒，但大家也都能够明白，这样的企业和政府基于深刻了解的密切合作关系，是有一定益处的。

麦克贝汉离开公司的时候，UGE 已经是《福布斯》美国工业500 强排名中的第 7 位。公司当年的年报显示，公司已经在全球62 个国家设立销售部门，在 24 个国家设有生产线。年报中用骄傲的语气写道："在麦克贝汉先生的管理下，公司组织结构缜密，不断进行内部优化，充满活力，完全符合现代管理方法和体系的要求。" 1969 年年初，UGE 公司的股价达到了历史最高点，公司利润反映了合并、对公司间控股的重新估价以及其他先进的财务实践带来的好处，也反映了公司连续 16 年的赢利状况，这也显示了公司财务其实是一门艺术。（随后，UGE 公司的财务会计算法受到了美国证券交易所和其他分析师的严格审查，他们也为 UGE 公司塑造了具有与其管理技巧相匹敌的赢利能力的声望。）

这些年也并非一切顺利，麦克贝汉公司的并购行为引起了司法部门的注意，公司被起诉，被要求拆分其下属保险公司和高级电力公司。自由派经济学家和律师为这项举措欢呼，认为这是防止工业

福特公司——亨利·福特　　　亨利·福特二世

IBM 公司——托马斯·沃森　　　小托马斯·沃森

ITT 公司——索斯特内斯·贝恩　　哈罗德·吉宁

我们的历史是关于詹姆斯·葛洛、哈罗德·麦克贝汉和霍华德·斯莫尔的。这些照片分别是同时代的朋友及其接班人

集中化的一步重要举措。这次案件在漫长的法庭审判过后才得以解决，最后达成一致，限制公司进一步的合并计划，UGE 公司需要拆分其汽车租赁业务。最后的决议由 UGE 公司中一队非常有经验的反垄断律师执行，他们中几乎所有人都有司法部门的职业背景。法律诉讼的费用可是不小的一笔开支。

战地指挥所

1965 年以来，UGE 公司有超过 1/3 的员工都曾到海外工作，20 世纪 60 年代末，公司一半以上的合计利润都来自美国之外。布鲁塞尔作为欧洲经济共同体、北约和大量卫星研究发射组织的驻扎地，可以算得上欧洲跨国意义上的首都，大街上的妓女和乞丐逢人就称呼阁下。但 UGE 公司却选择了在巴黎设立分部。"这里是欧洲知识分子、艺术家和高端消费者的首都"——哈罗德·麦克贝汉在巴黎拉德芳斯现代商业区总部开业庆典的演讲上这么说。还有一名小主管在喝高了之后又补充说，进驻巴黎还因为这里有更兴隆的餐饮业和卖淫产业，还有疯马俱乐部。当然还有其他很多重要的原因不为大众所知。UGE 公司一直与法国政坛和军方的领导保持着利益共享的密切关系，选择巴黎为驻地自然与巴黎政府承诺的关税优待和军方订单脱不开干系。

1962 年之后，UGE 的全球总部从芝加哥转移到了纽约，每一个时代的主题都可以从当时最雄伟的建筑反映出来——教堂反映的宗教，凡尔赛宫反映的民族国家，铁路车站反映的工业革命，阿斯特罗圆顶体育馆反映的现代运动，摩天大楼反映的现代企业。UGE 公司的高楼让洛克菲勒中心第六大道上的其他建筑瞬间显得矮小，评论家描述它是一座"自命不凡却让人不忍直视的丑陋建筑"。哈罗德·麦克贝汉估计没听过这种说法，他在大厦落成的那天说："这座建筑就是我们留下的签名，它在天空中写下了三个字母——UGE。"

纽约的通用汽车大厦

莫斯科的经互会大厦

公司董事会在第 79 层的会议室召开会议，这里就是公司的战地指挥所，哈罗德·麦克贝汉称其为伟大的房间。公司董事会代表了持股者的声音，也就是真正拥有公司的那群人，他们的话就是行军的指令，就是最高权威。

这就是神话。当詹姆斯·葛洛辞世的时候，很大一部分股票都落入了他三个女儿手中，现在这三个人都已经离开了家族，还有更大的一部分股票流入了葛洛基金会，这是小詹姆斯·葛洛和他的弟弟为了宣传自由企业核心理念而建立的基金会，其实更主要是为了以慈善之名减少遗产税。在基金会的几次行动中，很大一部分股份被出售。亚瑟·弗兰西斯·葛洛，也就是"葛洛之后"，建立自己画廊的时候也出售了一些股票，其中一部分用来建设他的东方春宫图协会，另一部分用来给他的四任前妻当作赡养费。麦克贝汉的持股包括新发行的股票，也有一部分用来换取了所收购的公司的股份，这样，UGE 公司的股权进一步被分散了。

1932 年，哥伦比亚大学两位著名的教授阿道夫·伯尔和加德纳·米恩斯研究了美国最大的 200 家非金融企业的控股情况。他们发现近乎一半的公司都被管理层控股，企业主不再有权力雇用或者解雇管理层，相反是管理层任命股东代表和理事，而不是股东大会理事任命经理。自然，UGE 公司的股权也毫无疑问由管理层控制，个人股东持有的股份不超过 1%，所有的董事也不过是持有基本比例的股份，并且所有这些董事都是麦克贝汉选出来的，在投票时完全是管理层计划的代理人。麦克贝汉选董事的标准在金融界都算是很高的：需要有华盛顿的政治背景，并且要有一贯不会干涉管理层决策的作风。他选出来的董事平均年龄为 67 岁，这是最近加上了一名黑人、一名消费者权益代言人和一名修女之后，数字略微降低的结果。公司董事每两个月开一次两个小时的会议，批准那些早就做好的决定，甚至一些董事会成员连决策都弄不明白，还会有两个人整场会议都在睡觉。从来没有人反对管理层就任何事务做出的决定，所有人都承认，由这些每天处理公司计划和运营的人来做决策真是再好不过。如果 UGE 公司在亏损，甚至面临破产，董事会理事才有可能质疑管理层的能力。除此之外，任何问题，甚至怀疑管理层有诈骗嫌疑，董事会也不会做出任何反应，因为总体而言，董事会十分信任 UGE 公司管理层的正直。

华盛顿现场

UGE 公司的华盛顿分部在 H 大街，比起纽约和巴黎的总部显得低调一些，但依旧很有名。UGE 公司在华盛顿设立分部对于公司至关重要。税收立法决策、食品广告业真实性、药品安全、产品安全标准、环境问题声明、五角大楼的命令和意图、与UGE 有贸易来往的国家的人才输入，所有这些问题，还有其他方方面面的问题都需要 UGE 驻华盛顿人员时刻保持警惕。为了掩盖公司涉及违背公众利益的行为，UGE 公司与华盛顿最著名的两家热心公共事业的大律所展开合作。哈罗德·麦克贝汉和 UGE 公司的其他所有人都没有经历过什么颠覆他国政府的政治外交大事件，但他们在美国政府中的角色不容忽视，不然设立华盛顿分部就没有意义了。这可以追溯到小詹姆斯·葛洛曾经每年到美国国会游说，反对进口阿根廷牛肉。UGE 公司华盛顿分部的这些人在无形中操控着政府政策，还不用冒着身在其位的政治风险，正是这样的公共角色，让 UGE 公司成为不稳定、不确定性的一个源头。

技术专家体制

哈罗德·麦克贝汉去了五角大楼之后，接任他的是霍华德·斯莫尔，负责公司企业运营的前执行副总裁。霍华德的薪资水平在公司和麦克贝汉处在同一个级别——年薪81.2万美元,再加上递延酬劳和退休金。他也享有优先认股权,但因为股价下滑,这方面就没有人提了。处在斯莫尔管辖之下的人几乎也可匹敌一个国家了,但是他不像麦克贝汉那样在公司之外依然声名远扬。他是个一天抽两包烟的老烟鬼,还喜欢喝酒,其实如果考虑到他在公司的职位,他的心脏健康状况应该是公司关注的重大问题,道琼斯指数走向应该跟着他的心电图和肺部X光片波动。但实际上,没有人在意霍华德·斯莫尔的健康状况,连一丝一毫的关注也没有。麦克贝汉的离任意味着一段漫长路途已经结束了,从此UGE公司的权力从个人被递交到了组织机构手里,霍华德算不上角儿了。

这再次显示了神话和现实的差距。现代公司的神话宣扬公司管理是自下而上的层级制度,但事实是,它是一个圈,圆圈的最中心是处在最顶尖的管理层——对于UGE公司来说就是霍华德·斯莫尔和公司的执行副总裁、金融副总裁、副总裁、副总裁助理、财务主管、会计、法律顾问和华盛顿分部的主管。外面一层,是UGE在美国和国外分公司的主管,他们一并组成UGE大家庭。这个圈之外,是子公司和分部门那些参与公司决策的专业人士——工程师、科学家、销售经理、广告专家、公关人员、设计师、律师、会计、经济学家和电脑操作员。再外层是秘书、办事员、打字员——那些白领工作者。接着是监管工厂和产品运输的监工,最外围的一层就是蓝领工人。

在UGE公司的最内圈,权力来自职位;对于中层权力圈里的人,权力来自专业知识;而对于外圈的人,权力只能通过群众和工会组织执行。权力在圈层之间会流进流出,公司的动向就是这些圈层之间互动的结果。更高薪酬、更多权力的奖励,总是会给予那些在圈里为自己打拼出更大空间的人，他的办法可以是创造有关产品、标签、口号的新点子，或者想出能够增加销售额的商业活动。因此UGE公司经常强调增长就是目标，公司员工只要在自己的岗位领域创造增值，就会获得薪酬、权力和额外津贴方面的奖励。大家齐心协力谋发展，UGE公司自然跟着壮大，公司的发展壮大就是公司成功的最好证明。经济学家和政治家谈到经济增长带来的社会收益，通常认为这是和金钱利益无关的。增长对UGE公司来说也是有益的，也许甚至比它强调的收益更有用。

埃因霍温的实践

UGE公司虽然是一家美国公司，但它在世界各地都设立了分部，它最大的成就就是几乎消除了国家间的差异，同化了所有的工业化国家。有些人因此而指责美国人。实际上，这就是公司的强大力量，不论哪个国家的公司都具有这样的力量，社会主义国家也在利用公司完成大项目，这是必然的趋势。

在埃因霍温就能见证这一切。这座城市拥有19万人口，在阿姆斯特丹东南，有几小时的车程。它也曾经在历史上辉煌一时。1944年，蒙哥马利的军队占领了这里，又企图去到阿纳姆，但事实证明距离太远。1891年以来，这里一直都是飞利浦公司的总部。1974年，公司被美国《财富》杂志评为美国企业之外的世界第三大工业公司，全球排名第13位。这是因为公司当年拥有95亿美元的电器和其他技术硬件销售额，并解决了全球41.2万人的就业。

葛洛家族几乎已经脱离了UGE公司，没人为此悲伤。在荷兰，传统似乎延续得更久一些，飞利浦公司里还有飞利浦家族的人。芝加哥的所有人都觉得詹姆斯·葛洛太过于关心工人及其妻子的贞操，不过是更加印证了他肮脏的内心。霍华德·斯莫尔只有在工人要求加薪和威胁罢工的时候才会关注到员工，接着就会让负责人采取强硬态度，遵守原则，行不通时才会妥协。在埃因霍温，飞利浦的存在感依旧很强，工人和公司紧密联系在一起。埃因霍温有这样的说法，说飞利浦只会因为两件事情解雇员工——一是射杀公司总裁，一是骚扰女服务员，而且二者之间更有可能是前者，因为如果做了第二件事，后果会更严重。

但即便在埃因霍温，公司的趋势也是一样的。曾经是公司负责员工的住所，关心他们的健康和教育，现在这些任务都被交给市政或者国家政府管理。曾经，公司按照自己的意愿教导工人，现在都是工会来负责。因而，再谈及公司的权力时，就需要清楚两个方面：现在公司的公众权力在增加，但像过去一样作为员工家长的控制力在下降。

飞利浦和 UGE 公司一样，是技术专家体制的产物——从这个角度看，几乎所有的公司都是一样的。不论是在埃因霍温，还是在纽约或休斯敦，企业的业绩都不会倚仗个人的聪明才智，而是依靠组织的竞争力——是否能够成功遴选出正确的人，团结起来，填补各圈层的空间。

技术专家体制下的员工信仰一种新的"宗教"。他们的信仰就是商业成功，对于他们贞操的考验就是绩效和利润，他们的《圣经》就是电脑打印出来的材料，他们的集会场所就是会议室。销售能力就是他们传达给世界的信息。虽然有禁酒令，但酒作为员工聚会的助兴品和说服客户的工具，就没关系；各种娱乐活动是为了振奋企业精神，扩展商业客户关系；性生活是为了睡眠质量。相信这些教条的信徒，居然都是哈佛商学院的毕业生。

哈佛的一群人事实上是第一批贯彻这些信仰的人，他们现在依旧是打先锋的那一批人，后面还跟着很多队伍，其中的一支来自法国的一所商学院——枫丹白露森林的欧洲工商管理学院。企业技术专家体制是汲取了不同领域的专业知识才形成的架构，工程师和会计师、经济学家、市场营销人员共同工作，所有人组成一个工作组，也就有了群体工作体验。这里需要强调"工作"一词的重要性。因为哪里的商学院其实都不喜欢自由大学尊崇的那种享乐，说是为了放松大脑，让自己清醒，其实都是懒惰的最佳借口。尤其是在公司，"工作"一词就是最重要的。

没时间让你研究理论，学习的目的就是解决问题。在先锋哈佛商学院的带领下，学校的授课都是以案例分析为主要方法，教会学生实际决策操作，以便立刻应用到企业事务执行中。

哈佛商学院、欧洲工商管理学院和其他商学院造就了一批一个模子里刻出来的人，就跟他们各自服务的公司一样。他们的国籍都被抹杀了，不再是荷兰人、法国人、英国人或者比利时人，而多多少少都算是美国人。他们首先忠诚于飞利浦、IBM、埃克森美孚、BP（英国石油公司）、雀巢，而不是荷兰、美国、英国或者瑞士。所有国家员工的制服甚至在特殊场合穿的衣服都是一模一样的：笔挺的西服、精心打好的领带、擦得锃亮的皮鞋。最优秀的员工会收到通知，被要求前往布鲁塞尔或者日内瓦或者印第安纳波利斯分部，他们就会像卡槽里滚动的硬币一样，乖乖滚到指定的位置上。马克思曾经说，无产阶级是没有祖国的，目前这还没有成真。但是今天的公司员工、现代企业人，却真正做到了这一点。

哈佛商学院的学生

西班牙的神学院学生

公司的世界

哈罗德·麦克贝汉满世界飞来飞去，协调公司——他一度称其为自己的帝国——在全球的运营。海外的经理每个月都会被召回拉德芳斯。美国各执行分部的主管也会每个月在纽约会面，每年12月在公司的大酒店或者巴哈马群岛的高尔夫球场聚会。每个分部的主管每年都有销售和赢利目标，在聚会上，他们逐个解释，鉴于目前消费者信心的减损和财务调整，总部需要提供怎样的预算支持才能够保证实现下年度目标。

霍华德·斯莫尔也需要经常飞来飞去，但现在管理团队能在本部处理所有的运营问题了。每天早上，霍华德的办公桌上都堆满了各种文件，看不懂的文件他也会直接批准，因为他相信每个文案背后的团队都值得信任。

飞利浦公司没有这么权力集中化，它喜欢把自己看作一个联邦而不是一家企业。公司分布在全球60多个国家组织中的负责人都是由埃因霍温总部任命，主要资金花费也都由总部审批。剩下的工作就全部由各个分部八仙过海各显神通了——有些负责生产和销售，有些仅负责销售。飞利浦公司鼓励各辖区分公司努力成为当地经济的一部分，在每一个国家，亮着飞利浦标识的霓虹灯都已经成为当地景观不可或缺的一部分。

每过12个月，各国分公司的领导都会聚集在一起，汇报上一年的运营情况，制订接下来5年的计划。集会安排在瑞士的乌契（离洛桑市不远），这也是为了去国家化。他们在这里规划公司的未来，并且是五年计划。

飞利浦公司还有另外一个重要的指挥系统，那就是在埃因霍温

埃因霍温

伦敦

布鲁塞尔

维也纳

马德里

圣保罗

飞利浦公司的摩天大厦

与荷兰其他地方设立的 13 个产品部门（其中一个设立在意大利），它们负责飞利浦公司产品的发展和市场销售，这些产品包括台灯、电视机、广播机、其他电器、重型电力设备和其他各类设备。这些产品部直接和各国负责销售和推广产品的人打交道，设立董事会监管他们的工作，使产品设计、质量把关和市场推广都能够按照公司统一标准执行。每个国家分管各自生产线的负责人也会不时碰头，埃因霍温总部已经安排好了专门的公司航线和专机，为人员旅行提供便利。飞利浦模式比 UGE 模式更为稳定，但依旧不能完全避免人员流动的需求。

不受欢迎的大公司

为什么 UGE 公司还有飞利浦公司这些大公司总会让人产生一种淡淡的焦虑？为什么它们构成了这个不确定的时代最大的不确定因素？UGE 公司制造的产品更好、更安全、更贴近消费者的收入水平，比当年葛洛掌管公司时生产的那些掺杂以次充好、难以下咽甚至致死的产品还要便宜。现代工人谁也不会愿意到詹姆斯·葛洛的公司上班，谁也不会容忍葛洛借着宗教、戒酒、戒色的幌子干涉自己的生活。

哈罗德·麦克贝汉和霍华德·斯莫尔都是发愤图强的人。另一个时代或者另一个世界的哲学家看到他们的生活态度一定会诧异，会想怎么有人愿意如此牺牲自己的时间和健康，困惑于他们为什么如此执着追逐那些奖赏——那些无所谓的权力和他们没有时间享受的金钱。哲学家搞不懂他们为什么这样工作，在哲学家眼中，他们只是愚蠢，而不是邪恶。

但在对 UGE 公司和飞利浦公司进行审视后，我们看到了现代公司神话和现实之间的剧烈冲突，以及由此引发的焦虑和怀疑。神话与现实的反差之大，让人第一直觉认为神话的目的就是掩盖事实。没有人会相信 UGE 公司只是市场力量驱动下的被动行为体。知道 UGE 公司在华盛顿设立了执行分部的人都相信 UGE 公司必然对政府有影响力，没人会认为公司管理层只是董事和股东的仆从——这些都是神话所宣称的。在这种情况之下，现代公司依旧费如此大的力气掩盖它们的实际力量，那么只会有一个可能性，就是这种力量必然是不怀善意的。

一旦公司坦率地不加任何神话地展露自己，人们的疑虑就会随之消失。就像我们审视 UGE 公司的时候，它不再试图伪装成一群圣人的集会地。它的一些成就如果放在一个理性的世界里看，甚至有些疯狂。但公司大部分行为和权力的运用都是为了生产和销售，不管最后是否起到作用。随着神话的破除，众人的焦虑也消失了。这样的跨国大企业面对的就是大众的戒备，戒备它们的跨国贸易、与政府的关系和对国家军工的介入。

跨国综合征

对于现代的大型公司来说，世界上的每个角落都算不上遥远，看看香港、新加坡、纽约、布鲁塞尔和马德里就知道了。霍华德·斯莫尔的手下在苏联为软饮料打了一场胜仗，打算抢占伏特加的消费市场，他们还希望和朝鲜开展贸易。现代跨国公司几乎无所不在、无所不能，受到所有人的欢迎。只有在一些反思大会上，跨国公司的执行官们才会听到一些美国教授发表的悲观演讲，指责跨国公司渗透国家权力，破坏国民的国家认同感。传播这种思想的人，无一例外都对现代企业抱有严肃的关切。

可是怀疑精神在这里又开始作祟：如果跨国公司真像公司账目展示的那么邪恶，我们还能活到今天吗？在新加坡这样的小国家，最能深切看到跨国公司的存在，国际化大公司给这个国家带来了各种物质资料、能源，为生产提供金融支持，创造了各类产品，又给前来买卖的人员提供衣食住行。谁看到了这幅景象都不能否认，现代跨国公司已经将这座城市改造成了工业化西方的图景。

人们不禁会问，这到底是好是坏？新加坡曾经以自己是"小英格兰"为傲，这么一个小的热带港口能拥有网球、板球、亿万富翁、威士忌、《伦敦新闻画报》、狄更斯小说，一切英国文化该有的东西应有尽有。飞利浦公司和美国大通曼哈顿银行带来的影响虽然与新加坡的例子不同，但谁能说这样的影响就没这么大呢。

外来的跨国公司影响了国家政府的决策。在某种程度上，法国人和加拿大人也被外国企业管控。与 UGE 公司一样，它们本国的公司也在不断尝试影响甚至指导本国的政府，这是所有大型企业的趋势，不论它是国内公司还是国际公司。只能说，外来的公司意识到自己的外来性，比起国内的公司在施加影响方面更讲究策略，因为加拿大政府随时能将 UGE 公司赶出加拿大，却不会把加拿大太平洋公司赶出自己的国家——因为，实际上，所有工业化国家的存在本身都是汲取了国内企业而不是外企的力量。

最后一个问题是，是否应该谴责国际大公司抑制了人们的国家认同感。20 世纪前半期，正是法国人、德国人、英国人对民族认同感的呼吁，导致了百万人民在欧洲内部的战争中丧生。从广泛的角度看，欧洲共同市场的形成正是由于二战之后欧洲人突然的经济觉醒。终于在亚当·斯密时代之后 200 年，欧洲的政治家不可思议地坐在一起共同研读他关于劳动分工的著作，明白市场规模如何限制了工业化生产。欧洲经济共同体的成立也是因为跨国公司需要扫除国家关税壁垒和贸易限制的障碍。要想控制好外国公司的竞争，最好的办法就是成为最有力的竞争者。

通用汽车公司之后

这些大型公司最终都站稳了脚跟，那些试图用国界拆分公司、限制公司运营的人最后都发现自己是在与整个历史的潮流和当下的环境为敌。人类需要完成很多大型任务——例如开采北海的石油，因为有成千上万的汽车等着要用汽油。庞大的任务需要庞大的组织来完成，这就演化出了今天的世界。

公司中的个人决策也不能成为事后诸葛亮，必须制定规则，但在规则之内，需要有决策自由。需要不止一个有权力和能力独立决策的个人，或者有效的组织。比心怀不轨的公司更可怕的其实是一个无能的公司，比错误的决策更可怕的是迟到的决策。

跨国公司最终都要诉诸跨国主权——国家政府要和其管辖的公司协作。正是减弱的国家认同感为它铺好了路，其危险性还是久远未来的事情，就算在欧洲，国际化主权也才刚刚显露出一个影子，而在其他国家更是连影子都看不到。

与此同时，国家政府和国内企业的唯一出路就是制定出强大的规则框架，将企业力量与公共事业相结合，这不能只是希望，不能只是纸上谈兵，而应该成为这个时代最主流的趋势。现在一家公司对天空、水源、地貌、真相、消费者健康安全的影响，比 10 年前更具体化。这个规则不是拉尔夫·纳德① 凭空想出来的，而是时代的趋势和需求将纳德推上前线，而这种趋势还会继续发展。

很少有人谈到企业改革，特别是在美国。信仰自由企业的文章都大声赞扬说通用汽车公司、UGE 公司就是神来之笔，是人类劳动的最终成品。世间万物都需要被改造，但这些公司已经完美。神灵指引着虔诚的葛洛、世俗的麦克贝汉乃至斯莫尔造就了 UGE，它是完美的，如果认为公司需要进一步改造，在现代会被看作异端邪说。

不过确实还有个别建议被提出来，比如要求在董事会加入工人、少数族裔、女性和其他公众代表，工会的参与在欧洲是一个重要议题。在我看来，这些建议不过是些态度暧昧的改革，不参加公司日常管理的董事会根本形同虚设，那所谓的工人、消费者代表又能引起多大改变呢？

另一条更好的发展道路是废弃大公司中毫无作用的董事会，取而代之的应该是审计委员会。他们虽然不参与管理决策，但监督保证公司按照公共法律法规运行，随时汇报有关公众利益的事件，同时保证公司管理正当，在出现不公正或失败的情况下勒令高层立刻改正。

你也许会问：那么谁来代表股东的利益呢？实际上现在已经没有人代表股东了。现代大企业的股东是完全没有权力、执行职能的，几乎完全被废弃。所以要想进一步改革，就应该付给股东相应的债券股票，让公众也可以分享到股息和资本增益。可能所有人都会说，

---

① 拉尔夫·纳德（Ralph Nader）是美国的用户第一主义者，真诚地认为自己是大企业的敌人，也被企业和公众认为是大企业的敌人。——译者注

这不就是社会主义吗。确实如此。大公司在发展过程中，从所有者——也就是资本家——手中抢过了权力，现代公司最深层的变化趋势虽然很少有人提及，但事实上就是逐渐社会主义化。

现代公司在两种意义上社会主义化了。公司将权力从所有者手中拿回来，剥夺了资本家的权力，然后又演化成社会不可缺少的一部分。我们现在知道如果一家公司足够大，社会就不允许它倒闭或者停止生意，现代美国的洛克希德-马丁公司、劳斯莱斯、宾夕法尼亚中部铁路公司、美国东部其他铁路公司、克虏伯公司、英国利兰汽车公司、英国克莱斯勒公司都是这样的例子，它们都曾经是救市的对象，受到过政府救助。现代社会主义并不是几个政治家或者学者的研究结果，而是企业执行官和投资人共同努力的结果，他们就代表了时代的最前沿，他们就是在公司濒临破产的时候到华盛顿、到白厅请求政府介入的人。

UGE 公司的霍华德·斯莫尔擅长于此。他在任职期间，经常向相关的公民群体发表讲话，这是他义不容辞的任务。他的演讲稿都是由一位耶鲁教授撰写，这位教授曾经也是《时代》杂志的副主编。演讲详述了美国独立的艰苦历史，政府权力过大的危害，接受社会救济的人志气被日渐消磨，还不忘提一下无处不在的社会主义威胁。1976 年，斯莫尔对自己的股东们讲话时还提到了这些：

　　我现在和大家讲话，不是以一个商人的身份，不是以总裁的身份，而是作为一个美国人，一个有着深切关怀的美国人。我想说的是，美国政府管理权限在日渐扩张，美国官僚机构开支日渐增加，政府伸出了冰冷的手介入企业事务，国家的福利救济让人们日益颓废，这对工作的精神意味着什么，相信所有的问题只要你捐一点钱我出一点力就能解决吗？总之，我想对你们所有人说，社会主义并不是遥远的威胁，已经近在咫尺，迫在眉睫。

我的朋友，现在我们必须逆转今天这种致命的趋势了，用你的工作热情去挽救，用我的工作态度去纠正，我们要一道奋起拼搏，与社会主义抗争。

他讲话的后半部分呼吁"全国顽强抵抗"，各个领域都要建立起"政府和各行各业之间的建设性合作"，他说：

我非常高兴地再次宣布，我们已经迈出了第一步。为了和其他航空工业企业保持一致，UGE 航空现今已经因为不断上涨的成本和趋于稳定的乘客方面的收入而处在了夹缝中，问题当然不是我们自己造成的。你们可能已经听说，我们已经向政府提交申请，希望政府接管这条航线。华盛顿采取了另外一种建设性的做法，承诺提供航空邮政的补贴，这对于我们的短期金融债务是建设性的支持，保证了我们引进新设备的资金。这就是一次政府和行业之间的建设性合作。在一个自由社会中，我们需要更多这样的合作，只有这样才能抵御社会主义的进军。

斯莫尔就是这样一位强烈反对社会主义的人，但是他不知道的是，他所区分的不过是赢利企业的社会主义和破产企业的社会主义，还有一种类似的区分，就是富人的社会主义和穷人的社会主义。

关于公司我们并没有讲完，也许本章的内容看起来讲述的是，公司依旧可以服从于国家政府和群众利益，然而实际上，公司在政府中的权力很大——政府正是公司必须控制的最重要的公共机构。

这看起来很矛盾：那么，公司控制之下的政府如何控制公司呢？肯定有人会疑惑，公司会不会是现代国家的延展，是政府治理国家的内部工具？针对这种说法，及其在战争时期与和平时期指涉的具体情况，我们将会在下一章做出分析。

第十章

土地和人

我们在前面章节讲述的国家不管是资本主义国家还是社会主义国家，按照世界的标准来衡量，都算是非常富裕的国家，不论它们各自面临的问题有多严峻，都已经解决了对世界上绝大多数人口来说最严重的问题，那就是贫困问题。饱受贫困摧残的人民面临的问题是如何活下去。对于世界上的大多数人来说，这个问题才是最大的不确定性。本章我们就来讲述关于贫困的问题。

人们对此的讨论不计其数，没有哪个经济问题比为什么世界上还有这么多穷人这个问题更重要，最终给出的答案更是千差万别，口气绝对并且态度冷漠：穷人天生就缺乏精力和斗志；他们的种族和宗教信仰决定了一切；他们的国家缺乏自然资源；他们的经济体系有问题；他们的存款和投资不足；人们劳动的权力、收益和奖赏得不到保障；缺乏教育；缺少技术、科学和管理人才；这是殖民剥削、种族歧视和国家曾经遭受的耻辱造成的。世界的每个角落，时时刻刻，每个人都在提出各式各样的答案。对于人类最广泛的苦难，我们却用最漫不经心的态度给出了五花八门的诊断。贫困是一种令人备受折磨的病痛，只有我们知道病因，它才有可能好转。

显然，不可能有唯一的答案，每一个解释都只看到了事实的一小部分。但有一个解释是获得普遍认同的——土地和人民之间的矛盾。过去如此，现今依旧。理解了这一点，我们就会理解是什么引起了剥削。

原因很简单，能够让人摆脱贫困的所有东西——食物、衣服、居所——都来自土地。如果不能提供这些，也就陷入了贫困；如果衣食住行的供给跟不上人口的增长，贫困就会持续。

在印度、孟加拉国、尼罗河谷、印度尼西亚，在土地上耕种的人不计其数。他们的产出不论如何分配，都只能维持最基本的生存。改良的种植技术——肥料、灌溉、高产杂交谷物、耕种技术、农作物保护——确实都能够提高产量，且是大幅度提高，带来现实的农业革命，但问题是这些都需要资金。如果所有的农作物都被吃掉了，就没有任何剩余可以用来投资肥料、灌溉和优良种子。如果大部分粮食还要交给地主或者上税，就更是什么都剩不下来。农民没有改进的动力，也是因为没有人教给他们新方法、新技术的好处，而这些简单的算术并不需要多么专业的经济学家。

这还不是全部。如果当地政府或者国家政府依靠卖石油获利，或者得到了世界银行的资助，又足够明智、高效和仁慈，就会想办法改善农业耕种条件，如修建运河，为农民提供肥料、种子和指导，或者发起土地改革，将土地归还给耕种者，但这种事情发生的概率极低。印度有一些地区确实这么做了。印度在 20 世纪 50 年代的农作物年产量是 6 300 万吨，在 70 年代（其中还包括一些收成不太好的年份）年产量就达到了 1.04 亿吨。[1]然而，随着农业产量的增加，托马斯·罗伯特·马尔萨斯的灵魂却出现了，增收的粮食全部被增加的人口消耗掉了。贫困总有一种自我均衡的能力，被打破之后就会自我恢复，这就是现代印度的历史。1951 年，印度人口是 3.61

亿，1976 年，估计已经达到了 6 亿，人们吃掉了所有增产的粮食。都说革命会吃掉自己的孩子，但农业革命吃掉了自己。如果我们能够解答两个问题，就读懂了贫困：贫困的自我恢复是如何建立的？如何打破这种自我恢复机制？

旁遮普

事实上，在印度领土上，有一个地方打破了这种自我平衡的恢复。印度、巴基斯坦和孟加拉国的人民，不论信仰何种宗教，来自哪种文化背景，说什么语言，彼此之间如何争斗，在外人看来他们

旁遮普平原的土地和人民

都一样贫困。但居住在这些贫困地区的人却注意到他们身边竟有一个物质丰富、经济繁荣、财富增长的地区，那就是旁遮普这片在印度北部和巴基斯坦绵延开来的广阔平原。历史和发展带来的财富，让这片平原上的农民都拥有面积不小的土地，大部分人都拥有 15~30 英亩。不论按照印度还是巴基斯坦的标准，这都算不小的面积。五条大河的河水灌溉了这里的土地，旁遮普也

是因这五条河而得名。这里的一片土地，加上沿着印度河一路向南的河岸，有着世界上无可匹敌的最大的灌溉工程。所有的农田都不需要靠运河，而是靠管井从平原之下的地下湖取水灌溉。但今天这里的地下湖水遭到威胁，灌溉的管井泄漏让盐水渗透到了湖中，湖水水位升高，很可能变成荒芜的沼泽，现在人们已经对管井进行控制，以保证湖水和地表农田的共生。

灌溉的作用就是赋予小地方的家庭更多土地，让他们能够更有效地使用化肥，随着灌溉和施肥技术的改进，还发展出了更为优良的杂交谷物，粮食的增收也使人们有了购买肥料、优良种子甚至拖拉机的资金，良性循环就这么展开了。一方面受制于家庭规模，另一方面农民的儿女都更希望到城市中就业，这片地区便有了维持粮食产量的迫切需求。于是不出所料，印度旁遮普的当地政府开始强制实行计划生育。上文提到的贫困国家的粮食增产，主要说的就是旁遮普。

在这里，贫困的自我平衡恢复机制被打破，可能巴基斯坦和印度其他地方的人以为这是由于旁遮普人耕作不辞辛劳，或者这里的食物更好，或者他们天性更加灵敏而上进。这都是广泛被接受的解释。还有人说他们收入更高，所以能够接受更好的教育，他们的农耕最早接触到了机械和其他技术。不管怎么说，旁遮普的幸运都预示着在印度和巴基斯坦，土地和人之间是可以存在更为良性的关系的。

可能性

从原理上讲，有四种方式可以打破贫困的自我平衡机制。

地广人稀的加拿大萨斯喀彻温省

第一种是获取更多的土地，或者应用更好的灌溉施肥技术，为此耕种者必须像旁遮普人一样每人拥有小块足量的可耕种土地。

第二种方式是转变土地租赁体制，按照农民的劳动成果给予相应奖赏，为此必须保证有足够的土地。

第三种方式是限制人口生育。

第四种则是直接让人口消失。

如果不能保证土地供给，就只能采取后两种措施。

节制生育

控制人口看起来是最明显的解决方法，富人执行起来毫无困难，还能借此保护自己的财产。但对于穷人来说，人口增长确实是贫困自我均衡机制的组成部分。有产阶级希望维持自己的生活水平，但穷人压根就没有什么生活水平可言，这是不争的事实。富人有机会了解避孕知识，也有能力支付相关费用，但穷人根本不了解，也负担不起。富人的娱乐活动多种多样，穷人因为没什么宗教信仰，也没怎么看过浪漫的爱情小说，闲暇时间几乎都用在了两性欢愉之中，这几乎是他们完成了一天的劳作之后唯一的快乐时光，也是不需要依赖财富就能获得的愉悦。

推广这项政策简直是出力不讨好，因此政府派那些最没有能耐的官员执行计划生育。负责控制鼠疫和蝗灾的官员都是用最后的成果表彰自己的功绩，执行计划生育的官员却以自己发表演说的次数和发放手册的数量衡量自己的成果。

贫困国家的很多人都相信，富裕国家推广计划生育就是为了毫无痛苦地消灭穷人，特别当穷人是棕色人种、黄种人或者黑人时，它们就更急于推广。但富裕国家的很多人都不愿意被强制执行节育，他们认为这是很不幸的事情，人不应该受到这种限制。富人也许会采取避孕措施，但他们自己都不愿意接受的节育方式政府也不会强制执行，这样不进行人口控制，就导致富裕国家的穷人人口增长，而不是富人增多。

值得注意的是，所有这些后果都不是日积月累逐渐出现的，而是在某个时刻突然就爆发了。就像当年在爱尔兰爆发的土豆枯萎病一样，没有人认为这是人口增长的结果，而是将之完全归咎于天气。

贫困国家控制人口面临的问题应得到人们的同情，而不是谴责。这个时代研究国家贫困问题最透彻的学者，就是瑞典的诺贝尔奖得主纲纳·缪达尔。他也是这个年代著名的折中派经济学家。他年轻的时候就形成了很多后来凯恩斯提出的观点，他的著作《美国的困境》是研究美国种族关系的经典著作。缪达尔表示，穷国政府的执政能力也会成为贫困自我平衡机制的一部分。有钱的国家有充足的资金，国家治理也更有效，它们不用受制于贫穷带来的政治压力，也有犯错的余地。但穷国的政府本身就更为脆弱，它们觉得解决贫困问题根本不是自己有能力完成的事情，政府自己都没有足够的资

纲纳·缪达尔。他指出了贫困和解决贫困的政府能力之间的负相关关系

源、人力、物力维持一个强大有效的公务员队伍。因此，用缪达尔最著名的话来说，贫穷和软弱的政府总是息息相关的，这样软弱的政府在控制人口上自然也很无力。

但也有例外。中国也是一个非常贫困的国家，但也许得益于几千年的统治经验，中国政府并不软弱，他们执行计划生育的决心和力量也无疑很强大，据说有很多志愿者每晚都会到那些被怀疑要生育的家庭送避孕药。我曾经在 1972 年造访中国，虽然没有了解到中国执行计划生育的具体数据，但至少知道中国将继续执行这一政策。

旁遮普也在执行人口控制政策，当地那些采用避孕措施的夫妇的数量，是印度其他所有地区总和的两倍，政府也积极提倡已经有两到三个孩子的夫妇必须接受节育。我们都希望旁遮普的政策能够获得成功，为其他地区指出一条明路，因为如果土地和人口之间要维持一个可生存的关系，人口控制至关重要。

驱逐和移民

另一个解决人口过多的方法是驱赶居民，这是几个世纪以来人们采取的主要措施，直到今天也没有停止。过去的 30 年里，调整土地和人口之间关系的需求驱使着欧洲国家之间的移民，以及从欧洲向美国的移民。但是提及这种移民和人口控制之间关系的严肃探讨很少，因为这种人口再分配是人口从贫困的国家和社区向富裕的地区转移，富裕地区的人并不欢迎，甚至还会用自以为正义的心态设立壁垒阻碍移民潮。他们不愿意相信合理高效的人口再分配是打破贫困自我平衡机制的正途。

但移民还是对社会造成了极大影响，若不考虑移民的因素，我们就不能够理解穷人社区的压力和富人区的紧张，美国尤其如此，欧洲也不例外。

前面的章节讲到，苏格兰高地萨瑟兰郡贫困罪恶圈的打破归因于直截了当的驱逐——将农民的房子烧毁，让他们不能再回家。这样高地的农业就从粮食种植变成了畜牧，使得留下来的少数人能够维持一个更好的生活水平，也极大提高了纺织业的效率。放牧的需求将农民从农田驱逐出去，纺线和织布作坊又成为他们的归宿。

纺织业均衡

过去的 200 年，纺织工业超越人类觅食的需求，成为社会变革的最大动力。织布机和蒸汽机的发明，造就了工业革命。1794 年，还有另一个工具的发明改变了美国的社会历史：这一年美国人伊莱·惠特尼为他发明的机器申请了专利，它实际上是一把锯，能够让棉绒与棉籽分离。轧棉机和新的纺线机、织布机的出现，使得人们对棉花的需求和供给都大大增长。原本当时美国的奴隶在逐渐减少，只有在烟草行业、蔗糖行业和其他种植业使用奴隶还能保证利润，很多富有同情心和经济敏感度的人一度以为奴隶制也许就要终结了。但棉纺业极大地复兴了奴隶经济和奴隶贸易，而且就像前面

惠特尼的轧棉机，让棉纺更便宜，实现棉纺织布大生产。机器的钢齿让棉籽与棉绒分离

章节提到的，它甚至还将遭人唾弃的奴隶制转变成了帮助黑奴适应世界、获得拯救的善事。经济对道德判断造成的影响再也没有这么直接和明显的了。

随着对棉花需求的增加，种植棉花的土地也在扩大，其中重要的种植地就是密西西比河沿岸，黑奴也被贩卖到这里。在北方，因为混合农业的特点，农民自己一个人做很多工作。虽然人的天性是一旦脱离了别人的监管就想要休息娱乐，但如果劳动者是一个自主经营者，努力多少收获多少，懒惰几时就损失几分，这个问题就迎刃而解了。（这种以家庭为单位的农耕经济在很多人看来是不合时宜的，但那些农场主千方百计希望能够保留这种促进劳动者勤勉的方式，要给它正名。"我们应该尽一切可能保留美国的家庭农耕经济。"）然而与此相反，棉花产业——因为棉花不仅仅涉及种植的问题——需要大量的劳动力，主要的劳动内容包括种植（当时都是靠人工种植）、修剪和采摘，但是这些都要依靠一群人协作才能完成，谁要是做得慢，一下就会被看出来，就会遭受监工的谩骂甚至挨皮鞭，不得不加快速度。最近经济历史学家陷入一次激烈的争论，探讨黑奴多久就会遭受一次鞭打，甚至有人认为平均每个奴隶每年最多挨一次打。要是哪个懒惰的劳动者相信这种统计出来的平均数据，可不是明智之举。当时所有人都一致同意，这样的惩戒对于敦促劳动效率十分有用，棉花种植业和黑奴制是相伴而生的。

美国南北战争之前，在种植农场主眼中，黑奴在奴隶主的保护下过着幸福而无忧无虑的生活，而在废奴主义者眼中，奴隶是失掉人性的劳动工具。奴隶主通过奴役和剥削奴隶，让自己免于遭受不劳作的惩罚，让自己能够存活在自由企业制度的世界里。还有观点认为，奴隶是珍贵而有智力的财产，能给人带来利润，因此应该好好喂养，善意对待，在他们生病的时候给予医疗照顾，这样才能最好地保留财产的价值，而有自由身的劳动者在当时的生活水平都不一定比得上这些奴隶。也正是这最后一种观点，以及到底应如何衡量奴隶的遭遇，最近引起了激烈的争论。[2]

上述每个观点中都有一个相同的事实，那就是奴隶主为了自己的私利，总是将奴隶的收入压到最低。棉花种植经济因此也成了对大多数人来说可以维持贫困自我平衡的机制。

美国的南北战争也没能够打破这种平衡机制。随着黑奴的解放，佃农制代替了奴隶制。在此之前，劳役偿债是合法的，现在种种制度安排导致佃农一直处在沉重的债务包袱下，加上没有其他的替代措施，只能强制执行劳役偿债。虽然棉花产量迅速恢复，1877年达到了历史最高水平，但参与生产的大多数人还是处在贫困当中，就算把所有的收入都分配给佃农，贫困问题依旧严重，人民和土地之间的关系并没有得到改善。

第二次世界大战之后，才算有了真正的解放，棉花种植业迎来了机械耕种和农药化肥等辅助品——犁地拖拉机、除草剂、火焰中耕机、棉花采摘机——就像是当年苏格兰高地迎来了畜牧业。接

终极机械化：棉花采摘机

下来，美国和萨瑟兰与爱尔兰一样，终于有了解决贫困问题的办法：在萨瑟兰与爱尔兰是工厂和移民，而在美国就是北部公路建设。城市提供了就业机会，即便找不到工作也至少可以依靠福利生存。二战之前，美国南方农村地区有 1 466 701 人的黑人劳动力，到了 1970 年，只剩下 115 303 人。在密西西比州这个棉花种植的最重要地区，二战前的农村劳动力是 279 176 人，战后就只剩下 20 452 人。[3] 就这样，贫困的自我平衡机制被打破了，移民潮也结束了，因为可移动的人口已经所剩不多。人们说南方战后出现了大变化，这是对的，但是很少有人能说对原因。

困在贫困均衡机制里的人总是千方百计怀着勇气和活力找寻逃亡之地，但他们想移民去到之地的居民可不怎么欢迎他们。美国农村地区的穷人已经算是最幸运的，因为具有公民身份，他们有很多移民的去处。美国南部并不是唯一的移民来源，还有波多黎各。在美西战争之后，波多黎各的贫困问题和印度的一样严重，凡是到过这里的记者，都要描述一下"加勒比海的贫民窟"的景象。第二次世界大战之后，情况发生了改变，但很难说是得益于这里的蔗糖生产，主要还是因为这里到纽约的机票很便宜，人们可以去到自己想去的地方。这样的现实，再加上波多黎各自身的工业发展，一并打破了贫困平衡。虽然今天的波多黎各依旧很贫困，但比移民之前还是好很多。

墨西哥

波多黎各人需要的只是一张机票的钱，美国南方的人需要的就更少了，因此，若想看看到底移民是如何解决现代贫困问题的，需要到更南边的墨西哥。在这里，想要通过移民打破贫困平衡会困难得多。

前面的章节讲过，墨西哥的独立运动并没有推翻地主，在独立后的几十年里，他们费尽心思地扩充自己的财产，破坏自古以来的土地公有制度。1910 年，95% 的农户都失去了土地，而剩下的 5% 的人几乎占有了半个墨西哥的土地；有 17 个人坐拥全国 1/15 的土地，有些人的土地超过了 1 600 万英亩，这是美国康涅狄格州面积的 5 倍。[4] 享有特权的人总是因为自己的贪婪而自我毁灭，这种情况在墨西哥更为严重。大地主阶级中的教会力量依然强大，特别是当教会自身就是地主的时候，通过人们的宗教信仰更能勒索高额地租。在墨西哥，信仰需要经受格外严峻的考验。

在 1910 年之后漫长的革命中，公有土地，也就是合作农场被归还给了人民。墨西哥是一个土地广袤、多元化的国家，对它很难一概而论，但最通常的问题仍然是众多的人口和贫瘠的土地之间的矛盾。

移民的来源地：
牙买加首都金斯敦

波多黎各的贫民窟

土耳其乡村

于是农民都逃到墨西哥城，很快这座城市的人口剧烈膨胀，待在墨西哥城依旧面临失业。更好的途径是逃到美国的得克萨斯、新墨西哥、亚利桑那和加利福尼亚。与逃亡到纽约的黑人和波多黎各人的观点一样，虽然美国大城市生活灰暗，但也比拥挤的墨西哥村庄要好。

于是，墨西哥人采取各种合法的、不合法的方式穿越边境，这些跋山涉水跨过格兰德河的偷渡者被称为"湿背人"，他们今天还期待着去美国，美国的雇主也希望他们来到美国，但社会良心认为不应该让他们来。于是美国派出了众多边防人员，防止墨西哥人偷渡。偷渡者被抓到之后会被送回家，第二天还会接着尝试，失败了就下个星期再来。也许他还会再次被捕，但试到第五次、第六次，也许他就成功了。墨西哥移民给美国社会带来的压力在此就不做评价了。

但这远远不够，在墨西哥的乡村，贫困仍然在继续。墨西哥革命将土地还给了人民，但就像美国的南北战争一样，它也没有解决这个更为棘手的难题——土地和人之间的矛盾。

外来工人

第二次世界大战之后，欧洲也出现了类似美国从波多黎各和南方农村涌出的移民浪潮，东欧、南欧和靠近小亚细亚的贫穷农村地区的人涌向工业化国家的城市，成千上万的南斯拉夫工人穿越过共产主义世界和非共产主义世界的边界。要是其他东欧国家允许的话，会有更多的东欧人为了逃离贫困而移民，小亚细亚的土耳其人涌进德国，意大利人和西班牙人涌向瑞士，阿尔及利亚人、葡萄牙人和

移民的定居点：
英国利物浦

纽约哈莱姆

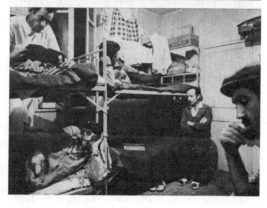

法国一家供
土耳其人居住的旅馆

一些土耳其人涌进法国。

所有的国家都小心翼翼地宣传着一种说法，说当下的移民潮只是暂时的，并且是可逆的，这些只是外来临时工，总有一天会回家。现在我们都看得很清楚，事实不是表面看起来这么简单。客籍工人代表了人们逃离贫困的漫长历史中的又一章节，要想掩盖这个事实需要费不少的功夫。

只有英国成功抵制了移民浪潮，西印度群岛人、巴基斯坦人、印度人、孟加拉人，还有一些非洲人陆续移民来到英国，但大英帝国却恰好在这个节骨眼上解体了。曾经的一代英国人捍卫着大英帝国，而今天他们的子孙却在捍卫祖国以抵制属地人民移民。但如果英国也只有一条格兰德河在边境保护，就根本没可能阻止移民的浪潮。

我们这个时代最喜欢谈论的问题之一就是英国的经济，所有人都断言这是由英国低下的生产劳动率导致的，但另一个明显原因却没有人提到。比起德国和其他欧洲大陆国家，英国缺少大量外来劳动力，而客籍工人迫于家乡的贫困来到国外，工作会更加勤奋，因为他们害怕自己有丝毫的懈怠就会被赶回老家。也许英国人会津津乐道于自己如何避免了其他地区因为移民而造成的各类社会紧张，但没有人计算过英国为此付出的经济代价——英国的汽车大部分都要由英国人自己动手来造。

外来工的打工地

我们审视了土地和人之间关系困窘的部分、黑暗的一面，先看负面的部分似乎是社会研究学者们不约而同的做法，好像只有找到问题并且做出悲观预测的研究者才算得上是有清醒的头脑。实际上，

位于加拿大安大略省伊利湖边的塔尔伯特港。这是世界上最朴素的商业水运港，没有码头，没有船只，没有工会，没有出口，没有进口，没有任何形式的贸易

土地和人的问题，曾经也有光明的一面，展现了人地关系的力量。这个事实对于我来说还有一层温馨的怀旧气息，让我想回到自己本已熟悉的乡村。

我说的地方在伊利湖北岸，位于底特律和布法罗之间，或者按照加拿大人的标准，位于温莎和尼亚加拉大瀑布之间，那就是伊利湖岸的塔尔伯特港。那是全世界最朴素的商业水运港，没有码头，没有泊位，没有大仓库，没有船舶，没有工会，没有码头工人，也没有小偷小摸，甚至都看不出来是一个港口，见不着任何商业气息。但塔尔伯特港在历史上有着自己独特的地位，一条小溪时不时会通过这个小港流入安大略湖，这片土地上发展起了广袤而繁荣的安大略殖民地。

1803 年，一个刚辞去皇家卫队职务的爱尔兰年轻人踏上了这片海岸，他就是托马斯·塔尔伯特，也就是塔尔伯特上校。他曾经是一名优秀的士兵，思想高度英国化，对英国高层有着一定的影响力，也获得了面积相当可观的土地——他来到美洲大陆就是为了监管这片土地。后来，苏格兰高地移民也慢慢来到这里，令塔尔伯特十分鄙夷："他们是最糟糕的移民……只有英国人才配得上。"[5]但当时可利用的劳动力就只有这些苏格兰人——又是因为圈地运动。

每一个来到塔尔伯特港的人如果恰好赶上上校心情好，没有酗酒，并且看你顺眼，就能够获得 50 英亩的土地。这笔生意会在上校住宅中的一个侧窗口处签订，可他要是看你不顺眼，立马就会把窗户关上。然后，每测量出 200 英亩的土地，外加规划铺设公路，他便会从中分给居民 50 英亩，自己得到剩下的 150 英亩。这是在他被授予的土地基础上又增加的部分。于是，随着欧洲移民的到来，上校的地产也迅速扩展到温莎和底特律。

这埋下了一个隐患——地主坐拥大面积土地的地主所有制，美国的上层地主阶级由此建立。和世界上其他地区相同，土地分配会造成最深远的影响，政府治理受到干涉，政治权利和财产权受到牵连。政治民主最需要的是土地财产权的民主。

但在这里，民主却得以保存，一旦居民清理好了自家的土地，就会觊觎邻居的土地，叫嚣着希望有权购买。上校虽然有军衔，但没有军队，也不能指望任何人，在强大的压力下，他只好开始售卖土地。于是居民以象征性的价格获得土地。这样，有产者和无产者之间的土地再分配就不再是不可协调的，阻碍民主的问题也被解决了。

这并不是罕见的解决办法。美国中西部地区和大平原地区同样依照《宅地法》解决了土地问题，每个移民可以得到 160 英亩土地，后来又增加了一些。加拿大西部也同样如此，这些地方的解决政策都是经过深思熟虑的，最后形成的人地关系让所有人都能过上好日子，又为政治民主铺平了道路，如果每个人都拥有一定财产，那么每个人都会希望自己在政府治理中有发言权。

随着土地的丧失，想在伊利湖区域建立起新的基于土地财产权的贵族统治就成为泡影。塔尔伯特上校的野心谁都看得见，他在湖上的高地给自己建造了一座古代贵族式的疗养所，还命名为"马拉海德堡"，听上去颇为庄严。城堡是由圆木建造的，来自英格兰的尊贵客人都会下榻于此，但谁也不觉得这里住起来够舒服。塔尔伯特上校年纪大了之后，也到处游历，还去拜访了拿破仑三世。到了19世纪中叶，他把财产过继给了自己的侄子和继承人理查德·艾雷上校，以保住家业，但随后就惨遭变故，发生了历史上最不幸的军事事件之一。1852年，艾雷上校因为克里米亚战争被重新召回部队，被命令执行"轻骑部队"的自杀式袭击，怪罪谁都已经没有意义了，因为艾雷上校再也没能从战场回来。

距离塔尔伯特港五六英里的地方，是来自英国阿盖尔郡的加尔布雷思家族居住的迷人的农场，在我小时候，这个地方的名字还是"老宅地"。南边天上的阳光洒遍田野，北边吹来的寒风被不高的山脉挡住，比起湖北岸的其他地区，这里的作物成熟得都要早一些。这里的苹果声名远扬，被人津津乐道。我们也会在周日怀着庄严的心情到这里吃晚宴。在我们眼里，这是一个很重要的地方。

不朽的证明。作者幼年时在家乡谷仓门上刻下的字

在这片农场定居的人虽然都没发财，但也不至于贫困，所有人来这里不出几年，最多经过一代人，都能够拥有自己的农场、房屋、谷仓、牲口、马车、家具和衣物，远超出他们的苏格兰祖先做梦能想到的。从幼时起，我们就一直听大人讲，我们的祖先无论男女都是有骨气的人，经历了磨难与艰辛，但实际上饱受磨难的是那些留在故土的人。

我家的农场就在 3 英里之外，有 100 多英亩，沿着公路向北还有另外 50 英亩。我家喂养的纯种短角牛很有名，性情温和，很受喜爱，它们更讨养牛的主人喜爱。也正因为它们，我开始了自己的畜牧学专业学习，我在安大略农学院拿到了第一个相关专业的学位。我第一次去底特律以外的美国其他地方旅行就是跟着一个牲畜评审小组在密歇根州立大学、普渡大学、伊利诺伊大学接受培训，但我们在芝加哥国际牲畜展览会上却没能摘得个一金半银。那之后还是有人建议，我应该继续这条道路的学习。

在我的记忆中，我们的农场十分美丽宜人，但我也清楚记得当时重复乏味的农活，也许生在农村每天要干农活的人，以后都不会觉得其他工作是苦工。

就是从这样的农场，以及千千万万美国边境的农场来的人，开始了殖民主义的伟大冒险——殖民加拿大西部。直到我长大成年，还有人不断迁徙到马尼托巴湖、萨斯喀彻温和阿尔伯塔。现在加拿大的火车上还有移民专用车厢，车厢里备有床铺、长椅和炉子，让移民的一家人能够生火做饭，以最廉价的方式到达西部。

加拿大人向西殖民的运动让欧洲人占领了全世界荒芜的可耕地。不论是美国、阿根廷、澳大利亚还是加拿大的草原，全都被欧洲人占据。今天，他们虽然人数不多，但生产了全世界 1/5 的粮食，粮食可出口剩余量的份额就更大。

全世界普遍存在一种观点，认为贫困人口集中在亚洲、非洲和拉丁美洲国家，那里的人辛劳耕作，开山挖矿，给欧洲和北美的工业化国家提供粮食和原材料，他们成为现代工业文明的伐木工、挑水工和农家汉。但事实并非如此，加拿大和美国都是原材料——木材、纸浆、纸张、煤炭、棉花、铁矿和其他多种金属——的大规模生产地，并且在粮食产量上，这两个国家也名列前茅。这展示了土地和人民的良性关系——当人地关系处于良性平衡机制的时候，就会带来富足，产生生产剩余，能帮助那些陷入不良机制的人民摆脱贫困。

城市国家

安大略的农民也依旧在不停向外移民，因为随着家庭的不断扩大，土地再次不够用，如果所有人都留下来，又会陷入贫困。底特律和加拿大西部就是他们的救赎之地，不能说这里的人不爱国，但是我们对乔治五世的热情也敌不过我们渴望每周多拿 5 美元的工钱。现代大都市的主要功能之一，就是吸收富余人口，打破农村的贫困恶性循环，但这样的目标现实吗？

有一个鼓舞人心的例子，就是新加坡。它所在的大陆上极端贫穷随处可见，它在这样的大陆的边缘，缺少一切资源，包括空间。整个新加坡的国土只有 27 英里长，14 英里宽，一个步行中速的人一天就可以从南走到北，从东走到西。因为国土面积小，新加坡缺乏矿藏、原料、粮食、能源，唯有人力和偶然造就的地理位置。全世界都一致认为新加坡位于世界最好的海路交叉口之一，但同样作为重要海峡关隘的巴拿马和苏伊士却没有新加坡的好运。新加坡的人均收入大概是印度的 8.5 倍，中国的 6 倍。新加坡作为农村贫困难民的吸收地，却发展得比加尔各答和上海好得多。这一定是有原因的。

很显然，其中很大一部分要归功于新加坡人民，三个族裔——华人、印度人、马来人——组成了一个和谐的大熔炉，团结努力，从不被自己来自哪里、自己的父辈来自哪里这些传统观念束缚。移民和他们的第一代子孙比长期定居在一处的人更勤劳、更优秀。来到一个全新的地方，没有熟悉的土地和社会，他们只能为了生存逼迫自己努力和思考——虽然这很残酷，却极大地提高了他们的生产力。

新加坡政府也起到了很大作用，采纳一些实用的点子，从不故步自封于某一种观念。是否可以说亚当·斯密还活在今天的新加坡？答案毫无疑问是肯定的。世界上没有几个地方还像这里一样，每个人都在孜孜不倦地追逐金钱利益，获得了物质回报就兴高采烈。

凯恩斯主义是否也活在新加坡？答案同样是肯定的。公共开支被用作调整就业率、劳动力流通和经济潜在能力的重要手段。

我推崇的后凯恩斯主义——重视通货膨胀——也在新加坡得到应用。工资水平得到严格控制，以减少通货膨胀的风险，并保持新加坡手工制造业在世界市场上的竞争力。当其他国家还在探讨是否需要制定收入政策时，新加坡的经济学家、商人和工会领导会轻蔑地打个哈欠，因为他们执行这样的政策已经很多年了。

新加坡是否也有计划经济甚至社会主义经济？韦伯夫妇、富兰克林·罗斯福和克莱门特·艾德礼的思想是否也在新加坡盛行？伊诺克·鲍威尔和巴里·戈德华特会因为新加坡而忧心忡忡吗？答案全部是肯定的。只要需要建造住房、港口工程、交通运输设施和工业设施，政府都会站出来扛起重任。公共公寓大楼社区随处可见。追逐私利虽然是重要的动力，但新加坡明白，仅仅有追逐私利的动机是远远不够的，它只有在精心设计的体系化框架下运行，才能最有效地发挥作用。

新加坡的成就有一部分必须归功于它遵循一个规则：没有什么原则是永远正确或者错误的，而是要用实践检验它是否正确，是否对人民有帮助。极少有国家像新加坡这样不在意意识形态的分歧，不因为自由企业经济和社会主义经济的说法而咬文嚼字，而是从一种美学的角度看之。

新加坡的知识分子和大学氛围颇具生机，是东方除了日本之外最优良的环境。说新加坡的知识界无所惧怕，并不代表这里享有完全的自由，工会还是受到工资管控的限制，但这里也不允许任何事务妨碍工作效率。政府从来不鼓励那些鼓吹效仿中国模式的言论，甚至也不鼓励年轻人都到中国旅行。我不看好这种谨慎，虽然有一些原则必须坚持，但这种谨慎是毫无必要的。不过从整体上看，新加坡展现了人地矛盾的城市化解决方案，人口众多也可以在狭小的空间上生活得很好。

这条道路并不是轻而易举就能做到的万全之策，新加坡必须有十分友好、心怀善意的邻邦，必须很大程度上保持在世界贸易中地位的相对稳定，它的成功还取决于其人民的宽容性和政府的适应性。世界任何地方的变动，不论是经济衰退、通货膨胀，还是贸易路线的转变，都会对新加坡造成影响。而由于国家太小、实力较弱，它却不可能反过来影响这些变革，只能去适应。而能真正指导它做好适应性调整的必须是头脑和思想，而不是公式化的道路。它不能被

城市国家：在新加坡，除了人，什么都缺

任何狭隘的政治利益和政治热情操控。新加坡人民也必须满怀信心、善良的天性和社区精神，去拥抱改变，即便是令人痛苦的改变。

新加坡也必须面对和解决大都市日益错综复杂、代价高昂的难题，这是另一个艰巨的任务。

第十一章

大都市

　　每个人的最终归宿都将是城市，不论大家的起点在哪里，工业文明的终点永远都是城市化。比起国家工业生产的规模和构成，城市化程度更能衡量一个国家的发展水平。20 世纪初，38% 的美国工人都从事农业生产，但 1975 年只剩下 4%。在英国，这个数字低至2.5%。与此相比，意大利的农业劳动力依旧占了总人口数的约 16%，在印度，农业部门的就业、不充分就业和待业人口占了 72%。[1]

　　正因为城市是国家人口的集中地，工业文明的问题就是城市的问题。收入和生产的膨胀，工业生产结构的变化，消费的增长和多样化趋势，工会的现代角色，居民不再心甘情愿忍饥挨饿，所有这些问题都成了城市治理要处理的问题。现代大都市的市长成为人民最容易接触到的官员。担任市长就意味着不可推脱地承担着现代工业体系带来的关系紧张、社会不安、失调和不良后果的责任。

　　因此，想要理解一个社会体系，必然需要了解它的城市生活，并且从历史的深度去考察。首先，"城市"这个词就会产生歧义，因为城市多种多样，形式不同又相互杂糅，组成大都市。现在公认的四种城市形式有：政治中心、商业城市、工业城市和郊区。它们共同组成了现代大都市。

政治中心

历史上的大多数时候，政治中心都是由统治者的所在地扩展形成的。政治中心的选择，就像统治者的宫殿一样，展现了他的品位、个性和王国的雄浑。游客喜欢谈论统治者宫殿的典雅（或者偶尔评论一下它的朴素），也同样喜欢评论国家首府的壮丽或者脏乱。

大多数首都都建设得相当宏伟。几百年来，除了武力力量之外，判断皇室个性的依据就是政府所在地的建筑装潢。罗马、波斯波利斯、吴哥、君士坦丁堡、巴黎、凡尔赛、紫禁城、列宁格勒[①]、维也纳、塞戈维亚和上百座世界建筑奇迹都因此而诞生。哈佛大学的约瑟夫·熊彼特教授曾以揭露让人难以接受的事实为乐，喜欢谈论每个夏天大批奔赴欧洲旧大陆欣赏建筑奇迹的千万美国人，整个夏天他们都着迷于这些古代专制统治留下的纪念碑。

统治者按照自己的意愿和秩序选取政治中心。秩序本身很重要，即便首都缺乏品位，缺乏想象力，但是只要整齐划一就会吸引人，而工业化城市很容易杂乱无序。此外，政治中心还得是政治权力、想象力和品位的结合。这样伟大的结合造就了一座存在了400年的首府，并且完好无损地保存下了它的原貌，它没有像列宁格勒、佛罗伦萨和巴黎那样受到商业和工业区的覆盖，旅行者无须在纷繁复杂的街道中费力找寻自己想看的古都模样。皇家最高政治中心的原型代表就是法塔赫布尔西格里古城，把它称为"迄今为止世界上保存最完整的鬼城"[2]再恰当不过。

[①] 列宁格勒即现在的俄罗斯圣彼得堡，为1712年到1918年的俄国首都。——编者注

法塔赫布尔西格里古城

　　这座由莫卧儿王朝皇帝阿克巴建造的古城位于距莫卧儿帝国首都之一阿格拉（另外两个为德里和拉合尔）24英里远的一座满是岩石的山脊上。最可信的传言说，之所以选择这个地方，是因为当地村庄里住着一位圣人，萨利姆·奇斯蒂酋长。阿克巴大帝曾经在绝望中几次拜访他，不明白为什么自己妻妾无数却还没有子嗣。后来，他就迎来了第一个儿子，并且以圣人之名将其命名为"萨利姆"，萨利姆就成为后来继任父亲之位的贾汉吉尔。大约在1571年，为了表达自己的感激，阿克巴命人在山脊上凿山挖石，凿出了一个方圆20英里的湖，建造了一座新的都城。后来从欧洲来的游人被这座比伦敦还要大的城市和它考究的建筑惊讶到了。14年之后，阿克巴就迁都到了别处。对此曾有很多解释，有人说是因为供水系统失效，有人说这本身就是一个战略性选址错误。这些解释都没有抓住最重要的原因：统治者总是会对一座宫殿腻烦，想要迁居别处，莫卧儿王朝的人作为中亚游牧祖先的后人，总是会因为厌倦城市生活而离开。

　　阿克巴迁都后，他的人民自然也陆续离开，曾经的私人住宅和商铺逐渐衰落消失，城墙、寺庙、铸币厂、金库、旅社、宫殿和其他公共建筑保存下来，但从此再无商业和工业气息接近过这里。被阿克巴改造成都城的这座山脊盛产的鲑鱼红砂岩，被用来建造城墙和宫殿，这种砂岩可以像木材和木板一样切割组装，建成的宫殿像是用石头建造的木式建筑一般。在印度洁净而干燥的空气中和炙热阳光的曝晒下，这种砂岩材质逐渐变得圆润却不会崩碎或者腐朽。因此我们在法塔赫布尔西格里古城几乎可以看到政治中心能够达到的最纯粹的模样。

留存下来的一切，不论是古代建筑中的基本构件单立柱和双立柱、大大小小的穹顶、清真寺、印度女王住所里印度和伊斯兰混合风格的装潢，还是高耸入云的胜利门上雕刻着的神秘警言"世界是一座桥，允你从桥上通过，但莫在桥上驻留"，都是大都市整齐划一的一部分，城市毫无疑问就是一个人个性的延展。

政治中心的高贵典雅与整齐划一正是它最让人愉悦的地方，这一点之所以重要，是因为政治中心和商业都市构成了现代人对城市最重要的印象，也留下了现代城市建筑设计最主要的传统。大家都认为政府讲究城市建筑风格要宏伟壮丽是有必要的。产业工人的工作地在人们眼中应该就是肮脏不堪的，他们的办公大楼可以建造得很高大，但都是为了实现一定的功能；他们的首席办公室或许装修得宽敞豪华，这是因为收支分析证明，给客户留下好印象之后能带来更高的利润回报。但对于政治家和官员，他们就是纯粹讲究建筑装修的高贵典雅，他们工作的首府必须是精心规划设计的，建筑都是用心装潢修饰的，就算像皇家宫殿那般通过腐败堕落的方式完成也是应该的。这些赏心悦目的建筑背后，都是纳税人的不幸。那些斥资巨大的项目——美国国会大厦、美国联邦调查局在宾夕法尼亚大道新建的总部大厦、斯大林时代在莫斯科建起的类似伍尔沃斯大厦的哥特风格建筑、奥尔巴尼的洛克菲勒基金会——都曾经遭到严重谴责，但最终都被人们原谅。

古时候的政治中心深刻影响着现代城市的市政大厅和政府大楼的建筑风格，这种影响最鲜明地体现在现代首都的城市规划上——华盛顿、新德里、堪培拉、巴西利亚、伊斯兰堡，所有这些城市都反映了统治阶级的理念和设计。这些城市几乎成为现代都市

法塔赫布尔西格里古城：皇室古城
的原型，"保存最完整的鬼城"

北京：紫禁城

现代堪培拉

吴哥窟

伊斯兰堡国民大会堂

凡尔赛

巴西利亚

中最值得游客游览观光的地方。

商业城市

商业城市也有统一的设计理念，这主要是因为各地对商业城市统一的品位，而并非中央权威的决定。商人对时尚都相当敏感，和服装、礼仪甚至犯罪方式一样，每个时期的建筑都有其相应的风格，商铺商厦的建筑也会有与某一个时期一致的风格。并且，工业革命之前的重商主义时期，生意人群体十分注重他们的集体利益，精心拟定贸易和生产的条款和条例，这些规定自然也扩展到城镇建设规划和房屋设计上。在这样的大框架之下，当时还举办了建筑设计大赛，房屋的质量和风格就是生意人自己和其产品质量、风格的代言。随后，如威尼斯、热那亚、阿姆斯特丹和二战之后幸存下来的汉萨同盟①城市，这些商业大都市在秩序与风雅上都能与政治中心相媲美。

两者的建筑设计差异主要不在材质上，而在于满足不同的城市功能。古代的政治中心主要是意在彰显统治者的宫殿，而在商业之都，毫无疑问，商人的商铺、会馆、集市是中心，当然有时候加上天主教堂和基督教堂也很有必要，因为这些可以给商业盈利的合法性和圣洁性代言。

有两座古代的商业之都像法塔赫布尔西格里古城一样保存了下来，后来都没有遭受破坏。一个就是威尼斯，毫无疑问，它是迄今为止保存最完善、规模最大的城市设计博物馆。另一个是比利时的

---

① 汉萨同盟是德意志北部沿海城市为保护其贸易利益而结成的商业、政治联盟，于13世纪逐渐形成，14世纪达到兴盛，加盟城市最多达到160余个。——编者注

布鲁日，虽然没那么有名气，但冠以此名也很能让人理解。14世纪，布鲁日被当作北方的威尼斯，它是汉萨同盟的成员，这个同盟也是现代城市设计普遍理念的来源。布鲁日得以保存完整，主要因为两个偶然因素：莱茵河淤泥堆积，让这座城市与大海隔绝了400年，免受侵略者的侵袭；而在1914—1918年的战争中，距离战场20英里的布鲁日十分幸运地免于战火的破坏。布鲁日和它展现的重商主义思想，给我们今天对这座城市的思考打上了深深的烙印。

今天，我们仍然会根据主要商业街的风采与华丽评价一座城市，百货商场和商铺的作用在人们眼中可不仅仅是售卖东西这么简单，建筑要足够宏伟，商铺也要装潢得足够有风格。大家也对购物中心有着同样的要求，只有外表华丽，或者规模庞大，或者装饰豪华，建造成本不菲，才能显示出它的卓越。如果城市中心的商店生意萧条甚至关门，即便分店在城市中其他的交通枢纽地区开得风风火火，整座城市在别人眼中也已经衰落了。商业古都留给我们的一种观念，就是商业中心的繁华程度决定了一个城市社区是否有卓越的品质。

商业城市如今成为现代大都市的组成部分，只有在农村才能见到集贸市场缩小版的原型，再也不是在繁华的港口和海边。过去在艾奥瓦州、东安格利亚和诺曼底，在大路交会口就形成了这样的集贸城镇，农民在这里交易肥料、农用机械、建筑材料和衣物，甚至在这里解决子女的教育问题。这些集贸市场通常都是围绕着汽车修理站建立起来的，商人就住在道路两旁围墙或者草坪后面的房子里。但是，这些住宅很快会变得破旧不堪，到处都是脱落的油漆、松垮的百叶窗、堆积的落叶，因为这里曾经的主人现在都成了公职人员或者大公司的管理层，早晚有一天会搬到大城市居住。现在还存留着的原始商贸之都破败废弃的样子，只是在提醒人们记得它昔日的辉煌。

曾经的商业城市：布鲁日

今天的商业城市：肯塔基州的法兰克福

工业城市

　　随着工业革命的推进,"工业城市"成了"城市"的同义词,"城市"一词的含义也发生了变化。1776年之前,"城市"一词总带着一丝壮丽的意味,迪克·惠廷顿第一次到伦敦,就说这是自己对应许之地的惊鸿一瞥。约翰逊博士更是语气坚决地说:"先生,如果你厌倦了伦敦,就等于厌倦了生活,这里提供了生活能提供的一切。"美国共和党的发源地费城是当时英语世界的第二大城市,被认为是一座完美规划、精心建造的城市,当时留下来的建筑今天仍然会得到这样的评价。不过,这是一个时代对于城市之美认识的终结,从此之后,"城市"一词不再是华丽、壮美、坚固的代名词,而是指代劣质肮脏的建筑群。工业城市成为典型的城市,所有的城市在人们的心中都是污秽不堪的。

　　很多因素造成工业城市有了这样的名声。政治中心居住着官员、交际花、公仆、士兵和下人,商业城市住着小职员、公务人员和生意人。工业化之前的这两种城市中,都住着工匠、艺人、小店主和一群乞丐。除了乞丐,其他所有生活在城市里的人都很注重仪表,因为他们都是为有教养的上层人士服务的,要是穿得破破烂烂,举止不当,或者身上的味道不讨人喜欢,就会遭到厌恶。不过,不同职业的居民在着装、言谈和个人风格上也有所不同。

　　而与此形成鲜明对比的工业城市,却没有这样的讲究。工业城市里的人都是围着机器伺候,即便穿得破破烂烂,浑身污秽,举止粗俗,臭气熏天,也丝毫不影响他们的工作。总而言之,这种特征得以被认可是因为这样可以将生活成本降到最低,在工业城市,低成本是每个人的首要追求。这样的解释并不全面。工业城市的这种

工业城市是工人群体的避难所。图中为英格兰的哈利法克斯

特征更是因为它比起政治中心和商贸之都，更加能够给穷人提供可适应的生活。

工业城市的居民不讲究仪表，他们的住宅也不讲究外观，他们的工业制造过程更不讲究美，而是浓烟缭绕，煤尘飞扬。煤炭要经过挖掘、洗选，矿石要经过冶炼，火车头要靠燃煤驱动，蒸汽机需要燃料运行，所有的工业制造都涉及这些制造污染物的程序，几乎所有的工业操作都滋养传播着污秽。现代人总是格外关注工业发展对环境的影响，但很少有人注意到工业化进程本身就是一个从污秽到洁净的进步过程：从肮脏的煤矿进化到使用纯净的燃气、石油和电力；从浓烟滚滚的铸造厂进化到装有空气调控仪器的控制室；从喷吐着白烟的蒸汽机进化到相对清洁的内燃机和无菌电动机；严格控制污染的发电厂替代了密林般的烟囱。确实，我们理所当然地认为，古旧的工业社区和即将废弃的工厂一定是肮脏的，早期的工业化过程给工业城市戴上了脏乱差的帽子。

但工业城市中还有一样是不变的，那就是工厂主，他们并不像商人那样讲究风格和品位，他们最关心的是生产方法、生产机器和生产效率。挑选煤炭、钢铁、化工和机械，买家最注重的不是外观，而是效用和成本。最早的工业产品——布匹和托盘，都不讲究外观，因此早期的制造商和他们的产品一样，模样刻板，雷厉风行，就算说不上野蛮，也相当粗俗。他们把自己的住宅建造在作坊的楼上，就算

工厂主不一定是一个有品位的人

说不上惨不忍睹，也一点都不雅观。经济决定论渗透到社会生活的各个方面，甚至连艺术都不放过。

两个伯明翰

并不是所有的工业城市都一模一样。工业生产的领头羊也会对城市生活造成深厚的影响，有时候是积极的影响。约瑟夫·张伯伦曾经是世界上最杰出的螺丝钉制造商，曾三次任英国伯明翰市市长，于1874年退休。在他任职期间，伯明翰充斥着工业文明的自豪与

热情：清理了贫民窟，建造了各式公园，设立了图书馆和艺术画廊，水电煤气的供应权被收归市政，卫生医疗成为市政要务。伯明翰成为曼彻斯特之后的又一个英国工业缩影，成为所有国家城市发展和管理的模范。

令人遗憾的是，这样的模范仅仅是个例。19世纪末，美国的亚拉巴马州也建立了一个伯明翰城，逐步发展成为美国南方工业城市的领军者，它也更接近工业城市的原型。

煤炭、铁矿和石灰岩被集中生产处理，统一由田纳西矿业和冶铁公司负责。1907年该公司被J. P.摩根收购，并入美国钢铁公司，但却一直无人管理。帮助摩根管理钢铁公司运营的阿尔伯特·亨利·盖里，据说一辈子也没见过冶铁高炉。美国的伯明翰单纯就是一个工作之地。20世纪20年代，这里的冶铁工人和美国其他地方的工人一样，每天工作12小时，每周工作7天，礼拜日和圣诞节也未曾休息过。亚拉巴马的伯明翰被深深打上了原始工业的烙印，直到现代，伯明翰工人的唯一公民自豪感仅在于他们坚决抵抗种族融合。这种不良的自豪感当然持续不久，后来伯明翰人逐渐开始从医疗和其他市政设施建设以及运动事业中寻找自豪感。

英国伦敦：工业革命造就的城市

有一类特殊的工业城市，它的起源、设计和管理都完全取决于当地的工业家。工业家负责铺设公路，建造房屋，设立商铺供市民购物，或者强制市民购物，如果有必要，他们也负责供水和下水道设施建设。在这里和在皇家都城一样，一切都要受到强制管制，工业家的城市设计不在于恢宏，而单纯为了经济利益，保证愤怒的居民不会造反。维护城市稳定的方法就是让工人永远对雇主负债，并且雇主有权随时将他们从住所驱逐出去。可以说，在人为操作下的城市规划试验中，这样的企业城镇受到最大的责骂。在一切安宁的时候，阿谀奉承的人就会夸赞地主和雇主都是基督教圣人，都是和蔼而智慧的家长式统治者，夸得连工业家自己都信了。但在真相揭露的时候，或者公民奋起抗议的时刻，工业家的雕像会被吊起来，但令人遗憾的是，这一切的结局不过是再换一个雇主继续统治。

城市经济学

工业城市治理反映了城市的主流经济理念——对个人利益和放任主义的信仰。工业城市的政府治理，都多多少少受到当地资本家的控制，因为城市公众服务最终都会导致税收和生活成本增加，继而减少资本家的利润，增加生产成本，因此总是被严格控制在最低水平。工业垃圾和居民生活区混在一起，工人住的街巷根本没有路灯，目不识丁的无产阶级也可以到工厂做工，所以根本也就不需要受教育。这是经济对文化打下的烙印。

19世纪欧洲的工业城市比起美国的要稍好一些，被选举或者任命的官员不那么贪财。在美国，每个人都赤裸裸地被金钱衡量，城市公职人员也不例外，他们想尽办法彰显自己的财富，通常都是通过隐蔽的方式将公款私用。1888 年，研究美国政治制度和民俗的英国历史学家布莱斯勋爵曾说："美国城市政府的失败是显而易见的。"[3] 20 年之后，喜欢揭露丑闻的美国记者林肯·斯蒂芬斯曾长篇大论地阐述美国大都市里颇受赞赏的经济势力和声名狼藉的政治势力的勾结。不论是布莱斯还是斯蒂芬斯，其实都明白，让他们如此忧虑的城市之所以发展成这样，都是工业化的需要。工业家不受任何限制，他们可以肆意处理城市的空气、水源和土地，城市以最低的成本供养着工业所需的劳动力。工业家买通了政客，政客为工业家服务。城市的目标就是以最低成本进行生产，其他一切都不会考虑。

20 世纪初，对于世界上最主要的工业化国家——英国、德国和美国，工业城市的模样最犀利地描绘出了它们的工业文明。谢菲尔德、埃森、匹兹堡都是工业城市的最原始形态，但随着时代的发展，在这些古老的工业化国家中城市的概念又逐渐模糊，一种新型的城市——郊区——开始形成，它和之前提到的所有城市形态，一起融合成为现代大都市的模样。

郊区——宿营地

城市生活变化的最大影响因素就是金钱，居民收入实实在在地提高了。在工业城市，居民收入都会及时反映在住房、商铺、购物中心、电影院、体育场的消费上。金钱权力主要掌握在富人手中，但一般人也能体会到一些。还有一个专业群体收入相对较高——医生、律师和会计。此外，还出现了一个新群体——汽车、电器、机械、电力和水管行业的工人。工业公司的组成不再单纯是老板、会计、领班和一群工人，而是更为复杂的上层建筑：销售经理、广告部经理、控制员和一群懂电脑的人，还需要银行家、律师、广告公司和公关人员为公司上层服务，这些人员共同组成了公司所有人和工人之间的层层架构。他们组成了工业国家逐步扩大的白领阶层，现在其数量已经远远超过了机器操作工人。工业城市的无产阶级已经淹没在逐步壮大的工匠、牧师、技工、教授和管理人员群体中。

随着工业城市的发展，有一批人的收入足够让他们逃离烟雾缭绕、脏乱差的环境和居民，郊区随之诞生。随着商业阶层的重建和新管理精英的出现，这个队伍越来越壮大。在郊区，富人和中产阶层可以在相对干净的环境里种些花花草草，还会建设一些高质量的学校、教堂和娱乐设施，在尽量保证质量的前提下压低费用成本，但又不能低到让穷人也负担得起。郊区居民也会根据收入、职业和种族各自隔离，分为富人区和中等收入社区，银行家和股票经纪人一般都住在这些郊区，但犹太人被排挤在外。最终，大城市全部被这种层级分明的郊区包围。

与政治中心、商业城市和工业城市不同，这些聚居地不具备政治或经济中心功能，不负责治理，没有大的买卖，也不是生产场地，仅仅是人们开发出来以供居住的。然而鉴于现代组织人员喜欢自由逍遥，他们在一个地方总是待不久。既缺乏中心功能，居住人员又不稳定，现代郊区不像城市而更像是宿营地，这也就是其名"宿营地"的来源。在美国还有另一座伯明翰城，被作为底特律富人的临时居住地。

移民

在传统的工业城市，劳工人数不断增加，除了自然生育之外，还有两个影响因素。一个是就算是黑心作坊，工资也很诱人；再一个是迫于协调人地关系的需要，被驱赶的农民没有其他地方可去。就这样，18 世纪末期英国的工业城市用极低的劳工工资吸引了大批工人，因为工厂工资再低，也比从事农业收入要高。虽然奥伯恩是一派田园风光，但当地收入水平很低，与此同时，随着苏格兰的《圈地法案》和圈地运动的推进，再加上人口不断膨胀，除了进行人口迁移别无选择。"实际上，工厂是成千上万失去耕地的人的唯一庇护所。"[4] 一份现代人的诉状会高呼，人们"迫于生计和就业需求，蜂拥到工业城市，不管从事织布还是炼钢，他们工作的本质就是消耗自己的体力，贻害自己的后代"[5]。英国的农业用更具智能和活力、更为经济的大规模农业生产代替低效的劳动密集型小农耕种。75 年之后，爱尔兰的农村人口也因为农业变革被驱逐到美国的工业城市（还有矿山和铁路建筑工地）。接下来的岁月，大量移民从欧洲北部、东部和南部涌进美国、加拿大和南美洲，一部分在开拓空地，更多的移民到了工业城市。第二次世界大战之后，出现了民工移民潮，从英国移向美国，从欧洲工业化程度低的国家移向工业化程度高的国家，从美国南部移向北部，我们在上一章已详细阐述了这次移民潮的前因后果。

随着这些移民潮的出现，城市发生了深刻的变化。在此之前，城市的矛盾就是工业化社会的内部矛盾，是工人和资本家的对抗，罢工是其最直观的体现。处在低位的人走上街头，愤怒地向山顶的雇主和替他们看门的警方提出抗议。经过几周甚至几个月的斗争，有时候甚至爆发流血冲突，最后有一方妥协。工人虽然回到岗位继续工作，但他们心中的怒火没有平复。这被认为是所有工业化社会的根本冲突。

但随着新的管理阶层的崛起，与工人谈判的重任从资本家手中转移到了组织人员肩上。发生了罢工，管理者就会被问责，优秀的经理总是能够与工人协商，避免冲突。如果工人要求涨工资，出面讨价还价的经理不需要自己掏腰包，这点很重要，因为现代工业化公司对于市场的操控力极其强大，所以即便明面上给工人涨了工资，它们也会通过提高物品价格把这部分成本赚回来。现在，罢工仍时有发生，但已经不像过去那样似乎埋藏着深仇大恨，有时候罢工还能帮助缓解商品库存过剩。

但伴随移民而至的是一种新的冲突，是工业城市中两类工人阶层的冲突——旧时稳定的、相对安全的、收入相对较高的劳动力群体和移民潮带来的异族劳工之间的冲突。前者视后者为经济和社会上的劲敌。种族、语言和国籍的不同，助长了怀疑和憎恶。对于移民工人来说，资本家雇主不是敌人，那些清扫马路的人、打扫楼房的人、在建筑工地上做些没有技术含量的体力活的人，都巴不得能在工厂里做工，还有更多的人只要雇主愿意给他们工作就行。住宅社区、学校、交通甚至整个社会都不再看重种族，他们的共同敌人变成了政府和社会秩序，是这些导致他们在教育、政治和社会生活中遭到排挤。这些城市居民一旦造反，可不是要烧了资本家，而是扬言要烧了整座城。

在巴基斯坦人、印度人和西印度群岛人到达英国之前，种族歧视和对外仇视一直被当作只有美国才有的问题。在美国，北方人一直觉得这是南方人的烦恼。但随着大移民的出现，这成了全球的流行病，瑞士人歧视意大利人，德国人歧视土耳其人。由此引发的紧张关系、公众思考和应对措施是当今时代最剧烈和最受争议的城市发展问题，下面我想具体而深入地讨论一下这个问题。

大都市

　　不断提高的收入、工业结构的变化、移民的不断涌入和郊区住宅社区的扩张造成了现代城市的多样性，形成了最终的城市模样，现代大都市是上文提到过的所有形式的城市的结合，可以称之为"后工业化城市"，或者简单叫作"大都市"。工业仍然是城市存在的最主要原因，但旧的工业城市的结构已经不复存在，原来的工厂镇的模样也消失了，居民的富有让原来商业城市的商铺、购物中心和其他配套设施流传融入现代城市，大都市周围形成了郊区住宅社区。这样融合的城市还有一个治理的核心，那就是政府所在地。世界上最大的几座大都市——伦敦、巴黎、罗马、东京、纽约（联合国总部位于这里）——全都具有这样的特点。

　　谈到现代大都市的未来，也就是在谈现代工业社会的未来，因为大都市其实就是工业社会的外在表现形式。

　　同化来到城市的新成员将会是解决现代大

大都市：所有的城市形式囊括其中

都市问题的最简单方法。当代移民运动的规模十分浩大，也许在将来会缩小，毕竟每一个乡村也只会出现一次劳动力流出，而种族问题引发的矛盾，其实也是在乡村土生土长的经济条件和文化水平都偏低的人大规模涌入城市的混乱后果。

20 世纪 30 年代，贫穷的农业人口从美国南部的大平原地区移民到加利福尼亚，是社会动荡的主要来源。约翰·斯坦贝克在他的小说里称他们为"Okies"和"Arkies"，也就是后来美国俚语中表示来自俄克拉何马州和阿肯色州的农民工人。和东欧那些受支配的民族一样，俄克拉何马州和阿肯色州的农民也是白种人，却被视为异族。但他们的孩子现在已经和其他加利福尼亚人没什么差别了，所以从他们儿女那一代人，或者至少从孙子女那一代人开始，就可以享受比他们父辈更好的教育和经济，也会有更大的成就，随着这种变化，民族和种族问题也会迎刃而解，成为历史。说着同样语言、有着同样肤色、来自同样种族的穷人和富人很不情愿生活在一起，但不同种族的富人总能够和谐共处。

接下来二三十年更可能面对的问题将会是如何接纳这些城市新移民，随着现在的城市居民沿着阶梯越爬越高，需要有劳动力来完成他们不情愿做而撇下的工作。

资本主义的失败

另外两个问题的前途就没那么光明了。第一个问题是，资本主义虽然擅长制造汽车、一次性包装、药品和酒精等，但却给城市生活带来了很多问题，而城市居民最迫切需要的东西，却是资本主义不能提供的。资本主义从来没能提供成本适中的住宅，不必多说，住房是美好城市生活的必需品。资本主义也没有给居民提供良好的医疗健康服务，对于居住密集的人口，医疗保障十分重要。住进大城市的人，不像独居在乡下小屋的农民，他们不愿意得病后被置之不理，平静地接受死亡，因此医疗保障显得更为紧迫。除此之外，资本主义也没能提供有效的城市交通，这也是大都市生活的重要层面。

在西欧和日本，大部分人已经承认并且接受，资本主义在提供住房、医疗和交通方面是失败的，因此这些国家的工业已经进行了深度社会化。而在美国，就算与事实经验相反，人们依然确信私人企业才是最终归宿，就算事实证明工业具备内在的公共属性，这样的言论依旧被视为激进的。但是，只有承认住房、医疗等服务的公共属性，才能够保证其运转良好且让人们满意。如果住房、医疗和交通状况恶劣，城市生活的质量就很难保证。

还有另一个需要我们看清的地方，就是现代大都市本质上的社会性特点。曾经的光辉岁月里，城市不过是一个王室家族的住地，是统治者的家的延展，公共事务和王室的私人事务没有界限，房屋建造、艺术装饰和城市治理这些现在的公共事务，在当时都是由公共和私人共同负担。到了工业城市时期，大家都认为负担教育、警力、法院、卫生、休闲、大众娱乐、社会保障等公共事务的费用只需占总收入的很小一部分，而大部分收入应归到私人囊中。

但这都是假设，导致的结果也都众所周知。不论是对于富人还是穷人，个人用自己的收入换得的服务总是比市政提供的服务要多得多。自家的房子都很干净，但公共街道却肮脏不堪；个人财富在不断增加，却没有足够的警察来保护私有财产；电视机家家都有，但学校设施却很匮乏；能在家里的浴室舒舒服服洗个澡，却很难在公共沙滩找到一个安全的冲凉场所。资本主义的高速发展，必然带来更多的市政工作。道路上的汽车越来越多，需要更多精力协调交通、清洁道路，越来越多的空气污染和噪声污染问题有待解决。

也可以说，现代城市生活的社会公共成本越来越高，超出我们的想象。如果还像工业城市时期，以为社会公共成本是来自公共和私人的共同支出，那就错了，这种观念已经完全过时了。如果要将大都市建设成为一个美好、健康、宜居，并且在文化上、精神上亦有所建树的生活环境，公共开支肯定要高于私人开支。

检验大都市是否符合标准，只需把它当作一个家族，当作统治者的家族政治中心。所有类型的开支，不论是公共开支还是个人开支，都没有优先级别之分，不能说街道清扫优先于家务打扫，不能说学校建设优先于家庭电视机。问题是，哪一种服务能够提供最大边际效应，最符合社区的评判标准。如果说公共福利能够提供的社会满意度高于城市居民的私人物品所能提供的，那么我们就应该接受这个事实，而不是抗拒它，起决定性作用的不是意识形态，而是大都市的自身特性。

接受大都市的社会属性，不仅仅是考虑食宿、医疗、卫生和安全问题，还涉及另一个层面，即艺术和设计。人们总是喜欢不远千里去瞻仰古代的政治中心和商业古城，现在也有很多人去华盛顿、堪培拉、新德里和巴西利亚参观，但没有人有兴趣拜访我们讲到的三个伯明翰城，过去没有，现在也没有。它们之间有着根本性区别。政治中心一直都被视为一个整体，整座城市的建设也经过统一规划，那些废弃的城市都是古典自由资本主义的艺术遗产。没有什么证据说明，比起杜塞尔多夫和匹兹堡兴盛时期，德累斯顿和圣彼得堡的繁荣时期人们就对艺术更敏感，但德累斯顿和圣彼得堡的城市建筑却更注重统一的理念和风格，就如同一个古代王室家族注重建筑的统一风格一样。虽然这个统一风格有好有坏，但总能够保证执行，无论如何都比没有任何统一的风格要好得多。

古典自由主义的遗留之风，就是人们不情愿进行社会统一规划，不愿意设定一个整体建筑风格让所有的下属单位都遵守，因为这简直是对私人财产权和个人喜好的不公平干涉。但是，没有哪个地方更迫切地需要用社会化来代替古典自由主义的表达形式，而且矛盾的是，这种结果更符合古典功利主义的目标，即最大限度地造福于大多数人。

这确实会干涉财产权。一个解决办法就是扩大城市土地的公有化，这和城市内在的社会性质与住房不可避免的社会化特点是相符的。我长久以来一直不明白为什么欧洲社会主义者和美国自由主义者在重大聚会上宣扬自己信仰的时候，很少提及城市土地公有化，毕竟土地是最具有公共性质的财产。

不可抗拒的时代环境

说起大都市的社会属性——城市服务的社会化特点，立马就会引起人们的疑心。人们认为赞成这种观点的人必然是社会主义者，应该对此持怀疑态度。

怀疑地看待这种观点也不失为一种谨慎，但在这种情况下是不合适的。对待这类问题，总会涉及意识形态选择，而实际上，这并不是意识形态偏好的问题。大都市的社会属性并不是人为选择，而是由时代环境决定的。成百上千万的人口如此密集地聚集在一起，必然导致一系列摩擦、社会动荡和社会需求，是这些而不是意识形态选择铸造了大城市的社会属性，这再次体现出时代环境不可抗拒的一面。

　　要想阻止这一大环境的冲击，只有一个办法，就是在最初就阻止人口流动，在纽约、伦敦、东京形成之前采取措施，这样才可能避免大都市的形成。

第十二章

民主，领导力，献身精神

人，至少那些受过教育的人，总是悲观主义者。他们认为只有戒骄戒躁、居安思危才是安全的，心中会一直惦记着危险、未完成的任务和经受过的失败。

不过无论如何，在过去的 200 年间，人类完成了很多成就，成百万的人口摆脱了贫困，过上了从未有过的富足而长寿的生活。现代人逐渐丧失信仰，是因为我们越是深入地了解世界，便越是难以对其寄予厚望，白人不再相信他们是自然的选择，是上帝派来统治黑人、棕色人种或者黄种人的。200 年前的人不可能预见现代人可以具备如此大的社会公众协作能力，一起完成庞大而复杂的任务，例如登月、在北海开采石油，或者制作一系列电视节目。亚当·斯密认为股份制公司注定会陷入无能和失败，因为它超出了合作的可行性极限。但也许我们比英雄时代的人更懂战争。当今世界，杀人如麻可算不上一门本事，牺牲生命也不再被视为无上荣耀。现在不论谈起杀戮还是牺牲，现代人都会畏缩。

现代人的习惯是反思自己的失败，时刻提醒自己当今世界穷国和富国中还有多少贫困人口，反思在亚当·斯密时代的 200 年后，经济学家不仅没能控制通货膨胀和解决失业问题，反而导致这两个问题同时爆发。我们还在反思，为什么现代人的合作精神与团队组织力能把人类送上月球，却不能解决普通人移民到纽约的愿望。现代人对于战争有了新的认识，知道战争一旦爆发，将会摧毁所有的生命。

也许这种悲观主义是好事——我是这么认为的。它指引我们思考：既然如此，我们该做些什么？这个问题问得好，作为个人，能做些什么？

但在提出这个问题之前，需要思考另外一个问题。我们已经清楚地认识到，许多社会现实都是一个连续发展的过程，解决一个问题就会涌现另外的问题，而且往往就是在前一个问题的解决过程中引发的。我们总是习惯于寻找解决办法，最好的方案总是短期内最有效的。虽然注重短效也十分重要，但我们也需要花心思想出一套机制，应对如海浪拍岸一般接连不断的问题。民主政府的机制是否能有效应对这些接连不断的任务？这些机制如何改善，又如何恶化了？我想，这就是我们纵观历史，探究这么久，需要解决的终极问题。

瑞士

20多年前，我在写一本书，进展不太顺利。于是我到瑞士伯尔尼高原的一个小村庄，让自己和俗世的无聊隔绝。每天下午、傍晚和夜里，我都在思考第二天早上要写的内容。最后的成果很不错，我写成的《富裕社会》一书被很多人评为很有益的一本读物。自此之后，我每次写作都会到瑞士的格施塔德，做起了瑞士的兼职教授。瑞士国家图书馆的一名管理员后来跟我说，我已经被划归成半个瑞士作家，我听了很开心。我自恃对这个国家有一定了解。

瑞士的例子一直激励我相信民主的力量和效率。瑞士人天然相信，共同责任制和集体智慧一定可以解决问题——重点就在于责任和智慧。那么，问题的解决就在于公民，而不是领导者。瑞士公民并不是自诩可以解决所有的问题，但总是在寻找答案。在瑞士的22个（最近变成了23个）行政区里，所有的选民都会作为一个立法主体聚会碰头。公民立法提案和全民公决这些选民直接参与事务的方式，在这里是家常便饭。因此，瑞士的大部分选举是为了解决问题而不是选举领导人，这更进一步造成，瑞士很少有著名的领导人或者英雄。最著名的瑞士人应该是加尔文，但他实际上是法国人。加尔文之后还有威廉·退尔，他是为了亲情冒险而出名的。

几年前的一个冬天，伯尔尼的一位男士给我留了一条电话信息，想和我共进午餐，聊聊经济问题。我看他的名字有些眼熟，跟一位邻居打听他是谁。"好像是去年的总统，"她说，"反正肯定不是现任总统。"

小国家总是很难掌控人民的命运，国外的通货膨胀和经济衰退总是会波及本国，如果爆发一场核战争，即便自己没有核武器，小国家也会跟核武器大国一道遭殃。不过瑞士国内民主所面临的问题如环境保护，说德语、法语和意大利语的人之间的种族和谐，宗教之间的宽容，提供优质住房和公共服务，对农业、工业应有的支持，孕育了民主思想的教育等方面，基本上都找到了很好的解决方法。

很多人会说，瑞士今天的成就不过是因为这个小国从来没有发生过战争，而不是它的民主机制有多完备。但也许正是瑞士的民主理念能够让它置身于欧洲互相残杀的战争之外。认为国家小了问题就少了的观点明显就是错误的，北爱尔兰很小，黎巴嫩也很小，此外还有智利，比利时人也会因为语言不同而发生冲突。小国家反而更容易显示出自我毁灭的能力，还把这当作一种补偿。

在自我治理方面，瑞士人依靠三种力量。首先，每个民主参与者都关心政治，每个行政区的权威性和自主性都受到保护，联邦政府和地方政府分工明确、各司其职，这些都是民主的保障。每个人的投票和意见都会对最终结果产生影响，因此每个人都会重视自己的权利，持谨慎态度。重大决策都会交给人民进行全民公投。正如上文所说，瑞士的大部分投票都是为了通过决议（有关新税种、新的政府预算、女性权益、限制外来工等），而不是给政党或者政治家投票。

其次，瑞士人的集体观念。瑞士人确实很看重个人财产利益，但是他们更认为，如果牺牲集体利益，个人会遭受更大损失。这几年，在会见瑞士的政治家、商人、工会主席和银行家的时候，我深刻地感受到他们将集体、行政区、国家的利益置于个人、政党和组织利益之上，这并不是一种慷慨的美德，而是理性的观念。

最后，我一直认为瑞士人不恪守原则，更注重结果。在经济和政治的发展道路上，会像在战争中一样，有很多人牺牲，他们就像是在铁道路口横冲直撞的人，只为了证明自己选择的道路是正确的。这种做法在瑞士人看来是很愚蠢的。虽然瑞士和很多国家一样，坚持私人企业的原则，但在实际操作中，瑞士却愿意向社会主义靠拢。在瑞士，人们都是在州立银行办理业务，乘坐国家铁路，通过邮局转账业务付账单，收看公共电视台，从公共广播电台收听新闻，还可以通过电话收听新闻。

很多瑞士人都住在干净亮堂的公有房屋中，他们认为这是公共权利。美国的大部分人都住在私有住宅中，当然也不缴纳私人房屋保险，因为地方政府认为，一旦发生火灾，个人承担损失比社区负责重建房屋要好得多，还认为这样可以减少纵火案件。瑞士农民得到政府的大量补贴，因为瑞士人认为规整乡村秩序比建造公园的成本要低得多。瑞士的钟表制造业独一无二：近半个世纪，瑞士的钟表机芯都是由一家政府支持的公司制造的，只有包装、表带、广告等由私人企业负责。其他国家的公民会认为这样的经营模式不符合自由企业的核心原则，但瑞士人根本不在意这些细节。

领导人的直觉

英美对于政府治理的观念和瑞士人相差很大。英美人不喜欢自己解决问题，而是让专门的人士来完成。英美政治不是公民政治，而是领导人的政治。瑞士人很少提及"领导"一词，而在美国和英国，这个词不仅常被挂在嘴边，而且总能引起共鸣。

这就是为什么英国和美国的政治呈现出一种精神分裂的状态。英国政坛记者哀悼英国议会的衰落，美国的贤哲悲痛美国国会的先天无能，两国人民都在渴望更优秀的领导者——更有魄力的总统和伟大的首相。但人民所呼唤的领导力，必将进一步削弱立法机关的权力。

民主决策过程中的力量——来自立法者和公民理性的力量——比政治先哲们设想的要大得多，这种力量不仅决定某项法案的通过与否。美国总统和英国首相都极少关心独立的立法活动，特别是美国，立法权也是公众的知情权，立法的过程得到的公众反馈，是任何政治领导人都不能忽视的。在历史上的国际和国内密谋中，不论是越南战争、水门事件还是中情局的调查，揭露事实的力量在美国都无比强大。如果一个总统想违背民主意愿行事，唯一关心的就是如何让国会议员对此保持沉默甚至毫不知情。如果有幸让历任总统投个票，选出废除哪个美国政治机构能让总统更游刃有余，总统们如果够坦诚，排在第一名的肯定是美国国会及其调查机构，或者和媒体并列第一。

几乎不夸张地说，我半辈子的时间都在瑞士专心写作，剩下的时间很大一部分都在美国国会委员会面前接受质询。我第一次接受国会质询是在 40 年前，那之后几乎平均每年 3 次，某些年份一次都没有，有的年份一年 20 次，总共加起来每年怎么也有 120 天，即一年中 1/3 的时间都在接受质询。面对一个委员会，我会把其成员分为三类：可以被说服的人，提问刁钻刻薄、需要警惕的人，还有完全可以忽视的人。"教授先生，从实际层面说，这对密歇根的普通老百姓会造成什么影响？"这些国会委员如此愚钝也不能说完全没好处，至少他们会问一些其他人不敢问的简单问题。

立法听证起到了让人民知情的作用，立法辩论也让美好的理念落实成为人权，这些机构中还是存在民主力量的。但我们的政治最关心的还是领导人，在美国政治中就表现为总统大选。

政治是一场体育盛事

我对选举也算是颇有了解。我第一次参加选举运动是为富兰克林·罗斯福总统撰写演讲稿，也两次为阿德莱·史蒂文森，然后是约翰·肯尼迪、林登·约翰逊、尤金·麦卡锡助选，还参与了休伯特·汉弗莱和乔治·麦戈文的竞选活动。我助选的候选人中失败者越来越多，毫无疑问，有时候我对选举失败也负有一定责任。

上一届总统选举的热忱刚平息，下一届总统选举的准备工作就已经开始，最激烈的时期会持续一年的时间，耗费上亿美元，通常是一场混乱的持久战。尤金·麦卡锡曾经说，美国在建国初期的200多年，选出了从乔治·华盛顿到理查德·尼克松，从约翰·亚当斯①到斯皮罗·阿格纽②，从约翰·杰伊③到约翰·米切尔④，从亚历山大·汉密尔顿⑤到约翰·康纳利⑥这些人。他接着说道："我们扪心自问，还愿意再忍受这样的变化吗？"

　　美国的政治传统清晰地显示出美国政治的一大缺陷：它像是一场盛事。美国政治就是一场体育盛事，不同于橄榄球和曲棍球赛事，

---

① 约翰·亚当斯（John Adams）是美国独立战争时期的政治家、律师和外交家。他是美国独立宣言的签署者之一，并于1789年至1797年担任美国第二任总统。——译者注

② 斯皮罗·阿格纽（Spiro Agnew）是美国政治家，曾于1969年至1973年担任美国第39任副总统，是理查德·尼克松的副手。他在1973年因涉嫌受贿和逃税而辞去副总统职务，成为美国历史上第一个因犯罪而离任的副总统。——译者注

③ 约翰·杰伊（John Jay）是美国独立战争时期的政治家、律师和外交家。他是美国的建国元勋之一，并在1789年至1795年担任美国首任最高法院首席大法官。——译者注

④ 约翰·米切尔（John Mitchell）是美国政治家和律师，曾担任尼克松政府的司法部部长。在他的任期内，政府加强了在反贪污和反犯罪方面的执法力度，特别是打击有组织犯罪和黑帮活动。然而，他也因涉嫌参与了水门事件而备受争议，并于1977年因阴谋犯罪罪名被判入狱。——译者注

⑤ 亚历山大·汉密尔顿（Alexander Hamilton）是美国的政治家、律师和经济学家。他是美国的建国元勋之一，在美国独立战争期间担任华盛顿的助手，并参与起草了美国宪法。他是美国的第一个财政部部长，在他的领导下，美国建立了一个强大的中央政府财政体系，包括建立国家银行、实施财政政策，这些措施都为美国建国后的经济发展奠定了基础。——译者注

⑥ 约翰·康纳利（John Connally）是美国政治家，曾在1963年至1969年担任得克萨斯州州长，之后在尼克松政府中担任财政部部长。1963年11月22日，肯尼迪总统在达拉斯遭遇枪击身亡时，他在肯尼迪总统的座位前坐着，并被子弹击中。——译者注

政治表演不分赛季，全年表演。记者最乐在其中，与报道体育比赛不同的是，政治报道会对社会造成深刻影响。如果记者遭到怀疑和质问，他们就会告诉大众，也暗示自己，历史还在改变之中。和体育比赛一样，形式比内容更重要，得分要靠场上的表现，而不是处理问题的智慧，取得最后的比赛胜利才是成功的唯一标准。

举行美国总统候选人提名大会的时候，这一切特征格外凸显出来。各家电视网络不计成本进行报道，派出最有经验的评论员主持解说。电视台很有报道技巧和策略经验，但其实对政治和议题并没有多少见地。媒体用紧张神秘而又略带优越性的口吻，告诉观众我们正在塑造历史，但实际上这所谓的历史根本不会受到任何历史学家的认可。记者采访了候选人的备选团负责人和州代表团的领袖，大谈特谈复杂的构想和预测未来的希望，但实际上这些构想很快会被废弃，这些希望也从来不会实现。从我自身经验来说，我自1940年以来也参加过许多这样的盛事，我1960年是肯尼迪竞选团队的基层协调员，1968年是麦卡锡竞选团队的基层经理，1972年当过麦戈文竞选团队负责人。我作为代表经常连续几个小时坐在候选人提名大会上，屁股都快被座椅压出永久性纹路了。有一次我对副总统提名投了反对票，最后提名被否决。别人总以为我在代表团有很大影响力，实际上根本没有，代表团成员并不会跟着我的意见投票，除了这一次造成副总统提名被否决，我从来不认为自己对候选人遴选有任何影响。有一次在洛杉矶，爱德华·默罗向我询问情况，我告诉他一切都在掌控之中。他立刻跑到投票站报告给沃尔特·克朗凯特，两个人都十分兴奋，整个肯尼迪的团队都认为一切都在掌控之中，这个令人兴奋的消息让他们整整谈论了五分钟。

总统候选人提名大会曾经是有名无实的，尽量定期召开并受到评论员的大力报道。民主党的候选人提名大会只需要有两队人参加——来自南方乡村地区的半文盲和来自北方城市的半罪犯，两派都是听命于选举他们成为代表的人。南方这一群人天生对周遭就有点畏畏缩缩，再加上只要威胁不给他们报销来回路费，他们就会乖乖听命。来自坦慕尼、泽西城、波士顿、芝加哥和堪萨斯城的人害怕自己的非法财产被没收，甚至面临牢狱之灾，也会表现得很顺从。这些随风倒的代表很容易被收买或者劝服，不过他们已经不复存在了。今天的代表们都是极具智慧与诚意的人，带着决心参加大会，他们在候选人初选会、党团大会和候选人提名大会召开之前就已经决定好了。

天平

自此以后，最后一个，也是最大的候选人初选会——加利福尼亚州初选会结束，基本上候选人就已经敲定，这是通向民主的一大步。候选人提名大会在它最辉煌的年代给予了少数人权力，而初选会将权力给予了人民。我和很多人一样，献身民主政治就像是持有一种宗教信仰，认为这就是唯一正确的政治形式，我也相信民主政治比起其他形式的政治，能够变得更强大、更安全。对于现代国家，如果统治者和被统治者之间存在不和，被统治者认为统治者不是代表自己的利益，就会出现统治危机。政治过程越是民主，这种危险就越小，政治体制的弱点也就越小。当人民将选票投入票箱，就好像被打了预防针，认为当政者确实属于人民，继而也在一定程度上觉得当政者犯的错误也是自己的错误，当政者的越轨行为也是自己的越轨行为，任何造反都是对自己的反抗。仔细想想，这种看似保守的民主形式，其实是非常精明的。

但实际上的民主远没有这么完备，这从选举之夜停在各个候选人总部门前的豪华轿车就能够看出来。我们的选举系统确实将权力赋予选民，但毫无疑问的是，它也将权力赋予金钱。虽然人民众多，富人只是极少数，但政治家需要金钱。富人的发言权肯定比老百姓大得多，他们的愤慨总会被当作群众的呼声。由此造成的结果，就是形成选民和金钱之间的天平。

不过即便如此，民主依旧在前进，公共基金现在负责一部分选举经费，候选人不再像以往那样依赖有钱人了。

领导天性

不论以何种方式当选的领导人，百姓看上了他们的哪点？或者说，百姓应当关注他们的什么？

这里我还想申明一下我对于此问题的发言权。过去半个世纪的世界政坛领袖，我差不多都有过来往，虽然错过了希特勒、墨索里尼和斯大林。1945 年，赫尔曼·戈林、约哈希姆·冯·里宾特洛甫、阿尔伯特·施佩尔、瓦尔特·冯克、尤利乌斯·施特莱彻和罗伯特·莱伊都接受过我的调查和讯问，不过调查结果仅仅说明纳粹德国仅是一群低智商恶棍导演的插曲，他们还有严重的酗酒问题。

所有的伟大领导都有一个共同特点——能够毫不含糊地直面当代人民的焦虑。这也正是领导力的核心。

1933 年，经济大萧条是当时最严重、最广泛的焦虑来源，胡佛总统并不是一个蠢人，几乎没有人比他更适合当总统了。但他不愿意面对当时的经济灾难，而是反复告诉美国民众衰退期马上就会过去。实际上，人们对事实一清二楚。罗斯福在他的就职演说上和

领导力就是无条件地负责消除人民最深切的焦虑，罗斯福正是如此

执政的头 100 天中，消除了所有人的怀疑，他表明自己所有的精力就放在解决经济困境上，人民最关切的问题就是他关心的问题，凡是能做的努力，他都尽力而为，没有托词。

罗斯福是一位有魅力的演说家，他和民众保持着亲密的关系，告诉大家是他们让他满怀信心。他极具个人魅力，用今天的话说就是有"charisma"（领导魅力）。如果罗斯福没能直面当时的时代焦虑，他的这些品质也不会受到人们敬重。

事实证明，如果罗斯福不是敢于担当，便没有人会记住他的魅力。1932 年，目光敏锐的美国记者沃尔特·李普曼曾审视各个候选人。他说："罗斯福就算不具备当选总统的品质，也是最有可能成为总统的。"[1] 领导人要懂得妥协，会讨价还价，政治本身就是可能性的艺术，但一个领导人绝不可以让民众发现他在欺骗。

尼赫鲁

　　我认识的领导人中最伟大的要数贾瓦哈拉尔·尼赫鲁。我和他都与剑桥大学有一定的渊源。一次他造访美国，听说众多从牛津大学毕业的人现在都身居要职，例如威廉·富布赖特和迪安·腊斯克，玩笑般地表现出惊讶。我跟他保证，与印度一样，起决定性作用的职位都是由剑桥校友把持的，他才表示释然。

　　尼赫鲁和当年的甘地面临的是相同的问题，即印度的独立。印度人要实现自治。对印度人而言，民族平等和民族尊严问题更为重要，他们想要终结信奉了 200 多年的欧洲人优于亚洲人的观念，而这种观念渗透在过去印度社会生活的每个角落，不论是酒吧、火车站还是公园。

尼赫鲁

　　对于尼赫鲁个人而言，完全可以在这个问题上态度模棱两可。他出身于一个富裕保守的贵族家庭，父亲是国大党的先驱，但一切尘埃落定，印度接受了英国总督的统治，没人会再提起当年的国大党是由一个英国人领导的。尼赫鲁在和欧洲人交涉的时候游刃有余，难以掩盖自己的家庭地位和受过良好教育的优越感。他曾有一次和我说，他也许会成为最后一个担任印度总理的英国人。但是，他不惜牺牲个人利益，甚至承受牢狱之灾，也要去直面和接受那个时代的重要问题。这确立了他的领导权。但如果他不愿意献身，他的魅力、博学（甚至超过罗斯福），他提出的社区意识理念，就都没有任何意义，他的名字也不会流芳百世。

当希特勒成为全球人民最大的焦虑来源，罗斯福又再一次正视了这种恐惧，丘吉尔和戴高乐亦是如此。尼赫鲁缺少这种应变能力。在印度争取了独立之后，马尔萨斯人口论预言的贫困和动乱成了印度面临的问题。这一次，尼赫鲁没能献身和担当。肯定存在一些社会主义的方法可以解决当时印度的问题。与尼赫鲁同时代的英国伟人——韦伯夫妇和哈罗德·拉斯基也这么想过，那么就一定存在这样的方法。在执政的最后几年，尼赫鲁的领导地位受损。一个领导人要能够直面自己时代的问题和焦虑，也要能够跟随时代的变化而变化。

领导力和越南战争

约翰·肯尼迪曾告诉我，也告诉过很多人，他每一天都扪心自问，如何能够让人们摆脱对核毁灭的恐惧。如果他活到今天，这也许就是他作为领导人的首要任务。这都只是设想，我们永远无法知道结果了。在肯尼迪执政的几年，他献身于另外一个承诺。这是一种理念，即现代政府可以是有趣的、令人兴奋的，同时受理想主义者、政治狂热者和年轻人关注的。

就在肯尼迪逝世前不久，我从印度回到了美国，之后的几年，我和很多人一样，都在思考肯尼迪这几年的总统生涯给我们留下的一个问题：美国深陷越战泥潭。我一直认为美国不该卷入越战，我也明白在这件事情上我深受肯尼迪的影响。1961年秋天，肯尼迪派我到越南，当时马克斯韦尔·泰勒和瓦尔特·罗斯托[1]的一篇报道

---

[1]　瓦尔特·罗斯托（Walt Rostow，1916—2003），美国著名经济学家。——译者注

敦促美国介入越南战争，包括军事介入。（他们想象部队以抗洪队伍的身份进入越南。）肯尼迪当时忧心忡忡，他推断我应该持有相反观点。在越南这趟短短的旅程让我对越南的认识和亲身经历比我的大部分同事都多一些，也更让我相信掺和越南的形势可能是徒劳而危险的，因为我们想要结盟的一方不过是无能的强盗，自私而腐败，我们是不可能胜利的。另一种更让人心中一凉的观点是：也许我们就不该胜利。

越南战争完美地体现了领导力和献身精神之间的关系。尤金·麦卡锡从来没有因为自己强硬不妥协的态度而出名，而是被看作幽默、儒雅，还有些懒散的人。当时的重量级政治家全都出于现实政治需求，从原则上反对战争。麦卡锡十分蔑视这种伪善之言，毫不含糊地提出自己的反战立场，大批人随之涌向他的队伍，包括很多之前没有听说过他的人。

我之前就预料到这种反应。1967 年夏末的一天，我到佛蒙特州的阿斯卡特尼山参加会议，在会上呼吁和平谈判。会议在一个滑雪旅馆举行，与会人数有几百，我们到达的时候，山顶上已经全是人。发言的时候我异常兴奋，感觉自己像是站在山顶向众人布道。人们都在等待一个领军者般的人物，任何可以解决越南问题的领袖。几个月之后，麦卡锡在康涅狄格河对岸的新罕布什尔州以极少数票的优势在初选会上打败了林登·约翰逊。势态已经明晰：在几周之后的威斯康星州初选会上，麦卡锡就会获胜。于是，约翰逊下令停止对越南进行轰炸，并宣布自己退出下一届总统选举。

接下来的几个月，我都在和麦卡锡并肩作战，也一直担心罗伯特·肯尼迪可能是一个更强大的候选人。我主要负责募款，这项工作比想象的容易，那些因为越南战争感到内疚自责的人会用捐款来安慰自己的良心。这场竞选也许是美国历史上最不需要担心资金问题的一次竞选。我带着麦卡锡的团队入场，心里有些没底。我对提名麦卡锡的议案投了赞成票，但我回家之后，妻子问怎么没看到我发表讲话，所有电视台都在报道芝加哥的动乱。在芝加哥城里，我穿过警察的封锁线，前往大会现场，骚乱的人群挥舞

1968 年的芝加哥动乱，警察尽职地用棍棒阻止反战者，为作者让开一条路。成为政府机构的一员也是有好处的

着棍棒，芝加哥警方不得不也动用棍棒维持秩序，他们认出我之后立刻护送我穿过人群。当时的场面令人极其不安，好在我没有吃到棍棒。

　　政治界我认识的所有人中，尤金·麦卡锡最为细腻，还对音乐鉴赏颇有见地。他可以算得上是美国政坛第一个真正的诗人。麦卡锡在芝加哥被提名的时候，我说，这也许算不上约翰·弥尔顿[1]的时代，但也不再是约翰·韦恩[2]和约翰·康纳利的时代了。当时康

---

① 　约翰·弥尔顿（John Milton，1608—1674），英国诗人、政论家、民主斗士，代表作品有长诗《失乐园》《复乐园》和《力士参孙》。——编者注

② 　约翰·韦恩（John Wayne，1907—1979），美国影视男演员，以出演西部片和战争片中的硬汉而闻名，曾获奥斯卡最佳男主角奖。——编者注

纳利还在场，纽约州和加利福尼亚州的代表坐在他周围，秉持着美国自由主义的原创精神以各种方式宣泄对康纳利的愤慨。越南战争的结束最后都归功于尤金·麦卡锡，他如果没能做到意志坚定，而是像其他人一样态度模棱两可，就会沦为一个不为人知的诗人。

马丁·路德·金

1968 年春天，我准备到加州大学洛杉矶分校做讲演，但最后活动被取消了。校园里一片骚动，因为大家都听说了前一天马丁·路德·金遇刺的消息。当时加州大学洛杉矶分校的校长富兰克林·墨菲是我的一位老朋友，他请我在校内的纪念集会上讲话。

在此一年前，我曾经和马丁·路德·金会过一次面，那是在

马丁·路德·金，在民权运动的队伍前列

日内瓦的一个漫长的下午，当时陪着金博士的还有安德鲁·杨，杨后来也成了亚特兰大的一名议员。和他所敬仰的甘地与尼赫鲁一样，马丁·路德·金当时也面临自己种族的公正与平等问题。他知道，这是对一个黑人领袖的唯一考验，他也和甘地一样，深知一个先进的领导者不会诉诸暴力，因为暴力只会激起更多的不安，让他失去最需要的支持者。金也意识到了他所面临的新问题：不论是黑

人还是白人，美国人正在越南战场上白白牺牲。我也认同他的观点，因此促成了我们在日内瓦的会面。他当时告诉我，一个领导者必须能够在新的问题到来时积极应对。这是我在那个下午学到的宝贵知识，也是我在前面章节里强调的教训。

伯克利

是否有哪里的教育就是为了民主事业，让我们更具力量和智慧去运用民主？

这个问题的答案就指向我们熟悉而崇拜的加州大学伯克利分校。20世纪30年代，我在这里读书，曾经认为这里是世界上最好的大学，我也可以很骄傲地说，之后很多人也这么认为。

我们那个时代的大学生都不是很关心政治，世界各地的大学生几百年来被贴上的标签都不过是性开放、酗酒和自由散漫，外加热衷于校际体育赛事。教授和书本一直都没能吸引到学生，但在20世纪60年代，林登·约翰逊总统、越南战争和各地征兵局的火热场面成了学生们的关注焦点，"伯克利"成了学生参与公众话题的标志。公众领域大范围对当局的质疑从伯克利兴起，又立刻扩散到众多大学乃至全球，有人将此称作叛乱。当时提起"伯克利"，就会引起大家紧张地探讨教育在民主政治中的角色。

我相信，教育有两个必不可少的要素，两者都可以从上文的讨论中得出。第一，教育必须致力于开拓集体意识——在某些时刻，特殊利益和个人利益需要向公众利益妥协，对所有人最有利的即是对自己最有利的。这就要求我们聪明地意识到，置大众利益于不顾的人应该遭到抵制。如果公司、商会、军方、官僚、工会、律师、医生、教授将自己的利益或是金钱权力利益放在公众利益之上，人们都需要对其产生警觉，做出应对，进行反抗。民主教育就是要传授这样的意识和责任心。

第二，教育要循循善诱，教导个人愿意为肩负的责任进行明确不含糊的献身，并且能够辨别真正献身的人和行事模棱两可的人。现代政坛的一大恶习，就是大肆赞颂那些脚踏两条船的政客，他们一边承诺自己将尽全力解决当下的问题，一边又精明地安慰那些担心他当选后的举措会影响自己利益的人。"我赞成和平，但绝不是因为懦弱。""我们要消除贫困，但不会给纳税人增添新的负担。""我支持更完善的收入分配机制，但不会干涉私人企业应得的利益。"

前面讲到的那些领导人——罗斯福、尼赫鲁、肯尼迪，还有按照他自己的群体标准也称得上领袖的马丁·路德·金，都受过精英教育，也许正是这样的教育让他们愿意献身。不可否认，献身中也必然存在目标冲突。要让尽可能多的人参与到民主讨论中，加州大学扩大招生就是为此努力的证明。我们希望学生们相信，在民主社会，他们每个人都是国家的主人，有权利也有义务做决策。国家也需要培养更多的领导者，培养出有知识、有自信、有自尊为他人做出决定，并且能获得他人真心认可的人。这就是领导力的含义。与此同时，领导者和群众要相信领导力属于自己。一些原则上不可调和的矛盾，在实际中却是可以调和的。

献身

要明白献身的重要性，就要全方位考察我们讨论的所有问题。有些问题解决起来的确很困难，最大的困难就在于正视它。我们都知道该如何做，但出于惰性、私利、偏激或者无知，我们不愿意承认自己知道。

发达国家和贫困国家之间的问题得到解决，需要现在或者将来，在一定程度上重新分配财富。看到这一点并不难，但很少有人愿意去做。例如，多年前我们得出的解决方案——让人口从贫困国家移民到富裕国家，就极少有人愿意推进实践。

贫困国家人口的问题目前只能靠计划生育来控制，中国已经意识到计划生育的必要性，印度也逐渐意识到这一点，但其他国家都不愿意面对这样的事实。

国家越贫困，行政资源就越少——也许像中国这样有着古老的统治能力的国家除外。相应地，人们就越少依赖高度组织化的努力。贫困越严重，贫困国家就越需要依靠个人的力量，正如亚当·斯密和卡尔·马克思所说，这是经济发展初级阶段所必需的，但没有几个贫困国家愿意面对如此古老的现实。

富裕国家也要面对自己国内的贫困问题，最有效的解决办法当然是直接给贫困人口提供收入，不论是以食物、住房、医疗、教育还是金钱的形式，收入都是剥削的解药，但所有人都在逃避这个事实。

我们想要保护环境，能明白地说出我们应该或者不应该怎样对待周遭的空气、水源和土地，却很难做到，一旦涉及能源短缺、要保住工作或者私家车使用问题，就总想给自己开脱。要想让地球的资源能够用得更长久，就必须节约使用，但这也很困难。

所有政客都痛恨失业和通胀问题，却找不到方法在保持高就业率的同时，无须人为操控收入和价格而保持物价稳定。否则，为了扩大消费和提高人民收入所采取的措施——所有的现代企业、现代工会、现代民主政治都对此持鼓励态度——就会立刻让物价疯长。只有严重的失业率能够抑制这种涨势。没人愿意承认现在经济生活中这个残酷的事实，那就是我们只能在通货膨胀、高失业率和政府操控中选择一个。

大都市的问题其实也并不复杂，就是钱的问题。如此众多的人口聚集在一起必然代价高昂，如果我们打算生活在这样的环境中，就必须有意愿支付相应的费用。如果人们想通过逃离城市来避免高生活成本，就会大量搬出城市，但这样一来城市的经济基础就会遭到削弱，资金问题就会更加严重。但我们再一次避重就轻，只是做出承诺，要提高政府效率，减少不必要开支，建立教育、警察和卫生体系。

斯基杜

逃避问题的最大原因就是觉得问题太复杂、太难办，所以我们推迟，妥协，向政治让步。如果去一个完全质朴简单的社区或者乡村，任何问题都无可逃避，我们就能够明白曾经的我们不过是用复杂当作借口。斯基杜就是这样一个地方。它位于加利福尼亚州帕纳明特山，距加州和内华达州的边界不远，比死亡之谷的海拔高出5 600英尺。斯基杜的例子很能展现我们要说明的问题。

20世纪初，斯基杜作为一个矿业城市发展起来。1908年，斯基杜爆发了大新闻，放荡不羁的乔·辛普森射杀了吉姆·阿诺德，后者是当地有名的商户老板、银行家和受人尊敬的政府成员。辛普森最后被吊死在电话线杆上，这件大事也正是通过电话线传到了世界的其他地区，引来一大拨记者。当地有媒体意识的居民又把乔吊起来，跟记者说明自己是怎么伸张正义的。

看看斯基杜废弃的矿井，就会知道这里的资源已经用尽，不可再生。

斯基杜展现了现代城市的脆弱，曾经一度是有着 700 人的社区，现在却几乎空无一人。对于斯基杜来说，经济基础是问题的根源，所有人都能清楚地看到这一点，一旦经济基础消逝，整座城市也随之暗淡。

私利最能够释放个人的能力，也造就了斯基杜，不可能有其他力量把千里之外的人吸引到这里的矿井中，也不可能是什么集体主义或者社会主义奇迹让这片荒漠迎来这么多人口。

斯基杜居民在这里挖金矿，这里的一切都表明人们为了私利愿意付出多少精力。看看今天被废弃的矿井，这种让如此多人为之浪费精力的事情，也给予我们一些关于军备竞赛的启示。

死亡之谷

斯基杜的下面是死亡之谷，这里的事实也表明，最大的难题是如何直面问题。

这个山谷中没有穷人。这得益于这里良好的人地关系——这里根本就没有人，任何想要在这片土地上定居的人，最后都会以贫困收场。

过去偶尔有人来到这个山谷，但最后都会离开，如果不搬走，生活就会很悲惨。漫长的历史已经见证了，这种从贫瘠土地迁往富饶土地的方式，是人类逃离贫困的最主要解决办法之一。来过死亡之谷的人都明白迁走是必然的。

科罗拉多州的夏延山

核战争的指挥所

死亡之谷。纽黑文和费城之间的地区被原子弹轰炸后的样子大致就会是这样

也许我的表述有一些夸张，因为这座山谷里其实住着那么几户人家，他们依靠外来的收入生活。20世纪初，死亡之谷的一个居民史考特仰仗一个性格古怪的富翁，在山谷里建了一座城堡，今天还保存完整。如果不是这样的外界赞助，山谷里的居民早就饿死或者搬走了。贫穷国家正是如此，对它们来说，外界的资助是应对贫困的药剂，但这种资助不能解决贫困问题，富裕国家总想尽力回避这个残酷的事实。

死亡之谷还印证了另一个重要的事实。山谷有140英里长，4~16英里宽。想象一下，如果它的城市化和康涅狄格、纽约、新泽西、费城这些地区一样，或者和伦敦、莫斯科这种大都市一样，或者像东京、横滨这样的大平原一样；设想一下，如果整个山谷从这座山到那座山全部是城镇或者城郊——死亡之谷就是这些大都市被四颗两千万吨量级的炸弹轰炸后的样子，世界上任何一个地域大小相同的都市，在被相同量级的炸弹轰炸后都会变成这个样子。要直面这个难题，我们需要从死亡之谷向东到达落基山脉东侧的北美防空司令部，它就藏在离科罗拉多州斯普林斯市不远的夏延山中。

躲避核威胁

人们之所以需要这么一个地方避难，是因为像地球这么大的星球是无法承受哪怕一次核战争的。由民族情绪和意识形态差异导致的矛盾如此残酷，藏在夏延山里的人估计也就比山外运气好的城镇居民再多活几个星期。

但我们还没有直面这个事实。我们希望自己的儿孙能够好好活在这个世上吗？当然！但我们要准备打核战争吗？这明明是对生命最大的威胁，但我们却时常忽视它。人类已经学会了按照自己的道德标准生活，现在我们已经认定，所有人都会死，我们的子孙也不例外。我们最后竟都适应了这种想法，着实令我们自己惊讶。但我认为，虽然我们已经适应了这种想法，但实际上不愿意接受这样的事实。我们的想象力有时候很强大，有时候却很糟糕，我们可以想象到千里之外丛林中的战场，发起行动，反对战争，但对于核战争的毁灭性却漠然以对。

如何解决这个问题，是今天我们面临的最大政治考验。我们不应该觉得今天没必要为此做决定，以此来逃避问题。苏联人也和我们有一样的感受，生命也同样脆弱，也抱着同样强烈的生存欲望，他们对于战争的残酷和毁灭性比我们体会得还要深刻。这些问题是真实的，我们必须相信，他们和我们怀着同样的意愿解决这个问题，同样意识到核战争对所有生命的威胁，并希望消灭核威胁。

这就是美苏两国政治的最高目标，不论我们的经济和政治体制有多大差异。因为正如赫鲁晓夫所说，一旦互相发射导弹，共产主义的灰烬和资本主义的灰烬将没有什么差别，连最极端的意识形态倡导者也分辨不出来，因为他也已经死了。在当今这个时代，面对如此多的不确定性，只有一点是确定的：我们要面对"世界是不确定的"这个事实。

致　谢

　　这部分通常被称为致谢，但在本书中，这个词显然是远远不够的。艾德里安·马龙是这个项目的发起人，也是我在整个过程中的伙伴和导师。我欠他很多，快跟我欠迪克·吉林、米克·杰克逊和戴维·肯纳德三位导演的一样多了，他们分工合作，共同制作了《不确定的时代》。没有这四位同事，就不会有这个电视系列节目和这本书。

　　支持马龙、吉林、杰克逊和肯纳德的工作，当然也在不断支持我的还有苏·伯吉斯、珍妮·多伊、谢伊拉·约翰斯和莎拉·海德。他们在与电视制作有关的各种琐碎工作和相关文件上都具有超高才能，包括管理旅行、办公室运营、驾驶汽车和打字。他们的才能与极佳的幽默感和魅力结合在一起，我对他们四人表示深深的感谢。

　　所有看电视的人都应该知道——我现在才知道——主要的功劳并不应该归于屏幕上的人物，而应更多归于将人物带到屏幕上的人。表演者得到了最多的关注、最好的工作时间和最高的报酬。这是一种美妙的安排，当然会有人持不同意见。因此，在拍摄这个系列的一年里，我与两位杰出的摄影师亨利·法拉和菲尔·梅休斯一起工作，菲尔跟随我们的时间最长，我认为他是一个经济学家所能遇到的最令人愉悦、最有趣、最优秀的艺术家之一。约翰·特里克和戴夫·布里尼科姆比较低调，但他们在声音录制上的价值不可忽视。他们坚决表达说，人们在看电视时不仅需要看清楚，而且需要听清楚。罗宾·门德尔逊负责了 BBC 在纽约的所有细节工作，在伦敦和拍摄现场，凯文·罗利、吉姆·布莱克、凯文·巴克斯安代尔、托尼·梅恩、丹尼斯·凯特尔、戴夫·格尼、戴夫·查尔兹、特里·曼宁、西德·莫里斯、弗朗西斯·丹尼尔、道格·科瑞、斯图尔特·莫瑟、迈克尔·珀西利、道格拉斯·恩斯特、约翰·林德利、理查德·布里克、科林·洛瑞、苏·希尔曼、希拉里·亨森、芭芭拉·莱恩、雅克·杰弗里斯和珍妮·基恩协助摄影、灯光、声音、制作电视节目和对我的面部进行处理。名单还没完呢：保罗·卡特、吉姆·拉瑟姆和帕梅拉·博斯沃思是电视编辑；查尔斯·麦吉和凯伦·戈德森是平面设计师；约翰·霍顿是视觉效果设计师；在最终的电视节目中，彼得·巴特利特、埃尔默·科西、约翰·沃克和亚当·吉福德是非常能干的摄影师，克里斯·科克斯和鲍勃·麦克唐纳是他们的助手。

我必须特别感谢助理摄影师米克·伯克，他在早期的拍摄中是真正的好伙伴。然后他休了一年假，加入了英国登山队，在 1975 年赛季攀登珠穆朗玛峰。在那里，他走进浓雾和黑暗之中，完成了他的人生旅程，之后再也没有回来。

从电视节目到这本书：乔安娜·罗尔（我的亲人，也是朋友）和 BBC 的本·谢帕德一起帮助我研究和查证事实；安吉拉·墨菲和保罗·麦卡林登设计了这本书，找寻资料配图；我也参与了插图整理这项令人愉快又烦琐的工作，这项工作以及其他一些工作是在 BBC 出版社的彼得·坎贝尔的指导下完成的。

保罗·M.斯威齐是我的老朋友,他读了有关马克思的章节,给了我很多帮助。亚当·乌拉姆是另一个观点鲜明的朋友,在有关列宁的内容上也给了我类似的帮助。对于这两位朋友,我表示感谢,他们对结果不负任何责任。我也向太多的人寻求过帮助,其中我想特别说说埃里克·罗尔爵士,他对经济思想史的博学和深思熟虑在过去的时间里启发了很多人。

我在剑桥的亲人和同事是我想最后感谢的对象。隆达·席本格打印并校对了我的事实陈述。埃米·戴维斯在整个项目进程中,帮我管理了办公室事务和我的很多生活杂事,在闲暇时间里还协助打字和校对,而且在美国拍摄期间与我同行,提供帮助和保护,还帮助安抚其他人员的情绪。就像以往一样,安德里亚·威廉姆斯不是我的助手,而是我的全职伙伴,她与BBC合作处理了所有电视节目的细节,编辑了这本书,看着它通过了出版程序,并完成了很多本来该由我做的事情。

我一直对那些在致谢中表达对妻子的爱的作者持怀疑态度,但最好的规则总有例外。凯瑟琳·加尔布雷思从第一天开始就加入了这个项目,陪伴着我拍摄。她日夜守护,站在好奇的闯入者面前,表示自己是一个称职的摄影师,这些页面就是证明。她在最后两个节目中表演,并写了日记,有一天,这些日记将告诉人们BBC制作电视节目时那些有才华的参与人员和不可思议的程序。

注　释

第一章

[1] John Maynard Keynes, *The General Theory of Employment Interest and Money* (New York: Harcourt, Brace and Co., 1936), p. 383.
[2] Ibid.
[3] Ibid.
[4] 有充分理由断定，F. Y. 埃奇沃思虽然大部分时间生活在英国，但却是真正来自爱尔兰朗福德郡埃奇沃思镇的人。
[5] 与休谟和当时其他的自由主义者不同，亚当·斯密并不欢迎美国独立。他的愿景是一个包括所有讲英语的国家的共和国：来自北美的成员将在伦敦的下议院中就座；随着美国人口的增加，首都将迁往大西洋彼岸的更中心位置，比如辛辛那提、孟菲斯或者威斯康星州的格林贝，如果考虑加拿大的主张的话。可惜历史已经错过了这一站。
[6] Adam Smith, *Wealth of Nations*, Vol. I (London: Methuen & Co., 1950), p. 412.
[7] Smith, Vol. I, p. 8.
[8] Ibid.
[9] Smith, Vol. I, p. 144.
[10] Smith, Vol. II, p. 264.
[11] Smith, Vol. II, pp. 264–265.
[12] William Pitt before the House of Commons on February 17, 1792, quoted in John Rae, *Life of Adam Smith* (New York: Augustus M. Kelley, 1965), pp. 290–291.
[13] Charles Edward Trevelyan quoted in Dudley Edwards, *The Great Famine* (Dublin: Brown and Nolan, 1956), p. 257.

第二章

[1] Allan Nevins, *Study In Power*, Vol. II (New York: Charles Scribner's Sons, 1953), p. 300.
[2] Peter Collier and David Horowitz, *The Rockefellers: An American Dynasty* (New York: Holt, Rinehart and Winston, 1976), p. 59. From the manuscript of Frederick T. Gates's unpublished autobiography.
[3] Herbert Spencer, *The Study of Sociology* (New York: D. Appleton and Co., 1891), p. 438.
[4] Herbert Spencer, *Social Statics* (New York: D. Appleton and Co., 1865), p. 413.
[5] William Graham Sumner quoted in Richard Hofstadter, *Social Darwinism in American Thought 1860–1915* (Philadelphia: University of Pennsylvania Press, 1945), p. 44.
[6] John D. Rockefeller quoted in Hofstadter, p. 31.
[7] Ibid.
[8] *New York Post*, September 13, 1975.
[9] Henry Ward Beecher quoted in Hofstadter, p. 18.
[10] Thorstein Veblen, *The Theory of the Leisure Class* (Boston: Houghton Mifflin Co., 1973), p. 176.
[11] Veblen, p. 57.
[12] Veblen, p. 64.
[13] Veblen, p. 62.
[14] Veblen, p. 65.
[15] James Gordon Bennett, Sr., quoted in Richard O'Connor, *The Scandalous Mr. Bennett* (Garden City, New York: Doubleday & Co., 1962), p. 82.
[16] James Gordon Bennett, Sr., in the *New York Herald*, May 6, 1835, quoted in Don C. Seitz, *The James Gordon Bennetts: Father*

and Son (Indianapolis: The Bobbs-Merrill Co., 1928), p. 39.

[17] Gustavus Myers in Matthew Josephson, *The Robber Barons* (New York: Harcourt, Brace and Co., 1934), p. 340.

第三章

[1] Joseph Schumpeter, *Capitalism, Socialism, Democracy*, 3rd ed. (New York: Harper's Torchbooks, 1967), p. 21.

[2] Karl Marx in Karl Marx and Friedrich Engels, *Selected Works*, Vol. II (Moscow: 1962), p. 22.

[3] Karl Marx quoted in David McLellan, *Karl Marx: His Life and Thought* (New York: Harper & Row, 1973), p. 14.

[4] McLellan, p. 16.

[5] Friedrich Engels quoted in McLellan, p. 28.

[6] Karl Marx quoted in McLellan, p. 58.

[7] McLellan, pp. 56–57.

[8] Karl Marx quoted in McLellan, p. 56.

[9] Karl Marx quoted in McLellan, p. 60.

[10] *Karl Marx: Early Texts*, David McLellan, ed. (Oxford: Blackwell, 1972), p. 129.

[11] Friedrich Engels quoted in McLellan, p. 131.

[12] Karl Marx in Karl Marx and Friedrich Engels, Vol. I, p. 52.

[13] Eric Roll, *A History of Economic Thought* (London: Faber & Faber, 1973), pp. 257–258.

[14] *Karl Marx: Early Texts*, p. 217.

[15] Karl Marx, *The Communist Manifesto*, in Karl Marx and Friedrich Engels, Vol. I, pp. 108–137.

[16] Karl Marx, *The Communist Manifesto*, in Karl Marx and Friedrich Engels, Vol. I, p. 126.

[17] Karl Marx, *The Revolutions of 1848*, Vol. I: Political Writings. (London: Allen Lane and New Left Review, 1973), p. 129.

[18] A spy for the Prussian government quoted in McLellan, pp. 268–269.

[19] Jenny Marx quoted in McLellan, p. 265.

[20] Sir George Grey, British Home Secretary, quoted in McLellan, p. 231.

[21] Karl Marx, *Capital: a Critique of Political Economy*, Vol. I (Chicago: Charles H. Kerr & Co., 1926), pp. 836–837.

[22] Karl Marx quoted in McLellan, p. 315.

[23] Karl Marx, *The Civil War in France: Address of the International Working Men's Association*, quoted in Karl Marx and Friedrich Engels, Vol. II, p. 208.

[24] Karl Marx, *Address to the Working Classes*, quoted in McLellan, pp. 365–366.

[25] Karl Marx, *The Civil War in France*, quoted in McLellan, p. 400.

[26] Karl Marx, *Critique of the Gotha Programme*, quoted in McLellan, p. 433.

第四章

[1] Adam Smith, *Wealth of Nations*, Vol. II (London: Methuen & Co., 1950), p. 158.

[2] Smith, Vol. II, p. 131.

[3] James Mill quoted in "Biographical Sketch" by Donald Winch in *James Mill, Selected Economic Writings*, Donald Winch, ed. (Edinburgh & London: Oliver & Boyd, 1966), p. 19.

[4] R. Ewart Oakeshott, *The Archaeology of Weapons* (London: Lutterworth Press, 1960), p. 183.

[5] Pope Innocent III quoted in Henry Treece, *The Crusades* (New York: Random House, 1963), p. 229.

[6] Smith, Vol. II, p. 72.

[7] William Hickling Prescott, *History of the Conquest of Mexico*, Vol. I (New York: John B. Alden, 1886), p. 163.

[8] Prescott, pp. 163–164.

[9] Prescott, p. 165.

[10] William Hickling Prescott, *History of the Conquest of Peru* (London: Richard Bentley, 1854), p. 314.

[11] See Chapter VI, pp. 170–174.

[12] *Letters of Marie-Madeleine Hachard, Ursuline of New Orleans 1727–1728* (New Orleans: Laboard Printing Co., 1974), p. 58.

[13] John Beames, *Memoirs of a Bengal Civilian* (London: Chatto & Windus, 1961).

[14] Beames, p. 151.

[15] Rudyard Kipling, *A Choice of Kipling's Verses Made by T. S. Eliot* (New York: Charles Scribner's Sons, 1943), pp. 136–137.

第五章

[1] Hugo Haase quoted in *Verhandlungen des Reichstags*, Stenographische Berichte, Band 306 (Berlin: Norddeutschen Buchdruckerei und Verlags-Anstalt, 1916), p. 9.

[2] *Fireside Book of Humorous Poetry*, William Cole, ed. (New York: Simon and Schuster, 1959), p. 122.

[3] V. I. Lenin quoted in N. K. Krupskaya, *Reminiscences of Lenin* (Moscow: Foreign Languages Publishing House, 1959), p. 258.

[4] N. K. Krupskaya, p. 307.

[5] V. I. Lenin, *Imperialism: the Highest Stage of Capitalism* (Moscow: Foreign Languages Publishing House, 1947), p. 16.

[6] V. I. Lenin quoted in N. K. Krupskaya, p. 323.

[7] V. I. Lenin quoted in N. K. Krupskaya, p. 335.

[8] Christopher Hill, *Lenin and the Russian Revolution* (London: The English Universities Press, 1947), p. 117.

[9] V. I. Lenin, *The State and Revolution* (Moscow: Progress Publishers, 1969), p. 92.

[10] V. I. Lenin quoted in Hill, pp. 208–209.

[11] Adam Ulam, *The Bolsheviks* (New York: The Macmillan Co., 1965), p. 531.

第六章

[1] Herodotus, Book I, *Clio*, Rev. William Beloe, trans. (Philadelphia: M'Carty and Davis, 1844), p. 31.

[2] Charles Mackay, *Memoirs of Extraordinary Popular Delusions and the Madness of Crowds* (Boston: L. C. Page and Co., 1932), p. 55.

[3] A. Andreades, *History of the Bank of England* (London: P. S. King and Son, 1909), p. 250, citing Juglar, *Les Crises Économiques*, p. 334.

[4] Nicholas Biddle quoted in Arthur M. Schlesinger, Jr., *The Age of Jackson* (Boston: Little, Brown & Co., 1946), p. 75.

[5] Andrew Jackson quoted in J. D. Richardson, *A Compilation of the Messages and Papers of the Presidents 1789–1908*, Vol II (Washington: Bureau of National Literature and Art, 1908), p. 581.

第七章

[1] John Maynard Keynes, *My Early Beliefs* in *Two Memoirs* (London: Rupert Hart-Davis, 1949), p. 83.

[2] John Maynard Keynes quoted in R. F. Harrod, *The Life of John Maynard Keynes* (London: Macmillan & Co., 1951), p. 121.

[3] John Maynard Keynes, *Essays in Biography* (London: Mercury Books, 1961), p. 20.

[4] John Maynard Keynes quoted in Harrod, p. 257.

[5] John Maynard Keynes quoted in Harrod, p. 256.

[6] Robert Lekachman, *Keynes' General Theory; Reports of Three Decades* (New York: St. Martin's Press, 1964), p. 35.

[7] John Maynard Keynes, *Essays in Persuasion* (London: Macmillan & Co., 1931), pp. 248–249.

[8] John Maynard Keynes quoted in Robert Lekachman, *The Age of Keynes* (New York: Random House, 1966), p. 47.

[9] Herbert Hoover quoted in Arthur M. Schlesinger, Jr., *The Crisis of the Old Order* (Boston: Houghton Mifflin Co., 1957), p. 231.

[10] John Maynard Keynes quoted in Harrod, p. 447.

[11] Franklin D. Roosevelt quoted in Lekachman, *The Age of Keynes*, p. 123.

[12] John Maynard Keynes quoted in Lekachman, *The Age of Keynes*, p. 123.

[13] John Maynard Keynes quoted in Harrod, p. 462.

第八章

[1] Adlai Stevenson quoted in John Bartlow Martin, *Adlai Stevenson of Illinois* (New York: Doubleday & Co., 1976), p. 743.

[2] Townsend Hoopes, *The Devil and John Foster Dulles* (Boston and Toronto: Atlantic

Monthly Press Book, Little, Brown and Co., 1973), p. 426.

[3] Reinhold Niebuhr quoted in Hoopes, p. 37.

[4] John Foster Dulles, "Faith of Our Fathers," based on an address given at the First Presbyterian Church of Watertown, New York. U.S. Department of State publication 5300, General Foreign Policy Series 84, released January 1954, pp. 5–6.

[5] Dulles, p. 6.

[6] John Foster Dulles, "Freedom and Its Purpose," *The Christian Century* (December 24, 1952), p. 1496.

第九章

[1] Paul A. Samuelson, *Economics*, 9th ed. (New York: McGraw-Hill, 1973), p. 58. The same point, in slightly different words, is made in earlier editions.

[2] Paul A. Samuelson quoted in *Newsweek*, September 8, 1975, p. 62.

第十章

[1] These figures are derived from "Area and Production of Principal Crops," 1960/61 and 1973/74 issues and preliminary reports from Ministry of Agriculture, New Delhi, and IN 6005, 1-21-76, from the U.S. Agricultural Attaché in New Delhi.

[2] Robert William Fogel and Stanley L. Engerman, *Time on the Cross* (Boston: Little, Brown and Co., 1974).

[3] These figures are derived from U.S. Bureau of the Census, Sixteenth Census of the United States: 1940 Population, Vol. II, *Characteristics of the Population* (Washington, D.C.: U.S. Government Printing Office, 1943) and U.S. Bureau of the Census, Census of the Population: 1970, Vol. I, *Characteristics of the Population* (Washington, D.C.: U.S. Government Printing Office, 1973).

[4] Henry Bamford Parkes, *A History of Mexico*, Sentry ed. (Boston: Houghton Mifflin Co., 1969), pp. 305–306.

[5] Colonel Thomas Talbot quoted in Fred Coyne Hamil, *Lake Erie Baron* (Toronto: The Macmillan Co. of Canada, 1955), p. 146.

第十一章

[1] Figures for the United States, Britain, Italy and India are from *The Yearbook of Labour Statistics* (Geneva: International Labour Office, 1975).

[2] Bamber Gascoigne, *The Great Moghuls* (New York: Harper & Row, 1971), p. 95.

[3] Viscount James Bryce, *The American Commonwealth*, 3rd ed., Vol. I (New York: Macmillan and Co., 1893), p. 637.

[4] Paul Mantoux, *The Industrial Revolution in the Eighteenth Century*, rev. ed. (London: Jonathan Capè, 1961), p. 182.

[5] Ibid.

第十二章

[1] Arthur M. Schlesinger, Jr., *The Crisis of the Old Order* (Boston: Houghton Mifflin Co., 1957), p. 291.

图片来源

34   Hauling trees, Upper Ottawa river, Canada, 1871, photo by Notman (*McCord Museum of McGill University, Montreal*).

39   Herbert Spencer, 1888 (*Mary Evans Picture Library*).

40   William Graham Sumner (*Yale University Library*).

42   Carl Schurz, photo by Brady (*Culver Pictures*).

45   （中上图）Jim Fisk ;（左上图）Jay Gould ;（右上图）Daniel Drew;（左下图）"Boss" William Tweed (all *Culver Pictures*);（右下图）Cornelius Vanderbilt (*courtesy of the New York Historical Society*).

46   Erie Railroad share , October 16,1847.

47   （左图）Edward Stokes shooting Jim Fisk on the stairs of the Grand Central Hotel, New York (*Bettman Archive*);（右图）Jim Fisk's tombstone, Brattleboro, Vermont (*Peter Galbraith*).

49   （上图）John D. Rockefeller, *c.* 1900 (*Bettman Archive*);（左下图）John D. Rockefeller, Jr., 1930 (*Associated Press*);（中下图）Nelson Rockefeller, 1975 (*David Hume Kennerley, Associated Press*);（右下图）David Rockefeller, 1978 (*Associated Press*).

51   Henry Ward Beecher (*Culver Pictures*).

53   Thornstein Veblen (*Bettman Archive*).

58   "The Breakers," Newport, Rhode Island (*The Preservation Society of Newport County, Newport*).

60   （上图）Mrs. Stuyvesant Fish (*Bettman Archive*);（下图）cartoon from the magazine *Judge* (*Mary Evans Picture Library*).

62   James Gordon Bennett, Jr. (*Bettman Archive*).

65   （左图）Consuelo Vanderbilt and her father, William K. Vanderbilt (*Bettman Archive*);（右图）Count Boni de Castellane, and his wife, Anna, née Gould (*Radio Times Hulton Picture Library*).

67   The Casino, Monte Carlo (*Mansell Collection*).

70–71   Pages from the catalogue of the Neiman-Marcus store in Dallas, Texas (*Neiman-Marcus*).

73   Karl Marx, 1867 (*International Institute for Social History, Amsterdam*).

76   Marx's birthplace. Trier, West Germany (*Verkehrsamt der Stadt Trier*).

79   Georg Wilhelm Friedrich Hegel (*Popperfoto*).

84   Jenny Marx, *c.* 1851 (*International Institute for Social History, Amsterdam*).

86   Friedrich Engels, 1891(*International Institute for Social History, Amsterdam*).

90   First page from *The Communist Party Manifesto*.

96   （上图）Paris, 1848;（中间左图）Berlin, March 1848;（中间右图）Vienna, October 1848;（下图）Prague, June 1848 (*all Mary Evans Picture Library*).

99   Marx's house at 41 Maitland Park Road, London NW3 (*Greater London Council Photograph Library*).

101   Reading Room, British Museum (*Mansell Collection*).

105   （上图）Membership card in the First International (*Popperfoto*);（下图）members of the First International, 1868 (*Marx Memorial Library*).

108   （上图）The Champs Élysées, Paris, 1871 (*Radio Times Hulton Picture Library*);（下图）dead Communards, 1871, Musée Carnavalet (*Bulloz*).

116   Page from *The Conquest of Constantinople*, by Count Geoffrey de Villehardouin (*Bodleian Library*).

117   Acre (*Barnaby's Picture Library*).

123   （上图）The Archivo General de Indias, Seville, Spain (*Jim Black*);（左下图）letter from Columbus to his son, Diego, February 5, 1505;（右下图）letter from Francisco Pizarro to Queen Isabella of Spain, 1539 (all *Archivo General de Indias*).

127　（上图）Abandoned hacienda in Mexico (*Popperfoto*);（下图）Plantation house, Longwood, Natchez (*Associated Press*).

130　John Beames (*India Office Library*).

131　The *jirga*, a tribal council adopted by the British in the North West Frontier Province, Wana, 1929(*Sir John Dring*).

132　（上图）The hunt breakfast on the steps of the Ootacamund Club, Nilgiri Hills, India (*Mansell Collection*);（下图）Bodies in Calcutta, 1946, photo by Margaret Bourke-White (*Colorific/Time-Life*).

133　Civilians at the U. S. Embassy during the evacuation of Saigon, 1975 (*Associated Press*).

140　Vladimir Ilyich Lenin (*Camera Press*).

141　Cracow Castle (*Radio Times Hulton Picture Library*).

145　Kitchener's poster appeal for World War I volunteers on a postbox in London(R*adio Times Hulton Picture Library*).

147　New recruits taking the oath at the White City recruiting office, December 1915(R*adio Times Hulton Picture Library*).

152　Side view of a Maxim Gun Mark IV from a 1918 army handbook (*National Army Museum*).

154　Leon Trotsky at wartime conference at Zimmerwald (*Camera Press*).

160　（上图）George V decorating Lieutenant Yagle, September 1918;（下图）The Kaiser at the battle front, July 1917 (both *Radio Times Hulton Picture Library*).

163　Lenin, Krupskaya and Zinoviev in Stockholm, April 1917, on their way from Switzerland to Russia (*Novosti Press Agency*).

164　Lenin in Red Square, Moscow, May 1919 (*Camera Press*).

167　（上图）Fiat factory in Turin (*Fiat SpA*);（下图）Engine assembly shop in Fiat Factory , Togliattigrad (*Novosti Press Agency*).

169　（左图）Rosa Luxembourg;（右图）Karl Liebknecht (both *Marx Memorial Library*).

173   Senator Edmund Muskie campaigning at Dadeland Shopping Center, Miami, Florida, 1972 (*James Pickerell, Camera Press*).

175   Early engraving of coin-minting (*Fotomas*).

176   *The Money-Changer and his Wife,* by Quentin Metsys, 1514, Louvre, Paris (*Giraudon*).

179   （上图）Old print of Amsterdam (*Amsterdam City Archives*);（下图）*Jan Six,* by Rembrandt (*Art Promotion , Amsterdam*).

181   John Law. Engraving by Leon Scherk from *The Great Mirror of Folly,* 1720 (*British Museum*).

184   （上图）Dragoons guarding the bank at the "hotel des Monnoyea," Rennes, 1720 (*Musée de Bretagne, Rennes*);（下图）An English adaptation of a Dutch broadsheet criticizing Law (*British Museum*).

186   William Paterson. Pen and ink drawing (*British Museum*).

187   "Midas transmuting all into paper," by James Gillray (*Bank of England*).

189   The Court of Directors of the Bank of England in 1903 and 1974 (*Bank of England*).

197   （左图）Andrew Jackson, by James Lambdin. Painted in the year of Jackson's death, 1845 (*Pennsylvania Academy of Fine Arts*);（右图）Nicholas Biddle (*Antiques*).

198   Roslyn Savings Bank (*Culver Pictures*).

200   William Jennings Bryan speaking during a presidential campaign (*Associated Press*).

205   Irving Fisher sailing for Europe on the *Mauretania,*1927 (*Irving Fisher, Jr.*).

210   （上图）John Maynard Keynes, by Gwen Raverat, National Portrait Gallery;（下图）Cambridge students and friends on the barge *Adibah* in 1911(*W. M. Keynes*). 箭头所指为凯恩斯，在船头上的是鲁珀特·布鲁克、罗杰·弗莱和弗吉尼亚·伍尔夫。

212   Alfred Marshall (*St. John's College Library, Cambridge*).

214   Lloyd George, Clemenceau and Wilson on their way to sign the peace treaty on June 28, 1919 (*Syndication International*).

215   Allied officers peer into the Hall of Mirrors at Versailles (*Radio Times Hulton Picture Library*).

216   Lydia Lopokova and Leonide Massine dancing at the Coliseum in Diaghilev's "Boutique Fantasque," June 1919 (*W. M. Keynes*).

219   Explanatory strike posters (*Radio Times Hulton Picture Library*).

220   Midland miners during the General Strike (*Radio Times Hulton Picture Library*).

221   （上图）Charles Rist (*Radio Times Hulton Picture Library*);（下图）Hjalmar Horace Greeley Schacht and Montagu Norman (*Keystone*).

225   The surface of Wall Street, New York, on October 29, 1929 (*Popperfoto*).

227   Andrew Mellon, 1926 (*Radio Times Hulton Picture Library*).

228   （上图）Herbert Hoover, March 1932, photo by Erich Salomon (*John Hillelson Agency*);（下图）Hooverville on the waterfront in Seattle, Washington, March 1933 *(Associated Press)*.

230   Franklin D. Roosevelt at the Metropolitan Opera House, New York , in November 1932 (*Associated Press*).

249   The Brandenburg Gate, Berlin (*Syndication International*).

253   The statistics chart at Rhein-Main airfield, near Frankfurt, July 24, 1948 (*Popperfoto*).

255   John Foster Dulles at Princeton in 1907 (*Princeton University Library*).

256   John Foster Dulles with General MacArthur (*Princeton University Library*).

259   Launching the U. S. S. Richard B. Russell at Newport News on December 1, 1974 (*U. S. Navy Photo*).

260 Robert Oppenheimer and General Leslie Groves in the Alamogordo Desert, New Mexico on April 15, 1944 (*Popperfoto*).

263 Khrushchev laughing with reporters during one of his visits to the U. S. A., October 28, 1964 (*Albert Fenn, © Time-Life Inc. 1976*).

266 （左图）Fidel Castro, 1960 (*Sergio Larrain, John Hillelson Agency*); （右图）E. Howard Hunt, 1973 (*Associated Press*).

269 Anti-war protesters in Madison. Wisconsin, 1970 (*Associated Press*).

272 Project Nobska, Woods Hole, Massachusetts, 1956 (*National Academy of Sciences*).

276 $6 billion worth of stock , Davies-Monthan Air Force Base, near Tucson, Arizona , March 1975 (*Tony Korody, Sygma; John Hillelson Agency*); （右上小图）B-52's in May 1971 (*H. J. Kokojan, U. S. Air Force*).

279 Charles Addams cartoon from *The New Yorker* magazine.

281 Page from the Esalen Institute brochure.

287 （左上图）Henry Ford, 1941; （右上图）Henry Ford II, 1976; （中间左图）Thomas J. Watson, President of IBM, 1937; （中间右图）Thomas J. Watson, Jr., Chairman of IBM, 1964; （左下图）Colonel Sosthenes Behn, Founder of ITT, 1957; （右下图）Harold S. Geneen, President of ITT, 1966 (all *Associated Press*).

289 （左图）The General Motors Building, New York (*Camera and Pen International*); （右图）The Comecon Building, Moscow (*Tom Blau, Camera Press*).

296 （上图）Harvard Business School class photo, outside the Baker Library (*Fogg Art Museum, Harvard*); （下图）a seminary outing in Burgos, Spain, 1953 (*Henri Cartier-Bresson, John Hillelson Agency*).

298 The Philips organization throughout the world (*Philips & Co Ltd*).

309 A village on the Punjab Plain in the Indus Basin irrigation project (*Jacoby, Camera Press*).

311   An aerial view of the Saskatchewan plains (*Canadian Government*).

313   Professor Gunnar Myrdal (*Press Association*).

315   Eli Whitney's cotton gin (*Mansell Collection*).

317   Cotton-picking machine at work in Mississippi (*Delta Council*).

319   （上图）Kingston market, Jamaica (*Penny Tweedie, Daily Telegraph Colour Library*);（中图）Housing in Puerto Rico (*Eve Arnold, John Hillelson Agency*);（下图）Peasants at Selge, Turkey (*Picturepoint*).

321   （上图）Slum conditions in Liverpool (*Bert Hardy, Radio Times Hulton Picture Library*);（中图）Tenement blocks in Harlem, New York (*Dick Saunders, Camera Press*);（下图）Living quarters of Turkish migrant workers in France (*Gilles Peress, John Hillelson Agency*).

323   Port Talbot, Ontario (*Cliff Maxwell*).

325   The initials of Professor J. K. Galbraith inscribed for posterity at the Galbraith farm in Ontario, Canada (*Cliff Maxwell*).

330   The commercial district, Singapore, 1976 (*Professor Charles A. Fisher*).

336   （上图）Fatehpur Sikri (*Ian Berry, John Hillelson Agency*);（第二排左图）The Forbidden City , Peking (*Marc Riboud, John Hillelson Agency*);（第二排右图）Civic Centre, Canberra (*W. Pedersen, Australian News & Information Bureau*);（第三排左图）Angkor Wat (*L. Ionesco, Colorific*);（第三排右图）National Assembly, Islamabad (*Sassoon, Robert Harding Associates*);（第四排左图）Louis XIII's château at Versailles, 1664, by Pierre Patel, Versailles Museum (*Cliché Musées Nationaux, Paris*);（第四排右图）Brasilia (*Joachim G. Jung, Colorific*).

339   （上图）A street off the main square in Bruges (*Barnaby's Picture Library*);（下图）the main street of Frankfort, Kentucky (*Picturepoint*).

341   Halifax in the late 1930's (*Bill Brandt, from the book* Shadow of Light).

342   Leo Baeck House, Bishop's Avenue, Barnet, England (*Greater London Council Photograph Library*).

343   "Rainswept Roofs ," London, in the early 1930's (*Bill Brandt, from the book* Shadow of Light).

349   An aerial view of Tokyo (*Japan Information Center*).

365   President F. D. Roosevelt delivering his inaugural address, March 4, 1933 (*Associated Press*).

366   Pandit Jawaharlal Nehru, 1947 (*Associated Press*).

369   Police manhandling a demonstrator outside the Democratic Convention in Chicago, 1968 (*Constantine Manos, John Hillelson Agency*).

370   Martin Luther King, Jr., leading civil rights marchers from Selma to Montgomery, Alabama, March 24, 1965 (*Associated Press*).

376   （上图）Cheyenne Mountain;（中图）The NORAD tunnels inside Cheyenne Mountain (both *U. S. Air Force*);（下图）Death Valley (*Catherine Galbraith*).